Umwelthinweis:
Dieses Buch wurde auf chlor- und säurefreiem Papier gedruckt.

Molly O'Keefe

Große Klappe für die Liebe

Roman

Aus dem Amerikanischen von
Anita Sprungk

mtb

MIRA® TASCHENBUCH
Band 25824
1. Auflage: April 2015

MIRA® TASCHENBÜCHER
erscheinen in der Harlequin Enterprises GmbH,
Valentinskamp 24, 20354 Hamburg
Geschäftsführer: Thomas Beckmann

Konzeption/Reihengestaltung: : fredebold&partner GmbH, Köln
Umschlaggestaltung: pecher und soiron, Köln
Redaktion: Maya Gause
Titelabbildung: Thinkstock / Getty Images, München
Autorenfoto: © Jose Romero Lagman
Satz: GGP Media GmbH, Pößneck
Druck und Bindearbeiten: CPI books GmbH, Leck – Germany
Printed in Germany
Dieses Buch wurde auf FSC®-zertifiziertem Papier gedruckt.
ISBN 978-3-95649-164-1

www.mira-taschenbuch.de

PROLOG

Maddy nahm sich vor, sich aufs Betteln zu verlegen. Beginnen würde sie mit einer Entschuldigung, einer aufrichtigen und von Herzen kommenden Entschuldigung natürlich. Händeringend, flehend.

Nach dem Streit von gestern Abend befürchtete sie allerdings, dass es mit Entschuldigungen nicht mehr getan war. Sie und Billy konnten längst nicht mehr vernünftig miteinander reden, geschweige denn Kompromisse finden.

Deshalb blieb ihr gar nichts anderes übrig, als zu betteln.

Es tut mir leid. Ich hätte das nicht sagen dürfen. Ich will dich nicht verlassen. Ich will mich nicht scheiden lassen. Wir schaffen das. Ich weiß, dass wir das schaffen können. Ich …

Sie ließ die Stirn gegen die Tür sinken, spürte, wie das Türblatt unter den Basstönen der Musik vibrierte, die in seinem Hotelzimmer lief.

Ich bin bereit, wieder mit dir auf Achse zu gehen, dich zu allen Auswärtsspielen zu begleiten.

Unmut machte sich in ihr breit und drohte, ihre Entschlossenheit zu untergraben. Andere Profi-Hockeyspieler hatten es nicht nötig, dass ihre Ehefrauen auf sie aufpassten. Sie daran hinderten, mit Stripperinnen in den Whirlpool zu steigen. Sie von Kneipenprügeleien fernhielten und von den käuflichen Betthäschen im Hockeyzirkus.

Aber genau das schien Billy zu brauchen. Noch vor zwei Jahren war er der strahlende Nachwuchsstar der Pittsburgh Pit Bulls gewesen. Dann war er vor acht Monaten aus der Unterliga aufgestiegen, und der damit verbundene Ruhm hatte ihm sofort den Kopf verdreht.

Gerade mal zweiundzwanzig Jahre alt, war ihr Mann ein jähzorniger Abräumer mit einem Schlagschuss, der Beulen in Metall hinterließ, und Geld wie Heu. Er war in eine Welt geschubst worden, der er nicht im Geringsten gewachsen war.

Ein leichtes Opfer für die Betthäschen im Hockeyzirkus.

Ich bin nicht seine Mutter, dachte Maddy verbittert. Aber sie war seine Frau, und vielleicht … vielleicht musste eine Ehefrau manchmal auch die Mutterrolle für ihren Mann übernehmen.

Dad war vor einem Vierteljahr gestorben, und Mom bemühte sich darum, das Haus zu verkaufen, um zu Tante Lisa nach Florida zu ziehen. Deshalb hielt Maddy im Grunde nichts mehr in Pittsburgh. Sie konnte Billy begleiten.

Manche Spielerfrauen taten das. Daran war nichts Sonderbares. Es würde auch nicht übermäßig anstrengend werden. Oder langweilig.

Und was ist mit dem College? Diese Frage stellte sie sich, weil nur sie selbst sich noch daran erinnerte, eigene Pläne und Träume gehabt zu haben, bevor Billys Karriere und Dads Krankheit alles andere verdrängt hatten. Sie war zwanzig Jahre alt, seit zwei Jahren verheiratet, und ab und zu beschlich sie das Gefühl, ihr Leben bereits hinter sich zu haben.

Was ist mit dem Journalistikstudium?

Hör auf, rief sie sich selbst zur Ordnung. Sie löste die Stirn von der Tür.

„Du hast ihn geheiratet, Schatz", hatte ihre Mutter gesagt. „Jetzt musst du versuchen, mit ihm zu leben."

Maddy liebte Billy Wilkins. Sie liebte ihn von ganzem Herzen, und bloß deshalb stand sie jetzt vor der Tür seines Hotelzimmers in Detroit. Bereit, ihn anzuflehen, wenn das nötig sein sollte.

Genug jetzt, ermahnte sie sich und klopfte an die Zimmertür.

„Stellen Sie's einfach vor die Tür!", rief Billy von drinnen. Am Abend zuvor hatten die Pit Bulls das Spiel verloren. Das hatte sie im Autoradio gehört, als das Taxi sie vom Flughafen hierhergebracht hatte.

Er war also vermutlich gereizt.

Sie schloss die Augen, schickte ein Stoßgebet gen Himmel und bat um Kraft. „Billy", sagte sie, „ich bin es."

Beinah im selben Moment wurde die Tür aufgerissen, und Billy stand vor ihr. Seine dichten braunen Haare, noch feucht vom Duschen, ringelten sich an den Spitzen. Er trug kein Hemd. Das schwache Licht aus dem Zimmer hinter ihm betonte seine ausgeprägte Brust- und Schultermuskulatur.

Und da war es wieder. All seine Empfindungen spiegelten sich in seinem Gesichtsausdruck. Seine Überraschung. Seine Liebe zu ihr. Seine Freude an ihr. Das alles leuchtete aus ihm heraus, erhellte den Flur, ja Maddys ganze Welt. So hatte er sie angeschaut, schon als sie beide noch Kinder gewesen waren, und sie spürte, wie sich in ihr selbst ein Funken entzündete.

Sie konnten es schaffen. Sie konnten dafür sorgen, dass ihre Beziehung funktionierte. Es lohnte sich, dafür zu kämpfen. Es lohnte sich, für sie beide zu kämpfen.

Tief empfundene Erleichterung erfasste sie, und ihr Herz öffnete sich weit.

Er jedoch verschloss sich sofort. Zweifellos erinnerte er sich an all die furchtbaren Dinge, die sie ihm am vergangenen Abend an den Kopf geworfen hatte. Kälte strahlte von ihm aus, und er hob die Bierflasche in seiner Hand an die Lippen.

Seine Lippen, die von der Narbe zu einem schrecklichen, höhnischen Grinsen verzogen waren.

Sein Anblick – seine Narbe, sein Körper, seine kaum beherrschte männliche Kraft – durchfuhr sie wie ein Blitz. So wie es immer gewesen war. Und wie es immer sein würde.

Vielleicht hätte sie sich von ihm abwenden und fortgehen können, wenn sie ihn nicht so heftig begehrt hätte.

„Was tust du hier?“, fragte er.

„Darf ich reinkommen?“

Er zog die Tür etwas dichter an sich heran.

Das hieß dann wohl Nein.

„Ich soll das also im Flur erledigen?“, fragte sie. Ein lahmer Versuch zu scherzen, aber er starrte sie nur ungerührt an. Reglos.

Na schön. Weiter im Text, jetzt wird gebettelt.

„Es tut mir leid, was ich gesagt habe. Ich war wütend. Verletzt.“

„Ach ja?“, gab er zurück. „Also, nun bin ich damit an der Reihe. Schieb dir deine Entschuldigung sonst wohin, Maddy.“ Er trat zurück, als wollte er die Tür schließen, doch sie streckte eine Hand nach ihm aus, hätte ihn fast berührt. Sie erstarrten beide mitten in der Bewegung.

„Bitte nicht, Billy. Bitte. Lass uns reden. Ich gehe wieder mit dir auf Achse …“

Er blinzelte. Ein Funkeln trat in seine Augen, und ganz kurz wurde aus dem höhnischen Grinsen ein Lächeln. „Wirklich?“

Bittersüße Freude durchflutete sie. Es war nicht perfekt, aber was war schon perfekt?

„Ja“, antwortete sie. „Du fehlst mir.“

„Oh, mein Gott, Baby. Du fehlst mir so sehr. Ich …“ Er wollte sie in seine Arme ziehen.

„Billy?“, ertönte eine Stimme hinter ihm.

Eine Frauenstimme.

Eine Frau in einem knallig pinkfarbenen Kleid schlich näher an die Tür heran, ein giftig leuchtender Farbklecks im Dämmerlicht des Zimmers.

„Was machst du denn hier draußen?“, fragte sie atemlos, weil ihre bis zum Hals hochgepressten Brüste ihr fast die Luft abschnürten.

Maddys bittersüße Freude gerann zu verbittertem Zorn. In diesem Augenblick hasste sie Billy mehr, als sie ihn je geliebt hatte, und es zerriss ihr das Herz. Es gab endgültig kein Zurück mehr.

Ihr plötzlich aufgeflammter Hass veränderte sie, und zwar von Grund auf.

Dazu dieser Schmerz, dieser entsetzliche Schmerz. Sie konnte nicht sehen, nicht atmen, nicht denken. Ihre gesamte Wahrnehmung bestand nur aus Schmerz.

„Maddy“, meinte Billy und versperrte ihr den Blick auf die Tussi in dem pinkfarbenen Kleid. „Wir feiern eine Party.“

„Ah ja? Zu zweit?“ Ihre Lippen waren wie taub.

„Nein“, gab das dumme Weibsstück zurück. „Mein Freund ist auch hier. Bringen Sie den Champagner?“

„Gary und Ben kommen gleich dazu“, warf Billy rasch ein. Er tat so, als sei Maddy ein Dummerchen, weil sie gleich wieder das Schlimmste annahm. Ein Dummerchen, weil sie ihm misstraute.

Na schön. *Sein* Dummerchen war sie jedenfalls die längste Zeit gewesen.

Sprachlos vor Wut und Schmerz versetzte sie ihm mit all ihrer Kraft einen Stoß. Schlug mit der Faust zu. Einmal, noch einmal. Mit beiden Fäusten. Am liebsten hätte sie ihm das Herz herausgerissen und die Augen ausgekratzt.

Er griff nach ihren Handgelenken, und der Ausdruck in seinen braunen Augen brachte sie zur Besinnung.

Sieh dir an, was aus dir geworden ist, dachte sie, zutiefst entsetzt über ihren Gewaltausbruch.

„Du hast gesagt, dass du mich verlässt." Ein entschuldigender Ton lag in seiner Stimme, aber es schwang auch Stolz darin mit. Er war der Starathlet, der niemandem eine Erklärung schuldig war. Nicht einmal seiner Frau.

„Und genau das tue ich, du Arschloch", fauchte sie ihn an. „Viel Spaß mit deiner Hure."

„Hey!", rief die Frau, doch Maddy ignorierte sie und eilte durch den Hotelflur davon. Sie schwitzte in ihrem Wintermantel, der Schock und die Aufregung verursachten ihr Übelkeit. Ihre Hand zitterte, als sie sie an den Mund hob.

Was sollte sie jetzt tun? Wohin sollte sie gehen? Sie besaß nichts außer dem, was Billy ihr gekauft hatte. Kein eigenes Geld, kein Auto, keine Wohnung.

Wie bin ich hierhergekommen?

Ein tonloses Schluchzen entrang sich ihrer Kehle, und sie drückte die Finger auf ihre Lippen, um die Verzweiflung zurückzuhalten.

Denk nach, Maddy. Denk nach.

Vor dem Lift packte Billy sie am Ellenbogen. Sie wich zur Seite aus, riss sich von ihm los. Barfuß, mit nacktem Oberkörper und nur mit seinen schwarzen Sportshorts bekleidet, wirkte er wie die einem Sturm auf hoher See vorauseilende Flutwelle – unaufhaltsam, außer Kontrolle.

„Fass mich nicht an!", schrie sie. „Fass mich ja nie wieder an!"

„Komm schon, Maddy. Du weißt doch: Das hat alles gar nichts zu bedeuten."

„Glaubst du das wirklich?", fragte sie und forschte in seinem Gesicht nach dem Jungen, den sie einmal gekannt hatte.

Der Billy, der in diesem Moment vor ihr stand, war für sie ein Fremder. „Oder hoffst du bloß, dass ich dir das abnehme?“

„Deine Reaktion ist übertrieben!“

„Sprich nicht mit mir, als wäre ich ein Kind.“

„Komm schon, vergiss es einfach.“ Er breitete die Arme aus, als wäre er ein Zauberer, der einen Vorhang zuzog und die Frau in dem pinkfarbenen Kleid sowie seinen Betrug dahinter verschwinden ließ. „Du bist gekommen, um unsere Beziehung zu retten. Also lass es uns tun: Wir retten unsere Beziehung. Wir schaffen das. Du … du wolltest, dass wir einen Eheberater aufsuchen. Lass uns das tun.“

Damit kam er um Monate zu spät. Und mit einem Mal erlosch ihre Wut. Zurück blieb nichts als Schmerz und Verletzung. Und Müdigkeit. Sie war so müde, dass sie nicht länger kämpfen konnte. „Das lässt sich nicht mehr in Ordnung bringen, Billy.“

„Sag so etwas nicht. Wir …“

„Nein. Nein, unsere Beziehung ist kaputt. In tausend Scherben.“

„Wir haben uns etwas versprochen!“

„Versprochen?“ Mit dem Zeigefinger deutete sie in Richtung seines Zimmers. „*Sie* gehörte zu keinem Versprechen, das ich dir gegeben habe.“

„Du weißt, dass da nichts gelaufen ist.“

„Das weiß ich nicht, Billy. Und ich käme mir wie ein Dummkopf vor, wenn ich mich auf dein Wort verlassen würde.“

„Du bist kein Dummkopf.“ Er wollte sie berühren, aber sie schlug seine Hand zur Seite. „Du bist meine Familie, Maddy.“

„Und was bist du für mich?“

Die Frage ließ ihn zusammenzucken, doch sie kannte kein Halten mehr. Sie konnte nicht anders; sie musste ihm wehtun. So weit war es also mit ihnen gekommen. Jedes Gespräch artete in Streit aus, wurde zu einer Chance, den anderen zu verletzen. „Ich kann dir nicht länger geben, was du brauchst, ohne je etwas dafür von dir zu bekommen. Du gibst mir nichts, gar nichts.“

Das war unfair, und sie wusste es. Er kannte kein Familienleben. Niemand hatte es ihm je gezeigt, und ohne sie würde er vermutlich wieder in das schwarze Loch fallen, in dem auch seine Schwestern lebten.

Das ist nicht mehr dein Problem.

Trotzdem war es schwer für sie. Seine beiden Schwestern würden ihn bei lebendigem Leibe fressen.

„Wenn die Spielsaison vorbei ist …"

„Wie oft habe ich das schon gehört? Nein, Billy. Du … du saugst mich regelrecht aus. Du brauchst mich und saugst mich aus, bis nichts mehr für mich bleibt. Das hast du schon immer so gemacht. Ich glaube dir nicht mehr. Ich glaube nicht mehr an uns beide. Mir ist nichts geblieben."

„Ach ja?" Jetzt wurde er wütend – wie immer – und abweisend. Gleich würden sie anfangen, sich gegenseitig anzuschreien, so wie seine Eltern es getan hatten. Das war so hässlich, so ganz und gar nicht das, was sie sich unter ihrem gemeinsamen Leben vorgestellt hatte.

Nie wieder will ich in diese Situation geraten, schwor sie sich im Stillen, während Billy brüllte: „Das neue Haus in Ben Avon Heights? Die Kleider? Das Auto? Das ist alles nichts?"

„Ich will keine Dinge. Ich will kein Geld. Warum kannst du das nicht begreifen? Ich will dich, und dich habe ich verloren. Ich habe mich selbst verloren. Ich kann einfach nicht mehr", flüsterte sie, ohne Tränen zu vergießen. Sie fühlte sich innerlich leer. „Dieser Sport macht dich zu einem Menschen, den ich nicht kenne."

„Quatsch …"

„Nein, kein Quatsch. Nur weil du anderer Meinung bist, ist es noch lange kein Quatsch. Und die Ehe mit dir macht auch mich zu einem Menschen, den ich nicht kenne. Ich kann so nicht weitermachen, Billy. Ich kann es nicht."

Vielleicht lag es daran, dass sie weder schrie noch weinte oder versuchte, ihm wehzutun. Jedenfalls verstand er endlich, was sie ihm sagte.

Sein Gesicht, sein so hübsches und ihr so liebes Gesicht – trotz der Narbe oder vielleicht auch gerade deswegen –, versteinerte langsam.

„Bitte", flüsterte er. Er flehte sie an. Wenn ihr Herz nicht längst gebrochen gewesen wäre, hätte das vielleicht ein Gefühl in ihr ausgelöst.

Doch so schaute sie den Jungen an, den sie liebte, seitdem sie dreizehn war, und empfand … nichts.

Es gab einen Gott. Das bewies der Umstand, dass die Fahrstuhltüren sich prompt in dem Moment öffneten, als sie den Rufknopf drückte. Sie betrat die Kabine.

Schau ihn nicht an, mahnte sie sich und starrte auf die weißen Salzflecken auf ihren Stiefeln. Als die Kabinentüren sich langsam schlossen, blickte sie dann doch auf und sah ihren Mann. Allein. Halb nackt. Mit Tränen in den Augen.

Aber er kämpfte nicht mehr. Und in dieser Sekunde wusste sie, dass es vorbei war.

Wirklich vorbei.

„Es tut mir leid", sagte er.

Und die Türen schlossen sich zwischen ihnen.

1. KAPITEL

Vierzehn Jahre später

Billy Wilkins saß auf der Bank. Knochentrocken. Ebenso gut hätte er Hausschuhe tragen können. Einen dämlichen Morgenmantel. Er konnte nichts tun, nur dasitzen und zuschauen, wie die zweitklassige Mannschaft des Vereins, an den er verkauft worden war, ihre Chancen auf die Pokalspiele vergeigte.

Wenn die Trainer ihn nicht spielen lassen wollten, war das Ganze hier komplett sinnlos. Seine Schlittschuhe, die Schutzpolster, der Hockeyschläger in seiner Hand – alles wertlos. Genau wie er selbst.

„Nimm Leserd raus!“, brüllte er, um das Geschrei in der Bendor-Arena zu übertönen. „Er ist fertig. Das ist jetzt das vierte Tor in fünf Minuten, das er kassiert hat.“

Aber Coach Hornsby hörte nicht zu. Er hörte nie auf das, was Billy ihm während eines Spiels zurief. Hornsby schaute nicht einmal zu ihm hin, geschweige denn, dass er ihn einer Antwort würdigte.

So war Coach Hornsby nun mal. Starrsinnig, rechtschaffen und vermutlich taub.

Billy lehnte die Wasserflasche ab, die ihm einer der Trainer anbot. Er brauchte nichts zu trinken. Heute Abend hatte er noch keinen Tropfen Schweiß verloren.

Aber schlimmer als die trockenen Schutzpolster, das blitzblanke Visier seines Schutzhelms und der Körper, den er wieder in Topform gebracht hatte, nur um nutzlos auf der Bank zu versauern, war die Tatsache, dass es ihm egal war. Es kratzte ihn nicht, dass der Coach ihn nicht beachtete. Es kratzte ihn nicht, dass der Junge im Tor komplett überfordert war und der Versuch der Mavericks, in die Pokalspielrunde zu gelangen, jetzt und hier schmachvoll enden würde.

„Wenn du dich nicht mehr wie ein Arschloch aufführen würdest, dann würde er vielleicht auf dich hören“, meinte Jan Fforde, ihr wegen einer Verletzung nicht einsatzfähiger erster Torwart, mit seinem prägnanten schwedischen Akzent.

„Keine Chance." Billy hätte selbst nicht sagen können, ob sich seine Antwort auf sein Verhalten bezog oder auf das von Hornsby. Sich wie ein Arschloch zu benehmen, war Teil seines Lebens. So war er nun mal, und genau dafür zahlten die Hockeyvereine seit sechzehn Jahren für ihn. In diesem Sport wurden Arschlöcher gebraucht, und Billy war der Beste von allen. Jedenfalls bislang.

Bis er in Dallas gelandet war, wo es einen Coach gab, der Respekt und Anstand predigte.

Irgendwer sollte Hornsby mal darauf hinweisen, dass mit Respekt und Anstand keine Spiele zu gewinnen waren. Dass sich damit das Steuer nicht herumreißen ließ. Das klappte nur mit einer ordentlichen Rempelei. Er müsste bloß Billy aufs Eis schicken, damit er Churov, dem riesenhaften Mittelstürmer der Renegades, den Fehdehandschuh vor die Füße warf. Dann würde das Blatt sich wenden, und die Menge, die sie jetzt noch ausbuhte, würde jubeln.

Die Renegades, die die Mavericks auf deren eigenem Eis schlugen, würden noch Blut schwitzen und wüssten, dass ihre Gegner nicht widerstandslos untergegangen waren.

Die Angriffslinie der Mavericks, bestehend aus O'Neill, Blake und Grotosky, preschte zurück in die Spielhälfte der Renegades. Die drei gaben ihr Letztes. Blake holte aus und hämmerte einen Schlagschuss gegen den Pfosten, sodass er abprallte. Vor dem Tor kämpften die Spieler um den Puck, und auf der Bank hielt es niemanden mehr auf den Sitzen. Alle brüllten aus Leibeskräften. Ein Tor würde jetzt den Ausgleich schaffen; sie hätten eine Chance, in die Verlängerung zu gehen.

„Kommt schon", flüsterte Billy. Wenn er seine Kampfbereitschaft doch bloß auf die Jungs da draußen auf dem Eis mit ihren schnellen Beinen, ihren kräftigen Armen und ihrem kaum geschulten Talent übertragen könnte! „Nun macht schon ..."

Der Summer brachte die Menge einen Moment zum Schweigen, dann schrien die wenigen Fans der Boston Renegades in der Arena ihren Triumph hinaus.

Die Mavericks waren geschlagen.

Frustriert und schweigend glitten die Spieler zur Bank zurück, schlugen die Fäuste aneinander. Die Niederlage ruhte schwer auf ihren jungen Schultern. Diese Mannschaft hatte sich länger und heftiger gewehrt, als jeder erwartet hätte, und dadurch den Traum von den Pokalspielen am Leben gehalten, in einer Gemeinde, die kaum Interesse zeigte. Obwohl sie heute Abend verloren hatten, hatten sie wie die Teufel gekämpft.

Hornsby gab keinen Ton von sich, und Billy fielen ungefähr tausend bessere Trainer ein. Zum Beispiel seine Großmutter. Und die war immerhin schon tot.

„Klasse Einsatz, Jungs", meinte Billy und klopfte seinen Mannschaftskameraden auf die Schultern. Sie brummten nur vor sich hin, keiner lächelte.

Blake, der Kapitän der Mannschaft, führte seine Leute schließlich auf die Eisfläche zurück, damit sich alle die Hände schüttelten. Billy stand am Ende der Reihe, außer Fforde der einzige Spieler, der nicht auf dem Eis gestanden hatte. Der einzige Spieler, dem nicht im Eifer des Wettkampfs der Schweiß in Strömen geflossen, das Blut in Wallung geraten und die Luft knapp geworden war. Eine Sekunde lang drohte die Trauer ihn fast umzuwerfen. Was für ein Tiefschlag, dass seine Karriere so zu enden drohte.

Während er den Spielern der Renegades die Hände schüttelte, die in die erste Runde der Pokalspiele einziehen und von den Titelverteidigern vernichtend geschlagen werden würden, sah ihm nicht ein Einziger ins Gesicht. Das rieb Salz in seine Wunden.

Billy Wilkins, vor sechzehn Jahren noch ein umschwärmter Athlet, war ein Niemand.

Ebenso gut hätte er tot sein können.

Quatsch, dachte er. Sein Jähzorn flammte in ihm auf wie ein Buschfeuer und verbrannte alle anderen Gefühle zu feinster Asche. *Alles nur Quatsch.*

Churov, der ausgeflippte russische Hüne, war der Letzte in der Reihe des gegnerischen Teams. Als er vorbeiglitt und Billys ausgestreckte Hand kaum berührte, schlug dieser zu – zwar war

Billy gut dreißig Zentimeter kleiner und etwa fünfzehn Kilo leichter, aber sein hitziges Gemüt machte das mehr als wett. Sein Schlag warf den Kopf des großen Mannes so heftig nach hinten, dass Billy seine Zahnfüllungen sehen konnte.

Einen Moment wankte Churov auf seinen Schlittschuhen, und Billy richtete sich darauf ein, zu Brei geschlagen zu werden, doch dann kippte der riesenhafte Mann einfach um.

Die Arena tobte.

Der Triumph schmeckte süß, war allerdings nur von kurzer Dauer. Grisolm, der Kapitän der Renegades, versetzte Billy einen rechten Haken. Billy schlug zurück, spürte zufrieden, wie Nasenknorpel unter seiner Faust knackte. Irgendwer nahm ihn in den Schwitzkasten und hämmerte auf seine Niere ein. Aus dem Augenwinkel beobachtete er, dass die Mavericks von den Umkleidekabinen zurück aufs Eis strömten, Handschuhe und Schläger fallen ließen, die Helme zur Seite warfen und ihre Niederlage in einen wahren Blutrausch umschlug.

Billy lächelte, bevor ihm jemand auf den Hinterkopf schlug und in seinem Schädel Glocken zu läuten begannen.

Was er Churov angetan hatte, war niederträchtig gewesen. Eine billige Revanche nach dem Ende des Spiels, genau die Sorte Aktion, bei der die Sportjournalisten völlig ausflippten. Ohne Zweifel würde Billy suspendiert werden. Hornsby, dieses Weichei, würde ihn vermutlich zu einer Therapie oder ähnlichem Mist drängen.

Aber Billy war es egal, was geschehen würde, wenn diese Prügelei zu Ende war. Für Leute wie ihn würde es immer eine neue Prügelei geben.

Eine Stunde später, nachdem in der Umkleide die Presseleute über sie hergefallen waren, saß er vor Hornsbys Schreibtisch. Frisch geduscht, umgezogen, ein Fetzen von einem Papiertaschentuch in die Nase gestopft, damit ihm das Blut nicht auf den Hemdkragen tropfte.

Billy schob die Eisbeutel auf seinen Knöcheln zurecht. Derweil tigerte der Coach hinter ihm auf dem Dielenboden umher.

Während seiner Eishockeylaufbahn durch die diversen Kinder- und Jugendligen waren etwa die Hälfte der Trainer, mit denen Billy zu tun gehabt hatte, nicht nur Vertreter der alten Schule gewesen, sondern obendrein Vertreter der alten Ostblockschule: hünenhafte Männer, denen ganze Wälder aus Haaren aus den Ohren wuchsen, die Wodkaflaschen in ihren Tischen aufbewahrten und die Billy nach der Prügelei, die er gerade angezettelt hatte, ein saftiges Steak spendiert hätten. Und eine Hure dazu.

Sein erster Trainer in der NHL, der Nationalen Hockey-Liga, Georges St. Bleu, eine frankokanadische Naturgewalt, hätte der Presse mitgeteilt, die Sache wäre ihm äußerst peinlich, und natürlich würden disziplinarische Maßnahmen gegen Billy ergriffen. Aber hinter der geschlossenen Tür der Umkleide hätte er Billy die Hand geschüttelt und ihm dafür Beifall gespendet, dass er einen Weg gefunden hatte, seiner geschlagenen Mannschaft den Stolz zurückzugeben.

In den letzten fünfzehn Jahren jedoch hatte sich viel verändert in der Liga. Vor allem in den letzten fünf Jahren. Schuld waren die häufigen Gehirnerschütterungen, die Spieler erlitten. Ständig wurde darüber geredet, dass Keilereien nichts in ihrem Sport zu suchen hätten und vermieden werden müssten. Nein, die Zeiten waren Männern wie Billy nicht länger freundlich gesinnt.

Durch das große Fenster zu seiner Linken konnte er sehen, wie die Zuschauermenge das Stadion verließ. Die paar Hundert unerschütterlichen Hockeyfans, die es in Dallas noch gab, standen auf dem Gehweg herum, winkten Taxen heran und lagerten ihre Vorfreude auf die Pokalspiele wieder ein, um sie im nächsten Jahr wieder hervorzukramen.

Idioten, dachte er. *Diese Mannschaft wird nächstes Jahr dem Pokal keinen Schritt näher kommen. Auch übernächstes Jahr nicht.* Der Pressesprecher schob es auf eine „Neuaufstellung“, für Billy lag es an der „beschissenen Mannschaft“.

„Was hast du dir dabei gedacht?“, fragte Hornsby. Billy hätte die Augen verdreht, wenn das nicht so wehgetan hätte. „Du bist gesperrt. Das ist dir doch hoffentlich klar? Mindestens an den ersten vier Spielen der kommenden Saison wirst du nicht teilnehmen. Eventuell auch länger. Barry möchte dich verkaufen."

„Und was ist daran anders als am Ende dieser Saison?", gab Billy zurück, wobei ihm seine geschwollene, aufgeplatzte Lippe das Sprechen erschwerte. Barry, der Geschäftsführer der Pit Bulls, hatte ihn praktisch schon in dem Augenblick wieder verkaufen wollen, in dem er eingetroffen war. Billy hatte nicht die leiseste Ahnung, warum zum Teufel er überhaupt erst in den Verein geholt worden war.

Hornsby blieb stehen, und das Schweigen gewann eine neue Qualität. Die Stille wirkte plötzlich aufgeladen, gerade so, als wäre eine vom Coach gestellte Falle zugeschnappt. Billy drückte sich einen der Eisbeutel an die Lippe und wünschte, er hätte den Mund gehalten.

„Du sitzt nicht gerne auf der Bank?" Hornsby stellte Fragen, als wäre er eine einen Meter neunzig große Ausgabe von Oprah Winfrey mit beginnender Glatze.

„Ich sehe meine Mannschaft nicht gern verlieren."

„Und du glaubst, das hättest du verhindern können?"

„Ja."

„Womit? Mit einer Prügelei?"

„Vielleicht."

Hornsby setzte sich hinter seinen eleganten Tisch aus Metall und Glas, der ärgerlich aufgeräumt und leer war. Schreibtische hatten vollgestellt zu sein, voll mit Kaffeebechern und Papierstapeln. Ganz offensichtlich las Hornsby das Handbuch für NHL-Trainer nicht.

„Weißt du, warum ich dich hier haben wollte?", fragte Hornsby und schob seine Brille über den Höcker in seiner gebrochenen Nase nach oben. Billy mochte den Mann nicht, aber wenn diese Nase nicht gewesen wäre, hätte er ihm nicht einmal ansatzweise vertrauen können. Männer, denen niemals die Nase gebrochen worden war, sollten niemals Männer trainieren, die kaum noch Knorpel im Gesicht hatten. Das war eine alt bewährte eiserne Regel.

Doch dieser Typ ruinierte den Eindruck, den die gebrochene Nase vermittelte, durch die Wahl seiner Kleidung: Rollkragenpullover. Heute Abend trug er einen schwarzen Rollkragenpullover unter einem grauen Mantel. Darin sah er aus wie ein Weichei.

„Weißt du, warum ich mich abgerackert habe, um Barry davon zu überzeugen, dass ein alternder Abräumer mit mehr Strafminuten als Torschüssen unbedingt in diese Mannschaft geholt werden sollte?"

„Keine Ahnung, Mann", antwortete Billy und stopfte sich das Taschentuchpapier tiefer in die Nase.

„Ich wollte einen Anführer. Jemanden mit Erfahrung für eine junge Mannschaft."

„Tja, dann stell mich aufs Eis, und ich führe die Jungs in die Hölle und zurück."

„Nein, Billy. Du wirst dich prügeln. Du wirst das Maul aufreißen und jeden in Rage bringen."

„Manchmal ist das genau das, was ein Team braucht."

„Sicher. Manchmal. Aber was ich *immer* brauche, ist jemand, der seinen Verstand benutzt. Jemand, der diesen Jungs zeigt, wie sie einen Rückstand von drei zu eins aufholen können."

Blut rann Billy hinten an der Kehle hinunter. Er hustete, beugte sich vor und spuckte es in den Abfalleimer neben seinen Füßen. Schon früh hatte er gelernt, auf der feinen Grenze zwischen rüpelhaft und beleidigend zu balancieren, jemanden anzuwidern, ohne dafür eine ordentliche Tracht Prügel zu riskieren. Blut in Hornsbys schicken Abfalleimer zu spucken, blieb gerade noch haarscharf auf dieser Seite der Grenze.

Er schaute Hornsby direkt ins Gesicht, um jedes Missverständnis auszuschließen. „Dieser Jemand bin ich nicht", erklärte er.

„Warst du aber mal."

Billy lachte. Insgeheim überlegte er, wann das gewesen sein sollte. Er konnte sich nicht daran erinnern.

„Ich habe dich im Auge behalten, Billy. Und, weißt du, du hast einmal wie ein Supertorschütze mit leichten Tendenzen zum Schläger gespielt. Irgendwie hat sich im Laufe der Jahre das Gleichgewicht verschoben.“

Großer Gott. Dieser Oprah-Winfrey-Scheiß musste aufhören. „Du willst, dass ich eine Strafe zahle oder so was, weil ich diese Prügelei angefangen habe? Dass ich irgendwelchen gemeinnützigen Mist mache?“

„Ich will, dass du erwachsen wirst und zu dem Spieler, den ich brauche.“

„Mein Vertrag läuft noch ein Jahr, Hornsby. Lass mich im nächsten Jahr auf der Bank versauern, lass Barry mich verkaufen, tu, was immer du willst; aber ich bin, wer ich bin. Das ändert nichts und niemand mehr.“

„Das ist sehr schade, Billy.“ Hornsby faltete die Hände über seinem flachen Bauch. „Die meisten Spieler würden ihre Karriere nicht so beenden wollen.“

Zorn kochte in Billy hoch. Der Drang, den Tisch vor ihm einfach zu packen und umzuwerfen, wurde beinah übermächtig, denn er war es nicht gewöhnt, auch nur zu versuchen, sein Temperament im Zaum zu halten. „War das alles?“

Hornsby seufzte. „Ja.“

Billy stand auf, drehte sich um – mit schmerzenden Nieren und zugeschwollenem Auge – und verließ das Büro. In den Betongängen unter der Arena und darum herum wimmelte es noch von Mitarbeitern. Die meisten von Hornsbys Lakaien schüttelten die Köpfe, als sie ihm begegneten. Gerade so, als könnten sie die Enttäuschung über ihn kaum aushalten.

Billy lächelte sie allesamt strahlend an.

Mike Blake kam aus dem Fitnessraum. Sein Auge war zugeschwollen und lief bereits tiefviolett an. Trotz des gewaltigen Veilchens war er immer noch ein gut aussehender Junge. Irgendwo auf einer Farm im kanadischen Hinterland aufgewachsen, hatte Blake die blonden Haare und blauen Augen, die auf Frauen so anziehend wirkten. Sein übermütig jungenhaftes Lächeln tat ein Übriges.

Blake ging nie allein nach Hause.

„Hey, Mann“, sagte Blake und blieb in der Tür stehen, um

sein Hemd zuzuknöpfen. Er musste dabei den Kopf leicht schräg legen, um die Knöpfe trotz seines lädierten Auges erkennen zu können. „Was macht die Nase?“

„Alles bestens.“ Billy zog das Taschentuchpapier aus den Nasenlöchern und drückte es in der Faust zusammen. „Und dein Auge?“

„Der Doc meint, ich soll es untersuchen lassen, sobald es abschwillt.“

„Verdammt, das ist aber gar nicht gut, Mann.“

Blake lachte. „Ich werd's überleben. Diese Prügelei war das Beste an der ganzen dämlichen Saison. Hat Hornsby dir die Hölle heißgemacht?“

Billy zuckte mit den Achseln.

„Hör mal, wir gehen nachher in die Crowbar. Es wäre schön ...“ Bevor Blake den Satz zu Ende bringen konnte, wehrte Billy ab, schüttelte den Kopf. „Ach, komm schon, Mann, die Jungs ...“

„Noch eine Prügelei kann ich nicht brauchen.“ Tatsächlich empfand er eine tiefe Beklemmung, die sich in seinem Magen zu einem harten Klumpen zusammenballte und in ihm das Bedürfnis weckte, seine Faust noch einmal in ein fremdes Gesicht zu rammen.

„Dazu kann ich nichts sagen. Ich finde bloß, du solltest mitkommen.“

„Danke, Blake. Aber ich mach mich lieber auf den Heimweg.“ Er wünschte sich ehrlich, der Junge würde ihn nicht länger einladen, mit den Jungs auszugehen. Er war es so leid, jedes Mal abzulehnen. Das gab ihm das Gefühl, alt geworden zu sein. Tatsache war jedoch, dass er sich auch alt vorkommen würde, wenn er mitging in einen der verdammten Klubs.

„Weißt du, wenn du nicht wie ein Mönch leben würdest ...“

Oh Gott, eine Unterhaltung über sein Sexualleben ausgerechnet mit dem Weiberhelden der Mannschaft war nun wirklich das Letzte, wonach ihm der Sinn stand. „Gute Nacht, Blake“, sagte er und wandte sich den Umkleiden zu, um seine Sachen zu holen. Die Sicherheitskräfte hatten die Presseleute bereits vor einiger Zeit rausgeschickt; trotzdem überraschte es Billy irgendwie nicht, dass Dominick Murphy noch hier rumhing.

„Mir war schon so, als hätte ich was Übles gerochen", meinte Billy und öffnete seinen Spind. Das war eine schwache Beleidigung, aber er hatte nicht mehr genug Elan, um sich geistig mit Dom messen zu wollen.

In der Luft hing der leicht an Tortilla-Chips erinnernde Geruch von verschwitzten Hockey-Schutzpolstern. Der Gerätewart hatte die Lüftung aufgedreht, doch selbst moderne Technik konnte das Problem stinkender Ausrüstung nicht lösen.

„Das ist dein Tiefschutz", gab Dominick zurück. Er saß auf der Bank vor Ffordes Spind.

Billy musste grinsen, obwohl er das gar nicht wollte. Dominick konnte man einfach nicht verabscheuen.

„Ich habe alles gesagt, was ich zu sagen habe."

„Und was meinte Hornsby? Musst du eine Geldbuße zahlen?"

„Er spendiert mir ein saftiges Steak."

„Kann ich irgendwie nicht ganz glauben."

Billy seufzte und warf sich die Sporttasche über die Schulter. Seinen Nieren gefiel die Bewegung gar nicht. Dennoch gelang es ihm, keine Miene zu verziehen. Dominick beobachtete ihn durch seine dicken Brillengläser. Seine grau melierten Haare waren inzwischen schon sehr grau geworden, und sein Bierbauch deutete auf ein über dreißigjähriges Training hin.

Dominick war freier Sportjournalist. Er verkaufte seine Artikel überwiegend an *Sports Illustrated*, manchmal auch an *Esquire* und *Rolling Stone*. Verglichen mit anderen Sportjournalisten war Dominick schlicht der Beste. Er konnte einen mit weniger als zehn Wörtern zum Helden machen. Und natürlich mit genauso wenigen Wörtern öffentlich kastrieren.

Und aus irgendeinem Grund mochte er Billy.

Vielleicht lag es daran, dass sie beide Dinosaurier waren. Dinosaurier mussten zusammenhalten.

„Lust auf einen Drink?", fragte Dom. „Und einige Worte zu dieser Prügelei?"

„Eher lasse ich mir von den Renegades noch ein paar auf die Nieren geben."

Dom lächelte und richtete sich mühsam auf. Von der Seite wirkte sein Bierbauch glatt wie ein Babybauch. So sah echte Hingabe an ein ungesundes Leben aus.

„Ich hau dich nicht in die Pfanne, Billy."

Billy dachte nicht viel über seine Gefühle nach. Nur über Zorn, und daraus hatte er ein wahres Studium gemacht. Er war Professor für Wut. Alle anderen Empfindungen ignorierte er, doch heute Abend fiel es ihm schwer, so zu tun, als empfände er nichts angesichts seiner traurigen Lebensumstände.

Bloß deshalb öffnete er den Mund. „Warum interessierst du dich so für mich? Viele Jungs enden so wie ich: verletzt, alt, auf der Reservebank. Warum willst du mir einen Drink spendieren?"

„Weil der größte Kämpfer in der Liga ausgerechnet an einen Coach verschachert wurde, der eine führende Rolle in der aktuellen Kampagne für eine Änderung der NHL-Regeln spielt. Hornsby hat bisher noch jeder Regel gegen Gewalt auf dem Eis, die von der Liga vorgeschlagen wird, seine Stimme gegeben."

„Und?"

„Und? Was soll er mit dir machen?"

Wahrscheinlich leerte und reinigte Hornsby gerade seinen Abfalleimer und stellte sich genau dieselbe verdammte Frage.

„Nichts", erwiderte Billy, und das entsprach so sehr der Wahrheit, dass es ihn zutiefst deprimierte. Er winkte Dominick über die Schulter zum Abschied zu und nahm erleichtert zur Kenntnis, dass der Reporter genug Anstand hatte, ihn gehen zu lassen, ohne weiter in ihn zu dringen.

Die Spielsaison war vorbei. Kein Training mehr am frühen Morgen, das dafür sorgte, dass er brav blieb. Vor ihm lag eine Zeit ohne Spiele – ein Frühling und ein Sommer, die angenehm frei von Verpflichtungen und Terminen waren. Sein Boot vor Padre Island war aufgetankt und startbereit. Vielleicht würde er endlich seinem Freund Luc das Angeln beibringen. Morgen wollte er darüber nachdenken.

Aber jetzt hatte er erst einmal den Abend und die Nacht vor sich, endlos lang mit ihrer Dunkelheit und ihren Schuldgefühlen. Wenn der Mond aufging, würde auch die Reue kommen und ihn innerlich zerfressen.

„Ich brauche einen Drink“, murmelte er.

Er dachte kurz daran, eine Frau aufzureißen. Weiche Kurven, süß duftende Haut. Eine Frau, die ihm das Richtige zuflüstern würde. Er zupfte an seinem Ohr und streifte dabei mit den Fingern den wulstigen Rand der Narbe, die sich vom Mundwinkel bis halb über seine Wange erstreckte.

Es gab Frauen, die diese Narbe mochten. Die sich vom Sex mit einem Mann wie ihm etwas Bestimmtes versprachen. Normalerweise konnte er ihnen geben, was sie wollten. Aber er hatte keine Lust mehr, im Bett den Marodeur zu spielen.

Nicht mehr, seit er Maddy gesehen hatte.

Der Gedanke an sie, die Erinnerung an sie, wie sie da vor drei Monaten in jenem Korridor gestanden hatte, ließ ihn nach Luft schnappen, als hätte ihm jemand einen Fausthieb in den Magen versetzt. Die Betroffenheit in ihrem Gesicht, die langsam einem Ausdruck von Entsetzen gewichen war, als sie ihn erkannt hatte, während er sich bemüht hatte, sein Lächeln zu unterdrücken und sich gegen den Drang zu wehren, zu ihr zu laufen, sie in die Arme zu schließen … Jedes Mal, wenn er daran dachte, zerriss es ihn innerlich.

Und er hatte in den letzten Monaten sehr, sehr oft an sie gedacht.

Wie ein Blitz aus heiterem Himmel war sie eingeschlagen und hatte ihm gezeigt, wie düster sein Leben geworden war: In ihm herrschte finsterste Nacht.

Begegnet war er ihr auf der Eröffnungsfeier des Crooked Creek Spa. Das Resort gehörte Freunden von ihm, und Maddy war dort gewesen, um darüber zu berichten. Sie waren sich rein zufällig begegnet – ein unerwartetes Geschenk. Zu dem Zeitpunkt war er erst seit wenigen Monaten in Dallas gewesen und hatte nicht gewusst, dass auch sie in der Stadt lebte, geschweige denn, dass sie eine äußerst populäre Vormittagssendung im Fernsehen moderierte.

Berühmt war sie, seine Maddy. Versiert, geachtet und viel schöner, als er in Worte fassen konnte.

Sie hatte nur einen Blick in seine hässliche Visage geworfen und war davongerannt. Hatte ihn einfach in dem Flur stehen lassen, sodass die Scham über das, was geschehen war, auf seiner Haut gebrannt hatte.

Normalerweise glaubte Billy nicht an Schicksal, aber dass sie wieder in seinem Leben auftauchte, als er an einem absoluten Tiefpunkt war, erschien ihm bedeutend. Wie etwas, das er besser nicht ignorieren sollte.

Wie etwas, das er nicht ignorieren *wollte*.

Also hatte er sich einen Monat lang jeden Morgen ihre Show angesehen. Ihr Gesicht auf dem Bildschirm gemustert, über die harten Seiten ihrer Schönheit gestaunt. Teile des Mädchens, das er gekannt hatte, fehlten: ihre wilden Locken, ihre vollen weiblichen Hüften, die sie ebenso verabscheut hatte, wie er sie in unheiliger Liebe angebetet hatte. Sie hatte ihre Zähne richten lassen und einen neuen Namen angenommen.

Madelyn Baumgarten hatte die Frau geheißen, mit der er aufgewachsen war und die er geheiratet hatte.

Doch die funkelnden, hellwachen goldbraunen Augen, dieses Lachen, das jede dunkle Wolke zu vertreiben vermochte, diese langen Beine und kräftigen Arme, die er in der Erinnerung immer noch um sich spürte – all das war noch da.

Er hatte versucht, sie über das Studio zu erreichen, aber sie hatte seine Nachrichten nicht beantwortet, und nach einiger Zeit hatte er es aufgegeben. Noch ein wenig später hatte es wehgetan, sie zu beobachten. Es hatte so geschmerzt, dass er schließlich beschlossen hatte, den Fernseher auszuschalten und so zu tun, als hätte er sie nie gesehen.

Und sein Leben … Es wurde einfach noch dunkler. Diese Hockeysaison war die schlimmste, die er je erlebt hatte; seine Karriere war im Eimer, und er war allein. Nicht so allein wie in den vergangenen vierzehn Jahren, seit sie in dieser Aufzugkabine in Detroit verschwunden war, sondern *allein*.

Durch und durch allein und einsam.

Maddy lebte irgendwo in dieser Stadt. Und der bloße Gedanke daran erstickte seine niedersten Instinkte. Keine namenlosen Frauen mehr, die ihn baten, ihnen schreckliche Dinge anzutun. Das war vorbei seit dem Tag, an dem er Maddy getroffen hatte und daran erinnert worden war, dass er einmal ein besserer Mann gewesen war. Dass er einmal ein besserer Mann sein *wollte*.

Als er die Tür zur Spielergarage aufstieß, hüllte ihn die feuchte Hitze des Frühlingsabends ein wie ein nasses Handtuch. Sofort klebte sein weißes T-Shirt an seinem Körper. Fforde machte sich immer darüber lustig, dass er so billige Sachen kaufte. Mit seinem Verdienst konnte er sich Materialien leisten, die nicht an ihm klebten, egal, wie heiß es war. Aber er machte sich nichts aus Kleidung.

Woraus machst du dir überhaupt irgendetwas? Er konnte Hornsbys Stimme regelrecht hören.

Aus nichts, schoss es ihm durch den Kopf. *Und zwar schon lange nicht mehr.* Diese Tatsache löste Überdruss und eine leichte Übelkeit in ihm aus – aber so schade das auch sein mochte, so war es nun mal.

Er war Billy Wilkins, und das hatte er selbst aus seinem Leben gemacht.

2. KAPITEL

Verstehe ich das richtig?“ Gina, Madelyns Haar- und Make-up-Göttin, begegnete ihrem Blick im Spiegel. „Du schaust dir immer noch nicht den *Bachelor* an?“

„Warum ist dir das so wichtig?“, fragte Madelyn, abgelenkt von Ginas halbem Bagel auf dem Schminktisch. Sie versuchte sich geistig auf die Show vorzubereiten, aber dieser Bagel … Er war mit Räucherlachs belegt. Salziger Räucherlachs auf fettem Rahmkäse auf einem kohlenhydratreichen Pumpernickel-Bagel. Ein Dreier aus Dingen, die sie sich bemühte, als nicht existent zu betrachten.

„Weil das die beste Show aller Zeiten ist?“ Mit ein bisschen zu viel Enthusiasmus kämmte Gina ihr die Haarspitzen, sodass sie flach und seidig wie gehorsame Aale über ihren Schultern hingen.

Wer schön sein wollte, musste leiden – und Gina schwang die Peitsche.

Madelyn nahm ihr Skript zur Hand und versperrte sich damit die Aussicht auf den Räucherlachs. „Eine Ehe dient nicht der Unterhaltung.“

Gina blinzelte. „Damit hast du natürlich recht.“

„Ladys, können wir uns konzentrieren?“ Ruth, Produktionsassistentin von *Dallas A. M.*, saß gekrümmt wie ein Komma auf dem weißen Stuhl in der Ecke. Hinter ihrer dicken, schwarz gerahmten Brille glitzerten ihre ebenso schwarzen Augen. Das passte zu ihrem Gesamtlook: schwarz in schwarz. Ruth strebte ehrgeizige Ziele an und wollte nach New York. Sie übte schon mal, indem sie sich passend kleidete. „Es gibt Änderungen im Skript, zwischen dem Beitrag *Ordnung schaffen in der Kramschublade* und Pierres Tipps, wie man sich selbst den Pony schneidet.“

„Schon gesehen.“ Madelyn überblätterte die Änderungen, die sie bereits vor einer Stunde gelesen hatte. Sie arbeitete gern so, als würde jeder Collegeprofessor, der je an ihren journalistischen Fähigkeiten gezweifelt und ihr dabei auf den Busen gestarrt hatte, ihr kritisch über die Schulter schauen. Deshalb war sie äußerst gut in ihrem Job.

Nun ja, deshalb und wegen Ruth. Sie und Ruth hatten *Dallas A. M.* aus dem Tief der Einschaltquoten herausgeholt, in dem es unter Phil Montgomerys Leitung jahrelang herumgedümpelt hatte. In gewisser Weise ergänzten sie sich perfekt.

Sie waren beide sehr eigenständig und alleinstehend, hatten ein sehr eingeschränktes Gesellschaftsleben, waren sehr fokussierte, aktive, dynamische Persönlichkeiten. So bildeten sie ein ideales Gespann im Reich des Vormittagsprogramms.

„Gestrichen wurde ...“

„Der Beitrag über sexuelle Gesundheit zugunsten dieses Unfugs über glutenfreien Käse?“ Es raschelte, als Madelyn das Skript in ihren Schoß warf. „Käse ist immer glutenfrei. War er auch schon immer. Was soll der Quatsch, Ruth?“

Madelyn hatte hart gearbeitet. In ihrer Strategie war *Dallas A. M.* die letzte Stufe auf dem Weg nach oben im Fernsehsender. Ihr Ziel war die *Today Show* mit Matt Lauer. Genau deshalb gab es eine Messlatte, die sie an sich und ihre eigene Sendung anlegte. Und obwohl sie es schon eine Million Mal gesagt hatte, wiederholte sie es: „Matt Lauer würde das nicht bringen.“

Gina stöhnte. Ruth verdrehte die Augen. „Und was würde Matt Lauer bringen? Jetzt mal ernsthaft.“

„Wenn wir ins Abendprogramm wollen, brauchen wir Storys fürs Abendprogramm.“

„Sie können nicht alle so sein wie *Skandale in der Tagespflege*.“ Ruth zog eine schwarze Augenbraue hoch und schaute Madelyn an. Dieser Beitrag war ihr sensationeller Erfolg des letzten Monats gewesen.

„Ich weiß“, stimmte sie zu, stolz und traurig zugleich, weil es die Wahrheit war. „Aber sollten wir es nicht wenigstens versuchen?“ Ruth antwortete nicht, und schon tat Madelyn ihr kleiner Zornausbruch leid.

Als Manager des Senders erinnerte Richard sie gern daran, dass sie nicht als Journalistin eingestellt worden war. Mit *Dallas A. M.* veränderten sie die Welt nicht, sie informierten sie nur.

Für *Dallas A. M.* musste sie die vertrauenswürdige, sachkundige, gut angezogene und spindeldürre beste Freundin sein, die jede Frau in Dallas gerne hätte. Sie hatte keine eigene Meinung, regte sich über nichts auf und kannte keine Vorlieben.

Stattdessen lächelte sie und erzählte den Menschen, was für ein leckeres Wunder glutenfreier Käse war.

Madelyn wartete darauf, dass Ruth aufstand und ging oder barsche Befehle in ihr Headset blaffte. Aber sie blieb still sitzen, wie eine kleine schwarze Wolke in Maddys weißer Garderobe. Seltsam. Ruth neigte nicht dazu, lange irgendwo zu verweilen. Das hieß, sie heckte etwas aus.

„Ich habe eine Idee." Ruth zog eine Zeitung unter dem Papierstoß auf ihrem Schoß hervor. „Etwas, das Matt Lauer vermutlich bringen würde."

„Faszinierend."

„Ist aber keine einfache Sache."

„Deshalb wirst du ja so gut bezahlt", meinte Madelyn. Niemand lachte über ihren Witz. Nie lachte jemand über ihre Witze.

„Und du wirst so gut bezahlt, damit du in das Calvin-Klein-Kleid passt", flüsterte Gina ihr zu.

Madelyn funkelte die gehässige Frau wütend an. „Und wofür wirst *du* bezahlt?"

„Tjaaa, ursprünglich sollte ich dafür sorgen, dass du spindeldürr bleibst, aber das funktioniert nicht so richtig, nicht wahr?"

„Du bist gefeuert. Hau ab und piesacke andere Leute."

Ruth schlug die Zeitung auf. Das Geräusch hatte dieselbe Wirkung wie eine Trillerpfeife. Madelyn und Gina verstummten und beobachteten Ruth, während sie das Blatt faltete und umdrehte, um ihnen das Titelbild zu zeigen.

Madelyn schoss das Herz in die Kehle und blieb dort stecken.

„Großer Gott, ist der Typ hässlich", stieß Gina hervor. „So was von abstoßend. Seht euch die Augen an. Der Mann ist gemeingefährlich." Gina deutete mit dem Toupierkamm über Madelyns Schulter auf Billy Wilkins' blutüberströmtes Gesicht auf der Titelseite der Sportbeilage.

Ja, dachte Madelyn, während es sie eiskalt überlief. *Ja, er ist gemeingefährlich.*

„Tja, er ist außerdem aktuell *die* Topnachricht im Sport. Er hat diese mächtige Prügelei nach dem Spiel gestern Abend in Boston angestiftet." Ruth legte die Zeitung wieder auf ihren Schoß. „Durch und durch ein Neandertaler. Und kein bisschen reuig."

Es gibt nichts, was mir leidtun müsste, Kleines. Hockey ist nun mal so. Du hast gewusst, wer und wie ich bin, als du dich auf mich eingelassen hast.

„Madelyn?", fragte Ruth.

Erst jetzt wurde Madelyn bewusst, dass sie auf ihre Hände starrte, in Gedanken weit weg in der Vergangenheit. „Wie kommst du auf ihn? Sport interessiert unsere Zuschauer nicht, es sei denn, es geht um Sport für Kinder." Zum Glück klang ihre Stimme ruhig und fest, obwohl sich in ihrem Inneren ein Abgrund aufgetan hatte. „Willst du ihn über Sinn und Unsinn von Schutzhelmen reden lassen?"

Die Vorstellung war absolut grotesk, und wenigstens Gina lachte.

„Du bist wieder eingestellt", flüsterte Madelyn, und Gina tätschelte ihr die Schulter.

Ruth beugte sich auf ihrem Stuhl vor. Ihre Augen leuchteten. „Ich will keinen Beitrag über Sport bringen. Ich will ein gründliches Umstyling mit ihm machen."

Für einen Moment blieb es still, während der Minutenzeiger der Uhr über dem Schminktisch rückwärts zu ticken und vorwärts zu donnern schien. Und dann – Gott sei Dank – schüttete Gina sich aus vor Lachen und musste sich dabei auf Madelyns Schulter abstützen.

„Mit diesem Mann?", fragte sie. „Um diese Katastrophe auszubügeln, braucht man mehr als eine neue Frisur und ein Make-up."

„Genau mein Gedanke." Ruth stand auf, tigerte zur Kleiderstange an der Wand hinüber und wieder zurück. Dann blieb sie vor Madelyn stehen, als wollte sie das Heilmittel schlechthin gegen Krebs anpreisen. „Wir nehmen uns Kleidung und Etikette vor – Tischmanieren, eventuell sogar Aggressionsbewältigung. Wir könnten ihm das Kochen beibringen. Meine Idee ist, dieses Stückchen Kohle in einen Diamanten zu verwandeln."

„Das können wir nicht", widersprach Madelyn.

„Nun, es funktioniert unter Umständen nicht; trotzdem wäre es eine tolle Sendung", entgegnete Ruth, die Madelyns Protest missverstanden hatte. „Kannst du dir diesen Mann beim Keksebacken vorstellen? Das wäre klassisches …"

„Nein." Madelyn stand auf. Sie überragte sowohl Ruth als auch Gina. Ihre Garderobe war klein, und jetzt, da sie alle drei standen, wirkte sie noch kleiner. Beinah klaustrophobisch eng. Oder vielleicht lag das auch daran, dass die Vorstellung, Billy in ihrer Sendung zu haben, ihr den Atem verschlug. „Ich meine, wir können das nicht tun. Unser Publikum …"

„Wird begeistert sein!", rief Ruth, und zu Madelyns nicht geringem Schrecken nickte Gina zustimmend. „Das ist eine gute Story, Madelyn, und das weißt du. Phil würde dafür grünes Licht geben …"

„Nein." Madelyn riss sich den Seidenpapierkragen ab, der ihre Kleidung vor Puder und Haarspray schützte. Dann steckte sie ihre Füße in die roten Pumps, die ihr zu dem grauen Bleistiftrock, den Strümpfen mit Spitzenmuster und der hauchdünnen schwarzen Bluse für den heutigen Auftritt zugeteilt worden waren. Dieser freche Bibliothekarinnen-Look kam gut an bei Frauen. Das musste man sich mal vorstellen. „Mir gefällt das nicht."

Ruth blinzelte sie verdutzt an. „Warum nicht?"

Oh, aus so vielen Gründen, die niemals jemand erfahren würde. „Weil ich darauf wetten würde, dass er vor der Kamera grässlich rüberkommt. Wir haben alle schon Interviews mit solchen Typen gesehen. Nach den Spielen. Die sind wie …" Sie hob die Hände und führte einen Robotertanz auf. „Wie Cyborgs oder so. Völlig leblos. Und ich verschwende nicht die Energie auf ihn, die ich bräuchte, um ihn für einen viertelstündigen Beitrag interessant zu machen."

„Ich dachte an eine Serie: einmal wöchentlich einen Monat lang."

Einen ganzen Monat lang Billy aushalten? Niemals.

„Einen Monat? Das ist verrückt."

Ruth und Gina warfen einander einen Blick zu, den Madelyn komplett ignorierte. Noch nie hatte sie sich als Primadonna aufgeführt, wirklich noch nie. Das war für sie alle eine Premiere.

„Und ganz offen gesagt", fuhr sie fort, griff nach der Zeitung und hielt den beiden sein Foto so unter die Nase, dass sie selbst es nicht ansehen musste, „dieses Gesicht ist nichts fürs Fernsehen. Ihr wollt einen Kerl umstylen? Großartig. Holt euch einen hübschen Basketballspieler. Aber das hier …" Sie wedelte mit dem Blatt. „… ist eine schlechte Idee."

Ruth schnaubte und straffte die Schultern, der personifizierte verletzte Stolz, und Madelyn konnte sich nicht einmal erlauben, sich schlecht zu fühlen, weil sie Ruths Idee so in den Dreck zog. Denn nun einzulenken konnte sie direkt zurück in Billy Wilkins' Umlaufbahn schleudern.

„Ich mach das nicht, Ruth."

„Schön." Ruth schnappte sich die Zeitung und sammelte ihre Papiere ein, die sie auf dem Schminktisch abgelegt hatte. „In fünfzehn Minuten im Studio." Damit ging sie und eilte den Flur entlang Richtung Aufnahmestudio, in das bereits die ersten Zuschauer strömten.

„Was ist los mit dir heute Morgen?", wollte Gina wissen und verschränkte die Arme vor ihrem mächtigen Busen. Manchmal, so wie jetzt, gab Gina die verärgerte italienische Mama, und dann war mit ihr nicht gut Kirschen essen. „Es ist eine tolle Idee."

„Nein", widersprach Madelyn, beugte sich vor und legte selbst Lippenstift auf, was Gina maßlos ärgerte. „Es ist eine grässliche Idee. Vertrau mir."

Montagmorgen um halb sieben gesellte Madelyn sich zur morgendlichen Besprechungsrunde, nachdem sie einen Dreimeilenlauf absolviert hatte. Ihre Beine fühlten sich ein wenig wackelig an, aber sie hatte ihre Diät übers Wochenende eisern durchgehalten. Jetzt würden die Kostümbildner sie nicht mehr schief anschauen; es bestand kein Zweifel mehr, dass sie in das bewusste Kleid von Calvin Klein passte, wenn in der nächsten Woche die Frühjahrswerbespots gedreht wurden.

Sie hatte Donuts mitgebracht.

Als Friedensangebot für Ruth. Nicht dass Ruth sie essen würde. Soweit Madelyn wusste, lebte Ruth von Kaffee und Luft. Doch Donuts machten die Teilnehmer der morgendlichen Runde munter, und darüber würde Ruth sich freuen.

Es war die erste Frühbesprechung des Monats. Deshalb nahm Phil Montgomery daran teil. In einem Snoopy-T-Shirt. Ausgerechnet Snoopy – an einem erwachsenen Mann, der obendrein Produktionsleiter war. Das war schon nicht mehr ironisch, sondern schlichtweg lächerlich.

Außerdem hatte es sich im Büro herumgesprochen, dass er mit Sabine schlief, einer der Beitragsproduzentinnen. Für Phil machte das Sinn, denn Sabine war jung und schön. Aber wenn Sabine glaubte, mit einem Produktionschef ins Bett zu steigen sei ihrer Karriere förderlich, hatte sie sich dafür den Falschen ausgesucht.

Noch ein wenig benommen von ihrem Lauf und high vom Duft der Donuts, musste Madelyn lächeln, als sie sich vorstellte, wie Sabine versuchte, Ruth zu verführen, um auf der Karriereleiter nach oben zu kommen.

Hey, Süße, ich dachte, dich interessiert vielleicht dieser Beitrag in der New York Times *über Online-Werbeetats. Ach ja, ich habe hier Kaffee für dich und Luft.*

„Worüber amüsierst du dich?", fragte Sabine, die hinter ihr den Raum betrat.

„Über nichts. Entschuldige."

Sabine und Phil riskierten gleichermaßen den Rausschmiss, weil sie miteinander schliefen. Erstaunlich, dass Phil dieses Risiko einging: Immerhin hatte er zwei halbwüchsige Töchter und eine Exfrau, die ihn ausnahm wie eine Weihnachtsgans.

Wie schon so oft überlegte Madelyn, wie Phil es eigentlich schaffte, seinen Job zu behalten. Schließlich fiel ihr jedoch wieder ein, dass er besser im Budget blieb als jeder andere Produktionschef, mit dem sie jemals gearbeitet hatte. Eingeschlossen die bei den öffentlich-rechtlichen Sendern.

Und er war großartig im Umgang mit der Crew.

Anders als Ruth. Immer wenn sie sich mit den Gewerkschaften auseinandersetzen musste, eskalierte die Sache, und es wurde mit Streik gedroht. Dann wurde Phil ins Spiel gebracht, damit er die Wogen glättete. Phil mit seinen dämlichen T-Shirts und seinem Leck-mich-doch-Grinsen.

Bei den Montagmorgenrunden vermochte er allerdings nicht zu glänzen. Jede seiner Ideen, die Madelyn und Ruth ihm sorgfältig ausreden mussten, lag ganz und gar auf dem Niveau von Boulevardzeitungen.

Phil liebte Shows, in denen die Fetzen flogen. Und das war ein Problem. Zum Glück konnte Ruth normalerweise gut mit ihm umgehen und schaffte es, ihn auf ihre Seite zu bringen. Wenn sie sich nämlich beide für einen vorgeschlagenen Beitrag aussprachen, kamen sie damit auch durch.

So bildeten die beiden ein seltsames Yin und Yang. Ruth war der Verstand, Phil … das unterzuckerte Kind, vollgepumpt mit Coca-Cola.

„Guten Morgen allerseits", sagte Madelyn und stellte die Schachtel mit gemischten Donuts mitten auf den Tisch. Sofort fielen alle darüber her, als hätten sie tagelang nichts gegessen. „Wie war euer Wochenende?"

Sie hörte nur mit einem Ohr hin, während Sabine von dem neuen Klub in der Stadt erzählte. Ein Knutschfleck lugte unter ihrem Rollkragenpullover hervor, den sie wohl in dem Versuch trug, ebendiesen Fleck zu verbergen.

Du bist eine erwachsene Frau, dachte Madelyn, die sich für Sabine fremdschämte. Sich für sie schämte, weil sie genau wusste, dass der Knutschfleck auf Phils Konto ging. Die beiden ignorierten einander so auffällig, sie hätten sich genauso gut die Kleider vom Leib reißen und es gleich hier auf dem Konferenztisch miteinander treiben können.

Vielleicht würdest du beim Anblick eines Knutschflecks nicht wie eine Nonne reagieren, wenn du auch mal Sex hättest. Aber dazu würde es nicht kommen – es sei denn, sie stolperte bei einem ihrer Morgenläufe über einen Mann und sein Penis drang dabei durch einen äußerst merkwürdigen Unfall in ihre Vagina ein.

Phil erwähnte ein neues Restaurant, das er testweise besucht hatte. So wie er Filet Mignon sagte, klang es in ihren Ohren, als wollte er sie persönlich verletzen. Aber vielleicht lenkte die Diät auch schon ihre Wahrnehmung.

„Und was hast du so gemacht?“, erkundigte sich Sabine.

Madelyn sog sich rasch eine Babyparty aus den Fingern. In dieser Runde wollte niemand etwas darüber hören, wie sie ihr Wochenende tatsächlich verbracht hatte: mit Laufen und Kalorienzählen.

Sie schlüpfte auf ihren Stammplatz in der Ecke und behielt Ruth im Auge, die sich Notizen in den Formularen vor ihr machte.

Madelyn fühlte sich schlecht, ihr in der letzten Woche eine Niederlage bereitet zu haben.

Sie waren ein Team. Sie waren Freundinnen. Sie hätte niemals so ausrasten dürfen.

„Unsere Einschaltquoten sinken“, erklärte Ruth. „Die Werbekunden machen Druck, damit wir dafür sorgen, dass sie wieder steigen. Wir brauchen also tolle Ideen, und zwar sofort.“

Druck von Werbekunden ließ alle aufmerken, und Madelyn holte die Liste hervor, die sie am Abend zuvor beim Training auf ihrem Fitnessrad geschrieben hatte.

„Wie wäre es mit einem Gewinnspiel mit einer kostenlosen Frühlingsgarten-Gestaltung als Preis?“, schlug sie vor. Neugestaltungen kamen beim Publikum immer sehr gut an, Gewinnspiele natürlich ebenso. „Die Zuschauer dürfen Videos einschicken. Wir suchen den Garten aus, der am schlimmsten aussieht, und stylen ihn komplett neu.“

„Einige unserer Werbekunden werden begeistert sein“, meinte Ruth. „Sonst irgendwelche Einfälle?“

Andere Vorschläge kamen auf den Tisch. Madelyn war erleichtert, als die Idee abgelehnt wurde, sie in ein Orkkostüm zu stecken und zur Comicmesse zu schicken. Sie wusste zwar nicht, was ein Ork war, aber sie hatte keine Lust, sich als ein solcher zu verkleiden.

„Ich habe da was“, meldete sich Phil zu Wort, und es wurde still im Zimmer.

Oh, oh, dachte Madelyn und bereitete sich geistig schon mal darauf vor, ihm die Sache auszureden.

Aber dann öffnete Phil den Mund, und heraus kamen drei Stichwörter: „vierteiliges Format“, „Billy Wilkins“, „Umstyling“. Alle im selben Satz untergebracht.

Jeder im Raum war begeistert. Sabine klatschte in die Hände wie ein kleines Mädchen.

„Einverstanden“, sagte Ruth. „Packen wir’s an.“

Wie betäubt vor Wut und Schock wandte Madelyn sich Ruth zu, die ihrem Blick geflissentlich auswich.

3. KAPITEL

Eine Stunde später stürmte Madelyn in Ruths Büro. Sie knallte die Tür so heftig hinter sich zu, dass diese zurückprallte und sie am Hintern traf.

„Was soll das, Ruth?“, fragte sie.

Ruth gab sich unschuldig, aber Madelyn ließ ihr das nicht durchgehen. Sie funkelte die Frau so lange an, bis diese klein beigab.

„Schließ die Tür“, murmelte Ruth.

Madelyn versetzte der Tür mit dem Hintern einen Stoß.

„Es ist eine gute Idee“, erklärte Ruth, „und das weißt du auch.“ Sie lehnte sich in ihrem Stuhl zurück und verschränkte die Arme vor der schmalen Brust. „Wir haben beide keinen Hehl daraus gemacht, dass wir im Sender aufsteigen wollen – ins Abendprogramm.“

„Richtig. Aber ich habe geglaubt, wir arbeiten zusammen.“

„Ich auch. Wir wissen beide, dass es eine tolle Story ist. Von landesweitem Interesse. Eine Story, die auf uns aufmerksam macht, wenn wir sie richtig aufziehen.“

Oh Gott, Ruth hatte so recht. Mit jedem Wort, das sie sprach, hatte sie recht.

„Nicht, wenn er grässlich rüberkommt.“

„Das wird er nicht“, wiegelte Ruth ab. „Du bist zu gut in dem Job, als dass er grässlich rüberkommen könnte.“

Ruth pinselte ihr nicht den Bauch. Sie hatte immer völlig offen dazu gestanden, warum sie sich mit Madelyn zusammengetan hatte, und gemeinsam hatten sie gute Dienste geleistet und einander perfekt ergänzt.

„Ich habe Nein gesagt.“

Ruth stand auf und streckte flehend die Hände aus. Diese Geste wirkte an ihr so falsch, dass Madelyn beinah die Augen verdreht hätte. „Sag mir, warum. Nenne mir einen guten Grund, warum wir eine so gute Idee verwerfen sollten, und ich tue es. Wenn es für dich wirklich eine so große Sache ist, tue ich es. Aber bisher hast du mir keine stichhaltigen Gründe genannt.“

Er hat mir das Herz gebrochen. Er hat mich zugrunde gerichtet. Er ist meine Vergangenheit. Er ist meine Leiche im Keller.

Doch all das konnte sie nicht sagen. Madelyn hatte alles Erdenkliche getan und zu drastischen Maßnahmen gegriffen, um ihr altes Ich abzuschütteln. Dass sie einen neuen Namen angenommen hatte, war noch das Geringste. Und es kam überhaupt nicht infrage, Ruth anzuvertrauen, dass sie der Fußabtreter für einen professionellen Schläger gewesen war.

„Ich habe Nein gesagt“, wiederholte sie, und Ruth setzte sich wieder. „Das sollte dir reichen.“

„Tut es aber nicht. Phil hat Ja gesagt, und das reicht mir.“ Ruth zuckte mit den Schultern, die sich knochig und dünn unter dem schwarzen Rundhalsshirt abzeichneten.

„Billy Wilkins wird sich nie und nimmer auf diese Geschichte einlassen“, hielt Madelyn dagegen. Am liebsten wäre sie umhergetigert, aber Ruths Büro war so klein, dass ihr dabei vermutlich schwindelig geworden wäre. Dafür hatte es ein Fenster, während Madelyn zwar ein größeres Büro hatte, aber eines ohne Fenster. Sie hatten mit dem Spiel *Schere, Stein, Papier* ausgeknobelt, wer welches Büro bekommen sollte, als sie beide neu hier angefangen hatten.

Weißt du das nicht mehr? hätte Madelyn am liebsten geschrien.

„Da magst du recht haben“, erwiderte Ruth, „aber einen Versuch ist es wert.“

Madelyn biss sich auf die Zunge, kaute auf ihrer Unterlippe. Gott, was gäbe sie jetzt für eine Tüte Kartoffelchips. Eine große Tüte voller salziger Kartoffelchips, und zwar die geriffelten. Und dazu ein Dip. Oh ja, ein Dip aus saurer Sahne, wie ihre Mom ihn zubereitet hatte. Ein ganzes Pfund auf einmal.

„Ich dachte, wir wären Freundinnen.“

Ruth wirkte verwirrt, und Madelyn fragte sich, ob sie eine falsche Vorstellung von Freundschaft hatte. Irgendwie brachte sie das einfach nicht auf die Reihe. Bildlich gesprochen war es so: Immer wenn sie glaubte, eine echte Banane in der Hand zu halten, musste irgendwer sie darauf aufmerksam machen, dass es nur ein Foto war.

„Es geht ums Geschäft, Madelyn. Nimm's nicht so persönlich."

Nicht so persönlich? Großer Gott, wenn es nicht so schrecklich gewesen wäre, hätte sie es als lustig betrachten können. Ruth hatte keine Ahnung, wovon sie redete, denn zwischen Billy Wilkins und Maddy Baumgarten war alles viel zu persönlich.

„Na schön, aber ich helfe dir nicht dabei. Du willst ihn haben. Du kümmerst dich darum, dass du ihn kriegst."

Damit verließ sie Ruths Büro. Und hoffte, dass das ausreichte. Hoffte, dass der stolze, eigensüchtige, kindische Junge, den sie gekannt hatte, immer noch in dem erschreckenden Mann steckte, den sie im Crooked Creek Spa gesehen hatte. Denn der Billy, mit dem sie verheiratet gewesen war, würde sich niemals auf eine solche Show einlassen.

„Wir haben das schon mal durchgekaut, und meine Antwort lautet immer noch Nein." Billy hätte es wissen müssen. Natürlich hatte die Freundin seines besten Freundes Hintergedanken gehegt, als sie ihn darum gebeten hatte, ihr beim Streichen zu helfen.

„Ich hätte dich nie für einen Feigling gehalten, Billy", sagte Tara Jean Sweet, während sie die Ecken um die Tür mit weißer Farbe bearbeitete.

Er würdigte die Beleidigung mit keiner Reaktion. Obwohl sie absolut zutreffend war.

Streichen gehörte nicht zu Tara Jeans herausragenden Fähigkeiten. Überall prangte weiße Farbe: auf dem Türrahmen, auf dem Fußboden, an ihren Händen, auf ihrem Shirt. Aber sie war mit Feuereifer dabei, und das wusste Billy zu schätzen.

„Ich erinnere dich an deine Bürgerpflichten. Du musst hingehen."

„Ich habe dir eine Menge Geld gegeben und tue es auch weiterhin. Du brauchst mich nicht für eine Nobelparty." Billy arbeitete sich mit der Farbrolle an der Wand entlang und versuchte dabei, TJs schlimmste Fehler auszubügeln.

Sie warf die Hände hoch, sodass die Grundierfarbe von ihrem Pinsel großzügig auf den Fußboden tropfte. „Muss ich dich daran erinnern, dass die Sache mit dieser Schule auf deinem Mist gewachsen ist?"

„Nein, musst du nicht. Ich habe lange darüber nachgedacht, diese Schule zu gründen, aber das ist auch alles. Es war ein Gedanke, eine Idee, mehr nicht. Du bist gleich ausgeflippt, hast Berater engagiert, an der Stiftungssatzung gearbeitet und dich um Spenden bemüht."

„Weil es eine großartige Idee ist, und du bist ein fantastischer Verfechter dieser Idee. Himmel, Arsch und Wolkenbruch, Billy, du hast mich und Luc dazu gebracht, uns für eine Charterschule mit Schwerpunkt Sport einzusetzen. Bei ein paar Gläsern Bier. Stell dir vor, was du in einem Saal voller Leute erreichen könntest, die bereit sind, ihre Brieftaschen zu zücken."

Tara Jean war eine ganz Liebe; allerdings ging ihm ihre Entschlossenheit, nur das Beste in ihm zu sehen, allmählich gehörig auf die Nerven. „Das nimmt mir doch keiner ab, TJ. Ausgerechnet ich soll Spenden für eine Schule sammeln? Ich schrecke die Leute höchstens ab."

„Blödsinn." Sie drehte sich wieder um und bearbeitete die Wand mit wütender Bestimmtheit. „Du gehst hin, ob es dir gefällt oder nicht. Und du legst dir einen neuen Smoking zu, und weil du dich so anstellst deswegen, könnte ich dich glatt noch dazu verdonnern, eine Rede zu halten."

„TJ …"

„Ist dir mal der Gedanke gekommen, dass Luc und ich dich dort brauchen? Als Freund. Die Stiftung ist neu, und wir haben so etwas noch nie gemacht …"

„Okay." Er hob die Malerrolle zum Zeichen, dass er sich geschlagen gab. Wenn sie diese Karte ausspielte – Freunde in Not –, dann durchbrach sie damit seine Verteidigung. „Ich werde da sein. Ich tu, was du willst."

Sie strahlte ihn zufrieden an. „Ich wusste doch, dass ich dich überzeugen kann."

Also doch: alles Manipulation! Er verdrehte die Augen, um

ihr zu zeigen, dass er sie durchschaut hatte. Trotzdem ärgerte er sich seltsamerweise nicht besonders darüber. Er hatte im Laufe der Jahre eine Menge Geld und Zeit in wohltätige Zwecke investiert, aber nie zuvor hatte er sich von Anfang an für etwas so Großes, so … Persönliches engagiert.

Die New School. Der Name war wenig überzeugend, doch den hatte er auch nicht vorgeschlagen.

Tatsächlich staunte er darüber, wie weit Tara und Luc seine Idee ausgebaut hatten, die ihm seit Jahren im Kopf herumspukte. Wenn er so darüber nachdachte, wie Tara ihn dazu brachte, zu tun, was sie wollte, überraschte es ihn jedoch ein wenig, dass sie noch nicht Gouverneurin von Texas war.

Das Handy in seiner Gesäßtasche vibrierte, und er holte es heraus. Und verzog das Gesicht, weil er sich dabei den Schorf von den Fingerknöcheln riss.

„Ich bezahle dich nicht fürs Telefonieren", meinte Tara und warf ihm einen Seitenblick zu.

„Du bezahlst mich gar nicht." Billy saugte an einer der aufgerissenen Stellen. „Genau genommen habe ich dich gebeten, jemand anderen dafür zu bezahlen."

Ihr blonder, mit weißer Farbe gesprenkelter Pferdeschwanz erbebte, als sie lachte. Er verstand nur zu gut, warum Tara Jean ihr Haus selbst streichen wollte, obwohl ihr Luc Bakers Vermögen zur Verfügung stand. Sie hatte noch nie ein Haus besessen und wollte sich jeden Quadratzentimeter persönlich zu eigen machen. Und dazu gehörte auch die Farbe an den Wohnzimmerwänden.

Sein Handy vibrierte erneut. Er schaute aufs Display. Die Erleichterung, dass der Anruf nicht von Hornsby kam, sorgte dafür, dass er sich munterer meldete, als er das sonst getan hätte.

„Hey, Superagent", sagte er.

„Hab ich die falsche Nummer gewählt?", fragte Victor.

„Sehr witzig. Was gibt's?"

„Tja, offenbar bekommt es dir ausgezeichnet, Tausende Dollar Bußgeld bezahlen zu müssen und für die ersten vier Spiele der nächsten Saison gesperrt zu sein, Wilkins", spöttelte der Agent.

„Ich hoffe nur, dass du wegen eines fantastischen Werbevertrags anrufst. Bestimmt will jemand mein Gesicht, um etwas zu verkaufen."

Tara Jean funkelte ihn finster an, bevor sie das Zimmer verließ, damit er ungestört telefonieren konnte. Sie mochte seine Witze über sein Aussehen nicht. In dem Punkt war sie offensichtlich ein wenig zimperlich.

„Nein, leider nicht, aber ich habe trotzdem eine Chance für dich."

Billy hängte die Malerrolle an den Farbeimer zu seinen Füßen und drehte sich zum Fenster um. Luc und Tara Jean hatten sich ein hübsches Farmhaus mit einem Morgen Land außerhalb von Dallas gekauft. Den Bach hinterm Wohnhaus säumten hohe Pappeln. In ein paar Jahren würde man darin wunderbar ein Baumhaus bauen können. Und im Bach schwammen tatsächlich Fische.

Vielleicht bringe ich Luc doch nicht das Angeln bei, dachte er. Dann hätte er einen Grund, vorbeizukommen und Zeit mit den Kindern zu verbringen, die seine Freunde eines Tages haben würden. Er musste lächeln bei diesem Gedanken, der zugleich einen stechenden Schmerz in seiner Brust auslöste.

Oben gab es vier leere Schlafzimmer, die bloß darauf warteten, dass Kinder sie mit all ihrem Krempel füllten: Windeln und Spielzeug. Kleine Schuhe. Fahrräder.

Das Haus hatte eine Zukunft.

Vor etwa einer Million Jahren hatte er sich selbst diese Art von Zukunft gewünscht. Angeln, Baumhäuser, Zimmer anstreichen, eine hübsche Frau, die ihn herumkommandieren konnte.

Tatsache war, dass Lucs Leben sehr dem Leben glich, das Billy bereits in der Hand gehabt hatte.

Bis er es ruiniert hatte.

Und jetzt hatte er nur noch Besuchsrecht.

„Was für eine Chance?", fragte er. Im Grunde war er nicht wirklich interessiert, aber wenn er damit einige der leeren Stunden außerhalb der Saison ausfüllen konnte, war es eine gute Sache. Angesichts seines Rufs und seines Aussehens konnte er sich allerdings nicht vorstellen, welche Chance sich ihm bieten sollte.

„In einer Vormittagssendung im Fernsehen will man dir ein Umstyling verpassen", erklärte Victor.

Billy lachte. „Du bist irrsinnig witzig. Jetzt mal im Ernst, Mann."

„Das ist mein Ernst. Der Produktionschef hat in meinem Büro angerufen. Er will mit dir über eine vierteilige Sendung über dich reden."

„Ein Umstyling? Haben die mich gesehen?"

„Haben sie. Und es geht um deinen gesamten Lebensstil. Manieren, Kleidung, sie wollen dir Kochen beibringen, Aggressionsmanagement ..."

„Ich hoffe, du hast ihnen gesagt, wohin sie sich ihr Angebot stecken können." Billy wandte sich vom Fenster ab, während in ihm Zorn hochkochte.

„Habe ich nicht, Billy, denn ... offen gestanden, du kannst so etwas gut gebrauchen."

„So etwas? Eine öffentliche Demütigung? Nein, danke."

„Das muss keine Demütigung werden. Es könnte dich den Leuten näherbringen, dich menschlicher erscheinen lassen. Damit könntest du aller Welt zeigen, dass Billy Wilkins auch eine weiche, nette Seite hat."

„Ich habe keine weiche, nette Seite", gab er zurück, während ihm die Prügelei der letzten Woche durch den Kopf ging. Mit beiden Händen hatte er das letzte Jahr seiner Karriere auf den Müll geworfen, weil er wütend gewesen war. Weil er sich beleidigt gefühlt hatte.

„Was tust du gerade?", erkundigte sich Victor.

„Ich helfe in Luc Bakers Haus beim Anstreichen. Tara Jean wollte das selbst tun, obwohl sie nicht mal weiß, wie man einen Pinsel hält."

„Also hast du beschlossen, Freunden zu helfen."

„Ja, aber ..."

„Das ist nett, Billy. Und die Leute werden begeistert sein, das zu sehen."

„Blödsinn, Victor." Er stöhnte. „Keine Nachrichtenshow ..."

„Es handelt sich um *Dallas A. M.* Das ist diese Vormittagssendung auf ..." Victor blätterte hörbar in seinen Notizen, während Billy plötzlich das Blut in den Ohren rauschte.

Dallas A. M. Maddy. Das war Maddys Show.

„Ist Madelyn ...?" *Wie zum Teufel lautet noch mal der Nachname? Cornwall? Nein, das ist es nicht. Cornish? Ja, genau.* „Ist Madelyn Cornish noch bei dieser Show?"

„Keine Ahnung, Mann, ich schau mir so was nicht an."

„Tara!", brüllte Billy, und sie kam zurück ins Zimmer gehuscht. „Ist Madelyn Cornish noch bei *Dallas A. M.*?"

„Ja."

„Okay, ich treffe mich mit den Leuten", sagte Billy zu Victor. Am anderen Ende der Leitung herrschte verblüfftes Schweigen. „Victor? Bist du noch da?"

„Ja, ich bin nur ... überrascht. Hornsby wird begeistert sein."

„Egal. Ich treffe mich trotzdem mit den Leuten."

„Na schön, ich mache einen Termin aus. Details kommen per SMS."

Billy beendete das Gespräch und schaute wieder aus dem Fenster. Sein Atem ging so schwer, als hätte er einen Sechsmeilensprint hinter sich. Er hielt es durchaus für möglich, dass Maddy einen sehr öffentlichen, sehr nachtragenden und erniedrigenden Racheplan ausgeheckt hatte.

„Billy?" Tara Jean stand in der Tür. Sie war schön, blond, vollbusig, hatte blaue Augen und konnte einen Mann mit einem einzigen Blick umhauen. Aber für Billy war sie bloß ein schwacher Abglanz von Maddy Baumgarten an ihrem schlimmsten Tag. Und jenen Tag hatte er erlebt. Er hatte ihn verursacht.

„Alles in Ordnung mit dir, Billy?"

Vor vierzehn Jahren hatte er alles kaputt gemacht. Sie hätten eine Familie sein sollen. Das hatten sie einander versprochen. Und er hatte dieses Versprechen gebrochen. Es mit Füßen getreten. Weil er keine Ahnung gehabt hatte, wie man ein solches Versprechen hielt.

Inzwischen hatte er jedoch ein bisschen Übung. Er dachte an Luc und Tara Jean, an all die Jungs in den Mannschaften, mit denen er gespielt hatte. Er wusste jetzt mehr darüber, was es bedeutete, Teil einer Familie zu sein. Wusste, dass es eine zweiseitige Angelegenheit war und auf Gegenseitigkeit beruhte.

Trotz allem, was geschehen war, obwohl sie gescheitert waren, einander enttäuscht und verletzt hatten: Wenn ihm der Gedanke an eine Familie kam – an eine richtige Familie, nicht so etwas wie seine parasitären Schwestern und seine verkorksten Eltern –, dann dachte er nach all diesen Jahren immer noch an Maddy.

An ihre Arme, die ihn nachts umfingen. An ihre Stärke und ihre Unterstützung.

„Gehen wir wieder an die Arbeit“, sagte er und trat vor die leere Wand und den Farbeimer.

„Weißt du, wenn dich etwas bedrückt ...“

„Fang du nicht auch noch an, wie Oprah Winfrey zu reden, Tara.“

Er spürte, dass sie ihn beobachtete. Dass sie überlegte, ob sie in ihn dringen sollte oder nicht. Doch dann seufzte sie und machte sich von Neuem daran, überall Farbe zu verteilen; allerdings nicht nur dort, wo sie hingehörte.

„Warum hast du nach Madelyn Cornish gefragt?“, wollte sie wissen.

„Ich überlege, in ihrer Sendung aufzutreten.“

Billy lächelte, als er hörte, wie TJs Pinsel klappernd auf den Holzdielenboden fiel. Sie fluchte und versuchte, die Sauerei mit einem Zipfel ihres Hockey-T-Shirts von den Toronto Cavaliers zu beseitigen.

„Ich hab dir gesagt, wir brauchen Abdeckplanen für den Fußboden“, meinte er.

„Billy, du warst doch immer der Ansicht, diese Shows seien demütigend.“

„Das sind sie auch.“

„Warum willst du dann an einer teilnehmen?“

Seine Vergangenheit, insbesondere der Teil mit Maddy, war so lange her, dass er nie darüber redete. Es fragte auch keiner danach. Seine praktisch noch im jugendlichen Alter geschlossene und gescheiterte Ehe interessierte die Sportreporter nicht, denen es ausschließlich um seine Minuten auf der Strafbank ging. Und die Jungs in seinem Team ahnten nicht einmal etwas davon.

Aber plötzlich lag ihr Name wieder auf seinen Lippen, und das fühlte sich unglaublich gut an. Es erinnerte ihn an die schlimmsten Dinge aus seiner Vergangenheit, doch eben auch an die besten.

Es war kein Geheimnis, dass er einen Teil von sich verloren hatte, als sie gegangen war. Den Teil, dem es nicht egal war, was andere über ihn dachten. Den Teil, der etwas wert sein wollte, der ihrer würdig sein wollte.

Und als sie fort gewesen war, hatte er alles von sich gestoßen, was ihm noch von seiner Familie und seinen Freunden daheim geblieben war. Seine ganze Kindheit. Denn er hatte das Vergangene nicht ertragen können, wenn sie nicht da war, um es erträglich zu machen.

Als er schließlich alles ruiniert hatte, was von ihrem gemeinsamen Leben geblieben war, hatte sie seine Zukunft, seine Vergangenheit und den größten Teil seiner Persönlichkeit mit sich genommen.

„Maddy und ich sind zusammen aufgewachsen. Wir wohnten in derselben Straße, und wir … wir waren mal verheiratet."

Tara Jean fiel die Kinnlade herunter.

Rasch hob er eine Hand, um die Flut von Fragen abzuwehren, die er kommen sah. „Wir waren wie zehnjährige Kinder, und ich … ich habe alles vermasselt."

„Was hast du getan?"

„Das geht dich nichts an, Tara. Tut mir leid, aber es geht dich wirklich nichts an." Es ging nur Maddy etwas an, und er wusste, dass sie es geheim gehalten hatte. Also würde er das auch tun.

„Sie wird also einfach ein Interview mit dir führen? Oder dich mit Kindern Hockey spielen lassen? Oder was?" In dem großen Shirt ihres Freundes wirkte Tara zierlich – aber keineswegs zerbrechlich. Er erinnerte sich an Maddy. Auch sie hatte seine T-Shirts getragen, und der Anblick ihrer gebräunten Beine unter einem dieser Shirts war der heißeste Anblick gewesen, der ihm je beschert worden war.

„Ein … ein Umstyling. Sie wird mir beibringen, wie man sich kleidet, wie man sich benimmt. So was. Sie wird mich für Dallas aufpolieren."

Taras Augen wurden schmal. Natürlich war ihm klar, wie das klang. Die Show konnte bestenfalls entwürdigend sein.

„Du musst doch zugeben, dass es eine gute Sendung ist", fügte er hinzu. „Und die PR-Leute der Mavericks werden begeistert sein."

„Billy", seufzte sie. Ihre Augen blickten unendlich traurig, traurig seinetwegen. Das war lieb von ihr, aber kein bisschen nötig. Sie hatte keine Ahnung, wie sehr er sich darauf freute. Sich darauf freute, Maddy wiederzusehen.

„Mach dir keine Sorgen um mich, Tara", sagte er und verteilte den letzten Rest Grundierungsfarbe auf der Wand. „Ich kann auf mich aufpassen, und wenn Maddy mich demütigen will, bin ich ihr das schuldig."

Tara Jean nickte und widmete sich ihrer Wand. In dem folgenden Moment des Schweigens dachte Billy an seine Zukunft. Und daran, dass die Vergangenheit sich plötzlich wieder ins Leben drängte, wenn man am wenigsten damit rechnete.

Herausgeputzt als zweite Chance.

4. KAPITEL

Das Fotoshooting für die Frühjahrskampagne war in vollem Gange. Gina hatte wahre Wunder gewirkt, sodass Madelyn sich im Spiegel selbst nicht mehr erkannte. Sie sah einfach perfekt aus. Retuschiert, aber lebendig.

Also genau so, wie jemand aussehen wollte, wenn er von einer riesigen Plakatwand auf den North Central Expressway herunterlächelte.

Das blaue Kleid von Calvin Klein saß an ihr wie angegossen, von der Brust bis zu den Knien. Ironischerweise hatte Gina, als Madelyn die Umkleide verlassen hatte, mit der Zunge geschnalzt und ihr unverblümt erklärt, sie sei zu dünn.

„Was willst du?“, hatte sie auf Madelyns ungläubigen Blick entgegnet. „Ich bin Italienerin. Ein Teil von mir möchte dich mit Cannelloni füttern, bis ich deine Hüftknochen nicht mehr sehe.“

Noch gut zwanzig Minuten später konnte Madelyn an nichts anderes denken als an lecker gefüllte Cannelloni.

„Weniger Zähne, mehr Augen“, versuchte nun der Fotograf Jerome den Beyoncé-Song aus der Soundanlage zu übertönen.

„Können wir die Windmaschine ausschalten?“, gab Madelyn zurück und tat zugleich, worum sie gebeten worden war: Sie schloss die Lippen und lächelte mit den Augen, obwohl die von der Windmaschine, die ihr ins Gesicht blies, immer trockener wurden.

„Ja, machen wir mal ein paar Aufnahmen ohne“, stimmte Jerome zu.

Sie legte den Kopf in den Nacken, schob die Hüften vor, verschränkte die Arme, ließ sie fallen. Sie lächelte. Schaute ernst. Lachte und warf die Haare schwungvoll nach hinten.

Auf dem Tisch neben der gelben und grünen Leinwand, die als Hintergrund diente, vibrierte ihr Blackberry und stieß scheppernd gegen ihre Wasserflasche.

Alle hielten in ihrer Arbeit inne. So viel Macht hatte ein aufdringliches Blackberry.

„Einen Moment bitte“, sagte sie, und Jerome nickte, bereits in die Digitalaufnahmen vertieft, die er gerade geschossen hatte.

Die neueste Mitteilung erschien auf dem Display. Von Ruth.

Besprechung mit Billy Wilkins morgen früh nach der Show. 11:30.

Ihr eigener Brutus besaß also nicht mal so viel Anstand, ihr persönlich den Dolch in den Rücken zu stoßen.

In plötzlicher Panik begann sie zu schwitzen. Das Atmen fiel ihr schwer. Von Zorn und Schmerz überwältigt, bekam sie kaum noch Luft.

Oh Gott, dachte sie. *Mir wird schlecht.*

Sie zwang sich dazu, sich zu beruhigen, die Augen zu schließen, die Lungen zu weiten, und wehrte sich gegen die negativen Gefühle, als wären es Blutegel.

Diese Gefühle gehörten zu ihrem alten Ich, zu dem dummen Mädchen Maddy Baumgarten, dieser Närrin. Dieser Idiotin, der Billy Wilkins trotz seiner gelegentlichen Grausamkeiten wichtig gewesen war. Die ihm alles gegeben und dafür nur Kummer und Beschämung geerntet hatte.

Dieses Mädchen bist du nicht, rief sie sich in Erinnerung. Sie hatte diese Persönlichkeit abgestreift wie eine zu eng gewordene Haut. Hatte sich von all diesen unwichtigen Schuldgefühlen, Sorgen und Ängsten gelöst, genauso wie von den zehn überschüssigen Kilos, von denen sie sich seit der Scheidung von Billy im Schweiß ihres Angesichts befreit hatte.

Es war nicht leicht gewesen, das Mädchen loszuwerden, das sie zwanzig Jahre lang gewesen war, aber notwendig.

„Jerome?“, fragte sie, ohne aufzuschauen, weil sie sich nicht sicher war, ob sie überhaupt den Kopf heben konnte. Jeder Muskel fühlte sich wie eingefroren an, ihr gesamter Körper bis ins Mark ausgekühlt. „Hast du, was du brauchst?“

„Ich würde gern noch einige Aufnahmen vor dem gelben Hintergrund schießen.“

Gut. Großartig. Arbeit konnte sie bei der Stange halten. Arbeit konnte sie daran erinnern, wer sie war und – viel wichtiger – wer sie nicht war. Arbeit hatte sie aus dem schwarzen

Loch gezogen, in das ihre Scheidung sie gestoßen hatte, und ihr eine neue Identität gegeben, die nichts mit Billy Wilkins zu tun hatte. Und mit dem nutzlosen Mädchen, das sie einmal gewesen war.

Als sie ins Scheinwerferlicht trat, schien das Blau ihres Kleides zu leuchten.

Jeden Morgen wachten in dieser Stadt Menschen auf und brauchten die Wettervorhersage, Verkehrsnachrichten und morgendliches Geplauder. Frauen setzten sich mit ihrem Kaffee an den Küchentisch und suchten Ablenkung von ihren schreienden Kindern. Die Einwohner von Dallas gierten danach, zu erfahren, wie man mit einem knappen Budget renovieren konnte, einen guten Kinderarzt ausfindig machte oder den perfekten Sommercocktail mixte.

Und all das erhofften sie sich von Madelyn Cornish.

Das Mädchen, das vor vierzehn Jahren vor jener Hotelzimmertür gestanden hatte, gab es nicht mehr.

Am Donnerstagmorgen kam Madelyn sich vor, als wäre sie General Patton und führe die Truppen ihrer Vormittagssendung in die Schlacht. Der Beitrag von Kameramann Joe, der zeigte, wie er sich in einem örtlichen Target-Discounter abhetzte, um alles Nötige für einen Ferienausflug zu ergattern, war witzig und gelungen. Jedes Mal, wenn der Mann den Mund aufmachte, seufzte das weibliche Publikum im Studio hörbar.

Ihn hinter der Kamera hervorzuholen und vor dieselbe zu stellen, war eine ihrer besten Ideen gewesen.

Selbst der Schlangenbeitrag lief besser als erwartet. Eine Reptilienfarm plante für die folgende Woche Informationsveranstaltungen an örtlichen Schulen und bekam bei *Dallas A. M.* die Gelegenheit, die Höhepunkte dieser Veranstaltungsreihe anzukündigen. Der Eigentümer der Farm war im Interview so fesselnd und aufregend, dass Madelyn gar nicht so zu tun brauchte, als hätte sie Angst vor den Tieren, um das Ganze interessant zu machen.

„Nette Sendung“, meinte Joe, als die Lichter ausgingen.

„Danke, Joe, und danke, dass du dich für den Shoppingbeitrag geopfert hast."

„Ich mache keine Witze, Madelyn: Ich bin zu alt für diesen Mist." So grob seine Worte auch klangen, er grinste, als er das sagte, und in seinem weichen, bleichen Gesicht zeigten sich liebenswerte Lachfältchen. „Wenn mir das nicht helfen würde, bei den Weibern zu landen ..."

Sie hielt sich die Ohren zu. „Nein, nein, nein. Ich kann dich nicht hören, Joe."

In vollem Lauf schnappte Madelyn sich ihr After-Show-Wasser, das Ramon ihr hinhielt, und trank die Flasche leer, während sie zu ihrem Büro eilte. In den letzten zwanzig Minuten hatte sie eine Schlange um den Hals getragen, und sie wollte duschen, sich umziehen und ihr Make-up auffrischen, bevor sie sich in einer halben Stunde mit ihrem Exmann traf.

„Gute Sendung", sprach Ruth sie an, als sie in den Gang einbog, der vom Studio zu den Büros führte.

Leck mich, Ruth. „Danke."

„Besprechung in ..."

„Ich weiß." Über die Schulter warf sie Ruth einen wütenden Blick zu, während sie an Aktenschränken und Türen vorbeihastete. „Ich werde rechtzeitig zu deiner Besprechung kommen."

Ruth hatte nicht mal den Anstand, sich verärgert zu geben. Stattdessen wirkte sie selbstgerecht, wie sie dastand in ihrem drei Jahre alten Wickelkleid und den Stiefeln.

Wir werden ja sehen, dachte Madelyn und stieß mit dem Hintern die Tür zu ihrem Büro auf. *Wir werden ja sehen, wer sich nach dieser Besprechung selbstgerecht gibt.*

Sie trat ein, schlug die Tür hinter sich zu, und einen verwirrenden Moment lang sandte ihr Gehirn panische Signale an ihren Körper, schnellstens die Beine in die Hand zu nehmen und davonzurennen.

Bekleidet mit einem schlecht sitzenden Sportmantel und einem roten Golfshirt, stand Billy mitten in ihrem winzigen Büro, keinen halben Meter von ihr entfernt. Er nahm viel zu viel Platz und Raum ein; Platz und Raum, die sie dringend brauchte.

Innerlich taumelte sie, verlor den Boden unter den Füßen.

Wie betäubt sah sie, wie er sie von oben bis unten musterte, wie er den violetten Sweater und die schwarze Hose registrierte. Ihr glattes Haar.

Obwohl es gemein war, freute sie sich, dass er an ihr nicht mehr viel von dem Mädchen entdecken konnte, das er einmal geheiratet hatte. Vor ihm stand eine Fremde. Aber er – mit seiner gebrochenen Nase, der grässlichen Narbe im Gesicht und dem provokativ vorgereckten Kinn, das jeden dazu aufzufordern schien, ihm einen Kinnhaken zu verpassen – war ihr nur allzu vertraut.

Sie flüchtete sich in Gleichgültigkeit wie in einen Panzer und warf ihre Wasserflasche auf den Stuhl, den Ruth normalerweise einnahm.

„Du hast hier drin nichts verloren."

„Ich wollte bloß eine Chance, vor der Besprechung mit dir zu reden."

Sie zog eine Braue hoch und wehrte sich mit übermenschlicher Kraft gegen das dringende Bedürfnis, an ihrem Daumennagel zu kauen. „Worüber?"

„Maddy …" Er seufzte, anscheinend enttäuscht, dass sie nicht mitspielte.

Dieser Seufzer hatte eine verheerende Wirkung auf ihre Selbstbeherrschung. Die Welt versank hinter einem roten Schleier. Hinter ihren Augen pochte es, und am liebsten hätte sie ihm einen so heftigen Stoß versetzt, dass er durch die Wand brach.

Stattdessen – weil sie besser war, als er sie sich wünschte, weil sie zu hart gearbeitet hatte, um sich von Zorn und Schmerz beeinflussen zu lassen, weil er sie verdammt noch mal nicht mehr verarschen konnte – griff sie hinter sich und öffnete seelenruhig die Tür.

„Ich glaube, du solltest gehen. Wir sehen uns bei der Besprechung."

Er blinzelte, wartete ab, als hoffte er, sie würde ihre Meinung ändern.

Von mir bekommst du nichts, dachte sie. *Absolut gar nichts.*

Die Worte hallten im Raum wider, als hätte sie sie ihm ins Gesicht geschrien.

„Ich werde bei eurer Show mitmachen", sagte er.

Sie schluckte das Knurren hinunter, das ihr in die Kehle stieg. In ihrem Bauch, wo nichts jemals verloren ging, wo alles bewahrt und konserviert wurde, jede Kränkung, jeder Schmerz, jede Ungerechtigkeit, gesellte es sich zu den Millionen Schreien, die sie während ihrer kurzen, katastrophalen Ehe hinuntergeschluckt hatte.

„Das ist dein gutes Recht", gab sie zurück, und es gelang ihr sogar, den Hohn in ihrer Stimme zu unterdrücken.

Sorgsam bemüht, sie nicht zu berühren, schlüpfte er aus der Tür.

Billy saß in einem Konferenzzimmer, so ziemlich dem unordentlichsten, das man sich vorstellen konnte, mitten in der dämlichsten verdammten Besprechung, an der er je teilgenommen hatte, und wartete auf seine Chance, zu kämpfen.

Victor saß neben ihm, und Billy fand ein wenig Trost in seinem ruhigen, haiartigen Auftreten.

Der Produktionschef in seinem Darth-Vader-T-Shirt grinste Billy permanent an. Bisher hatte er jede Gesprächspause mit Fragen zu der Prügelei nach dem letzten Spiel gefüllt – genau wie jeder andere blutrünstige Hockeyfan, der ihm auf der Straße begegnet war.

Maddy hatte am Kopfende des Tisches Platz genommen: Sie hatte die Haare zu einem straffen Pferdeschwanz zurückgebunden und war umgeben von Zeitungen, Zeitschriften und Frauen, die nicht halb so viel Ausstrahlung besaßen wie sie.

Sie hatte sich umgezogen. Statt der Hose trug sie nun ein blaues Kleid, das ihre schlanke Figur betonte. Sie lächelte ihn höflich und nichtssagend an, als wollte er ihr etwas Billiges verkaufen. Etwas, das sie nicht haben wollte.

Aber hinter ihrer kühlen Fassade war sie beunruhigt.

Das musste sie einfach sein. Oder nicht? In ihrem Büro hatte sie allerdings keinen nervösen Eindruck gemacht. Er hingegen hatte sich innerlich zerquält ... und tat es auch jetzt noch. Klebriger, stinkender Angstschweiß drang ihm aus allen Poren, trotz eingeschalteter Klimaanlage.

Wenn sie noch verheiratet gewesen wären, hätte sie ihn angeschrien. Hätte mit Tellern nach ihm geworfen, versucht, ihm das Gesicht zu zerkratzen. Hätte ihm Beschimpfungen entgegengeschleudert, die ebenso gemein wie zutreffend waren.

Inzwischen hatte sie anscheinend gelernt, all das zu unterdrücken. Die Eiskönigin am Kopfende des Tisches sah nicht so aus, als würde sie jemals schreien. Sie sah erst recht nicht so aus, als hätte sie sich je in der Cafeteria der Schelany Highschool mit Kevin Dockrill angelegt oder jede einzelne CD von Billys umfangreicher Bruce-Springsteen-Sammlung zerstört.

Nein, diese Frau dort wirkte irgendwie dümmlich. Und so, als ginge ihr fast alles am Arsch vorbei. Kühles Desinteresse in Person.

Einen erschreckenden Augenblick lang drehte es ihm beinah den Magen um: Sie wirkte wie eine Fremde auf ihn.

Ungläubig musterte er alle anderen Anwesenden, um zu überprüfen, ob sie ihr diese Schauspielerei abnahmen. Es kam ihm nicht so vor, als sähen sie irgendetwas Befremdliches in dem faden und geistlosen Lächeln, das sie aufgesetzt hatte.

Er starrte sie an. Wartete darauf, dass sie mürbe wurde, ihn anschaute. Auch wenn sie eine der schlimmsten Ehen der Weltgeschichte geführt hatten, waren dieser doch viele Jahre einer unglaublichen Freundschaft vorausgegangen.

Endlich, während irgendwer etwas von positiver PR laberte, sah sie ihn an. Sehr direkt.

Was ist los? Er zog leicht die Brauen hoch.

Und in ihren Augen blitzte es auf, ihre Lippen wurden schmal.

Du kannst mich mal, Arschloch.

Plötzlich lag intensive Spannung in der Luft, ausgelöst von ihrer rasenden Wut. Jeder rutschte unruhig auf seinem Stuhl hin und her, warf seinen Nachbarn Seitenblicke zu, als wollte er herausfinden, wer einen hatte fahren lassen.

Irgendwo unter den glatten Haaren, dem makellosen Gesicht und dem blutleeren Körper verbarg sich die Frau, an die er sich erinnerte. Die Frau, die mit ihm und für ihn gekämpft hatte, als kein Mensch sonst dazu bereit gewesen war.

Und ihm bot sich diese Chance, um für sie und um sie zu kämpfen. Eine Chance, in Ordnung zu bringen, was er so gründlich vermasselt hatte.

Er ließ die Fingergelenke knacken, wollte diese Gelegenheit nutzen.

„Es geht um eine vierteilige Serie", erklärte die Produktionsassistentin Ruth mit einem Lächeln, so dünn wie schmelzendes Eis. „Wir beginnen mit einer Einführung, sprechen mit ein paar Mannschaftskollegen und Familienmitgliedern ..."

„Meine Familie?", fiel er ihr ins Wort. „Warum?"

„Um einige Geschichten aus Ihrer Kindheit zu hören", entgegnete sie sanft.

„Tatsächlich?" Er warf einen Blick zu Maddy hinüber, aber sie betrachtete in aller Seelenruhe ihre Fingernägel, als hätte sie keine Ahnung, wer seine Angehörigen waren. Oder wie sie waren. Als wäre sie nie einen Großteil ihrer Kindheit mit seiner kleinen Schwester Denise befreundet gewesen. Eng befreundet.

Er zuckte die Achseln. Schließlich hatte er sich längst damit ausgesöhnt, wo und wie er seinerzeit aufgewachsen war. Natürlich fiel ihm das jetzt, da zwischen ihm und Pittsburgh rund tausend Meilen lagen, umso leichter.

„Nur zu", meinte er zu Ruth, „aber ich muss Sie warnen. Verglichen mit denen bin ich ein Märchenprinz."

Maddy lachte. Einmal kurz durch die Nase. Es war eher ein Schnauben.

„Nun, dann wird das ja interessant, nicht wahr?", erwiderte Ruth fröhlich. Überzeugend wirkte das allerdings kaum. Ruth war offensichtlich nicht daran gewöhnt, „fröhlich" aufzutreten. „Wir werden auch mit Ihren Teamkollegen und Freunden sprechen, um das Fundament für das Umstyling zu legen. Im zweiten Beitrag nehmen wir einen Schneider dazu. Einen Experten für Umgangsformen ..."

„In Ordnung." Seine Zustimmung kam schnell, offenbar schneller als erwartet. „Muss ich irgendwas unterschreiben?"

„Lassen Sie sie ausreden", mischte Maddy sich ein. „Sie sollten wissen, worauf Sie sich einlassen."

„Das Wesentliche habe ich verstanden."

„Das glaube ich nicht."

„Lass sie ausreden", sagte Victor. Er beugte sich vor, als die Spannung im Raum immer merkwürdiger wurde.

„Wie gesagt ..." Ruth räusperte sich und sah flüchtig zu Maddy hinüber. „Wir haben einen Schneider ..."

„Verstehe."

„Nein", warf Maddy ein. „Ich glaube nicht."

Schweigen senkte sich über den Tisch. Leute lehnten sich in ihren Stühlen zurück.

„Wir werden mit Ihrer *Familie* sprechen, Billy." Sie zog eine Braue hoch, aber er zuckte nicht mit der Wimper. „Wir werden Ihre Freunde und Kollegen dazu bringen, uns zu erzählen, was für ein Barbar Sie sind. Dass Sie nicht wissen, wie man sich kleidet, dass Sie sich in Gesellschaft wie ein Blödmann aufführen. Dass Sie sich im Grunde nur prügeln können." Sie hielt inne, wartete auf eine Reaktion, und obwohl er spürte, wie sein Hals rot anlief und die Haut unter seinem Kragen zu jucken begann, kam er ihr keinen Millimeter entgegen.

Ihre Augen wurden schmal, und sie beugte sich vor. „Und was den Schneider angeht: Der ist natürlich ein Mann. Vermutlich sehr auffallend schwul, denn was ist witziger, als dem Hockey-Schläger dabei zuzusehen, wie ihm unbehaglich wird, weil der schwule Schneider mit ihm flirtet und zugleich seinen Schritt ausmisst?"

„Madelyn ...", versuchte Ruth sie zu unterbrechen, aber Madelyn brachte sie mit einem einzigen Blick zum Schweigen.

„Oh, Ruth, nun tu nicht so, als hättest du etwas anderes im Sinn, als eine tolle Fernsehsendung zu produzieren", sagte Maddy.

Ruth schwieg, schaute Hilfe suchend zu dem Heini im Darth-Vader-Shirt neben ihr, doch der zuckte nur mit den Achseln.

Maddy begann zu zerschmelzen, und das Mädchen, das er kannte, kam zum Vorschein. Sie gestikulierte mit den Händen, und jedes ihrer Worte triefte von Sarkasmus. Das war die Straßenkämpferin in ihr, und außer ihm wusste das keiner hier im Raum.

Er lächelte, um sie anzufeuern, lehnte sich zurück und genoss das Schauspiel.

Sie stand auf, stieß ihren Stuhl zurück, der kreischend über den Boden schrammte.

„Und die beste Fernsehsendung, die Sie uns bescheren können, läuft so, Billy: Sie lassen zu, dass wir Ihnen unter die Nase reiben, was für ein Barbar Sie sind. Dass wir Sie herumstoßen und auslachen. Dass wir etwa einer Million Zuschauer die Gelegenheit geben, sich vor Lachen über Sie auszuschütten. Darüber, was für ein Tier Sie sind. Sie lassen zu, dass wir Sie wie einen dressierten Affen vorführen. Und dann, wenn wir versuchen, Sie aufzuhübschen, und das in die Hose geht – und das wird es, und zwar spektakulär –, müssen Sie das so hinnehmen, Billy. Sie können sich nicht wehren. Sie können nicht einfach gehen. Sie können nicht abhauen, wenn es schwierig wird."

Die Stille im Raum wurde ohrenbetäubend.

„Madelyn?", sagte Ruth, lauter und schärfer diesmal, und Madelyn verstummte. Jeder, ihre Kollegen, ihr Boss, sah sie an, als hätte sie sich in einen Werwolf verwandelt.

Und das war ihr bewusst. Rote Flecken bildeten sich an ihrem Hals, und sie hob eine Hand, als könnte sie sie spüren. Und verbergen.

Zu spät kamen ihm Zweifel. *So willst du also deine zweite Chance nutzen? Indem du sie zum Wahnsinn treibst? Glaubst du ernsthaft, dass du dich so bei ihr beliebt machen kannst?*

Das Ganze war ein Fehler. Wieder einmal hatte er eine seiner Schnapsideen nicht wirklich durchdacht, und den Preis dafür zahlte sie.

„Perfekt", meldete sich Victor zu Wort. „Genau das braucht Billy."

„Wie bitte?", fragte Billy. „Ich brauche das?"

„Na klar. Du brauchst eine Chance, um zu beweisen, dass du nicht bloß ein Kämpfer bist. Dass du Sinn für Humor hast."

„Habe ich nicht."

Victor lachte. „Siehst du? Echt witzig."

„Victor …"

„Wir machen mit."

„Wunderbar. Dann sind wir uns ja einig." Der Produktionschef schüttelte erst Victor, dann Billy über den Tisch hinweg die Hand.

Maddy straffte sich. Ganz die hochgewachsene Göttin, hatte sie die dürren, gepflegten Hände zu Fäusten geballt, die roten Flecken an ihrem Hals wirkten wie Wunden. „Willkommen an Bord, Billy", sagte sie, wieder die Ruhe selbst. „Es wird mir ein Vergnügen sein, Sie in der Sendung zu begrüßen. Jetzt entschuldigen Sie mich bitte. Ich habe für nächste Woche noch eine Menge Arbeit zu erledigen."

Jeder stieß einen tiefen Seufzer der Erleichterung aus, als sie das Zimmer verlassen hatte.

Der Produktionschef in dem dämlichen Shirt quasselte ewig lange über neue Sponsoren. National und lokal. Der Raum schien zu summen wie ein Bienenstock, und Ruth wirkte mit einem Mal sehr lebhaft und beinahe hübsch. Trotzdem konnte Billy die Augen nicht von dem Fleck abwenden, an dem Maddy gestanden hatte. Das Blau ihres Kleides hatte sich in sein Hirn eingebrannt.

Schließlich stand Victor auf, das Handy in der Hand. „Lass uns was essen gehen", meinte er, ohne vom Display seines Handys aufzuschauen, auf dem sich sicher etwas ganz Wichtiges abspielte.

Billy hatte es geschafft. Er war endlich zurück in ihrem Leben. Jetzt musste er nur noch dafür sorgen, dass er nicht wieder alles vermasselte.

5. KAPITEL

Langsam fuhr Madelyn die Mulberry Lane hinunter und forschte nach Hausnummern an den Villen, die in einiger Entfernung von der Straße standen.

Dass ihr ein ganzes Team für Ermittlungen zur Seite stand, war ausgesprochen hilfreich, vor allem, wenn sie nach Adressen und Telefonnummern von Leuten suchte, die nicht gefunden werden wollten.

In den Vororten waren Adressen offenbar ein großes Geheimnis. Viele berühmte und reiche Einwohner von Dallas residierten hier, und einen Moment lang konnte sie gar nicht glauben, dass Billy Wilkins in diesem grünen Vorstadtviertel gelandet war. Preston Hollow war Welten entfernt von Spruce on the Hill Nummer 12 in Pittsburgh.

Sie überprüfte die Adresse noch einmal auf ihrem Blackberry und schaute dann wieder auf die unauffällige Hausnummer an der riesigen Garage, die an eine Villa aus Glas und Stein angebaut war.

Die Blumenbeete waren leer, aber der Rasen leuchtete grün und saftig trotz der Frühjahrshitze.

Dies war Billys Haus.

Billy jetzt noch dazu zu bringen, dass er es sich überlegte und doch nicht in der Sendung auftrat, war ausgeschlossen. Der Geschäftsführer des Senders hatte jedem Teilnehmer an der Besprechung einen Präsentkorb mit Früchten geschickt, um ihnen zu diesem Coup zu gratulieren. Das hatte es nie zuvor gegeben. Anzeigen, Werbegeschenke – all das war praktisch in dem Moment schon in Auftrag gegeben worden, in dem sie den Konferenzraum verlassen hatte.

Wenn Billy einen Rückzieher machte, würden sie alle Schwierigkeiten bekommen.

Deshalb war sie nun hier, um in Erfahrung zu bringen, warum er in der Show auftreten wollte. Ihr Ausraster in der Besprechung musste nämlich unbedingt ein Ausnahmefall bleiben. Ihr Ruf, kultiviert und gepflegt wie eine preisgekrönte Zuchtrose, verlangte ihr ab, generell emotionslos zu bleiben. Interesse, Überraschung und Freude waren okay; darüber hinaus war sie ein unbeschriebenes Blatt, und das musste sie bleiben.

Verärgerung, so gerechtfertigt sie auch sein mochte, war eine Karte, die sie sehr selten ausspielte. Empörung, Abneigung und Empfindungen dieser Art brachten die Leute nicht mit ihr in Verbindung. Also konnte sie es sich nicht leisten, sie zu zeigen.

Das wiederum bedeutete, dass Billy und sie eine Übereinkunft treffen mussten. Wenn er diese Sache durchziehen wollte, dann nach ihren Regeln. Und das hieß, dass sie einander wie Fremde behandeln mussten.

Sie klappte den Spiegel über dem Beifahrersitz herunter, überprüfte ihr Make-up und lockerte ihr Haar auf. Bereit für die Kamera – an einem Sonntagabend.

Während sie den gepflasterten Weg zum Haus hinaufging, vernahm sie drinnen Musik. Sie spürte, wie der Boden unter den Bässen vibrierte, und hörte, wie das Glasfenster in der Tür klirrte.

Billy drehte seine Musik immer noch so laut auf wie ein Teenager, der irgendwen damit ärgern wollte.

Er wird mich niemals hören, dachte sie und klopfte trotzdem gegen die Tür, bevor sie klingelte. Nach kurzem Warten klingelte sie erneut. Frust machte sich in ihr breit. Hier stand sie nun, hämmerte wie bekloppt gegen die Tür und wurde allmählich richtig wütend.

Schweiß sammelte sich in ihren Achselhöhlen und lief ihr tropfenweise unter der leichten Baumwollbluse am Körper herab. Die Hitze würde ihr Make-up ruinieren.

Plötzlich wurde die Tür aufgerissen, und der gedämpfte Bass wurde zu einem vertrauten Song von Bruce Springsteen.

„Wo brennt's denn, verdammt noch mal?“

Und da stand Billy. Groß, mit freiem Oberkörper, lässig. Schweiß rann ihm über den athletischen Brustkorb und die Schultern ebenso wie über den flachen Bauch, zeichnete auf seiner blassen Haut feine Linien zwischen den Sommersprossen und den Narben von mindestens einem Dutzend verschiedener Operationen.

Sie schluckte das Keuchen hinunter, das ihr in die Kehle stieg.

Der Schweiß, das Tageslicht und diese Haut, die er von seiner irischen Mutter geerbt hatte, ließen Billy leuchten – eine Marmorstatue im Sonnenlicht.

Nicht viele Menschen konnten von sich behaupten, sich in ihrem Körper so zu Hause zu fühlen, wie Billy es tat. Schon immer getan hatte. Er trug seine Haut mit so viel Selbstvertrauen, wie sie es nie in ihrem Leben besessen hatte.

Außer mit ihm, dachte sie. *Als du noch mit ihm zusammen warst, hast du dich gefühlt, als wärst du die schönste Frau der Welt.*

„Maddy?"

Sie riss den Blick von einem Schweißtropfen los, der seinen Weg über sein Schlüsselbein suchte, und funkelte ihn zornig an. „Könntest du die Musik leiser stellen?", brüllte sie.

Und dir etwas überziehen?

„Ja … ähm …" Verlegen trat er zurück und wirkte plötzlich jungenhaft. Der Moment implodierte, und das Hier und Jetzt schien zur Seite zu weichen. Mit einem Mal war es genau wie damals vor achtundzwanzig Jahren: Sie stand zum ersten Mal vor der Tür ihrer neuen Freundin Denise, und deren großer Bruder, acht Jahre alt und damit zwei Jahre älter als sie, öffnete ihr. Ohne Hemd, das die Trichterbrust des Jungen bedeckte.

Und dann war es auf einmal Sommer. Sie wollten ins Schwimmbad, und sie holte ihn zu Hause ab. Mit dem Wagen, den sie zum sechzehnten Geburtstag geschenkt bekommen hatte. Er war achtzehn und gerade von einem Weltjugendturnier zurück. Ein Hemd trug er den ganzen Sommer nicht.

Und dann holte sie ihn in der Rochester Arena ab, den glänzenden Ehering am Finger. Sein erhitzter Körper dampfte in der kalten Luft, als er sie zum Wagen begleitete.

„Zieh dir ein Hemd an", hatte sie ihm zugerufen, als er ins Auto eingestiegen war. „Es ist eiskalt."

„Mir ist heiß, Baby", hatte er geantwortet und sie mit kalten Lippen geküsst.

Unzählige Male in ihrem Leben hatte sie ihn so gesehen, ohne Hemd und verschwitzt, und jedes Mal – jedes einzelne Mal – hatte sein Anblick sie wie ein Paukenschlag getroffen. Hatte das Echo in ihrem Inneren alles wachgerufen, was mit Instinkten und Sex zu tun hatte.

Madelyn liebte Billy Wilkins' Körper.

Und das galt nicht nur für die Vergangenheit.

Seltsamerweise munterte diese Erkenntnis sie kein bisschen auf.

„Willst du reinkommen?", fragte er, immer noch schreiend, um die E Street Band zu übertönen.

„Nein, ich möchte draußen stehen bleiben und schwitzen."

Er lächelte über ihren Sarkasmus, was ganz und gar nicht dem entsprach, was sie hatte erreichen wollen, und verschwand in einem der Flure, die von der Eingangshalle abgingen. Und obwohl ihre Zweifel und ihr Stolz sie wie knurrende wilde Hunde davor warnten, auch nur einen Fuß in Billys Haus zu setzen, trat sie ein.

Vor ihr lag ein großer, luftiger Raum. An der einen Wand stand eine braune Ledergarnitur, an der anderen ein riesiger Fernseher. An den Wänden hingen Bilder, doch sie beachtete sie nicht. Sie interessierte sich nicht für die Erinnerungen, die Billy lieb und teuer waren.

Statt weiterzugehen, blieb sie im Foyer mit dem Steinfußboden stehen, nahm ihre Kräfte zusammen und wartete.

Die Musik verstummte, und Billy kam durch den dunklen Flur zu ihr zurück. Ein Hemd trug er immer noch nicht, aber er rieb sich mit einem Handtuch über Kopf und Gesicht und brachte sein seidiges braunes Haar damit völlig durcheinander.

Wieder drohte die Vergangenheit sie einzusaugen, und sie wandte rasch den Blick ab. Konzentrierte sich stattdessen auf die Aussicht aus den deckenhohen Fenstern in dem großen Zimmer vor ihr.

Draußen erstreckte sich ein wahrer Ozean aus Grün. Offensichtlich hatte er noch nie vom Bewässerungsverbot gehört.

„'tschuldige", murmelte er, „ich habe trainiert. Kann ich … kann ich dir etwas anbieten? Wasser? Bier?"

Bier. Wenn er wüsste, wie lange es her war, seit sie zuletzt ein Bier getrunken hatte, würde ihn das vermutlich umbringen.

„Danke, ich möchte nichts."

„Okay." Er warf sich das Handtuch über die Schulter und stemmte die Hände in die Seiten, wobei er die Finger an den elastischen Bund der grauen Trainingsshorts legte und ihn kurz herunterzog, sodass für einen Moment in Hüfthöhe seine kräftigen seitlichen Bauchmuskeln zu sehen waren. Früher hatte sie ihn dort geküsst. Hatte daran geknabbert, bis er gestöhnt hatte.

Sie schob ihre Handtasche höher auf ihre Schulter. „Wir müssen reden."

„Ja. Tut mir leid wegen der Besprechung."

Das überraschte sie, ließ sie ihre Vorgehensweise überdenken.

„Ich wollte nicht, dass es so läuft", fügte er hinzu.

„Tatsächlich? Was dachtest du denn, wie es laufen würde?"

„Ich weiß nicht. Ich schätze, so weit habe ich nicht gedacht."

„Typisch Billy", erwiderte sie. „Sag mir, warum willst du in der Sendung auftreten?"

„Mein Image. Du hast ja gehört, was Victor …"

„Ich bitte dich, Billy. Dein Image ist dir doch völlig egal. War es schon immer."

„Und man kann sich nicht ändern?"

„Du nicht."

Dieses Grinsen, makaber und fremdartig, verzerrte die rosafarbene Narbe.

Ihr war klar, dass Millionen Menschen auf der Welt glaubten, die Narbe mache ihn hässlich. In ihren Augen hingegen gehörte sie zu den schönsten Dingen an ihm. Vielleicht lag es daran, dass sie wusste, wie er dazu gekommen war. Sie blickte auf die Narbe und erinnerte sich wieder daran, wie er sich aus dem Fenster gelehnt hatte, wie er ihr beteuert hatte, alles werde gut.

„Es ist Jahre her, Maddy. Ich könnte dich überraschen." Er wandte sich ab, stieg die beigen Stufen in das große Zimmer hinunter und durchquerte es auf dem Weg in die Küche.

„Was tust du?", fragte sie, und ihre Handtasche glitt ihr von der Schulter.

„Ich hol mir ein Bier", rief er zurück. Sehen konnte sie ihn nicht mehr. „Komm rein."

Sie starrte auf den Teppich, auf die Sportschuhe neben der Tür, als wären es Schlangen, die bloß darauf warteten, sie zu beißen.

Die Erinnerung daran, wie ihre Kollegen – Ruth! – sie während jener Besprechung entsetzt und fasziniert angestarrt hatten, hatte sie drei Nächte lang wach gehalten.

Und diese Erinnerung zwang sie jetzt sozusagen mit vorgehaltenem Messer, ihm in die Küche zu folgen, obwohl ihr Bauchgefühl sie vehement dazu drängte, zu verschwinden.

Draußen wurde es allmählich dunkler. Das blendende Blau des Himmels über Texas verfärbte sich an den Rändern, und die Küche war in ein Dämmerlicht getaucht, als sie sie betrat. Billy saß an einem runden Mahagonitisch. Alles an ihm war Muskelmasse. Angezogen wirkte er bullig, aber nackt geschmeidig und schlank.

Sie hatte ihn immer gern berührt. Hatte ihm stundenlang mit der Hand über den Rücken streichen können.

Die Erinnerung entzündete in ihrem Körper unangenehme Feuer an Stellen, die sich daran gewöhnt hatten, kalt zu bleiben.

Nein, dachte sie. Sie leistete Widerstand, verweigerte sich ihm und seiner ungehobelten Anziehungskraft. *Nicht er. Nicht noch einmal.* Wir mögen intellektuelle Männer, ermahnte sie im Stillen ihre renitenten Hormone. *Wir mögen Männer von Rang und Würde. Männer, die etwas für Kunst und Kultur übrighaben. Die Wein trinken und Hemden tragen.*

Ihre Hormone hörten nicht auf sie.

Er hielt ein Bier hoch, fühlte sich sichtlich heimisch in der überraschend warmen Küche mit den Granitarbeitsplatten und den hübschen roten Fliesenspiegeln. Das ganze Haus wirkte wider Erwarten heimelig – wie ein echtes Zuhause.

„Bist du sicher, dass du keins willst?", fragte er.

„Ich bin nicht hier, um zu trinken."

„Du hast einen neuen Namen angenommen."

Sie blinzelte, überrascht von dem plötzlichen Themenwechsel. „Baumgarten ist kein besonders guter Name fürs Fernsehen."

„Du hast Maddy Wilkins geheißen."
„Hast du etwa geglaubt, dass ich deinen Namen behalte?"
Sein gleichgültiges Schulterzucken drängte sie in dunkle, zornige Ecken in ihrem Inneren. Im letzten Jahr ihrer Ehe hatte er diese Gleichgültigkeit als Waffe gegen sie eingesetzt und ihr damit das Gefühl gegeben, sie sei durchgedreht. Als wären ihre Verdächtigungen und Sorgen einfach verrückt gewesen.
Sie starrte ihn an. Ihre Gründe für den Namenswechsel waren so offensichtlich, dass ein Kind sie erkennen konnte. Ja, sogar ein solcher Betonkopf wie Billy.
„Dachte ich's mir doch", flüsterte er schließlich.
„Du kannst dir also vorstellen, warum es mir Kopfzerbrechen bereitet, dass du in dieser Sendung auftrittst."
„Denkst du, ich hätte vor, live aller Welt zu erzählen, wie du wirklich heißt? Man stelle sich nur den Skandal vor."
„Das ist nicht witzig, Billy. Ich habe keine Ahnung, was du vorhast. Deshalb bin ich hier."
„Tja ..." Er rieb sich das Kinn. Das Geräusch, das seine Bartstoppeln dabei machten, klang laut in der Stille des Hauses. „Ich weiß nicht, ob du mein letztes Spiel gesehen hast ..." Er verstummte, schien auf einen Kommentar ihrerseits zu warten. Früher hatte sie das getan. Vor Jahren. Sie hatte ihm geholfen, sein Spiel zu analysieren, die Dinge zu finden, an denen er arbeiten musste. Hockey war etwas gewesen, das sie geteilt hatten ... bevor es einen Keil zwischen sie getrieben hatte.
„Seit unserer Scheidung habe ich nicht mal für eine Minute in ein Hockeyspiel reingeschaut."
„Tatsächlich?" Warum seine Frage traurig klang, verstand sie nicht. „Du hast es doch geliebt."
Nein, Arschloch. Dich habe ich geliebt.
Sie knallte ihre Handtasche auf den Tisch. „Lass den Scheiß, Billy. Es geht nicht um dein Image. Oder um diese Prügelei ..."
„Du hast es gesehen." Nur er konnte so stolz klingen. Sie ignorierte ihn.
„Du kommst in meine Show, bist bereit, dich zu erniedrigen. Freiwillig. Der Billy, den ich gekannt habe, würde das niemals

tun. Warum …?“ Sie betonte jede einzelne Silbe. „Warum tust du das?“

Einen langen Augenblick knibbelte er an dem Etikett auf seiner Bierflasche herum.

„Weil ich dich sehen wollte. Nachdem ich dich in diesem Spa-Dings gesehen habe, hatte ich … Ich hatte Sehnsucht nach dir.“

Oh. Anschauen konnte sie ihn nicht, also wandte sie sich ab. Am liebsten wäre sie sofort gegangen. Sie wollte bloß noch weg, so schnell wie möglich. Einerseits hatte sie genau das erwartet, andererseits auch wieder nicht. Jedenfalls nicht mit dieser unverblümten Ehrlichkeit in seinen Augen.

„Es steht dir nicht zu, dich nach mir zu sehnen“, eröffnete sie dem Edelstahlkühlschrank. „Du hast nicht das Recht dazu.“

„Ich weiß.“ Er nahm einen Schluck von seinem Bier und wirkte dabei irgendwie verloren und resigniert. „Glaub mir, ich weiß das.“

Sie griff nach ihrer Handtasche und klammerte sich daran wie an ein Rettungsfloß auf rauer See. „Du sehnst dich danach, jemanden zu haben, der dir das Essen kocht, deine Statistiken führt, dir nach einer Niederlage die Schultern massiert. Du sehnst dich nicht … nicht nach mir.“

„Nicht?“

„Du kennst mich ja nicht einmal. Du hast mich kaum gekannt, als wir noch verheiratet waren.“

„Wie kannst du so etwas behaupten? Wir sind zusammen aufgewachsen! Du warst meine beste Freundin, und ich bin mir verdammt sicher, dass ich auch dein bester Freund war.“

„Ich bitte dich, Billy. In unserer Ehe hat sich alles immer nur um dich gedreht. Um Hockey. Um deine Karriere.“ Ganz vage wurde ihr bewusst, dass sie in ihre alte Rolle ihm gegenüber zurückfiel: die nörgelnde Ehefrau, zänkisch, verletzt.

„Das habe ich anders in Erinnerung.“

Sie starrte ihn an, bis sie das Funkeln in seinen Augen zum Erlöschen gebracht hatte. Bis nichts mehr blieb außer der groben Schotterfläche ihrer Vergangenheit. Außer dem, was sie einander gewesen waren. Und einander angetan hatten.

Wie eine Art Gladiator erhob er sich, stützte sich mit beiden Händen auf dem Tisch ab. Die unverschämt ausgeprägte Muskulatur seiner Brust arbeitete, Sehnen und Venen zeichneten sich deutlich ab. Plötzlich verschlug es ihr den Atem vor Wut und Verlangen.

„Ich habe dich nie hintergangen. Niemals", erklärte er. „Von unserem ersten Tanz beim Schulball bis zur Unterzeichnung der Scheidungspapiere habe ich dich nicht ein einziges Mal betrogen."

Sie hatte vierzehn Jahre gehabt, um sich von den gefährlichen Klippen ihrer Gefühle zurückzuziehen, auf die ihre Ehe sie geführt hatte. Jetzt war sie in der Lage, ruhig zu bleiben. „Ich weiß. Aber darum ging es auch gar nicht, nicht wahr?"

„Jene Nacht … Das Hotelzimmer."

Abwehrend hob sie eine Hand. „Ich will wirklich nicht darüber reden."

„Glaubst du, ich will das?"

„Warum tust du's dann?"

„Weil es hier ist!" Er deutete auf den Tisch, als läge jene Nacht genau dort, zwischen ihnen beiden auf der Mahagoniplatte, jene Nacht, jenes Mädchen in dem rosa Kleid und der ganze Kummer, der damit verbunden war. Er deutete auf seinen Kopf. „Weil es hier drin ist. Und es bringt mich um, schon seit vielen Jahren."

„Ich hatte dir gesagt, dass ich gehe. In der Nacht zuvor hatte ich dir gesagt, dass ich nicht länger verheiratet sein wollte. Dass es vorbei war." Die Dinge, die sie damals gesagt hatte, schickten ihr Echo durch die Zeit; sie fühlte sich immer noch elend. „Ich weiß nicht mehr, was ich erwartet hatte, als ich nach Detroit geflogen bin."

„Diese Nacht … in dem Hotel … Ich schwöre dir, es ist nichts passiert."

Plötzlich war sie das Ganze so leid. War es leid, all den Zorn jahrelang in versteckten Taschen und geheimen Fächern mit sich herumzutragen. Vielleicht war sie ja in Wirklichkeit deshalb hier: um diese Last endlich abzulegen.

„Es spielt keine Rolle mehr.“ Sie meinte, was sie sagte. Ob es ein Akt der Vergebung war oder bloß Erschöpfung, das wusste sie nicht. Aber sie hatte die Nase voll von dieser alten Verrücktheit, war bereit, die Vergangenheit ruhen zu lassen. „Wir waren Kinder, Billy. Und jedem war klar, was wir nicht erkennen konnten, weil wir blind gewesen sind: Wir waren zu jung. Deine Karriere hatte gerade erst begonnen.“

„Nein. Maddy …“ Er trat näher, und sie wich zurück, wollte Abstand wahren. Brauchte den Abstand. Aber Billy blieb nicht stehen, bis er nur noch etwa dreißig Zentimeter von ihr entfernt war. Sie konnte ihn riechen, salzig und herb.

Es verschlug ihr den Atem, ihr wurde schwindelig.

„Du … du hattest recht. All die Jahre“, sagte er. „Ich war egoistisch und respektlos. Ein Idiot. Und ja, ich war noch ein Kind, aber ich habe dich geliebt. Herrgott noch mal, Maddy, ich habe dich so sehr geliebt und habe dich trotzdem behandelt wie ein lästiges Anhängsel. Du warst so traurig und so zornig, nachdem dein Dad gestorben war, und ich wusste nicht, wie ich damit umgehen sollte. Wie ich dir helfen konnte, damit es dir besser ging. Es tut mir so leid – viel mehr, als ich sagen kann –, wie alles endete. Du hattest etwas Besseres verdient. Immer.“

Seine Worte hinterließen tiefe Löcher in ihrer Brust. Sie zerfetzten Knochen, Muskeln, Blutgefäße, und es tat weh. Es tat so weh, dass sie nach Luft rang. Er hatte sich etwa eine Million Mal entschuldigt, und es war ihm leichtgefallen, weil er nie so etwas wie Schuldgefühle empfunden hatte. Es war nicht schwer, um Verzeihung zu bitten, wenn man es nicht ernst meinte.

Aber jetzt klang er schuldbewusst. Und zerquält.

„Maddy“, seufzte er. So nackt hatte er in der gesamten Ehe nie vor ihr gestanden. Er berührte ihre Finger, umschloss sie langsam mit seiner Riesenpranke. Seine Haut war heiß, und diese Hitze stieg ihren Arm hoch, verteilte sich in ihrem Inneren, versengte ihre Nervenenden. Ihre Haut erkannte diese Berührung, diese Hitze wieder. Wie ein alter Code, den sie vergessen hatte, an den sich ihr Körper jedoch erinnerte. Und auf den er reagierte. Sich öffnete.

Hastig zog sie ihre Hand zurück.

„Zwischen uns wird niemals wieder etwas laufen, Billy. Darüber musst du dir im Klaren sein.“ Ein Blick in seine Augen zeigte ihr, dass er nicht begriff. „Du solltest nicht mit meiner Show rumspielen, weil du glaubst, meine Meinung ändern zu können.“

Er lehnte sich rücklings an die Granitarbeitsplatte. Hinter ihm stand eine Schale mit Äpfeln. Äpfel! Richtige Äpfel in einer hölzernen Schale. Gerade so, als lebte er in einem Katalog. „Ich werde deine Show nicht missbrauchen, aber ist es echt so abwegig, sich vorzustellen, dass das Ganze Spaß machen könnte?“

„Du hast zu viele Schläge auf den Kopf bekommen.“

„Wir hatten Spaß miteinander.“

„Damals waren wir andere Menschen, Billy.“

Er ließ den Kopf auf seinem dicken Hals kreisen, und sie hörte Gelenke knacken. „Das spüre ich auch. Vielleicht liegt es daran, dass wir älter sind. Trotzdem fühle ich mich noch wie der Junge, der in derselben Straße wie du aufgewachsen ist.“

„Genau da liegt dein Problem.“ Sie lachte. „Das war schon immer dein Problem. Du änderst dich nicht, Billy. Du bist nach wie vor derselbe unbekümmerte, unbeirrbare, egoistische Junge, der du früher gewesen bist.“ Ihre Worte trafen ihn wie Schläge, und sie wünschte, sie hätte ihm noch mehr an den Kopf werfen können.

Doch nicht aus diesem Grund war sie hier.

Professionell. Sie musste professionell agieren.

„Und ich heiße Madelyn. Niemand nennt mich heute noch Maddy.“

Ein besseres Schlusswort würde sie nicht zustande bringen.

„Wir bleiben in Kontakt“, rief sie ihm über die Schulter zu und ging. Aus der Küche, zur Haustür hinaus, zu ihrem Auto. Sie drehte sich nicht um und schaute nicht zurück. Nicht, bevor sie sicher war, dass er sie nicht mehr sehen konnte.

Aber dort, wo sie das Lenkrad umklammerte, spürte ihre Hand ihn immer noch. Brennend heiß wie ein Brandmal.

6. KAPITEL

Sechzehn Jahre zuvor

Sein Blut rauschte ihm in den Adern, und trotz der Dusche und eines Sportlerdrinks konnte er sich nicht beruhigen. Sein erstes NHL-Spiel, und er hatte es geschafft.

Er hatte es verdammt noch mal geschafft.

„Pressekonferenz“, knurrte Georges St. Bleu, als er an Billy vorbeiging, der immer noch nicht mehr als ein Handtuch trug. Und immer noch schwitzte. „In fünf Minuten. Zieh dich an.“

„Ja, Trainer“, antwortete er und begann sich hastig anzukleiden.

„Gute Leistung da draußen, Frischling.“ Oh Gott, ausgerechnet Victor Larue, der Torhüter. Eine Legende. Künftiges Mitglied der Hall of Fame, zweimaliger Goldmedaillengewinner bei den Olympischen Spielen, dreimaliger Gewinner des Stanley Cup. Seit Billy von Rochester hierherberufen worden war, hatte Victor noch nicht ein Wort mit ihm gewechselt. Ihn kaum eines Blickes gewürdigt.

Doch nach Billys zwei Torvorlagen und ... nun ja, dieser Prügelei redete der Typ mit ihm. Denn mit der Prügelei hatte Billy das Blatt gewendet.

„Danke, Victor. Dir auch Glückwunsch. Ich meine, ich dachte, jetzt hätte Jackson dich doch noch gekriegt; aber, Mann, du warst wie eine Mauer. An dir kam nichts vorbei.“

Victor lächelte schlau. „Das ist mein Job. Was macht dein Gesicht?“ Er deutete auf sein eigenes Gesicht, und Billy spürte die Platzwunden und Schwellungen von der Prügelei. Am schlimmsten hatte es sein Auge getroffen. Außerdem schien ein Zahn ein wenig locker zu sitzen, aber all das war zweitrangig verglichen mit dem lang gezogenen Triumphschrei in seinem Bauch.

„Schon okay.“

„Gut. Hör mal, mit einigen Jungs ziehen wir hinterher noch mal los. Steaks, ein paar Drinks, ein bisschen Entspannen. Montreal ist eine Stadt, die eine Menge Spaß bietet.“

„Ist das … ist das eine Einladung?"

Victor lächelte und präsentierte dabei seine eigene Zahnlücke. „Ja, Billy, das ist eine Einladung."

„Natürlich!" Seine Stimme überschlug sich. Oh Gott, seine Stimme überschlug sich! „Ich meine … ja. Das wäre toll."

„Hier ist die Adresse." Victor reichte ihm eine Karte, und Billy steckte sie in die Tasche seines Mantels, der hinter ihm hing.

„Wilkins!", brüllte Georges von der Tür zum Presseraum herüber.

„Mist!" Hastig zog Billy sich das Hemd über den Kopf, die Haare noch tropfnass vom Duschen.

Zehn Minuten später stand er vor einer Wand von Kameras und gab sich Mühe, nicht jedes Mal zu blinzeln, wenn ein Blitzlicht aufflammte. Es war schwer.

„Billy!", rief jemand, eine gesichtslose Stimme hinter den Blitzlichtern. „Wie fühlst du dich nach diesem Spiel?"

„Toll." Er lachte. „Wer würde sich nicht toll fühlen?"

„Popov musste mit einer möglichen Gehirnerschütterung vom Eis", meinte ein anderer. „Was sagst du dazu?"

„Popov hat die Handschuhe ausgezogen, nicht ich. Und er hat einen harten Schädel. Bestimmt ist er morgen Abend schon wieder auf dem Eis."

Georges lachte neben ihm und schlug ihm auf die Schulter. „Billys Zweikampf hat für die entscheidende Wende gesorgt", stellte er klar. „Hat die Jungs aufgeweckt und zu ihrem Spiel finden lassen. Ich habe noch nie gesehen, dass ein frisch eingewechselter Spieler so entscheidenden Einfluss hat."

Billy fühlte sich, als hätte sich sein Kopf von seinem Körper getrennt und schaute von oben auf einen geprügelten Jungen, einen Niemand herab, dem gerade ein völlig neues Leben auf dem Silbertablett serviert wurde.

In der Ecke, wo die Lichter ihn nicht blendeten, stand Maddy. Seine Maddy.

Heute Abend hatte er es geschafft. Ihr Glaube an ihn, die Opfer, die sie für ihn gebracht hatte – heute Abend hatte er endlich das Gefühl, ihrer würdig zu sein. Sie lächelte, wunderschön und stolz, so verdammt stolz, dass sie strahlte wie der Vollmond.

Ich liebe dich, dachte er, und dieser Gedanke war an sie gerichtet, als würde er mit ihr sprechen.

Ich liebe dich auch, antwortete sie mit den Augen.

Es gab noch einige Fragen zu der Prügelei. Dann erklärte ein Schlipsträger der PR-Abteilung die Fragestunde für beendet und scheuchte die Reporter aus dem Raum. Als er die Hand auf Maddys Arm legte und sie hinauszudrängen versuchte, erhob Billy sich.

„Das ist meine Frau!"

Jeder der noch Anwesenden starrte ihn mit offenem Mund an. Natürlich war sie noch sehr jung, das war ihm schon klar. Und es war nicht allgemein bekannt, dass er verheiratet war. Trotzdem funkelte er die Leute böse an.

Der Schlipsträger ließ sie los, und sie rannte beinah schon auf Billy zu. Er selbst wäre über den Tisch gesprungen, um zu ihr zu gelangen, wenn nicht jeder Quadratzentimeter seines Körpers geschmerzt hätte. Also umrundete er stattdessen den Tisch, und sie trafen zwischen den Stuhlreihen aufeinander.

Sie umarmte ihn stürmisch, und er drückte sie an seine Brust.

„Du hast es geschafft", flüsterte sie ihm wild ins Ohr. „Du hast es geschafft, Billy."

„Ich kann nicht …" Er spürte, wie ihm die Tränen kamen. Sie schien das ebenfalls zu merken und drehte sich mit ihm ein Stück zur Seite, damit niemand sein Gesicht erkennen konnte, das er in ihren Haaren vergrub.

„Ich bin so stolz auf dich, Schatz", fügte sie leise hinzu. „So stolz. Obwohl …" Sie lehnte sich ein Stück zurück und lächelte ihn an. „Ich weiß nicht, warum alle bloß nach der Prügelei gefragt haben. Du hast zwei Vorlagen geliefert und zwanzig Schüsse aufs Tor. Du hast viel mehr geleistet als diese Prügelei."

„Schon, aber die war halt der Wahnsinn."

Sie berührte sein Gesicht, die blauen Flecken und Schwellungen, die aufgeplatzte Lippe. „Ich sehe nicht gern zu, wie du etwas abkriegst."

„Das ist mein Job." Victors Spruch kam ihm passend vor, und er versuchte zu lächeln, ließ es jedoch schnell bleiben, weil die Lippe zu sehr schmerzte.

„Komm, Schatz, wir fahren nach Hause."

„Oh nein … Weißt du, Victor hat mich eingeladen, mit ihm und ein paar von den Jungs auszugehen."

„Oh." Sie blinzelte und zwang sich dann zu einem Lächeln. Sein hübsches Mädchen. „Du solltest die Einladung unbedingt annehmen. Den Sieg feiern."

„Komm mit."

„Billy, ich bin erst zwanzig …"

„Danach fragt kein Mensch, wenn du in Begleitung mehrerer Pit Bulls bist. Außerdem sind wir hier in Montreal. Ich glaube, das interessiert hier niemanden. Komm schon, wir werden bestimmt Spaß haben. Victor hat was von Steaks gesagt."

Ihre Augen leuchteten auf. Für ein gutes Steak würde seine kleine fleischfressende Pflanze so ziemlich alles tun.

„Dann mal los!", rief sie voll überschäumender Freude. Sie hängte sich bei ihm ein, und gemeinsam eilten sie aus der Tür in ein scheinbar völlig neues Leben.

Das Taxi setzte sie vor einem Haus ab, das links und rechts von Etablissements gesäumt wurde, bei denen es sich nur um Stripklubs handeln konnte. Die Buchstaben *XXX* bedeuteten in jeder Sprache dasselbe: nicht jugendfrei. Prüfend musterte er die Karte mit der Adresse. Sie stimmte. Hier waren sie richtig.

„Billy", sagte sie und starrte an dem Gebäude hoch. „Wir sind hier im Rotlichtviertel."

„Ja, ich wette, die Jungs kommen hierher, weil hier keine Presseleute rumschnüffeln und sie belästigen." Oder so.

„Ich weiß nicht recht."

„Lass uns wenigstens mal schauen." Er wusste, dass sie nicht hier sein wollte. Er wusste aber auch, dass sie es akzeptieren und mitspielen würde, wenn er so tat, als ob er nicht begriff. Das konnte sie gut.

„Du willst wirklich da rein?“

„Ich bin eingeladen worden, Maddy. Ich habe zugesagt. Bestimmt sind noch andere Ehefrauen da. Du wirst Freundinnen finden.“

Es dauerte einen Moment, aber schließlich erklärte sie sich einverstanden.

Sie gingen die Stufen zu dem alten Backsteinhaus hoch, an dem kein Name stand. Ohne das rote Licht über der Tür hätte man es nicht einmal für einen Klub gehalten. Ja, man hätte nicht mal geglaubt, dass jemand da war.

Seine Haut begann bei der Vorstellung zu prickeln. Das Ganze war so exklusiv, dass es nur für Eingeweihte existierte. Wie cool war das denn?

Ein halsloser Hüne öffnete ihnen die Tür, und Musik schwappte heraus. Keine billige Tanzmusik. In ihm regte sich die Hoffnung, dass drinnen keine Striptänzerinnen auftraten.

„Wer seid ihr?“, fragte der Hüne. Seine Stimme war so tief, dass der Boden zu vibrieren schien. Billy brauchte einen Moment, um den frankokanadischen Akzent zu enträtseln und zu verstehen, was der Mann meinte.

„Ich … ähm … ich bin Billy Wilkins.“

Der Typ starrte ihn an, legte leicht den Kopf schräg und musterte seine Narbe. Dann breitete sich ein Grinsen auf seinem Gesicht aus. „Tolles Spiel heute Abend. Wahnsinnsprügelei.“ Er schlug Billy auf die Schulter und ließ ihn rein. Aber dann hob er eine Hand, um Maddy aufzuhalten.

„Sie gehört zu mir“, sagte Billy.

„Ich bin seine Frau“, stellte sie klar. Der Türsteher ließ seinen Blick zwischen ihnen hin und her wandern. Dann schüttelte er den Kopf und lachte in sich hinein wie über einen Witz, den sie beide nicht verstanden.

„Immer geradeaus“, sagte er, und Billy betrat eine dunkle, durch schwere Vorhänge abgetrennte Nische. Musik hämmerte und dröhnte in dem winzigen Raum. Als Maddy neben ihm stand, zog er den dunklen Stoff zur Seite.

Augenblicklich rutschte ihm das Herz in die Hose.

Hier wurde nicht gestrippt. Jedenfalls nicht direkt. Aber die Mädchen trugen so gut wie nichts am Leibe, lümmelten sich bei seinen Mannschaftskameraden auf dem Schoß und wirkten ganz so, als müssten sie nicht lange darum gebeten werden, das bisschen, was sie noch anhatten, auszuziehen.

Sämtliche Jungs saßen auf niedrigen Lederpolstersesseln, und der große Tisch zwischen ihnen war schwer beladen mit Essen.

„Da wartet dein Steak", sagte er aufgesetzt fröhlich und hoffte, das Steak würde sie blind machen für die Mädels.

„Billy?", flüsterte sie, die Augen weit aufgerissen.

Eine schöne Frau in einem blauen Kleid, das wie eine zweite Haut saß und ihre Kurven betonte, kam auf sie zu. Er starrte sie nicht an, ganz ehrlich nicht. Er schaute ihr in die Augen. Maddy, die neben ihm stand, versteifte sich.

„Kann ich euch die Mäntel abnehmen?", fragte sie mit französischem Akzent.

„Nein", erwiderte Maddy rasch. Zu rasch. Sie war nicht sauer, sie war nur nervös.

Die Frau in Blau zog sich zurück, und Maddy drückte Billys Hand.

„Typisch französisch, Kleines", versuchte er sie zu beruhigen, denn er wollte unbedingt bleiben, obwohl ihr unbehaglich war. „So sind die Dinge hier nun mal."

Am Tisch erhob Victor sich ein kleines Stück und winkte Billy heran.

„Komm schon", flüsterte der und zog Maddy mit sich. Sie gelangten an den Tisch, und er schüttelte reihum Hände. Victor war da, dazu fünf weitere Spieler. Großer Gott, man hatte ihn in den innersten Kreis eingeladen!

Belznick, Reed, O'Hare, Bern – der heute Abend wegen einer Verletzung nicht hatte spielen können – und Murphy. Und sie alle trugen Stanley-Cup-Ringe.

Das war so was von cool!

„Wer ist die Kleine?", flüsterte Victor ihm ins Ohr.

„Meine Frau." Billy wollte sie gerade allen vorstellen, doch Victor hielt ihn zurück.

„Frau?"

„Ja. Maddy."

„Mann. Siehst du hier noch andere Ehefrauen?"

„Äh … nein."

„Genau. Wir nehmen unsere Frauen nicht mit."

„Aber … sie ist ganz locker. Ich meine …" Er wusste nicht, was er meinte.

„Ja, meine auch", gab Victor zurück. „Trotzdem bring ich sie todsicher nicht hierher."

Victor lehnte sich vor und schaute an Billy vorbei zu Maddy. Sein Lächeln wirkte aufrichtig. „Dein Mann war ganz große Klasse heute Abend", brüllte er, um die Musik zu übertönen. Maddys Züge lockerten sich ein wenig.

„Ja." Sie warf Billy einen heißen und sehr stolzen Blick zu. „Das war er."

„Setz dich doch", forderte Victor sie auf und gab sich als zuvorkommender Kavalier, als er ihr einen Stuhl zurechtrückte. Billy fühlte sich, als bekäme er Unterricht im Lügen. Unterricht darin, wie man ein Doppelleben führte. „Möchtest du ein Steak? Sie haben heute Abend kaum was anderes auf der Karte."

„Steak ist genau richtig."

Victor hob eine Hand und gab der Frau in dem blauen Kleid ein Zeichen. Sie verschwand hinter einem weiteren dunklen Vorhang.

Ihre Steaks wurden serviert. Billy bestellte zwei Bier und reichte Maddy eins davon. Niemanden interessierte es, dass sie noch nicht volljährig war. Mit dem Flaschenhals stieß er mit ihr an, aber sie lächelte nicht und trank, als wäre sie am Verdursten.

Weiter vorn am Tisch nahm eins der Mädel O'Hare bei der Hand und entführte ihn in eine dunkle Ecke. Billy sah, wie ihre helle Haut im Schatten aufleuchtete, als sie ihr Kleid auszog und für O'Hare tanzte.

Billy kämpfte gegen die aufsteigende Erregung – vergebens. Das Spiel, die Einladung, die schummrige Ecke, in der das Mädchen tanzte: All das brachte sein Blut in Wallung.

„Billy“, flüsterte Maddy. „Lass uns gehen. Wenn du einen Tanz möchtest, tanze ich für dich. Aber das hier, das passt nicht zu uns …“

„Billy!“, brüllte Reed über den Tisch. „Du hast Popov heute Abend zu Boden geschickt.“ Dann begannen alle über die Prügelei zu reden, und Billy hatte das Gefühl, unter ihrem Lob zu wachsen. Diese Männer, diese Hockey-Veteranen akzeptierten ihn. Sie hatten ihn in ihre Welt eingeladen. Zu ihrer Party.

Er warf einen Blick auf seine Frau, die er von ganzem Herzen liebte.

Beim nächsten Mal würde er sie nicht mitnehmen.

7. KAPITEL

Ruth ließ wirklich nichts anbrennen. Schon für Freitag war der erste Dreh mit Billy angesetzt, der Beitrag, der als Einführung dienen sollte.

Am Mittwochnachmittag beschloss Madelyn, für einen vorübergehenden und notwendigen Abbau der Spannungen zu sorgen, und klopfte an die Tür des Schneideraums.

„Verschwinde!", brüllte Ruth. Da sie das jedem entgegenbrüllte, trat Madelyn trotzdem ein. Das Zimmer war dunkel. Es bestand aus einer Reihe kleiner Arbeitsnischen links und rechts von einem langen Gang, und jede dieser Nischen bildete einen kleinen Schneideraum für sich. Madelyn orientierte sich an den flackernden Lichtern und dem schwachen Summen der Verstärker und folgte beidem bis zur hintersten Nische, wo Ruth und ihr Chefcutter James zusammensaßen.

Auf dem Bildschirm war Luc Baker zu sehen, ein ehemaliger NHL-Spieler und Freund von Billy aus alten Zeiten.

„Wie läuft's?", fragte Madelyn.

Ruth nahm ihre dunkel gerahmte Brille ab. „Gut. Sehr gut. Die Jungs lieben Billy, aber sie machen sich auch gern über ihn lustig."

Madelyn verschränkte die Arme vor der Brust. „Klingt großartig." Der Sarkasmus in ihrer Stimme war unüberhörbar.

„Auf eine gutmütige Weise. Ehrlich. Wir mussten eine Exfreundin auftreiben, um irgendwas Konkretes zu finden. Ich glaube, du wirst am Freitag eine Menge Material haben, mit dem du arbeiten kannst." Ruth versuchte ganz offensichtlich, ihr ein Friedensangebot zu machen, aber Madelyn hatte kein Interesse.

„Ich bin hier, um zu hören, ob ihr seine Familie gefunden habt."

Ruth setzte ihre Brille wieder auf und drehte sich zum Bildschirm um. „Kürz das noch ein bisschen. Schnitt nach dem Lachen. Und benutz bitte die Kopfhörer", wandte sie sich an James. Dann verließ sie die Nische und blieb im Dunkeln stehen, nur etwa dreißig Zentimeter von Madelyn entfernt. „Phil kümmert sich um die Familie. Er sagt, er kann keine Angehörigen auftreiben."

Maddy stieß einen langen Seufzer aus. Gott sei Dank.

„Warum fragst du?" Ruths Augen hinter der Brille wirkten schwarz und sehr scharf. „Ms Baumgarten."

Natürlich. Es überrascht mich nur, dass sie das nicht schneller herausgefunden hat. Ruth war dafür bekannt, dass sie jeden Stein umdrehte, wenn sie etwas suchte.

„Raus damit, Ruth. Ich seh doch, dass du darauf brennst."

„Du und Billy, ihr wart zwei Jahre lang miteinander verheiratet."

„Lange her."

„Warum hast du mir das nicht einfach erzählt? Als ich die Idee vorgebracht habe …"

„Weil das eine Sache ist, über die ich nicht rede. Grundsätzlich nie. Und ich will auch jetzt nicht darüber reden. Versprich mir, dass das Thema in der Show nicht angeschnitten wird. Tu mir wenigstens diesen Gefallen."

„Ich hätte die ganze Idee nicht weiterverfolgt, wenn ich Bescheid gewusst hätte."

„Ja, Ruth, rede dir das ruhig ein. Versprich mir nur, meine Ehe aus der Sendung herauszuhalten. Und wenn es Phil doch noch gelingt, Familienangehörige von Billy auszubuddeln, lass es mich wissen. Das wäre eine Hiobsbotschaft."

„Wie schlimm?"

Einen Augenblick dachte Madelyn daran, was Denises Sucht aus ihr gemacht hatte. Sie hatte sie ausgehöhlt und nichts von ihr übrig gelassen. Janice dagegen war vor Missgunst und Feindseligkeit übergequollen. Madelyn hatte sie lange vor der Scheidung zuletzt gesehen, aber sie konnte sich nur zu gut vorstellen, dass es mit beiden bloß schlimmer geworden war. Bei solchen Leuten war das der normale Lauf der Dinge.

„Sehr schlimm."

„In Ordnung. Versprochen."

Madelyn war sich nicht sicher, ob sie Ruth vertrauen konnte. Sie hatte jedoch keine Wahl. „Danke. Wir sehen uns morgen."

„Das wird großartig. Ich weiß, dass es dir schwerfällt, das jetzt so zu sehen, aber glaub mir: Es wird wunderbar. Für uns alle."
„Ich hoffe, du behältst recht."

Billy war wütend. Er war wütend, weil es fünf Uhr morgens war, noch dazu an einem Freitagmorgen. Eine unchristliche Zeit, wirklich. Wenn er nicht aufs Eis musste, gab es für ihn keinen Grund, um fünf Uhr früh schon auf zu sein.

Und er trug einen Anzug. Er hasste das.

Obendrein hatte die kleine schelmische Halbwüchsige, die sich um sein Make-up kümmern sollte, Crack geraucht. Definitiv.

„Du machst Witze, oder?", fragte Billy das Mädchen, als sie sich ihm mit Mascara näherte.

„Nee." Das Mädchen kam näher, das kleine schwarze Bürstchen in der ausgestreckten Hand. Billy schüttelte den Kopf. „Vertrauen Sie mir."

„Nein."

„Mr Wilkins …"

„Geh weg", sagte er und legte seine Hand auf ihre Stirn, wie Kinder das taten.

„Gina!", kreischte das Mädchen.

Billy zog den Arm zurück, genau in dem Moment, in dem Maddy und eine Furcht einflößende Italienerin um die Ecke kamen.

„Was ist hier los?", fragte Maddy und stemmte die Fäuste in die schmalen Hüften. Heute trug sie Grün, und ihre Augen leuchteten. Großartig sah sie aus. Ein paar anständige Mahlzeiten hätten ihr allerdings auch nicht geschadet.

„Erzählt mir doch mal …" Der Make-up-Kobold deutete wild gestikulierend in seine Richtung. „… was ich mit dem Typen machen soll!"

„Sie lassen bereits Ihren Charme spielen?" Maddy zog eine Braue in die Höhe und musterte ihn im Spiegel.

„Puder reicht. Mehr ist nicht nötig." Er zuckte die Achseln. Röte überzog seine Haut, weil sie ihm so nah war. Wenn er wollte, konnte er sie berühren. Einfach die Hand ausstrecken und ihr Gesicht streicheln. Ihr Haar. Was sie wohl tun würde, wenn er versuchte, sie zu umarmen?

Um ehrlich zu sein, hätte er eine Umarmung jetzt durchaus brauchen können. Diese Show musste geradezu schmerzhaft für ihn werden, es ging gar nicht anders. Selbst wenn er sich nicht zum Gespött machte oder, besser gesagt, zum Gespött gemacht wurde, musste er dennoch Make-up tragen und es sich gefallen lassen, dass seine Haare „gestylt“ wurden. Und dann waren da noch die Scheinwerfer und die Sitzgruppe da draußen. Die Stühle, von denen er vermutete, dass er und Maddy darauf Platz nehmen und sich unterhalten würden.

Unterhalten. Etwa zwanzig lange Minuten. Über etwas anderes als Hockey.

Konnte er das überhaupt?

Darüber hättest du ein bisschen früher nachdenken sollen, was, Wilkins?

Das Make-up-Mädchen lachte. „Bei Ihnen ist sehr viel mehr als nur Puder nötig, Kumpel.“

Er schaute sie ein wenig ungläubig an. „Ich könnte dich wie eine Laus zerquetschen. Das ist dir hoffentlich klar, oder?“

„Okay, Sue“, mischte Maddy sich ein. „Lass Gina hier weitermachen.“

„Na schön!“ Sue stapfte wütend davon, und die Italienerin beugte sich über seine andere Schulter. Sie und Maddy starrten ihn beide im Spiegel an.

„Ich fühle mich wie ein seltenes Insekt“, brummte er.

„Wir können die Narbe nicht verstecken“, meinte Gina, ohne ihn zu beachten.

„Das sollten wir auch nicht. Im Gegenteil“, erklärte Maddy.

„Soll ich sie etwa betonen?“

„Um Himmels willen, nein.“

„Die Nase wird auch ein Problem“, fuhr Gina fort.

„Wissen Sie“, murmelte er, „ich sitze genau vor Ihnen.“

„Rouge und Puder“, sagte Gina und ließ ihren Blick über seinen Körper wandern. „Was ist mit dem Anzug? Ich bin sicher, dass wir im Fundus noch was Passendes haben. Von dem Auftritt, als Hugh Jackman …"

„Was stimmt mit meinem Anzug nicht?" Er hatte ein paar Hundert Dollar dafür ausgegeben. Zugegebenermaßen hatte er nicht alles anprobiert, aber trotzdem.

Die Frauen hinter ihm lachten nur.

„Haben Sie das Hemd gebügelt?", fragte Maddy.

„Das ist neu."

„Das sehe ich." Sie deutete auf eine Stelle, an der man noch erkennen konnte, wie das Hemd in der Verkaufsverpackung zusammengefaltet gewesen war. „Besitzen Sie überhaupt ein Bügeleisen?"

„Das ist doch alles Quatsch." Er zog sich die Papierserviette aus dem Kragen und wollte aufstehen.

Maddy legte ihre Hand auf seine Schulter, und er erstarrte. Alles in ihm erstarrte, total beherrscht nur von ihrer Berührung.

„Hierzu haben Sie sich mit Ihrer Unterschrift bereit erklärt", erinnerte sie ihn.

„Zu dem da draußen." Mit dem Daumen wies er über die Schulter aufs Set, wo gerade die Scheinwerfer getestet wurden. „Nicht zu dem hier. Nicht …" Er seufzte, die Hände auf den Hüften. „Nicht zu Ihnen", stieß er schließlich hervor.

Er beobachtete sie im Spiegel. Ihre kühle, herrschaftliche Schönheit. Würde sie nachgeben? Jeder Mann mit Verstand hätte da seine Zweifel.

„Kannst du uns eine Sekunde allein lassen, Gina?", fragte sie, und Gina verschwand in den Schatten hinter dem Set.

„Du kannst dein Pfund Fleisch haben, Maddy. Das bin ich dir schuldig. Aber, Herrgott noch mal, es wird noch hart genug, da rauszugehen …"

Ein wenig ungeschickt tätschelte sie ihm die Schulter. „In Ordnung. Du hast recht."

Sie versteckte ihre Hände, als wären sie Geheimnisse, die sie unbedingt wahren musste. Ihr Blick streifte sein Gesicht, und er hätte sonst was dafür gegeben, wenn sie ihn tatsächlich berührt hätte.

„Hast du das Videomaterial gesehen?“, erkundigte er sich.

„Ja. Ruth hat eine Exfreundin aufgetrieben.“

„Ex…?“ Ihm fiel beim besten Willen nicht ein, wer damit gemeint sein könnte – außer der Frau, die hinter ihm stand.

„Sandra Marks.“

Er stöhnte auf. Sandra – das war eine tiefschwarze halbjährige Periode in seinem Leben gewesen, und sie lag etwa drei Jahre zurück. „Da muss Ruth ganz schön gebuddelt haben, um sie zu finden.“ Plötzlich kam ihm die Holzmaserung seiner Stuhllehne absolut faszinierend vor. „Was ist mit meinen Schwestern?“

„Konnten wir anscheinend nicht ausfindig machen.“

„Zu dumm.“ Bitterkeit und Trauer erzeugten einen Geschmack in seinem Mund, der ihn an Kreide erinnerte. „Sie würden geiles Fernsehen abgeben, nicht wahr? Ganz wie bei Jerry Springer.“

„Solche Sendungen mache ich nicht, Billy.“

„Natürlich nicht. Haben sie … haben sie etwas über uns rausgekriegt?“

Maddy nickte. „Ruth ist fündig geworden.“

Es fühlte sich seltsam an, ihretwegen ein schlechtes Gewissen zu haben, nur weil er mal mit ihr zusammen gewesen war. „Selbst wenn es auf die Titelseiten kommt, wird kein Mensch glauben, dass du dich zu einer Verbindung mit einem Wilkins herabgelassen hast.“

„Ich habe mich nie herabgelassen.“

Er deutete auf ihre Spiegelbilder. „Schau uns doch an.“

Sie stammten beide aus der namenlosen Unterschicht, und er trug noch heute den Dreck seiner Heimat in der Spruce on the Hill Nummer 12 unter den Fingernägeln und in den Säumen seines Anzugs. Sie dagegen sah aus, als ob ihr Kleid mehr kostete als das Haus, in dem sie aufgewachsen war. Als wäre sie in einer Limousine die Spruce entlanggefahren, auf dem Weg irgendwo anders hin.

„Wo steckt deine Familie?“, fragte sie. „Weißt du’s?“

„Mom ist vor zehn Jahren gestorben. Dad … nun ja, Dad ist nach dem … Unfall … nie wiederaufgetaucht.“

„Es tut mir leid, Billy. Sie war eine gute Frau. Ich weiß, dass sie sich Mühe gegeben hat."

Dass sie verstand, wie schwierig seine Mom gewesen war, wie schwer das alles damals gewesen war, brach ihm erneut das Herz. „Sie hat dich immer gemocht."

Maddy lachte. „Nur weil sie wusste, dass ich die Pille nehme und mich nicht von dir schwängern lasse."

„Das und dass du dafür gesorgt hast, dass ich meine Hausaufgaben mache."

„Der Traum einer jeden Mutter, eindeutig. Wie steht's mit deinen Schwestern?"

„Zum letzten Mal habe ich sie bei Moms Beerdigung gesehen. Denise hat ein paar Entziehungskuren gemacht."

„Oh, Billy. Es tut mir leid." So, wie sie das sagte, war sie nicht überrascht. Denise war schon mit sechzehn auf die schiefe Bahn geraten.

„Ungefähr vor fünf Jahren habe ich aufgehört, ihr Geld zu schicken. Sie war wieder mal ganz unten. Ich habe ihr erklärt, ich würde dafür bezahlen, dass sie von der Sucht loskommt, ihr aber kein Geld mehr für Drogen geben." Er schlug die Beine übereinander, stellte die Füße wieder nebeneinander, aber er fand keine bequeme Sitzposition. „Sie hat mir gesagt, ich soll mich zum Teufel scheren."

„Und seitdem hast du nicht mehr mit ihr gesprochen?"

„Sie wollte nur Geld, Maddy. Ich konnte ihr nicht noch mehr geben, weil mir klar war, dass sie es bloß dafür verwendet hätte, sich umzubringen." Das war nicht alles, doch er brachte es nicht über sich, weiterzureden. Er räusperte sich, wünschte sich, die Dinge lägen anders, aber nach all diesen Jahren war er es so verdammt leid, keinen Weg finden zu können, irgendetwas zu ändern.

„Ich weiß", antwortete sie und versetzte ihm damit den Schock seines Lebens. „Ich habe vor etwa zwei Jahren mit ihr gesprochen. Sie hat mich angerufen. Aus heiterem Himmel."

„Und?"

Maddy zuckte die Achseln. „Sie hat mich um Geld gebeten. Ich habe ihr welches zukommen lassen."

Ihre Schuld zusätzlich zu seiner eigenen lastete schwer auf ihm. Er ging das Risiko ein, ein gewaltiges Risiko, und griff nach ihrer Hand, verschränkte seine Finger mit ihren. Mit angehaltenem Atem wartete er darauf, dass sie ihm ihre Hand entzog. Nutzte den Moment, um sich das seidige Gefühl ihrer Haut über den deutlich spürbaren Knochen einzuprägen.

„Danach bin ich nicht mehr rangegangen, wenn sie angerufen hat.“ Sie zog ihre Hand zurück, und er gab sie nach und nach frei. Handfläche, Finger, rot lackierte Nägel.

„Mach dir keine Vorwürfe, Maddy.“

„Das Gleiche könnte ich dir raten.“ Merkwürdig, dass sie ihn immer noch sofort durchschaute. Dass sie erkannte, welche Gewissensbisse und Sorgen ihn plagten, weil er sich entschieden hatte, sich von seiner Familie loszusagen und den Kontakt abzubrechen.

„Das ist nicht dasselbe. Ich war ihr Bruder. Sie wollten bloß Geld von mir. Was wäre so schwer daran gewesen, es ihnen einfach zu geben?“

„Ich entsinne mich gut, wie sie waren“, sagte sie. „Schon vor deinem Aufstieg haben sie dich behandelt, als wärst du ihre Privatbank. Als schuldetest du ihnen etwas, während sie immer nur von dir genommen haben. Ihr ganzes Leben lang.“

„Denise hat ein Kind. Bei der Beerdigung war es drei.“ Die Worte brachen aus ihm hervor, aus der Hölle der Vorwürfe in seinem Inneren. „Und ich bin weggegangen. Habe dieses Mädchen ignoriert, obwohl ich wusste … obwohl ich wusste, wie ihr Leben vermutlich aussah. Ich habe ihr ein Treuhandkonto eingerichtet, aber ich kann meinen Schwestern nicht vertrauen, dass sie es anständig verwalten. Deshalb … Oh, verdammt, Maddy. Ich ignoriere sie, weil ich nicht weiß, was ich sonst tun soll.“

Ihre Blicke trafen sich erneut, diesmal nicht auf dem Umweg über den Spiegel, und er erlebte den intimsten, wirklichsten Moment, den er seit Jahren mit einer Frau erlebt hatte.

Das Blut rauschte in seinen Adern, heiß ob des Verlangens, das er immer für sie empfunden hatte.

Und als wäre er wieder dieser verdammte halbwüchsige Junge, bekam er einen Steifen – nur weil Maddy Baumgarten ihm einen Blick aus ihren goldbraunen Augen zugeworfen hatte.

Weißt du noch, wie wir uns stundenlang geküsst haben? Die Frage lag ihm auf der Zunge, verbrannte sie. *Weißt du noch, wie wir uns angefasst haben?* Die Liebe hatte sie beide sanft werden lassen. Zärtlich. Keine Frau danach hatte sich Sanftheit und Zärtlichkeit von ihm gewünscht.

„Außer Hockey ist dir nichts geblieben, nicht wahr?“, fragte sie.

Sein Penis erschlaffte, sein Verlangen erlosch.

Die Realität wirkte stets genauso gut wie eine kalte Dusche.

Er setzte sich wieder auf seinen Stuhl und suchte nicht einmal nach einer Verbindung zu ihr im Spiegel. Stattdessen starrte er auf seine Hände, betrachtete die Narben und verschorften Stellen, die das Leben ihm beschert hatte. „Rufst du jetzt Gina zurück, oder schminkst du mich selbst?“

„Nach der Pause verraten wir Ihnen, wer unser höchst geheimnisvoller Gast ist. Glauben Sie mir: Sie werden das um keinen Preis verpassen wollen. Über diesen Beitrag wird jeder reden.“ Maddy lächelte in die Kamera, bis das rote Aufnahmelicht ausging.

„Werbung. Wir haben neunzig Sekunden“, rief der Aufnahmeleiter, und schlagartig wurde es hektisch auf dem Set.

Sie schloss die Augen und ließ sich von Gina die Nase abpudern.

„Wir müssen hier unbedingt das Schwitzen in den Griff kriegen“, murmelte Gina.

„Ich bitte dich. In den letzten fünf Jahren hatte ich nicht einen einzigen Schweißausbruch, während wir auf Sendung waren.“

„Na ja, vielleicht kannst du dann ja Billy ein paar Tipps geben. Er sieht aus, als wäre er gerade vom Eis geholt worden.“

Damit verschwand Gina. Zu Madelyns Linken wurde ein Stuhl aufgestellt und hinter ihr der große Bildschirm herabgelassen, auf dem die Videoclips von Billys Mannschaftskameraden und seiner Exfreundin laufen würden.

Während sie ihre Karten durchblätterte, wurde ihr auf sehr entrückte Weise bewusst, dass Billy neben ihr Platz genommen hatte, und sie lehnte sich von ihm weg. Sie brauchte Abstand.

Fremde, rief sie sich ins Bewusstsein. *Wir sind Fremde füreinander.*

„Vorsicht, kalte Hände", brummte Billy, als Peter ihm das kleine Mikro ansteckte und es zwischen den Hemdknöpfen befestigte.

„Test", sagte Peter und wartete auf die Rückmeldung aus dem Tonstudio über seine Kopfhörer. Schließlich nickte er und zog sich zurück.

Billy atmete kräftig durch den Mund aus, als wollte er gleich in ein tiefes Gewässer tauchen.

„Nervös?", fragte sie ihn, vermied weiterhin, ihn anzuschauen.

„Ich glaube, ich muss mich gleich übergeben."

Sie legte ihre Karten aus der Hand und nahm rasch einen Schluck Wasser aus der Flasche, die Peter ihr reichte. „Warte bis zur nächsten Werbepause."

„Du bist die Ruhe selbst, oder?"

Nein, hätte sie am liebsten gejault. *Nein, ich bin innerlich fix und fertig. Ich kann dich nicht ansehen. Ich ertrage deinen Geruch nicht. Ich will mich nicht an die guten Zeiten erinnern. Ich will mich nicht an all das erinnern, was uns verband. Was wir hatten. Ein Leben, eine Geschichte. Ich will das alles nicht.*

Sie nahm all ihre Kraft zusammen, um sich ihm zuzuwenden. Um sich selbst gegen ihn zu verschließen. Um unbeeindruckt davon zu bleiben, wie nervös er war und wie es ihm den Schweiß auf die Stirn trieb.

Seine Nervosität und sein Unbehagen machten ihn menschlich. Der Furcht einflößende Hockeyspieler drehte im Rampenlicht fast durch.

Gar nicht schlau.

„Das ist mein Job.“ Sie konnte nur hoffen, dass ihr Lächeln nicht so leer wirkte, wie sie sich fühlte. „Und ich bin gut darin. Keine Sorge.“

„Schon gut.“ Er fuhr sich mit dem Jackenärmel über die Stirn und hinterließ einen hellen Streifen verschmierten Puders auf dem dunklen Stoff.

„Also wirklich, Billy!“

„Was denn? Ich verliere den Verstand.“

„Zehn Sekunden.“ Peter eilte zurück hinter die Kamera.

„Großer Gott“, stöhnte Billy.

„Ganz ruhig atmen.“

Er holte erneut Luft, tief und verzweifelt. Irgendwo in Oklahoma entstand gerade ein Zyklon.

„Fünf. Vier.“ Peter hielt drei Finger hoch. Zwei. Und dann, als das Licht wieder rot aufleuchtete, zeigte er auf sie, und sie fühlte den plötzlichen Rausch, dieses schlagartige Aufzucken von Aufregung und Inbesitznahme.

Ich bin Madelyn Cornish, dachte sie. *Und das hier gehört mir.*

„Da sind wir wieder. Willkommen zurück, liebe Zuschauer. Die ganze Woche habe ich nun schon von unserem geheimnisvollen Gast gesprochen, dem wir ein Umstyling zukommen lassen werden. Und heute wird das Geheimnis endlich gelüftet. Erkennt hier jeder diesen Mann?“ Neben ihr winkte Billy verlegen, und im Studio gab es höflichen Applaus.

Sie verdrehte die Augen.

„Wem wollen wir eigentlich was vormachen? Leute, niemand hat eine Ahnung, wer er ist. Hier, vielleicht wird das ein wenig helfen.“ Sie griff nach der Requisite zu ihren Füßen und reichte Billy einen Hockeyhelm der Mavericks.

Das soll ein Witz sein, oder? fragten seine ausdruckslosen Augen in dem Moment, bevor er den Helm entgegennahm und ihn aufsetzte.

„Na, wer erkennt ihn jetzt?“ Drei Leute im Publikum jubelten ausgelassen, und sie lachte. „Sieht ganz so aus, als hätten wir heute ein paar Hockeyfans im Studio. Für alle anderen hier ein paar Informationen. Vor sechzehn Jahren war Billy Wilkins ein umschwärmter neuer Spieler in der NHL. Inzwischen hat er Gold und Silber bei den Olympischen Spielen gewonnen und nicht weniger als sieben Mal an den Endspielen im Stanley Cup teilgenommen. 2002 wurde er von *Sports Illustrated* zu einem der wichtigsten NHL-Spieler gewählt." Madelyn ratterte den Rest von Billys wirklich eindrucksvollem Lebenslauf herunter und stellte widerwillig fest, dass die statistischen Daten Bedeutung für sie annahmen.

Billy Wilkins, der ungeschliffene, wilde Junge, der in derselben Straße gelebt hatte wie sie, war seinem Traum und seinem Talent gefolgt und hatte es damit geschafft, sich aus dem Albtraum zu befreien, in dem er aufgewachsen war.

Dieser plötzliche *Stolz*? Auf ihn? Auf diesen Mann, der ihr wehgetan hatte? Das konnte nichts Gutes bedeuten.

Abstand, Maddy, dachte sie. *Abstand wahren!*

„Abgesehen von diesen unglaublichen Erfolgen war Billy auch unangefochtener Spitzenreiter in der NHL bei den Strafminuten auf der Strafbank, und zwar aus drei Gründen: Öfter als jeder andere NHL-Spieler wurde er gesperrt, mit Bußgeldern belegt und ins Krankenhaus verfrachtet. Einige erinnern sich vermutlich noch an diese Titelzeile." Sie hielt die Zeitung hoch, die Ruth ihr an jenem Tag vor ein paar Wochen mitsamt ihrer Idee präsentiert hatte. Billys Gesicht, knallrot und mit einem wahnsinnigen Ausdruck, grinste ins Publikum, aus dem passenderweise erschrockenes Keuchen und Stöhnen erklang.

„Der reuelose Rüpel der NHL, wie er genannt wurde, gehört heute zu den Dallas Mavericks und hat sich bereit erklärt, in unserer ganz besonderen vierteiligen Serie aufzutreten: dem Billy-Wilkins-Projekt."

Diesmal applaudierte das Publikum mit mehr Begeisterung.

„Darf ich dieses Ding wieder abnehmen?", fragte Billy, als der Applaus verklang.

Er trug immer noch den Helm.

„Aber ja", gab sie lachend zurück. „Nur zu."

Er setzte ihn ab, glättete notdürftig seine Haare und grinste. Billy wirkte wie ein kleiner Junge – und durch die Narbe zugleich wie ein entflohener Sträfling.

„Billy, wir sind so froh, dich hier zu haben."

„Ich bin auch ziemlich froh, hier zu sein."

Wenn das keine Lüge ist, dachte sie.

„*Dallas A. M.* hat schon mehrere unglaubliche Umstyling-Shows gebracht, aber du bist unser erster männlicher Gast."

„Ich fühle mich geehrt."

„Das solltest du auch. Wir nehmen so etwas nicht auf die leichte Schulter. Deshalb frage ich dich jetzt: Glaubst du, dass du ein Umstyling brauchst?"

Er blinzelte, als träfe ihre Frage ihn völlig überraschend. „Ich denke schon."

„Das klingt nicht sehr überzeugt."

„Ähh …" Die Luft zwischen ihnen war auf einmal abgestanden und schal. Panik leuchtete wie ein Halogenscheinwerfer aus seinen Augen. Er musterte das Publikum, als wären all diese Leute plötzlich in seinem Bad aufgetaucht, während er pinkelte.

Wie ein in die Enge getriebener Hamster; diesen Gesichtsausdruck hatte sie bereits bei vielen ihrer Showgäste gesehen.

In Momenten wie diesen zeigte sich, dass sie ihr beachtliches Gehalt tatsächlich verdiente.

„Also, Billy …" Sie beugte sich vor und drückte seine Hand. Himmel, wie er schwitzte. „Schauen wir doch mal, was deine Mannschaftskameraden dazu zu sagen haben."

Die Scheinwerfer wurden gedimmt, und hinter ihnen erwachte der Bildschirm zum Leben. Jan Fforde, der junge schwedische Torwart, erschien auf der Leinwand. Ein gut aussehender, jungenhaft wirkender Kerl.

„Ob Billy ein Umstyling braucht?", fragte Jan. Ganz offensichtlich hatte er keine Ahnung, was das Wort bedeutete. Sein Blick huschte zu jemandem hinter der Kamera, der den Begriff erläuterte. Und Jan brach in schallendes Gelächter aus.

Das Publikum war begeistert.

Das Video sprang zum Kapitän der Mavericks, Mike Blake,

dessen rechtes Auge noch die violett-gelben Spuren eines beachtlichen Veilchens trug. „Ich werde doch Billy Wilkins nicht erzählen, dass er ein Umstyling braucht. Sind Sie bescheuert? Er würde mich umbringen. Billy, wenn du das hier siehst: Ich glaube, du bist so, wie du bist, genau richtig."

Schnitt zurück zu Jan Fforde, der immer noch lachte und sich jetzt obendrein Tränen aus den Augen wischte.

Coach Hornsby trat als Nächstes auf. In einem adretten Sportmantel. Seine dünnen Brillengläser reflektierten das Licht der Kamera, als er entschlossen nickte. „Ja, Billy Wilkins braucht ein Umstyling."

„Großer Gott, du hast den Coach gefragt?", murmelte Billy. Sein Mikro war so fein eingestellt, dass alle es hören konnten. „Sag bloß nicht, du hast auch mit meiner Mutter gesprochen."

Nur sie wusste, dass das gar nicht möglich war, und die Menge lachte über seinen Witz.

„Viel besser", erwiderte sie und rieb sich die Hände. „Mit einer Exfreundin."

Eine Frau mit kurz geschnittenen schwarzen Haaren erschien auf der Leinwand, die Arme vor der Brust verschränkt, als warte sie auf einen verspäteten Bus. „Ein Umstyling?", fragte sie. „Billy?" Sie ließ die Hände auf die Armlehnen ihres Stuhls fallen. „Oh, lassen Sie mich mal überlegen. Erstens", meinte sie und zählte an den Fingern ab, „er besitzt keinen einzigen anständigen Anzug. Zweitens, er trägt vermutlich gerade jetzt weiße Sportsocken zu schwarzen Schuhen."

Billy lüpfte kurz seine Hosenbeine. Weiße Sportsocken zu schwarzen Schuhen.

Das Publikum johlte.

Er schaute zu Madelyn hinüber und zwinkerte ihr zu.

Hastig wandte sie ihre Aufmerksamkeit wieder dem Bildschirm zu.

Luc Baker tauchte dort auf, dunkelhaarig und teuflisch attraktiv im noblen blauen Anzug, und das überwiegend weibliche Publikum seufzte. Östrogen lag in der Luft.

Die scharfen Züge des künftigen Mitglieds der Hall of Fame

verdüsterten sich. „Billy Wilkins ist einer der besten Männer, mit denen auf dem Eis zu stehen ich je das Vergnügen hatte. Er ist ein Kämpfer im besten Sinne des Wortes: loyal, leidenschaftlich und ein absolut überragender Hockeyspieler. Niemand kennt das Spiel so gut wie er, und niemand – ich wiederhole: absolut niemand – liebt das Spiel so sehr wie er."

Es gab eine kurze Balgerei außerhalb des Blickfelds der Kamera. Dann beugte sich eine schöne blonde Frau ins Bild. Ihre blauen Augen funkelten.

„Tara!", rief Billy sichtlich überrascht.

„Seine Kämpfernatur", sagte sie, „ist ein Problem. Man merkt, dass er nicht so gern kämpft, wie er vorgibt."

Die Blondine verschwand wieder, und man sah, dass Luc sich vor Verlegenheit wand.

„Tut mir leid, Billy", murmelte er.

Schnitt zurück zur Exfreundin Sandra, die an ihren Fingern abzählend fortfuhr: „Drittens, er kaut mit offenem Mund. Viertens, er öffnet Bierflaschen notfalls mit den Zähnen. Fünftens, er ist ein erwachsener Mann, und alles, was er in der Küche zustande bringt, ist Toast."

„Das stimmt nicht", widersprach Billy. „Ich mache hervorragenden Schmorbraten."

Maddy starrte ihn ungläubig an.

„Was denn?" Er zuckte mit den Achseln, als fände er nichts Seltsames an der Sache. „Meine Mom hat mir das beigebracht."

Sie wusste aus eigener Anschauung, dass der Schmorbraten seiner Mutter nahezu ungenießbar gewesen war, wandte sich aber wieder dem Bildschirm zu.

Der Videoclip lief noch etwa vierzig Sekunden und zeigte Spieler, die berichteten, was für ein Rüpel er war. Der Manager der Mavericks erzählte, wie Billy einmal in einem Restaurant in eine Prügelei verwickelt worden war.

Jan hörte nicht auf zu lachen.

Schließlich flammten die Scheinwerfer wieder auf, und Maddy beobachtete, wie die Zuschauer einander angrinsten, als wären sie alle in einen Witz eingeweiht.

Gold. Das hier war reines Gold.

So gut sie in ihrem Job auch war, so selten waren solch ein Gefühl und solch ein Moment. Selten vor allem, weil es keine Mühe gekostet hatte. Im Laufe der Jahre hatten sie etliche großartige Beiträge gebracht, aber jeder davon hatte eine Menge Arbeit erfordert. Es war ihr Job, Schwieriges leicht erscheinen zu lassen, doch das hier … das hier war leicht.

Es machte Spaß.

Alles außerhalb des Studios verlor seine Bedeutung. Sie brauchte das alles nicht. Sie brauchte nur das Publikum, ihre Mitarbeiter und eine Geschichte, die sie erzählen konnte.

Billy.

Es war, als wäre sie wieder dreizehn und er wäre unwiderstehlich. So fesselnd, dass sie den Blick nicht von ihm abwenden konnte. Er zog sie wieder in seinen Bann.

„Tja", sagte Billy und wirkte dabei so verlegen, wie es einem Mann mit einer solchen Narbe im Gesicht und einem solchen Glitzern in den Augen überhaupt möglich war. „Ich schätze, ich brauche wirklich Hilfe."

„Und wir werden sie dir geben. Bereit?"

„Wirst du behutsam mit mir umgehen?", fragte er und ergriff ihre Hand mit seiner riesigen Pranke.

Vorsicht, Madelyn, mahnte sie sich im Stillen. Anstatt auf ihre eigene Warnung zu achten, drückte sie jedoch seine Hand. Stürzte sich kopfüber in die Berührung. Ein fester Händedruck. *Wir sind Partner, Mannschaftskameraden, was auch immer.* Für diesen Beitrag war sie bereit, sich zu verpflichten.

Für dieses Gefühl würde sie alles tun.

„Tut mir leid, Kumpel, aber behutsamer Umgang ist nicht drin." Sie wandte sich dem Studiopublikum zu und zwinkerte. „Ein Umstyling ist immer ein brutales Geschäft, nicht wahr?"

Die Zuschauer lachten, und Billy ließ den Kopf hängen.

„Das wird übel", murmelte er.

„Wir sehen uns wieder am nächsten Freitag", sagte sie strahlend in die Kameras. „Für den ersten Tag des Billy-Wilkins-Projekts. Wir holen einen Schneider dazu und besorgen diesem

Hockeyspieler einen neuen Anzug und ein Paar schwarze Socken." Kopfschüttelnd sah sie zu Billy. „Ernsthaft? Sportsocken zu Anzugschuhen?"

„Wenigstens passen die Socken zusammen."

„Tim vom Man Room Spa & Salon wird Billy einen neuen Look verpassen. Sag mal, Billy, weißt du, was ein Epilierer ist und wo man ihn überall einsetzen kann?"

Billy brauchte seine Angst gar nicht zu spielen. Er schüttelte den Kopf. „Nein."

„Dachte ich mir." Sie erhob sich von ihrem Stuhl, immer noch Billys Hand in ihrer, und er stand ebenfalls auf. Die beiden sahen sich einer Wand freudig erregter Frauen gegenüber. „Denken Sie dran, am Freitag geht's weiter. Das wird ein Spaß!"

Die Titelmusik erklang, und die roten Lichter auf den Kameras erloschen.

„Das war's!", rief Peter, und alles stürzte auf die Bühne.

Sofort ließ sie Billys Hand los, aber er hielt sie fest. Als sie sich zu entziehen versuchte, zog er sie an sich, nahm sie in die Arme, umgab sie mit seiner schieren Größe und Kraft, seiner Wärme und seinem Geruch.

Ihre Augen schlossen sich wie von allein, und bevor sie sich beherrschen konnte, erwiderte sie schon seine Umarmung. Drückte ihn fest an sich vor Begeisterung.

Sie spürte den Schweiß unter seiner Anzugjacke, roch ihn an seinem Hals. Er war nervös gewesen, hatte sich aber bemerkenswert gut gehalten.

„Du warst großartig", flüsterte sie.

„Du bist erstaunlich."

Sein Atem kitzelte an ihrem Hals, ließ die Alarmglocken in ihrem Inneren schrillen. Der Adrenalinstoß durch die Show wirkte wie ein mächtiges Aphrodisiakum, und einen wilden, atemlosen Moment lang wollte sie ihn küssen. Sich mit dem ganzen Körper an ihn pressen; ihre Fingernägel, ihre Zähne, ihre Weiblichkeit an ihm erproben.

Verlangen durchflutete sie, erfasste sämtliche Nervenenden, jede Synapse und jede Pore. Ihre Haut war ein einziger großer

Empfänger, und sie zuckte und bebte unter ihren Empfindungen.

Sex. Oh Gott, plötzlich wollte sie Sex haben. Mit Billy.

Sie riss sich von ihm los und stieß ihn von sich.

Billy starrte sie verwirrt an, ließ die Arme hängen. „Maddy?"

Wortlos wandte sie sich ab und ging. Ließ ihren Triumph, der sich jetzt irgendwie beschmutzt anfühlte, befleckt von ihrer dummen Lust, hinter sich auf dem Set zurück.

Billy schaute Maddy nach, wie sie davonging. Ihm war nur halb bewusst, dass drei Personen um ihn herum standen. Jemand nahm ihm das Mikrofon ab. Die Frau namens Ruth sagte ihm, wie toll er das Ganze gemeistert hatte. Phil schüttelte ihm die Hand. Und Billy achtete kaum darauf.

Wenn die letzten zehn Minuten irgendetwas bewiesen hatten, dann, dass seine Entscheidung, hierherzukommen, die richtige gewesen war. Er hatte recht behalten mit der Vermutung, die Show könne eine zweite Chance für sie beide sein. Maddy sah das jetzt vielleicht noch nicht so, aber für ihn war es sonnenklar. Offensichtlich. So offensichtlich wie die Lust, die sie noch vor wenigen Sekunden empfunden hatte.

Sie hatte recht: Sie war nicht mehr das Mädchen von früher. Sie war aufregender. Interessanter. Bewusster. Als hätte das junge Mädchen die Hoffnungen nicht nur erfüllt, sondern jede Erwartung weit übertroffen.

Und sie waren immer noch gut zusammen. Nein, mehr als nur gut. Sie passten zusammen. Auch wenn er sich am Rest der Welt wund scheuerte: Sie passte wie angegossen zu ihm.

Im Schatten hinter dem Set konnte er noch das Grün ihrer Bluse ausmachen, als sie auf ihr Büro zusteuerte.

Wo sie die Risse in ihrer Rüstung reparieren würde. Sie würde sich selbst einreden, dass das, was gerade zwischen ihnen auf dem Set geschehen war – diese Verbindung, die sie beide gespürt hatten –, nichts bedeutete. Dass es ein Fehler gewesen war.

„Nein", murmelte er.

„Wie bitte?", fragte Phil.

Billy schüttelte den Kopf. „Entschuldige, Mann. Nur eine Sekunde, ja?“

Maddy konnte allen anderen etwas vorspielen, aber eins stand fest: Sie waren gut zusammen. Zwischen ihnen herrschte Magie. Und er wollte sie ihrer Rüstung entledigen. Er wollte sie nackt und lebendig und in seinen Armen.

Er eilte ihr nach.

8. KAPITEL

Fast wäre die Tür zu ihrem Büro aus den Angeln geflogen, als er sie aufstieß.

„Holla, warum so eilig, Billy?“, fragte Maddy. Sie saß vor ihrem Spiegel, die Haare straff zurückgekämmt, das Gesicht glatt und abgeschminkt. In ihren Augen lag nichts mehr von dem Feuer, der Erregung und der Lust, die sie erst vor wenigen Minuten gezeigt hatte.

All die Wut, die er hinuntergeschluckt hatte, seit er diesem lächerlichen Vorschlag zugestimmt hatte, überfiel ihn mit Wucht.

Endlich. Gott sei Dank. Ein Kampf. Ein Kampf, den er gewinnen konnte.

Mit dem Fuß stieß er die Tür zu.

„Heiliger …“

„Maddy, du kannst nicht einfach so tun, als wäre das nicht großartig gewesen.“

„Ich habe es dir doch gesagt.“ Sie lächelte strahlend. Aufgesetzt. „Du hast dich prima geschlagen. Der Beitrag …“

„Scheiß auf den Beitrag, Maddy.“

Maddy stand auf, ging zu ihrem Schreibtisch. „Ich heiße Madelyn.“

„Du bist Maddy. Und wirst es auch immer sein. Und was da draußen großartig war, das waren wir. Wir haben uns toll geschlagen. Wir … Großer Gott, Maddy, ich weiß, wie erschreckend das ist.“

„Erschreckend? Das ist mein Job.“

Frustriert, verschwitzt und verzweifelt griff er nach ihr, packte sie. Ihre Schultern passten wunderbar in seine Hände. Wie schon immer. Wie ein Schlüssel, den er irgendwo unterwegs verloren hatte.

Sie keuchte auf, und das entfachte die Glut in ihm erst richtig. Sie wehrte sich nicht. Gott sei Dank. Er hätte nicht gewusst, was er hätte tun sollen, wenn sie sich gewehrt hätte.

Sie legte die Hand auf seine Brust, und sie brannte sich durch seine Kleidung, durch Haut und Muskeln bis in sein Innerstes. Sie selbst war in ihm.

Und dann, als wäre es ein Wunder, eine Art göttliches Geschenk, küsste sie ihn.

Jahrelang war sie aus seinem Leben verschwunden gewesen, und jetzt küsste Maddy ihn. Ihre Lippen lagen weich, voll und üppig auf seinen. Ihre Finger drängten ihn, aber niemals gefühllos, niemals grob. Sie strich ihm durchs Haar, zog ihn an sich. Ganz eng. Noch enger.

Mit der Zunge berührte er ihre Zunge. Es war, als fänden sich alte Freunde wieder, die eine Ewigkeit getrennt gewesen waren. Ihre Hüften fühlten sich knochig und dünn an, aber dennoch aufregend. Dies war immer noch sie. Seine Maddy.

Er entspannte sich, ließ sich in diesen Kuss hineinsinken, in sie selbst, und die Jahre fielen von ihm ab. Das war schöner als alles, was er in den letzten anderthalb Jahrzehnten auf dem Eis erlebt hatte.

Es war vollkommen.

„Madelyn, ich bringe dir dein Wasser und …" Die Tür schwang auf, und Maddy stieß ihn von sich. Er stolperte rücklings gegen einen Stuhl und wirbelte zum Eingang herum.

„Entschuldigung", stammelte eine erschrockene Brünette, stellte das Wasser ab und zog sich hastig zurück.

Die Tür fiel hinter ihr ins Schloss. Ein Schweigen breitete sich aus. Ein erstickendes Schweigen.

Billy fehlten die Worte. Er hatte keine Ahnung, wie er Maddy überzeugen sollte, jetzt nicht auszurasten. Ihm zu vertrauen. Wie sollte er ihr begreiflich machen, dass er nicht mehr der Junge von damals war? Er war ein Mann, und er konnte sich um sie kümmern. Sie respektieren. Die Vergangenheit war vorbei, verbrannt und begraben, aber dieser Moment bot ihnen die Chance, die Zukunft zu gestalten.

Vorsichtig, weil er wusste, wie dünn das Eis war, auf dem er sich bewegte, berührte er ihre Schulter, legte seine Hand ganz leicht darauf und ließ einen Finger an der Stelle ihres Halses ruhen, unter der ihr Puls pochte.

Bitte, dachte er. *Hab ein bisschen Vertrauen. Glaube an mich.*

Aber sie schüttelte ihn ab und wich ans andere Ende des Zimmers aus.

„Geh“, flüsterte sie. „Bitte.“

„Maddy …“

Sie atmete tief durch und schaute ihm in die Augen. Direkt in seine schwarze Seele. „Ich heiße Madelyn. Und jetzt verschwinde aus meinem Büro.“

Ausschlaggebend war der Snuggie.

Ein Sechsmeilenlauf. Ein Ferngespräch mit ihrer Mutter über das Wetter in Miami. Eine Stunde Yoga. Nichts davon hatte ihre Verfassung, ihr Fieber gebessert.

Doch eine Kuscheldecke mit Ärmeln brachte die entscheidende Wende.

Als Madelyn um drei Uhr früh darauf wartete, der Frau am Telefon ihre Kreditkartennummer mitteilen zu können, wusste sie, dass die leere 500-Gramm-Schale Pfefferminzeis mit Schokoladenchips auf dem Boden und das Sortiment an Bumpits-Haarschmuck, das sie vor zwanzig Minuten bestellt hatte, nur der Ablenkung gedient hatten. Ablenkung vom tatsächlichen Problem.

Schau dir einen Porno an und reagier dich ab, mahnte sie sich selbst.

Aber jetzt, geistig und körperlich erschöpft von ihren Versuchen, das Verlangen loszuwerden, das ihren Körper immer noch beherrschte, konnte sie sich selbst gegenüber ehrlich sein.

Sie wollte keinen Porno.

Sie wollte Billy.

Da konnte sie Greatest-Hits-CDs von Kenny Rogers bestellen, so viel sie wollte (CDs? Wer kauft heute denn noch CDs? Abgesehen von … nun ja, ihr selbst), es änderte nichts daran, dass sie mit ihrem Exmann schlafen wollte.

Du bist besser als das, sagte sie sich und versuchte, sich zu fangen, aber mit dem Herzen war sie nicht bei der Sache. Mit dem Herzen war sie nur an Sex interessiert.

Und da Sex keine Option war, würde sie sich mit noch mehr Eiscreme behelfen ... und vielleicht mit einer Magic-Bullet-Küchenmaschine. Schließlich würde sie häufiger kochen, wenn sie ein Gerät besäße, mit dem sie einen frischen Salsa-Dip in weniger als zehn Sekunden zubereiten konnte.

Genau so bekamen die Infomercials sie regelmäßig an den Haken: Sie fanden die Risse in ihrem perfekten Leben und erweiterten sie zu Abgründen.

Der Kuss mit Billy Wilkins, bei dem ausgerechnet ihre Beitragsproduzentin sie erwischt hatte? Oh ja, Risse in ihrem Leben gab es viele, und sie waren tief.

Gott sei Dank würde Sabine den Mund halten.

Dieser Kuss, diese Teenie-Schwärmerei, dieses Fieber in ihrem Blut und der Schmerz zwischen ihren Beinen – das alles war bloß der erste Schritt zurück in ein schreckliches Verhaltensmuster.

Mit einem Kuss begann es. Und er war so absolut unwiderstehlich, so durch und durch aufregend, dass der Kuss zu Sex führen würde. Und der Sex ... Der Sex wäre einfach unglaublich. Süchtig machend. Er würde sie anschauen, als wäre sie der einzige Mensch auf Erden, der für ihn zählte. Und langsam, Stück für Stück, würde sie sich wieder an ihn verlieren. Würde ihm ein wenig ihrer Zeit und ihrer Energie schenken, all die Dinge, von denen sie sich einreden würde, dass sie sie selbst nicht brauchte. Und so würde es weitergehen. Sich entwickeln. Bis Maddy plötzlich feststellen würde, dass sie allein und sich selbst fremd geworden war.

Wieder einmal.

Trotzdem, verdammt noch mal, wollte sie Sex mit ihm.

Sie drehte sich auf der Couch und stieß dabei mit dem Fuß an den Eisbehälter, sodass dieser umfiel. Als sie das geronnene grüne Fett am Boden des Behälters sah, drehte sich ihr fast der Magen um. Sie hatte so viel gegessen, dass ihr übel war.

Gina würde Anfälle bekommen.

„So stellst du dir also Professionalität vor?“, murmelte sie.

Ich brauche einen neuen Plan.

Sie legte den Kopf schräg und sah die grüne Eiscreme plötzlich in anderem Licht.

Na schön, sie wollte also mit Billy schlafen. Dringend. Jede Frau, die so lange Diät gehalten hatte wie sie, wusste, dass man manchmal seinen Gelüsten nachgeben musste. Dann musste man so lange Eiscreme essen, bis man keine mehr mochte. Bis die Zunge nichts mehr als Milchfette und Süßstoffe wahrnahm, die Zähne schmerzten, der Magen protestierte und man sich nur noch angewidert abwenden konnte.

Sicherzustellen, dass es bei einer 500-Gramm-Schale Eiscreme blieb und man keine Vorräte fürs ganze Leben verputzte, war der Schlüssel zum Erfolg.

Aufregung und Zuversicht kamen in ihr auf, erfassten jede Faser. Sie konnte das schaffen.

Mochte ja sein, dass er in der fälschlichen Annahme, für sie beide gäbe es eine gemeinsame Zukunft, in ihr Leben zurückgekehrt war, aber sie wusste, dass das unmöglich war.

Und mit ihm zu schlafen würde nicht bedeuten, dass sie ihm zustimmte.

Dafür zu sorgen, dass er das begriff und in vollem Ausmaß verstand, war vermutlich leichter gesagt als getan, doch sie war inzwischen eine erwachsene Frau. Kein liebeskranker Teenager mehr.

Und irgendwo in sich besaß sie die Fähigkeit, Nein zu sagen. Halt zu sagen.

Wenn sie sich auf diese Affäre einließ, dann nur zu ihren Bedingungen.

„Ma'am?" Der Snuggie-Dealer am anderen Ende der Leitung wurde langsam ungeduldig. „Ich brauche das Ablaufdatum Ihrer Kreditkarte."

„Ich hab's mir anders überlegt", erwiderte sie und legte auf.

Vorsichtig setzte sie sich auf – ihre nackten Arme und Schultern klebten an der Ledercouch – und erhob sich. Ihre Knie protestierten gegen die plötzliche Belastung.

Sie lief schließlich nicht Gefahr, sich zu verlieben.

Auch wenn es zwischen ihnen funkte: Das waren lediglich die Reste früherer Gefühle oder eine Nachwirkung des Adrenalinkicks durch die Sendung. So oder so war das Ganze nicht ernst zu nehmen, nicht real.

Madelyn beobachtete, wie draußen vor ihren Fenstern die Stadt erwachte. Dabei überlegte sie in aller Ruhe und sehr vernünftig, welche Regeln es ihr ermöglichen würden, mit Billy zu schlafen und ihr Herz trotzdem zu schützen.

Billys Ruhm erwies sich nicht gerade oft als nützlich. Meistens wollten sich nur betrunkene Männer mit ihm prügeln. „Du bist gar nicht so tough", sagten sie, um gleich darauf zu versuchen, einen mächtigen Schwinger gegen seinen Kopf zu landen.

Aber ab und zu fand er einen Hockeyfan genau am richtigen Ort vor.

Zum Beispiel Lou. Der Sicherheitsbedienstete, der die Tür zu Maddys noblem Apartmenthaus in Turtle Creek bewachte, war ein gewaltiger Fan der Mavericks. Gott sei Dank.

„Sie läuft, wie jeden Samstagmorgen", sagte Lou und schaute auf seine Armbanduhr. „In etwa fünfzehn Minuten wird sie zurück sein. Du darfst dich gern setzen." Er deutete auf eine kleine Couch, die umgeben von Kübelpflanzen in einer Ecke der Lobby stand.

„Danke, Mann." Billy nahm Platz. Erstaunlicherweise hatte er recht leicht herausfinden können, wo sie wohnte. Die Dame am Empfang des Fernsehstudios hatte einen Freund, der ebenfalls Mavericks-Fan war. Gleich zwei Mavericks-Fans, wenn er sie brauchte – das war etwas nie Dagewesenes. Das Versprechen, ihr ein paar Tickets für das erste Spiel der Saison zu besorgen, hatte ihm Maddys Adresse erkauft. Dafür machte er sich jetzt allerdings Sorgen, wie es um die Sicherheit im Sender bestellt war.

„Möchtest du was trinken? Oder kann ich sonst etwas für dich tun?"

Billy sah ihn an. „Danke. Ich brauche nichts."

„Ich habe das letzte Spiel der Mavericks gesehen." Lou pfiff durch die Zähne, und Billy lächelte. Er wusste, was jetzt kommen würde. „Das war eine Prügelei."

„Danke."

„Schön zu sehen, dass die Jungs wieder ein bisschen Feuer in den Augen haben."

„So sehe ich das auch."

„Weißt du …" Lou schüttelte den Kopf, und das Sonnenlicht in der Lobby spiegelte sich in seiner Glatze. „Es ist eine Schande, was man deinem Sport antut."

„Wie meinst du das?", fragte Billy und warf einen Blick auf seine Uhr. Fünfzehn Minuten Unterhaltung über Hockey. Kein Problem.

„Dass sie solche Kämpfe unterbinden wollen."

„Du meinst, das sei ein Problem?" Er schob einen der Pflanzenkübel ein Stück zur Seite. So verbarg das Blattwerk teilweise sein Gesicht, und er riskierte nicht, dass Maddy ihn vorzeitig entdeckte und einfach weiterlief. Das war nur eins der Katastrophenszenarien, die ihm an diesem Morgen durch den Kopf gegangen waren.

„Ohne Kämpfe kein Hockey. Sie gehören einfach dazu. Sind das Wichtigste."

„Ich dachte, Tore seien das Wichtigste."

„Ohne Kämpfe ist Hockey wie Fußball. Wer mag schon Fußball?"

„Millionen von Menschen in jedem Land der Erde, außer unserem. Wie lange läuft Maddy normalerweise an einem Samstagmorgen?"

„Ein oder zwei Stunden. Aber sie ist immer um zehn zurück."

Ein oder zwei Stunden – kein Wunder, dass sie so dünn war.

Jetzt war es zehn vor zehn. Ihm blieben also noch zehn Minuten, um sich zu überlegen, was er ihr sagen sollte. Es hatte ihn eine schlaflose Nacht gekostet, sich Argumente zurechtzulegen, aber keines davon schien ihm wirklich stichhaltig.

Deshalb war er hierhergekommen in der Absicht, es einfach hinzunehmen, dass sie ihn anschrie, wenn sie das wollte. Er war bereit, ihren Zorn über sich ergehen zu lassen, weil er das nie getan hatte, als sie noch verheiratet gewesen waren.

Und in ihr hatte sich vermutlich eine ganze Menge Zorn angesammelt.

Oh ja, und wie sie ihn anschreien würde!

„Wenn du mich fragst …“, meinte Lou und ließ sich auf seinen Stuhl sinken. Seine rote Jacke mit dem Logo der Sicherheitsfirma auf der Brusttasche war ihm eine Nummer zu groß. Darin wirkte er wie ein Junge, der mit den Sachen seines Vaters Verkleiden spielte. „… Coach Hornsby setzt dich nicht so ein, wie er sollte.“

„Wem sagst du das?“, murmelte Billy. Normalerweise war dies sein Lieblingsthema. Allerdings war er im Moment fürchterlich abgelenkt, weil er ständig nach Maddy Ausschau hielt.

Gerade als Lou so richtig in Fahrt kam, entdeckte er sie, wie sie auf die Glastür zulief, in einer engen schwarzen Jogginghose und einem grauen T-Shirt. Am Rand der großen roten Fußmatte vor der Tür blieb sie stehen.

Schwer atmend drückte sie einen Knopf an ihrer Uhr und nahm ihre Kopfhörer ab.

Maddy, seufzte sein ganzer Körper.

Vor einer Woche hatte sie ihn zu Hause aufgesucht, hatte geschworen, dass es für sie keine zweite Chance gäbe. Aber die ganze Zeit hatte es zwischen ihnen so heftig gefunkt, dass man damit Arizona in Rauch und Asche hätte legen können. Und gestern … Großer Gott. Gestern hatte sie wieder in seinen Armen gelegen. Nach Jahren. Nach so vielen kalten Jahren.

Schluss jetzt. Sie konnten nicht länger so tun, als ob.

Irgendwie musste er ihr beweisen, dass er sich verändert hatte und dass die stimmige Chemie zwischen ihnen während der Show nur eines bewies: Sie hatte sich nicht verändert, jedenfalls nicht so sehr, wie sie glaubte.

Sie winkte irgendwem über die Schulter zu und zog dann die Tür auf, wobei sie ihr gesamtes Körpergewicht einsetzte. In Panik und heller Aufregung richtete er sich auf, als sie eintrat.

„Hey, Lou.“ Ihre Stimme klang belegt, und Schweiß lief ihr übers Gesicht, färbte ihr graues T-Shirt hier und da schwarz.

Das erregte ihn. Der Sportler in ihm sehnte sich danach, mit ihr gemeinsam zu schwitzen. An ihr zu lecken, das Salz auf ihrer Haut und ihre Hitze zu schmecken. Oh Gott, er bekam einen Steifen. Hastig zog er sich ein Stück weiter hinter die große Kübelpflanze zurück.

„Hier wartet jemand auf Sie.“ Lou lächelte und wies mit dem Daumen auf Billy, der sich mehr und mehr wie ein Schuljunge vorkam, der seine Flamme zum Abschlussball eingeladen hatte und nun darauf wartete, dass sie ihm einen Korb gab.

Ihr lockerer, leichter, nach einem tollen Lauf entspannter Gesichtsausdruck verschwand.

Sie verschloss sich wie eine Auster.

„Hi.“ Er hob einen Arm, winkte matt wie ein Volltrottel.

„Billy.“ Das war alles. Sein Name und sonst nichts. Damit wandte sie sich ab und ging durchs Granitfoyer zu den Aufzügen. Sie drückte auf den Rufknopf, und die hölzernen Fahrstuhltüren öffneten sich.

Das war's. Sie haut ab. Und was tust du jetzt, du Hitzkopf?

„Kommst du?“, fragte sie, ohne sich nach ihm umzuschauen.

Im Laufschritt, als stürmte er auf dem Eis vor das gegnerische Tor, hastete Billy durch die Eingangshalle, um den Fahrstuhl noch rechtzeitig zu erwischen.

Kaum stand er in der Kabine, schlossen sich die Türen.

„Maddy …“

„Sag jetzt nichts.“ Sie fummelte ihren iPod aus dem Halteband an ihrem Oberarm, das Gesicht abgewandt, als wäre die Organisation ihrer Playlist im Moment das Wichtigste auf der Welt.

Aufs Höchste angespannt, öffnete und schloss er seine Fäuste, während er einer blechern klingenden Instrumentalversion von Elvis Presleys *Hound Dog* lauschte.

Mit einem Ping kündigte der Aufzug an, dass sie die gewünschte Etage erreicht hatten. Die Türen öffneten sich lautlos, und Maddy trat nach links in den Flur. Er folgte ihr, bemüht, ihr nicht auf den Hintern zu starren, aber es fiel ihm verdammt schwer.

Mithilfe eines Schlüssels, den sie an ihrem Schnürsenkel festgeknotet hatte, öffnete sie eine Tür am Ende des Korridors, und er betrat hinter ihr ihre Wohnung.

An den Wänden hingen Gemälde und Fotos, gegenüber der großzügigen Fensterfront stand eine weiße Ledercouch mit vielen Kissen in leuchtenden Farben. Draußen glitzerte die Stadt in der Sonne. Am liebsten hätte er jeden Quadratzentimeter des Zimmers unter die Lupe genommen, jedes Bild betrachtet, jedes Kissen mit der Frau in Verbindung gebracht, die es gekauft hatte.

„Zieh deine Schuhe aus", forderte sie ihn auf, während sie ihre Laufschuhe abstreifte.

Er entledigte sich seiner abgewetzten Tennisschuhe. Der kleine Abfalleimer unter dem rosafarbenen Flurtisch war vollgestopft mit roten Rosen.

„Wie ich sehe, hast du meine Blumen bekommen."

Sie schwieg.

„Wir müssen über gestern reden."

Sie schaute ihn unter halb geöffneten Lidern hervor an. „Müssen wir das?"

Das brachte ihn aus dem Konzept. Einen Moment schien der Raum unter seinen Füßen zu schwanken. Sie warf ihren iPod auf den rosa Tisch vor dem silbernen Spiegel, löste dann ihren Pferdeschwanz. Feuchtigkeit und Schweiß brachten ihre Naturlocken zum Vorschein, die nun ihr Gesicht umrahmten und ihr auf die Schultern fielen.

Irgendetwas geschah in diesem Zimmer. Etwas völlig Unerwartetes, und er war sich nicht darüber im Klaren, was er tun sollte.

Seine Finger zuckten, so gern hätte er ihre Haare berührt.

Er war verloren. Völlig hilflos gegenüber ihrem hellen, freundlichen Zuhause, gegenüber ihrem Duft und dem Anblick dieser Locken. Mit hängenden Armen und hämmerndem Herzen stand er einfach nur da. Offensichtlich hatte sie etwas vor. Ihm blieb nichts anderes übrig, als abzuwarten, bis sich zeigen würde, was.

„Wie hast du letzte Nacht geschlafen, Billy?"

„Ähm … gut."

„Tja, ich habe gar nicht gut geschlafen." Sie starrte aus dem Fenster auf die Stadt hinunter, die wie ein Teppich aus Stahl und Beton zu ihren Füßen lag. „Und Schlaf ist für mich verdammt wichtig. Nur meine Routine lässt mich mein Leben bewältigen. Ohne Kontrolle fällt alles auseinander."

Sie schaute ihn an, als erwartete sie eine Antwort. Also nickte er. Er konnte die Stahlschlösser praktisch sehen, mit denen sie sich gesichert hatte. Die Ketten, die ihr Leben zusammenhielten. Er verstand. Er hatte eine Frau vor sich, die jeden Tag als eine Herausforderung betrachtete, die sie in Angriff nahm.

„Du willst die Kontrolle über mich?", fragte er, voller Eifer, ihr das zu gewähren. Nun ja, vielleicht nicht gerade voller Eifer, aber doch bereit dazu. Bereit, es wenigstens zu versuchen.

Ihr leises Lachen trieb die Temperatur im Zimmer in die Höhe. „Ich bitte dich, Billy. Niemand hat Kontrolle über dich. Nicht einmal du selbst."

„Was … willst du dann?"

„Die Kontrolle über mich." Sie schaute ihn an. „Die Kontrolle über meine Reaktion auf dich. Ich will diesen Mist loswerden, den ich für dich empfinde."

Verletzt von ihren Worten, verzog er schmerzlich das Gesicht. „Mist?"

Ihre langen Beine fraßen die Entfernung zwischen ihnen, und plötzlich fühlte sich diese makellose Wohnung mit ihren weißen Wänden und ihrem sauberen Duft schmutzig an. Er wusste, was sie sagen würde, bevor sie es aussprach. Und er wusste auch, dass er es nicht schaffen würde, Nein zu sagen.

„Wir werden Sex miteinander haben", erklärte sie, gerade mal dreißig Zentimeter von ihm entfernt. In seinen Adern pulsierte das Blut, eine instinktive Reaktion auf ihren Duft. Sie war seine Frau. Seine Geliebte. „Bis ich mich selbst nicht mehr ausstehen kann."

Er schüttelte den Kopf, versuchte, sich aus der Sache herauszureden, obwohl sein Körper die Zustimmung zu ihrem Plan förmlich herausbrüllte.

„Halt." Sie ließ sich nicht abweisen. „Du wirst zustimmen, weil du mich willst. Ganz egal, wie du mich bekommen kannst."

„Und du willst mich nicht?", gab er spöttisch zurück.

„Ich will dich aus meinem Kopf raus haben."

Wütend, dass sie ihn so leicht festgenagelt hatte und dabei so verdammt distanziert bleiben konnte, ließ er seinem Temperament die Zügel schießen.

Er griff nach ihren Händen, riss sie in seine Arme, in die sie so perfekt hineinpasste. Wenn sie einen Dämon wollte, um ihn zu exorzieren, in Ordnung. Er konnte dieser Dämon sein.

Als er sich vorbeugte, um sie zu küssen, wandte sie das Gesicht ab und sagte: „Keine Küsse."

„Was?"

„Du hast mich gehört."

„Warum?"

Sie blinzelte ihn an, die Lippen fest aufeinandergepresst, die Miene unergründlich. Eine Fremde in so vieler Hinsicht, und jetzt wollte sie mit ihm schlafen und zugleich diesen Abstand wahren. Ein brutales Spiel.

Andererseits war Brutalität lange Zeit sein täglich Brot gewesen. Was konnte hieran schon so anders sein?

Aber ich wollte, dass es anders wird, dachte er. Trauer erfasste ihn, während ihre innere Stärke ihn im selben Moment aufputschte.

„Ich will nicht, dass es so wird wie früher", erklärte sie. „Das ist vorbei. Vergangen und begraben."

„Und du glaubst, du empfindest nichts, wenn wir uns nicht küssen?" Er lachte, aber sie griff zwischen ihnen nach unten, umschloss ihn durch den Stoff seiner Jeans, und er keuchte.

Mit der Handfläche drückte sie fest gegen die Spitze seiner Erektion, und er stolperte rückwärts gegen die Tür. Vor seinen Augen tanzten Sterne.

Ihre Finger flogen über die Knöpfe seiner Hose. „Zieh das Hemd aus", murmelte sie, und er zerrte es sich über den Kopf. Ein raubtierhaftes Lächeln lag auf ihrem Gesicht, gemein und zufrieden zugleich.

Dieser Anblick war ihm vertraut. Viele Frauen nach ihr hatten ihn so angeschaut, als könnten sie es nicht erwarten, ihn zu beißen. Ihn zu benutzen.

„Maddy ..."

„Klappe.“ Und dann beugte sie sich vor und biss ihn. Ihre Zähne bohrten sich in seine Schulter, in die Muskulatur unter der Haut, und es traf ihn wie ein Blitzschlag.

Er stöhnte auf, knallte mit dem Kopf gegen die Tür hinter ihm, und sie biss erneut zu, diesmal in seine Brust. Sein Schwanz war noch immer in ihrer Hand, und er hasste das. Hasste es ebenso sehr, wie er es genoss.

Das war Maddy. Seine Maddy. Wieder in seinen Armen wie eine Art Albtraum, und er wollte sich von ihr lösen und gehen. Wollte erhaben sein über diese kranke, verdorbene Art, in der sie ihn benutzen wollte, doch er konnte es einfach nicht.

„Berühr mich“, flüsterte sie an seiner Brust. „Billy …“

Er hob sie hoch, schob sie auf diesen kleinen Flurtisch, fegte dabei die Schlüssel herunter, sodass sie auf dem Fußboden landeten.

Sie keuchte. Ihre Augen wirkten riesig, die Pupillen erweitert.

Irgendwie war sie immer noch die aufregendste Frau, die er je angefasst hatte. Er lehnte sich nach vorn, um sie zu küssen, aber sie stieß ihn von sich. „Keine. Küsse.“

Wütend und hochgradig erregt drückte er sich an sie, bohrte seine Erektion in die süße Höhle zwischen ihren Beinen. Er stützte sich am Wandvorsprung ab und rieb sich so fest an ihr, dass es ihr wehtun musste. Aber sie keuchte nur und spreizte ihre Beine noch weiter. Klammerte sich an die Gürtelschlaufen seiner Jeans, hielt ihn mit aller Macht fest.

Mit einer Hand griff er zwischen ihnen nach unten, fand ihre Brust, den harten Nippel, der sich unter ihrer Kleidung seltsam fremd anfühlte. Er ließ die Wand los, trat ein wenig zurück, sodass er ihr das T-Shirt und den roten Sport-BH darunter vom Leib reißen konnte. Ihr Bauch war schlank, muskulös, ihre Brüste kleiner, als er sie in Erinnerung hatte.

Aber immer noch Brüste.

„Darf ich dich hier küssen?“, fragte er und umfasste ihre Brüste. Mit den Daumen massierte er ihre rosigen Nippel. Sie holte keuchend Luft, nickte.

„Und hier?“ Im nächsten Moment schob er seine Finger zwischen ihre Beine, um ihre Hitze zu erforschen. Ihre heiße Feuchtigkeit. Sie schrie auf. Schmerz, Vergnügen, Zustimmung, Ablehnung. All das lag in diesem Schrei, und er lachte, leise und grollend tief in seiner Kehle.

Sie wollte ihre Reaktion auf ihn kontrollieren? *Scheiß drauf.*

„Darf ich dich hier küssen?“, flüsterte er in ihren Haaren und ließ einen Finger an der Spalte zwischen ihren Beinen entlanggleiten.

Sie zuckte zusammen, als sein rauer Daumen ihre Klitoris fand.

„Maddy?“

„Ja“, stieß sie keuchend hervor, schluckte schwer, als könnte sie nicht genug Luft bekommen. Als wäre sie am Ertrinken. Grob, ganz und gar nicht sanft, als hätte sie darum gebeten, und vielleicht hatte sie das ja sogar – zum Teufel, er wusste sowieso nicht mehr, was hier eigentlich geschah –, drang er mit einem Finger in sie ein.

Sie schrie, krallte ihre Nägel in die nackte Haut oberhalb seiner Hose.

Scheiße, dachte er. *Was tue ich hier?*

Sie zuckte, rutschte vom Tisch, und er fing sie auf, schob sie zurück auf die schmale Platte. Ihre Muskeln bebten. Allesamt, sowohl die kleinen als auch die größeren in ihren Armen und Beinen. Alles an ihr zitterte.

Erinnerungen überfielen ihn. Zu Tausenden. Er schloss die Augen und lehnte die Stirn an die Wand neben ihrem Kopf.

Die Nacht nach dem Abschlussball, als sie zum ersten Mal miteinander geschlafen hatten. Ihr erschrockenes Aufstöhnen an seinem Ohr, als er sie entjungfert hatte. „Schon gut“, hatte sie geflüstert, als er sich zurückziehen wollte, gequält von der Vorstellung, ihr wehzutun. „Ich bin froh, dass du es bist“, hatte sie gesagt. „Ich liebe dich.“

Das Mal, als sie sich in Chris Alfanos Keller Pornos angeschaut hatten und sie anschließend versucht hatte, ihm im Auto einen zu blasen. Sie hatte gelacht, gewürgt, und schließlich hatte er sie gebeten, damit aufzuhören, aber sie wollte nicht. Sie wollte den richtigen Dreh finden. Und das hatte sie auch. Das hatte sie wirklich.

Ihre Hochzeitsnacht. Sie war achtzehn gewesen, er zwanzig. Ihr erster Hochzeitstag in dem Hotelzimmer in Atlanta. Sie hatten beide zu viel Champagner gehabt und waren fast in dem herzförmigen Whirlpool ertrunken.

Nach jedem Streit in ihrem letzten gemeinsamen Jahr, wenn sie sich ihm hingegeben hatte und anschließend zusammengerollt auf ihrer Seite des Bettes schluchzte, hatte er zornig an die Decke gestarrt, sich wertlos gefühlt und sich gefragt, ob eine Ehe wirklich so aussehen sollte.

Er zog sich nun zurück und spürte dabei ihre Hitze an seinen Knöcheln.

„Was tust du?“, keuchte sie und packte sein Handgelenk.

„Nicht so“, flüsterte er, während er ihr Ohr küsste. „Nicht mit dir.“

„Wie ... wie meinst du das?“ Blinzelnd schaute sie ihn an, verloren im Nebel der Lust. Alles an ihr war wie aufgeladen, ihr Höhepunkt stand unmittelbar bevor. Er hatte sie oft genug in diesem Zustand gesehen, um zu wissen, was los war. Und dieses Wissen schmerzte.

Er hob sie hoch, eine Hand unter ihren Beinen, die andere unter ihren Schulterblättern. Überrascht schlang sie einen Arm um seinen Nacken.

„So will ich es nicht“, blaffte sie ihn an.

Schweigend – was sollte er schon dazu sagen? – legte er sie auf die Couch.

„Kondome sind im Schlafzimmer.“ In ihrer Stimme lag eine Härte, die er zu ignorieren versuchte.

„Schhh“, flüsterte er und strich über ihre Brüste, über ihren Bauch. Die Muskeln zuckten unter seiner Berührung. Er ließ die Finger erneut unter ihren Hosenbund gleiten, hinein in die Locken zwischen ihren Beinen.

Sie senkte eins ihrer Knie zur Seite, streckte einen Arm aus. Für einen Moment hielt er den Atem an, hegte die quälende

Hoffnung, sie würde ihn berühren – am Hals, im Gesicht, irgendwo. Stattdessen ließ sie den Arm einfach nach hinten über den Kopf fallen, wo ihre Hand offen auf einem orangefarbenen Kissen liegen blieb.

Er lächelte ihr in die Augen. Die Zeit schien ganz kurz stillzustehen, und es gab nur noch sie beide. So wie früher.

Aber dann schloss sie die Augen.

Er kniete sich neben der Couch auf den Boden, beugte sich über sie und nahm eine ihrer aufgerichteten Brustwarzen in den Mund. Sie bog den Rücken durch, reckte sich ihm entgegen. Eine lange, langsame Wellenbewegung durchlief ihren geschmeidigen, schönen Körper.

Mit den Fingern, dem schwieligen Daumen, den Zähnen reizte er sie, trieb sie voran – höher, weiter, ihrem Orgasmus entgegen. Frischer Schweiß brach ihr aus den Poren, und aus dem leisen Keuchen wurde ein Stöhnen.

„Ja“, rief sie.

Ja, antwortete sein Körper. Ja, pochte es in seiner Hose. *Ja. Ja.*

Aber er behielt die Hose an. Dachte an Eis. An leere Stadien. Ihren Gesichtsausdruck damals, vor vielen Jahren, vor seinem Hotelzimmer.

Für sie, sagte er sich. *Ein einziges Mal im Leben nur für sie.*

„Billy“, stieß sie stöhnend hervor, wand sich, ließ ihre Hand unter seinem Arm hindurch auf seinen Rücken wandern. Seine Haut war hochgradig sensibilisiert, sein Körper so voller Verlangen, dass er vor ihrer Berührung zurückzuckte.

Zu viel. Es war einfach zu viel für ihn.

„Komm schon, Baby“, stöhnte er und ließ dabei seine Zunge über die untere Wölbung ihrer Brust bis hinauf zur Spitze tanzen.

Er tauchte einen zweiten Finger in sie hinein, drang noch tiefer in sie ein.

Sie drängte sich ganz eng an ihn. Jeder ihrer Muskeln war angespannt, als sie sich auf den Höhepunkt zubewegte. „Ja!“, rief sie. „Ja. Oh Gott, ja.“

Ein heftiges Zucken. Dann noch eines. Ihre Beine umschlossen fest seine Hand. Mit den Fingern kratzte sie ihm über den

Rücken. Er sog scharf die Luft ein und rückte von ihr ab, obwohl sein Penis pochte. Ihre Brustwarze, nass und hart, glitt aus seinem Mund.

Gott, dachte er, als er sie anschaute. *Gott.*

„Billy", seufzte sie, ein halbes Lächeln auf dem Gesicht. In diesem winzigen Moment sah sie ganz so aus, wie er sie in Erinnerung hatte, und das gab ihm den Rest.

Unbeholfen und schwerfällig befreite er seine Hand aus dem Klammergriff ihrer Beine. An ihr hing der Geruch von Schweiß und Weiblichkeit – moschusartig und so verdammt erotisch, dass er es nicht ertragen konnte –, und er kämpfte sich mühsam auf die Beine. Weg von der Couch. Weg von ihr.

Sie setzte sich auf, ihre Brüste schwangen mit bei der Bewegung.

Schau nicht hin! Aber er schaffte es einfach nicht.

„Was tust du?", fragte sie, stellte dabei einen Fuß auf den Boden. Die Muskeln in ihrem Bauch spannten sich an und lockerten sich wieder. Ganz ehrlich, er hatte noch nie etwas Schärferes gesehen.

Andererseits könnte sie auch ein Clownskostüm tragen und jonglieren, und er würde trotzdem mit ihr schlafen wollen.

Doch er legte gewisse Maßstäbe an sich an, und zu diesen gehörte, dass er seine Frau niemals wie ein Hockey-Groupie benutzen würde. Genauso wenig würde er zulassen, dass sie ihn wie eine Art Gladiatorendildo benutzte. Davon hatte er so die Nase voll, dass es für drei Leben reichte.

„Halt." Er hob eine Hand, wehrte sie ab, als versuchte sie ihn zu überfallen.

„Aber …" Steif deutete sie auf ihn. Auf die deutliche Erektion in seiner Hose. „Willst du denn nicht …?"

„Doch", knurrte er, plötzlich wütend über sie. „Ich will. Aber nicht nach deinen Regeln, Maddy. Du willst mich? Dann nimm mich. Im Ganzen. Ich kann dich nicht ficken und zugleich so tun, als wären wir Fremde. Du bist meine Frau."

„Ex." Sie stand auf, trat auf ihn zu. In ihren Augen loderte ein zorniges Feuer. Wenn sie ihn jetzt berührte, würde er sie nehmen. Gleich hier auf dem Teppich. Er würde sich so tief in sie hineinbohren, dass sie schrie. Und dann würde sie bekommen, was sie wollte: Sex ohne eine Spur von Zärtlichkeit. Alles, was sie einmal zu etwas Besonderem gemacht hatte, würde unter ihren Körpern zu Staub zermalmt werden.

Er wich rückwärts aus, stieß mit dem Rücken an die Fensterfront. Sie funkelte ihn an, als säße er in der Falle.

„Nein, nicht so."

„Ich bitte dich", höhnte sie und strich mit einer Hand von ihrem Schlüsselbein über ihre Brüste bis zu ihrem Hosenbund. „Als würdest du ernsthaft Nein sagen zu einer Muschi."

Oh Gott, er hasste es, wie sie versuchte, das, was sie gehabt hatten, in den Dreck zu ziehen. Wie sie versuchte, etwas in Fetzen zu reißen, das ihm so wertvoll und wichtig gewesen war.

„Leck mich!"

„Das versuche ich", gab sie lachend zurück.

Sie streckte den Arm nach ihm aus, die Lippen leicht geöffnet, und er konnte sie spüren: ihre Mundhöhle, ihre Zunge. Er malte sich aus, wie sie vor ihm kniete, seine Finger an ihrem Hinterkopf, und beinahe wäre er im selben Moment gekommen.

Er packte ihr Handgelenk, hielt sie fest, während er mit der anderen Hand in seine offenen Jeans griff und seine Erektion umfasste. Grob, aber er war mehr als bereit. Während er ihr direkt ins Gesicht schaute, brauchte er nur drei harte, schnelle Stöße, und es war vorbei. Der Höhepunkt kam und ging mit einem Wimmern.

Die Zimmertemperatur fiel ins Bodenlose. Sein Penis erschlaffte. Das Verlangen in ihrem Blick versteinerte.

Mit einem Ruck befreite sie sich aus seinem Griff und wandte sich ab. Jeder Muskel, jeder Knochen in ihrem Rücken zeichnete sich unter ihrer Haut ab, als sie sich bückte, um ihr Shirt vom Boden aufzuheben, und es sich wieder überstreifte.

„Das Bad befindet sich am Ende des Flurs", murmelte sie und ging in die entgegengesetzte Richtung, um den Wandvorsprung herum in die Küche.

Und was war das? fragte er sich, als er den dämmrigen Flur hinunterlief. *Kommst du dir jetzt besonders edel vor?*

Keine Antwort. Er fühlte sich leer, ausgebrannt. Wenn er mit Maddy zusammen war, verlor er stets den Boden unter den Füßen. Er hatte das Gefühl, dass sie ihm ständig einen Schritt voraus war.

Ein dummer Körper, der sich abmühte, ihr kompliziertes Herz zu durchschauen.

Im Dunkeln wusch er sich, pinkelte und betätigte die Toilettenspülung.

Er schaute nicht in den Spiegel, stellte sich keine Fragen, denn es gab sowieso keine Antworten.

An der Eingangstür zog er seine Schuhe an. Er konnte hören, dass sie in der Küche rumorte, als wollte sie für eine ganze Hochzeitsgesellschaft kochen.

Er lugte um die Ecke, beobachtete sie in ihrer Küche. Weiß und Edelstahl. Modern und glänzend. So wie sie.

Erinnerst du dich noch an unsere erste Küche? An den Herd, an dem nur eine Kochplatte funktionierte? Zu gern hätte er sie das gefragt.

Doch er war klug genug, es zu lassen.

„Maddy?", fragte er stattdessen.

„Hmmm?", murmelte sie, ohne sich umzudrehen. Als wäre er die Putzhilfe und unwichtig.

Es war ein Fehler gewesen, sie auf diese Weise von sich zu stoßen. Noch während er versuchte, sich selbst einzureden, dass sie am Freitag ganz anders sein würde, war ihm klar, was die Haltung ihrer Schultern bedeutete.

Sie war verletzt. Beleidigt. Selbstgerecht und störrisch in ihrem Zorn.

Weil er sich nicht an ihre Regeln gehalten und mitgespielt hatte, würde sie ihn für immer auf Abstand halten.

So viel Zeit habe ich nicht, dachte er. Er hatte einen Tag pro Woche für einen Monat.

Ihm würde sich eine neue Chance bieten. Das wusste er. Er konnte es selbst einfädeln, und beim nächsten Mal würde er sich an ihre verdammten Regeln halten. Zu einem gewissen Grad.

Aber zum ersten Mal wurde ihm klar, dass es ihn etwas kosten würde, zu kriegen, was er wollte. Es fiel ihm immer schwerer, Selbstachtung aufzubringen, wenn er sie brauchte.

„Bis Freitag“, sagte sie.

Er wartete noch eine Sekunde, und als offensichtlich wurde, dass sie ihn nicht ansehen würde, wandte er sich zum Gehen. Eine Sekunde lang blieb er neben dem rosa Tisch stehen, legte die flache Hand darauf. Als könnte er dort noch ihre Wärme spüren. Als könnte er dort, durch Holz und Farbe und Jahre und Schmerz hindurch, ihr Herz anrühren.

9. KAPITEL

Als Maddy am Montagmorgen die Programmfrühbesprechung verließ, hatte sie das Gefühl, dringend eine Dusche zu brauchen.

Kochend vor Wut, wartete sie vor der Tür auf Ruth.

Phil kam als Erster heraus, und bei seinem Anblick drehte sich ihr fast der Magen um. Daran waren nicht mehr nur die T-Shirts schuld. Das Niveau seiner Einfälle hatte ein Allzeittief erreicht. Offenbar war ihm das Billy-Wilkins-Projekt zu Kopf gestiegen.

„Ich weiß, dass das radikale Ideen sind", sagte er zu ihr, sofort bereit, noch einmal seine Vorstellungen zu verteidigen, obwohl keiner der Besprechungsteilnehmer ein gutes Haar daran gelassen hatte.

„Sie sind nicht radikal, Phil", erwiderte sie. „Das ist Boulevardniveau. Ich bringe keine Story über Collegestudentinnen, die sich mit Strippen die Studiengebühren verdienen. Ich nicht."

„Gewaltige Zuschauerquoten, Maddy."

Sie biss die Zähne zusammen, als sie ihren Spitznamen aus seinem Mund hörte. Dieser verdammte Billy.

„Denk noch mal darüber nach." Damit ging Phil davon, und Maddy starrte ihm nach, während ihr das Blut in den Adern kochte.

Schließlich kam auch Ruth aus dem Besprechungszimmer, einen Papierstapel an die Brust gedrückt.

„Lass es", sagte sie gleich, als sie entdeckte, dass Maddy auf sie wartete.

„Lass was?", fragte diese zurück und folgte Ruth zu ihrem Büro. „Darüber zu reden, dass unser Produktionschef eindeutig den Verstand verloren hat?"

„Das sind doch nur Seifenblasen", erwiderte Ruth und knallte ihre Akten auf den Tisch. Unbeirrt folgte Maddy ihr und schloss die Tür hinter sich.

„Nicht, wenn er sie vorträgt", widersprach Maddy. „Was zum Teufel geht hier eigentlich vor?"

Ruth ließ sich in ihren Stuhl fallen, als hätte eine Sturmbö sie umgeblasen. „Wir werden damit fertig. Wie immer."

„Vielleicht sollten wir mit Richard reden?"

„Du willst, dass ich meinen Boss anschwärze?", fragte Ruth. „Wir sind hier doch nicht im Kindergarten."

„Doch, sind wir, wenn er den Verstand verloren hat. Ich bin mir nicht sicher, ob es dir aufgefallen ist, aber er tut gerade so, als wäre das Billy-Wilkins-Projekt seine Idee gewesen!"

„Und was soll ich deiner Meinung nach tun, Madelyn?"

„Deinen Mann stehen!", rief Maddy, und Ruth brach in Gelächter aus.

„Das sagst ausgerechnet du, Madelyn Baumgarten." Schweigen breitete sich wie Donnerhall zwischen ihnen aus. Gegenseitige Schuldzuweisungen. Dann: „Ich … glaube, er hat möglicherweise Kontakt zu Billys Schwestern aufgenommen."

Mit offenem Mund starrte Maddy sie an. „Was meinst du damit?"

„Er redet davon, die Serie um einen Beitrag zu erweitern. Ich baggere ihn um weitere Informationen an, aber er reagiert nur ausweichend."

Phil? Ausweichend?

„Das dürfen wir nicht zulassen!", sagte Maddy. „Das dürfen wir nicht."

Ruth beugte sich vor und warf einen Blick auf ihre Uhr, bevor sie ihren Papierkram durchzuschauen begann – ihre nicht gar so subtile Art, Maddy wegzuschicken. Schon an die tausend Male hatte Maddy erlebt, wie sie das mit anderen Leuten machte. Aber noch nie mit ihr. Erst verraten, dann zum Teufel gejagt. Wahnsinn.

„Ich weiß nicht, wie wir das verhindern sollen", meinte Ruth schließlich. „Er ist der Produktionschef."

Maddy öffnete die Tür, um zu gehen, drehte sich im letzten Moment jedoch noch einmal um.

„Ich habe verstanden, dass wir nicht wirklich Freundinnen sind", sagte sie. „Aber bis jetzt habe ich geglaubt, wir seien wenigstens ein gutes Team. Und würden am selben Strang ziehen."

Ruth blickte nicht von den Blättern auf ihrem Schreibtisch auf, und Madelyn, die sich weit genug vorgewagt hatte, beschloss, dem Wink zu folgen.

Wütend warf sie die Tür hinter sich ins Schloss.

„Wir müssen dich darum bitten, dein T-Shirt auszuziehen", sagte Tam. Hinter den dicken, distanziert wirkenden Gläsern seiner Brille glitzerten die Augen des kleinen Schneiders.

Das Studiopublikum krähte vor entrüsteter Begeisterung.

Billy warf Maddy einen Hilfe suchenden Blick zu, aber sie grinste nur und zuckte mit den Schultern, als hätte sie keinen Einfluss auf seine plötzliche Rolle als Stripper.

„Wenn Tam sagt, ausziehen, dann, schätze ich, musst du es wohl ausziehen, großer Junge", erklärte sie in einem Ton freundlicher Vertraulichkeit, als wären sie alte Freunde.

Aber ihre Augen blickten völlig kalt.

Er hatte nichts anderes erwartet, als er am Morgen das Studio betreten hatte.

Dem Publikum fiel anscheinend nichts auf, denn es reagierte auf jedes Stichwort. Jeder Witz war urkomisch. Tams versteckte Anspielungen wurden samt und sonders mit amüsiert schockiertem Keuchen und Lachsalven belohnt.

Billy machte es den Chippendales nach. Er packte den Saum seines grauen Mavericks-Trainings-T-Shirts und hob ihn langsam an, wobei er jeden Muskel seines Oberkörpers anspannte, die tiefen wie die oberflächlichen. Dann zog er das Shirt mit einem Ruck über den Kopf.

Die Zuschauer jubelten.

„Oh … Mann", seufzte Tam.

Der Schneider flirtete mit ihm, genau wie von Maddy vorhergesagt. Aber entgegen allen Erwartungen flirtete Billy einfach zurück. Mit ihrer kühlen Kontrolle und eisigen Distanz wirkte Maddy auf ihn viel bedrohlicher als Tam.

Er schwang das Shirt einmal über seinem Kopf herum und warf es danach Tam zu, der es grinsend auffing. Der Mann hatte ein rosa Hemd und eine grau-schwarz gestreifte Weste an. Eigentlich hätte er so wie ein Zirkusartist aussehen müssen, aber er konnte es wirklich tragen. Es wirkte maskulin und feminin zugleich.

Ziemlich reife Leistung für einen Kerl, der Billy nicht mal bis zur Schulter reichte.

Billy schaute Maddy nicht an. Er wollte ihre toten Augen nicht sehen, während er halb nackt das Publikum im Studio belustigte.

Etwas früher im Beitrag hatte man ihm die Haare geschnitten, und sogar er musste zugeben, dass der neue Schnitt ihm stand: kurz an den Seiten, obenrum ein bisschen länger, so gar nicht wie der Bürstenschnitt, den er sich sonst zweimal im Jahr verpassen ließ.

Tim, der Maskenbildner, der für Männer zuständig war, hatte Billy das Gesicht geschrubbt und irgendein klebriges Zeug draufgeschmiert. Jetzt war seine Haut rosig und spannte leicht. Die Narbe wirkte nicht ganz so grotesk wie sonst.

Hautpflege, das musste man sich mal vorstellen.

Es hatte einen unbehaglichen Augenblick gegeben, als Tim nach der Narbe gefragt hatte.

„Barprügelei." Das war seine Standardantwort; er war nicht ins Detail gegangen. Das tat er nie. Das folgende Schweigen hatte wie ein Echo in der Luft gehangen, während sich wahrscheinlich jeder einzelne Zuschauer im Studio diese Prügelei vorzustellen versuchte. Es hatte ihn übermenschliche Anstrengung gekostet, Maddy nicht anzusehen.

Rasch hatte Tim den unbehaglichen Augenblick mit ein paar Bemerkungen zu Rasiercremes überbrückt.

Jetzt, halb nackt und fröstelnd, fragte Billy sich, ob Maddy sich wohl an die Nacht erinnerte, die ihm diese Narbe eingebracht hatte, oder ob sie das verdrängt und zum Sperrmüll ihrer Erinnerung an die Straße gestellt hatte.

Aus dem Augenwinkel sah er den Monitor. Die Narben auf Brust und Rücken wirkten im Scheinwerferlicht sehr rot, seine Muskeln wie gemeißelt. Er wagte einen flüchtigen Blick zu Maddy und stellte zufrieden fest, dass sie ihre Reaktion nicht verbergen konnte.

Als Tam das Maßband von seinen Schultern nahm und über Schultermaße plauderte und erklärte, wo am Handgelenk ein Hemdsärmel zu enden hatte, beobachtete Billy Maddy auf dem Monitor. Ihre Blicke legten ein anderes Maßband an, während sie Tams Bewegungen über seinen Körper folgten und jede Kurve, jede Linie und jede Narbe nachzeichneten.

Tam sank vor ihm auf ein Knie und rollte das Maßband aus, um seinen Schritt auszumessen.

„Vorsicht", sagte Billy und zog eine Braue hoch.

Tam lachte nur. Er war durch und durch ein Profi und sprang sofort wieder auf, nachdem er Maß genommen hatte. „Du kaufst Hosen, die dir zu groß sind, nicht wahr? Zu weit in der Taille?"

Billy blinzelte verdutzt. „Ja, ich glaube schon."

„Wegen deines Sports sind deine Oberschenkel und dein Gesäß kräftiger als bei den meisten Männern. Deshalb ist es schwer, passende Hosen von der Stange zu bekommen."

„Wem sagst du das?", brummte Billy. Nur einer der Gründe, warum er Shopping hasste.

„Aus diesem Grund schuf Gott die Schneider."

„Und ich dachte, aus diesem Grund schuf er Gürtel."

Die Menge kicherte, und Tam schüttelte den Kopf. „Ich habe einige Kleidungsstücke nach deinen Maßen anfertigen lassen, und ich glaube, du wirst erstaunt sein, was für einen Unterschied das macht."

Tam wandte sich ans Publikum. Seine schwarzen Haare glänzten im Scheinwerferlicht, als er fortfuhr: „Jetzt wird es lustig. In diesem Frühjahr dreht sich alles um Maßgeschneidertes aus leichten, luxuriösen Stoffen, die sowohl sinnlich als auch maskulin sind. Billy, das schwöre ich bei Gott, wird ein neuer Mensch werden."

„Ich kann es kaum erwarten", sagte nun Maddy in die Kamera. „Nach einer kurzen Pause geht es weiter."

Das Aufnahmelicht auf den Kameras erlosch, und Sabine, die Frau, die ihn und Maddy letzte Woche beim Knutschen überrascht hatte, führte ihn von der Bühne, um ihn umzukleiden.

„Du schlägst dich großartig", flüsterte Sabine und zog ihm rasch ein weißes Hemd mit Button-down-Kragen über die Schultern. Als sie es zuknöpfen wollte, schob er ihre Hände zur Seite.

„Das kann ich selbst", meinte er leise. Am Morgen hatte er dem Spiel mit Maddy eine neue Richtung geben wollen, doch sie war auf sein Geplauder nicht eingegangen. Auch nicht auf seine Fragen zur Show. Auf gar nichts. Erst als sie am Set waren, lebte sie auf. Plötzlich gab sie sich vertraut, freundschaftlich. Das wurmte ihn und brachte ihn aus dem Gleichgewicht. Er war kein guter Schauspieler, wenn es darum ging, so zu tun, als ob.

Außerdem wollte er mit ihr nicht so tun, als ob.

Aber mehr würde er nicht bekommen, solange er sich nicht ihren Spielregeln unterwarf.

Sabine nahm eine hellbraune Leinenweste vom Bügel, während er sein Hemd zuknöpfte. Die Weste war mit roter Seide gefüttert, darauf gewaltige Farbtupfer in Gelb und Grün. Noch nie in seinem Leben hatte er Derartiges getragen.

In der Brusttasche steckte sogar ein kleines rotes Seidentüchlein.

„Die Hemdsärmel sollen hochgekrempelt werden."

Er tat wie geheißen und schlüpfte in die Weste. Sie saß eng über Bauch und Brust.

„Himmel, Billy, sei vorsichtig. Du reißt die Knöpfe ab." Sie stieß seine Hände weg und knöpfte die Weste zu. Er schaute über ihre Schulter zu dem roten Schild über der Tür, das den Ausgang zu den Büros kennzeichnete.

„Tut mir leid", murmelte er, obwohl es nicht stimmte. Wegen der Sache mit Maddy war er stinksauer auf die ganze Welt.

„Es tut mir leid wegen neulich. Ich wusste nicht …"

Dass wir in ihrem Büro rummachen würden?

„Schon gut. Mach dir darüber keine Gedanken."

„Ich habe niemandem davon erzählt. Maddy hat sich darüber echt Sorgen gemacht."

„Das glaube ich."

„Also, seid ihr beiden … sozusagen …?"

Mit einem Blick bedeutete er ihr, die Klappe zu halten, und das wirkte sehr schnell. Schweigend reichte sie ihm eine Hose, hellbraun, eng im Schritt und an den Oberschenkeln. Jahrelange Übung in Umkleideräumen hatte ihm jegliche Hemmungen ausgetrieben, und er wechselte vor ihren Augen die Hose. „Heilige Scheiße, soll die wirklich so sitzen?", fragte er, während er den Bund zuknöpfte und den Reißverschluss hochzog.

Die Stiefel, in die er zum Abschluss schlüpfte, waren braun und abgetragen, aber aus butterweichem Leder.

„Sehe ich lächerlich aus?"

Sabine machte große Augen. Sie stand mit offenem Mund da.

„Oh Gott", murmelte er. „Das ist ein gewaltiger Fehler ..."

„Nein. Nein, Billy." Sie hielt ihn davon ab, die Weste wieder auszuziehen. „Du siehst unglaublich aus! Ganz ehrlich ... unglaublich."

Billy strich noch einmal über die Weste. Der Stoff fühlte sich gut an. Auch die Hose. Er wandte sich dem Spiegel neben der Kleiderstange zu. Wahnsinn, wie er von vorn aussah. Eine leichte Drehung zur Seite. Der Anblick von hinten war auch nicht von schlechten Eltern.

„Sie wird die Finger nicht von dir lassen können", flüsterte Sabine.

Er wechselte einen Blick mit ihr im Spiegel. „Meinst du?"

Sie lachte. Wissend und weiblich.

So würde der nächste Schritt auf dem Weg, Maddy für sich zu gewinnen, mit Sicherheit leichter.

Keine Küsse. Himmel noch mal.

„Zehn Sekunden", flüsterte Peter ihm vom Rand des Sets zu.

Billy wurde das Mikro wieder angesteckt, und einer von Tams Assistenten legte letzte Hand an, zupfte hier etwas zurecht, zog dort etwas glatt. „Du siehst toll aus", sagte der Mann, eine Stecknadel zwischen den Lippen.

Erneut strich Billy über die Weste, und plötzlich kam ihm das dumme Stückchen roter Stoff in der Brusttasche gar nicht mehr so dumm vor. Nein, jetzt wirkte es irgendwie cool.

Vielleicht sehe ich wirklich gut aus, dachte er. Zum ersten Mal in seinem Leben.

„Willkommen zurück", sagte Maddy auf der Bühne, als die hellen Scheinwerfer ihr Gesicht und ihre Haare trafen und sie regelrecht erstrahlen ließen. „Für alle, die sich jetzt erst dazugeschaltet haben: Billy Wilkins – Hockeyspieler, schlimmer Finger und reueloser Modeverweigerer – zieht sich hinter der Bühne um und wird gleich im stilvollsten Outfit der aktuellen Frühjahrsmode vor die Kameras treten."

Tam begann wieder, über Westen und T-Shirts mit V-Ausschnitt zu reden, und Billy, in seiner auf Figur geschnittenen Weste, der hauteng sitzenden Hose und den weichen Stiefeln, wurde von einer Empfindung überrascht, die ihn normalerweise überkam, bevor er aufs Eis ging: einer Woge von Selbstvertrauen.

Er fühlte sich, als könnte er alles schaffen. Verrückt, dass neue Kleider ihm so viel Selbstvertrauen verleihen konnten.

Alle Achtung, Tam, dachte er.

„Dann schauen wir ihn uns doch mal an", meinte Maddy und wandte sich dorthin um, wo er im Schatten wartete.

Auf geht's, dachte Billy und trat ins Rampenlicht.

Oh. Mein. Gott.

Das war die Reaktion des Publikums. Das war die Reaktion in etwa einer Million Haushalte im Umfeld von Dallas und Fort Worth. Und das war auch die Reaktion, die in Maddys Brust explodierte.

Billy sah … zum Anbeißen aus.

Bedrohlich, das schon – mit diesem Körper und der Narbe würde das immer so sein. Er war ein kräftiger, gefährlicher Mann, aber er wirkte … elegant. Intellektuell. Ungehobelt und weltmännisch zugleich.

In den letzten paar Jahren hatte sie nach jeder misslungenen oder halbherzigen Verabredung allein in ihrem großen Bett gelegen und darüber nachgedacht, was für einen Mann sie sich wünschte. Es war unmöglich, absolut unmöglich, aber der Billy, der in diesem Moment vor ihr stand, kam ihrem Wunschbild verdammt nahe.

Durch und durch männlich mit genau dem richtigen Maß an Zivilisiertheit.

Nicht wie am letzten Wochenende, dachte sie. Jetzt erinnerte er nicht ansatzweise an den schlecht frisierten und wütenden Kerl, der am Samstag in ihrer Wohnung gewesen war.

Und nach der Version von Billy war sie schon völlig verrückt gewesen.

Innerlich verkrampfte sich ihr Körper, als versuchte er, die Erinnerung an das Gefühl seiner Finger in ihr festzuhalten. Seines Daumens auf ihrer Haut. Grob und dann sanft.

Maddy legte ihre Hand an den Stuhl und bemühte sich, ihr inneres Gleichgewicht wiederzufinden.

Diese Ausgabe von ihm, herausgeputzt, aber nicht zu sehr – dieser Billy konnte sie mit einem Blick, einer hochgezogenen Braue, einem ungezogenen, jungenhaften Grinsen um den Verstand bringen. Die Liste mit ihren schmutzigen, verworfenen Wünschen an diesen Billy war endlos.

„Wie fühlst du dich?“, fragte Tam ihn.

„Ich kann ehrlich nicht glauben, dass mir jemals so etwas über die Lippen kommt.“ Billy machte einen verletzlichen und zugleich starken Eindruck, und die Reaktion im Publikum war erstaunlich. Er ließ das Studio zu einem intimen kleinen Raum schrumpfen. Jede Frau in diesem Raum hatte das Gefühl, er rede nur mit ihr.

Einschließlich Maddy.

Ganz besonders Maddy.

„Ich fühle mich anders. Gut. Wirklich“, erklärte er und schaute an sich herab.

„Das ist ein völlig neuer Look für dich, nicht wahr?“, fragte Tam ruhig.

„Nun ja, ich habe neue Socken an. Also ja“, witzelte Billy. Dann schüttelte er den Kopf. „Den größten Teil meines Lebens habe ich mich dem Hockey verschrieben. Alles andere ist mir einfach entglitten. Selbst die Person, die ich bin, wenn ich nicht auf dem Eis stehe. Und mit meiner Narbe …“

Tu's nicht, dachte sie. Am liebsten hätte sie seine Worte ausgeblendet, die durch und durch menschliche Art, in der er eine Beziehung zu Tam aufbaute, und die weibliche Zuschauerschaft, die sich ein wenig in ihn verliebte.

„Nun, die meisten Leute sehen nur sie. Aber das hier?" Billy lachte. „Ich meine, heilige Scheiße, das ist großartig." Er zuckte leicht zusammen. „Darf ich so was im Fernsehen sagen?"

Tam lachte. „Meine Arbeit hier ist getan."

„So ist es", ergriff Maddy das Wort. Sie musste sich mit den Gegebenheiten arrangieren, also schaute sie in die Kamera. „Schalten Sie am nächsten Freitag wieder ein zu unserer neuen Folge des Billy-Wilkins-Projekts!"

Nicht um alles in der Welt wollte ihr einfallen, worum es in der Folge ging. Der Anblick von Billy in dieser Weste schien einen Kurzschluss in ihrem Gehirn ausgelöst zu haben. Ein wenig linkisch dankte sie Tam und wurde dabei von Billy unterbrochen, der mit beiden Händen die Hand des Schneiders ergriff und sie schüttelte. „Danke", sagte Billy voller Ernst und Aufrichtigkeit. Diese Haltung zusammen mit seiner Miene ergab eine einfach umwerfende Kombination. „Und das meine ich so."

Tam nahm den Dank gelassen entgegen, und das rote Aufnahmelicht auf den Kameras erlosch.

Maddy zog sich das Mikrofon ab und verließ die Bühne. Verunsichert und nervös nahm sie ihr Wasser und ging in ihr Büro.

Dreißig Minuten nachdem das Publikum das Studio verlassen hatte, kaufte Billy die Kleidung. Die engen Jeans, die Westen, die Sweater mit Kragen. Er kaufte die Hemden mit Button-down-Kragen und die T-Shirts, die so weich waren, dass er das Gefühl hatte, sie schon seit Kindertagen zu tragen.

Und alle Schuhe. Sogar die Slipper, obwohl er bezweifelte, sie tragen zu können, ohne dass die ganze Mannschaft ihn auslachte.

Und das Glanzstück: den Mantel. Denn darin kam er sich wie ein britischer Gangster vor, und das hatte er sich schon immer gewünscht: sich zu fühlen wie ein britischer Gangster in einem Film von Guy Ritchie.

„Hey, Boss“, sagte er und bewunderte sich im Ganzkörperspiegel.

Total verliebt in seinen neuen Look, behielt er die Sachen gleich an und lief zu Maddys Büro. Wenn er schon ein Gladiatordildo sein sollte, dann wenigstens ein erstklassig angezogener.

„Herein“, rief sie, und ihre Stimme klang genauso wie der Pfiff, bevor der Puck zu Beginn des zweiten Spieldrittels fallen gelassen wurde. Einer der besten Töne auf dem ganzen Planeten.

Er stieß die Tür auf.

Sie hatte sich umgezogen. Statt des figurbetonten Sweaterkleides, das sie vor der Kamera getragen hatte, saß sie jetzt in Jeans und einem schlichten weißen T-Shirt vor ihm.

So gefiel sie ihm am allerbesten – ja sogar noch ein wenig besser, als wenn sie nur eins seiner T-Shirts und sonst nichts trug.

Bei dem Gedanken wurde ihm seine Hose ein bisschen unbequem.

„Sieh mal einer an“, sagte sie und musterte ihn über ihren weißen Laptop hinweg. Sie lächelte. Sanft. Nachsichtig. Flüchtig.

„Ich habe alles gekauft“, erklärte er.

„Du siehst aus wie ein britischer Gangster.“

„Findest du?“ Er schaute an sich herab, als würde ihn das überraschen.

Sie lachte. „Ich bitte dich. Wahrscheinlich hast du bereits den Londoner Cockney-Dialekt geübt.“

Er zuckte die Achseln. „Kann schon sein.“

Knisterndes Schweigen breitete sich aus, Funken sprühten zwischen ihnen in dem kleinen Zimmer.

„Was tust du hier, Billy?“, flüsterte sie schließlich und zerstörte die Stimmung.

„Ich gebe nicht auf.“

Sie lehnte sich zurück, die Arme ausgestreckt. „Das hier ist kein Spiel.“

„Ach, welche Ironie. Das sagt ausgerechnet die Frau, die sämtliche Regeln bestimmt.“

Sie schüttelte den Kopf. „Ich bin keine Trophäe, und du musst nicht versuchen, mich zurückzugewinnen, nur um zu beweisen, dass du es kannst."

„Glaubst du, dass ich das will?" Es schmerzte ihn, dass sie seine Zuneigung für so flüchtig hielt, doch er begriff, dass sie sich all das selbst einredete, um ihn auf Abstand zu halten.

„Samstag war ein Fehler, Billy. Vergessen wir's einfach."

„Geht nicht. Tut mir leid, Maddy, aber selbst auf dem Totenbett werde ich mich noch daran erinnern, wie du dich angefühlt hast."

Er zog seinen Mantel aus, weil es plötzlich so verdammt heiß in dem winzigen Büro war. Wie in einer Sauna.

„Ich habe jede Minute an dich gedacht", fügte er hinzu. „Daran, wie deine Haut sich angefühlt hat, wie du geduftet hast, wie du ausgesehen hast, als du unter meinen Händen explodiert bist."

Deshalb war er hierhergekommen. Das hatte er ihr sagen wollen. Diesen Ball hatte er spielen wollen. Er wollte sie umstimmen, wollte in ihr Leben zurück, und das ging nur, wenn er sich an ihre Regeln hielt. Sonst würde sie dafür sorgen, dass sie für immer getrennt blieben.

Die Knöpfe an seiner Weste öffneten sich fast von allein. Als wären die britischen Gangster-Klamotten absolut einverstanden mit seinem Verführungsplan.

„Was …?" Sie fuhr sich mit der Zunge über die Lippen. „Was tust du?"

„Was immer du willst." Billy zog ein in Folie verpacktes Kondom aus seiner Gesäßtasche und warf es auf ihren Tisch. Seine Weste hing offen über dem Hemd, das seine Brust- und Bauchmuskeln betonte.

Schweigend und gequält wartete er. Die Sekunden dehnten sich endlos, ließen seinen Mut schwinden und ihn um Jahre altern.

Dann, endlich:

„Schließ die Tür ab", flüsterte sie.

10. KAPITEL

Was tust du? Knapp und verurteilend schrie die Stimme von Madelyn Cornish, Moderatorin der beliebtesten Vormittagssendung von Dallas, in ihrem Kopf.

Aber die Buschtrommeln ihrer Lust übertönten jede Stimme der Vernunft. Ihr Urteilsvermögen war im Moment nicht gefragt. Nicht jetzt, da Billy sie anschaute, als wollte er sie mit Haut und Haaren verschlingen.

Sein weißes Seidenhemd schmiegte sich an seinen Körper, betonte jeden Muskel in seinen Armen, ließ jede Bewegung, jedes Zucken, jede Drehung erkennen, als er nach hinten griff und das Türschloss zuschnappen ließ.

Ihr Mund wurde trocken, zwischen den Beinen wurde sie feucht.

Klick.

„Meine Regeln", sagte sie.

Er nickte, die Miene versteinert.

Ein ungeheures Machtgefühl erfasste sie, ein Machtgefühl, das sie in ihrer Ehe nie erlebt hatte.

Ohne dass sie ein weiteres Wort sagen musste, fuhr er fort, sich auszuziehen. Um ihr Vergnügen zu bereiten.

Die Weste und das Hemd, die er trug, hätten an ihm eigentlich wie eine Verkleidung aussehen müssen. Er hätte darin lächerlich erscheinen müssen. Doch das war nicht der Fall.

Madelyn hatte ein Faible für Kleidung. Sie wusste, wie Kleidung wirkte, und Billy – ob ihm das nun klar war oder nicht – würde sich künftig nicht mehr in seinen groben, schlecht sitzenden Sachen verstecken können. Ab sofort würden die Leute ihn anders anschauen. Auch sie, ob sie wollte oder nicht.

Es war, als betonten die neuen Kleider Aspekte seines Wesens, die er normalerweise nicht zeigte: seine Intelligenz, sein Einfühlungsvermögen, seine Großzügigkeit. Seine Loyalität und seine Leidenschaftlichkeit.

Halt. Denk nicht über diese Seiten an ihm nach.

Seine helle Haut schien im Licht ihres Ankleidezimmers zu leuchten, als ein Kleidungsstück nach dem anderen fiel – Hemd, Stiefel, Hose –, bis er fast nackt vor ihr stand, seine Erektion prall unter seinem schwarzen Slip.

Seine Narben, sichtbare Zeichen seiner Brutalität, allesamt schonungslos zur Schau gestellt.

Schon besser, dachte sie. Das war der Mann, den sie kannte. Der Mann, dessen Macht über sie unbedingt gebrochen werden musste. Sie ging um ihren Schreibtisch herum und blieb in dem schmalen Gang zwischen Schreibtisch und Ankleidetisch stehen. Zu spät wurde ihr bewusst, dass sie barfuß war.

Als sein Blick auf ihre nackten Zehen fiel, fühlte sich das intimer an als alles, was sie am Samstag miteinander getrieben hatten.

Alles, was sie am Samstag getan hatten, bis hin zu jenem Moment am Schluss, als er sich lieber selbst befriedigt hatte, als zuzulassen, dass sie ihn berührte, war in etwa so intim gewesen wie ein Autounfall.

Was willst du? fragte sie sich. *Was versprichst du dir von dieser Sache?*

Sie wusste es nicht. Wollte auch keine Zeit darauf verschwenden, darüber nachzudenken. Sie fühlte sich leicht beschwipst vor Lust, ein wenig benebelt vor Verlangen, und das gefiel ihr. Ja, sie wollte mehr davon. Also verbannte sie den Samstag aus ihrem Büro und aus ihrem Kopf.

Wenige Zentimeter vor ihm blieb sie stehen und berührte seine kräftige, harte Erektion. Mit den Fingerspitzen zeichnete sie die Konturen nach, genoss es, wie er erschauerte und zitterte, sie aber nicht anzufassen versuchte. Er stand einfach da und nahm hin, was sie tat.

Kontrolle. Sie hatte die Kontrolle.

Sie ließ ihre Finger tiefer gleiten und umfasste die schwere Wölbung seiner Hoden. Packte fester zu, übte gerade so viel Druck aus, dass er scharf die Luft einsog.

Sie hob den Kopf, schaute ihm in die Augen und war plötzlich wie gelähmt. Unbeweglich.

„Warum lässt du mich das tun?“, flüsterte sie.

Er erwiderte nichts. Das musste er auch nicht. Alles, was er empfand, stand klar und deutlich in seinem Gesicht geschrieben. In seinem Blick. Dieser Verzicht auf alle Vorbehalte und Grenzen, den sie an ihm so geliebt hatte, diese absolute Hingabe zeigte er auch jetzt.

Für ihn ging es nur um eines: wieder geliebt zu werden.

Grenzen, Billy, oder du wirst verletzt werden.

Reflexartig verkrampften sich ihre Finger um das weiche Fleisch unter der Baumwolle, und er zuckte zusammen.

Dumme Maddy, dachte sie. *Du willst ihn verletzen.*

Schnell öffnete sie ihre Jeans, schob sie über ihre Beine nach unten, zusammen mit dem winzigen Stofffetzen aus blauer Spitze, der sich Unterhöschen nannte, und schüttelte beides von den Füßen. Danach packte sie den Saum ihres T-Shirts, um es sich über den Kopf zu ziehen.

„Lass es an“, flüsterte er und strich mit den Fingerspitzen über ihre Beine, sodass ihre Muskeln zuckten und tanzten. „Lass das T-Shirt an.“

Meine Regeln. Sie zog sich das T-Shirt über den Kopf.

Er schloss die Augen, als machte ihn das traurig. Dann nahm sie seine Finger und legte sie zwischen ihre Beine, wo sich bereits Hitze und Feuchtigkeit sammelten.

Eine Hand zwischen ihren Beinen, die andere auf ihrer Schulter, drehte er sich mit ihr, sodass sie mit dem Rücken an die Wand stieß, und presste sich an sie. Seine warme Haut, seine kräftigen Muskeln auf ihr wie eine lebendige Decke, die sie von der Schulter bis zu den Hüften einhüllte.

Seine Finger erforschten jede Kurve ihres Körpers, jede Vertiefung, jeden Hügel. Die kleinen Plätze, an denen die Lust lauerte, elektrisch aufgeladen und heikel. Sie keuchte, warf den Kopf nach hinten, holte tief Luft, um ihr Gleichgewicht zu halten, um die Bodenhaftung nicht zu verlieren. Doch seine Finger kannten alle ihre Geheimnisse. Sein Atem, heiß und feucht, streichelte ihre Schulter. Seine Lippen fanden den geheimen Punkt hinter ihrem Ohr, dann auch seine Zähne. Sie erbebte.

„Ja“, seufzte sie. Schlang ein Bein um seine Taille, um ihm Platz zu machen, ihm mehr Raum für seine Eroberungen zu geben. Ihre Hüften schlugen gegen seine, und er drückte sich enger an sie, hielt sie fest.

Das war es, was sie so sehr an ihm liebte. Was sie so sehr an Sex mit Billy liebte. Es gelang ihm, sie zu verwandeln, die pure Lust in ihr zu erwecken, bis sie nichts anderes mehr empfand. All das Selbstvertrauen, das ihn erfüllte, schenkte er ihr. Ihrem Körper. Sie musste sich für ihre Orgasmen nicht anstrengen. Er lieferte sie ihr. Servierte sie ihr. Sie kamen wie von allein. Mühelos.

Sie spürte, wie ein Finger in sie eindrang, und bog den Rücken durch, schluckte ihre Schreie hinunter. Urplötzlich jedoch war seine warme Stärke nicht mehr da, und sie schrie unwillkürlich auf. Aber er war nur auf seine Knie gesunken.

Was für ein Anblick: Billy in seiner muskulösen Pracht auf den Knien vor ihr. Danach hatte sie sich gesehnt.

Er hob ihr Bein hoch, legte es sich über die Schulter und machte sie bereit für seine Zunge. Und seine Zähne.

So gut der Mann beim Hockey war, hierbei war er noch besser. Er hatte ganze Sommer zwischen ihren Beinen verbracht, ihre Reaktionen studiert, ihre Geheimnisse enträtselt, alle Möglichkeiten entdeckt, wie er sie mit Zunge und Fingern zum Schreien bringen konnte. Leichte Berührungen, wildes Lecken, mal hart, mal weich, mal schnell, mal quälend langsam.

Niemand bereitete einer Frau mit solcher Konzentration und solchem Eifer ein so großes sinnliches Vergnügen wie Billy Wilkins. Und er hatte sie damit verdorben: Kein anderer Mann hatte ihm das Wasser reichen können. Die wenigen, mit denen sie nach ihm zusammen gewesen war, hatten sich samt und sonders als traurige Enttäuschungen erwiesen. Keiner von ihnen war die Mühe wert gewesen, ihre Bikinizone waxen zu lassen.

Aber Billy …

Ja, dachte sie, vergrub die Hände in seinem seidigen Haar und genoss, wie er sie mit Lippen, Zunge und Zähnen liebkoste. *Ja. So. Da. Jetzt.*

Sekunden, nein, weniger als Sekunden – von einem Herzschlag auf den nächsten geschah es. Im einen Moment war sie noch ganz sie selbst, im nächsten zersprang sie, wie tausend glitzernde Scherben vor einem pechschwarzen Horizont.

Er hauchte eine Spur von Küssen an ihrem Körper hinauf, bis er wieder auf den Beinen stand. Seine Lippen waren ihren ganz nah. Seine Lippen, die noch feucht waren von ihr. Ihre Blicke trafen sich, und sie sehnte sich schmerzlich danach, ihn zu küssen, aber sie wandte das Gesicht ab. Verweigerte sich den Wunsch, um ihn auch ihm zu verweigern.

„Hol das Kondom", flüsterte sie.

Billy durchquerte das kleine Zimmer. Das Spiel der Muskeln in seinem Rücken, in seinem runden, festen Sportlerhintern zog sie in den Bann, als er zum Schreibtisch hinüberging. Er stand mit dem Rücken zu ihr; sie beobachtete, wie er die Folie mit den Zähnen aufriss. Mit gesenktem Kopf streifte er es über, und dann, ohne sich umzudrehen, trat er hinter den Tisch zu ihrem Schreibtischstuhl, eine hölzerne Antiquität ohne Armlehnen, die sie Gott weiß wo aufgetrieben hatte.

Er setzte sich, seine Erektion vulgär und primitiv. Aufregend.

„Komm her", sagte er leise.

Meine Regeln, dachte sie, aber sie konnte ihn bereits zwischen ihren Beinen spüren. Konnte fühlen, wie sie in dieser Stellung alles kontrollieren konnte. Ihre Lust. Und seine.

Sie trat zu ihm, stellte sich breitbeinig über ihn. Sorgsam darauf bedacht, ihn nicht zu berühren, obwohl sie eigentlich danach brannte, umfasste sie mit den Händen die Rückenlehne des Stuhls.

Seine Finger auf ihrer Taille schienen sie zu versengen, und beinahe hätte sie ihm verboten, sie anzufassen. Aber dann drückte er sie nach unten und drang vorsichtig in sie ein, testete, wie willkommen er ihrem Körper war.

Sie ließ den Kopf nach vorn sinken und schloss die Augen. Ließ ihn langsam, Zentimeter für Zentimeter, in sich hineingleiten.

„Maddy", stöhnte er. „Oh Gott, du bist so … mhhmm …"

Heiß. Feucht. Ja, all das war sie.

Und sie übte die Kontrolle aus.

Sie kippte ihr Becken und setzte sich, nahm ihn so schnell und hart in sich auf, dass sie beide überwältigt von ihren Empfindungen aufschrien. Seine Hände verkrampften sich an ihren Hüften, taten ihr ein bisschen weh.

„Psssst", flüsterte sie, als er sich aufbäumte, um tiefer in sie einzudringen. „Wir müssen leise sein."

„Beweg dich", keuchte er ihr ins Ohr.

Langsam wiegte sie sich auf ihm, drückte ihre Lenden an seine, bis sie den steigenden Druck in sich spürte. Zurück und vor, ein gemächlicher, aufregender Rhythmus.

Stöhnend flüsterte er ihr schmutzige Dinge zu und trieb sie damit weiter an. Schneller. Seine Finger glitten über ihren Leib, umfassten ihre Brüste, ihre Hüften, legten sich um ihren Nacken, zogen an ihren Haaren. All das erhöhte das Lustempfinden, das sich tief in ihrem Inneren aufbaute.

„Maddy", raunte er ihr zu, und sie hob den Kopf, um ihn anzuschauen.

Und mit einem Mal war sie wie ein Insekt gefangen im Spinnennetz; sie kam nicht mehr los, konnte den Blick nicht abwenden. Billy, von Lust gequält, sich zügelnd um ihretwillen, bot einen geradezu hypnotisierenden Anblick.

„Baby", seufzte er, und ein Lächeln ließ seine Züge aufleuchten. Er beugte sich vor, um sie zu küssen.

Maddy ließ sich nach hinten fallen, wandte das Gesicht ab. „Nein."

„Sieh mich an", knurrte er, und sie schloss die Augen, weil sie ihn nicht ansehen konnte. Weil sie es nicht ertrug, ihn so glücklich zu sehen, nur weil sie es miteinander trieben.

„Sieh. Mich. An", wiederholte er. Als sie den Kopf schüttelte, packte er ihre Hüften, hob sie ein Stückchen von sich weg und hielt sie fest. „Maddy."

„Meine Regeln", entgegnete sie keuchend.

Einen endlosen Moment lang war sie sich nicht sicher, was er tun würde. Und sie wusste, dass sie nicht stark genug war, ihn zu irgendetwas zu bringen. Sie versuchte, sich aus seinem Griff zu befreien, aber er ließ nicht locker. Ihr Verlangen trieb Dornen, bildete scharfe Kanten, und sie stöhnte vor Schmerz.

In einer einzigen leichten, eleganten Bewegung legte er sich mit ihr auf den Boden hinter ihrem Tisch. Er stützte eine Hand gegen die Wand, damit sie sich nicht den Kopf daran stieß, und dann drang er quälend langsam in sie ein, zog sich wieder zurück.

„Sieh mich an."

Jeder Atemzug schmeckte nach Schweiß und Sex. Sie bohrte ihre Fingernägel in seine Hüften, seinen Rücken.

Aber ihn anschauen? Niemals! Sie hatte viel zu viel Angst davor, was sie sehen könnte. Angst davor, was sie empfinden könnte. Also hielt sie die Augen fest geschlossen und klammerte sich wie wild an ihre Lust. Er sog scharf die Luft ein und stieß wieder in sie hinein, nahm einen Rhythmus auf, der ihr nicht reichte. Nicht einmal ansatzweise.

„Sieh mich an, Maddy. Bitte. Gott …"

Ihre Regeln. Mal ehrlich, wem wollte sie eigentlich etwas vormachen? Hierbei würden immer seine Regeln gelten. Wütend auf ihn und auf sich selbst, aber hilflos vor Begehren, öffnete sie die Augen.

„Na also, geht doch", flüsterte er.

Na also. Sie ballte hinter seinem Rücken die Fäuste, um bloß nicht in Versuchung zu geraten, sein Gesicht zu berühren, seine lächelnden Lippen, seine Narbe nachzuzeichnen.

Heiß geliebt, einstmals so innig von ihr geliebt.

Was tust du hier? schoss es ihr durch den Kopf, und es überlief sie eiskalt vor Schreck. Ihre Hüften erstarrten, sie ließ die Arme sinken. *Das ist nicht unpersönlich! Das ist nicht distanziert!*

Er hielt inne, als würde er ihren plötzlichen Sinneswandel spüren. Dann, ohne sie anzusehen, verlagerte er sein Gewicht, beugte sich über ihre Brüste, streichelte ihre Brustwarzen mit seinem Atem. Er küsste die Nippel, die Rundung ihrer Brüste, während er über ihren Bauch strich und ihre Taille umfasste.

All die geheimen, harmlos wirkenden Punkte an ihrem Körper, an denen sie sich gern berühren ließ. Ihre Kniekehle, ihre

Armbeuge. Er kannte sie alle, als hätte er eine Landkarte davon in seinem Kopf.

Er liebkoste, reizte sie, bis ihr Feuer von Neuem entfacht war.

Bis sie vergaß, wer sie war, wer er war und welche Riesendummheit sie gerade begingen.

Den Kopf gesenkt, sodass er an ihrem Hals ruhte, nahm er den Rhythmus wieder auf, bewegte sich schneller und schneller. Trieb sie beide in höchster Eile voran, als wäre ihm bewusst, dass sie jede Sekunde zur Vernunft kommen und das Ganze abbrechen könnte. Trieb sie beide direkt in die Ekstase.

Verschämt sammelte Madelyn ihre Kleidung vom Fußboden auf, schlüpfte in ihre Unterwäsche und ihre Hose, weil sie sich ihres nackten Hinterns und Billys Interesses daran allzu bewusst war.

„Also …“, begann er. Sie warf ihm über die Schulter einen Blick zu, gerade im richtigen Moment, um zu sehen, wie er den mittleren Knopf an seinem Hemd schloss. Da er sein Gesicht halb abgewandt hatte, war seine Narbe nicht zu sehen, und er wirkte wie ein Unterwäschemodel auf einer Reklametafel. „Benutzt du mich nur für Sex, oder ist auch noch eine Mahlzeit drin?“

Ihr verständnisloser Gesichtsausdruck entlockte ihm ein Lächeln. Er nahm ihr das T-Shirt ab und streifte es ihr über den Kopf. Kleidete sie sanft an, als wäre sie ein Kind. „Darf ich dich zum Essen einladen?“, fragte er, und alles, was er empfand, war in seinen Augen zu lesen.

„Was?“, blaffte sie und schlug seine Hände weg.

„Etwas zu essen. Steaks. Ehrlich, ich glaube, du kriegst einfach nicht genug zu essen.“

„Nein. Billy …“

„In Ordnung.“ Er zuckte die Achseln, schwer verlegen. „Ich dachte, einen Versuch ist es wert.“

„Wir gehen nicht …“ Mit leichtem Unbehagen deutete sie auf den Bürostuhl, den sie gerade missbraucht hatten. „… miteinander aus.“

„Glaub mir." Er deutete ebenfalls auf den Stuhl. „Ich weiß, wie man so etwas nennt."

Er zog die Weste an, ohne das Hemd vorher in die Hose zu stecken, und ließ die Knöpfe offen. Seine leicht zerknitterte Jacke nahm er vom Fußboden auf.

„Hast du am Wochenende etwas vor?", fragte er und musste lachen, als sie ihn daraufhin anstarrte. „Können wir uns nicht mal über Belanglosigkeiten unterhalten? Maddy, komm schon. Wirf mir wenigstens einen Knochen hin."

„Ich ... ich besuche morgen eine Wohltätigkeitsveranstaltung." Sie zog ihre Schuhe an.

In den letzten paar Jahren hatte sie sich angewöhnt, sehr genau auszuwählen, welche Veranstaltungen sie besuchte, denn sie wollte sie genießen, und dank ihrer Stellung wurde sie zu vielen eingeladen. Aber diese hatte interessant geklungen: Es ging um eine sportorientierte Schule für Stadtkinder.

„Wohltätigkeit? Kranke Kinder? Oder arme Kinder?"

„Eine neue Charterschule für Stadtkinder." Sie durchwühlte die Schubladen ihrer Ankleidekommode nach einem Haarband. Anscheinend nahm Gina immer alle an sich und ließ sie auf den Ankleidetischen hinter den Kulissen liegen.

Billy war seltsam still. Also sah sie kurz zu ihm hinüber, um sicherzugehen, dass er ihr nicht auf den Hintern schaute. Tat er nicht. Stattdessen lächelte er breit, so als hätte er ein Geheimnis.

„Was?"

„Brauchst du einen Begleiter?"

In einer hinteren Ecke ertastete sie etwas, das sich wie ein Gummiband anfühlte.

„Nein. Billy, ich habe dir doch gerade gesagt: Wir gehen nicht miteinander aus."

„Ich habe Tam einen Smoking abgekauft. Und ich werde mich ordentlich herausputzen. Vielleicht besorge ich dir ein Ansteckräußchen, und wir können es hinterher in meinem Truck treiben. Ganz so wie früher."

„Das wird nicht noch einmal passieren."

„Was?"

„Wir beide.“ Sie raffte ihre Haare extra straff zu einem Pferdeschwanz zusammen, als wollte sie sich für die Lust, die sie eben erlebt hatte, bestrafen. „Und wozu in aller Welt brauchst du einen Smoking?“

„Ich besuche auch Wohltätigkeitsveranstaltungen.“ Er grinste sie an, und sie musste sich zwingen, nicht zurückzugrinsen. Er schien das zu durchschauen.

„Na schön“, fuhr er fort und nahm sich einen Bleistift und eine Haftnotiz von ihrem Tisch. „Aber für den Fall …“ Feixend musterte er sie, eine Braue hochgezogen. „… dass du deine Meinung änderst und eine Augenweide an deinem Arm brauchst …“

Wenn sie lachte, würde ihn das höchstens ermuntern, aber sie konnte nicht anders. Sie beschloss, es auf den Sex zu schieben.

Er wackelte mit den Augenbrauen. „Hier hast du meine Handynummer.“

„Damit ich anrufen kann, wenn ich mit dir schlafen will?“ Wieder lachte sie.

„Wenn dir danach ist.“

Er war offenbar völlig verwirrt. Irregeleitet. Aber während sie dastand und innerlich aufzählte, in wie vieler Hinsicht er ein Narr war, während sie noch lachte, beugte er sich vor und drückte ihr einen sanften, süßen Kuss auf die Wange.

Sie spürte jede Falte seiner Haut, nahm seinen würzigen Duft wahr, der teils nach neuen Kleidern, teils nach Sex und ganz und gar nach Billy roch.

Die Flammen, die sie gerade erst erstickt hatte, loderten erneut auf.

Noch mal, seufzte ihr Körper. *Nur noch ein einziges Mal.*

Sie zuckte zurück. „Ich rufe dich nicht an“, sagte sie, und diese Klarstellung galt ihr selbst genauso wie ihm.

„In Ordnung.“

Seine Zustimmung machte sie nervös, und plötzlich fiel ihr die Besprechung von Montagmorgen wieder ein. Phil.

„Billy, ich glaube … Ich glaube, Phil hat möglicherweise deine Schwestern gefunden.“

„Sie sind nicht schwer zu finden“, erwiderte er. „Sie haben ihr Leben lang im selben Viertel gewohnt.“

„Ich weiß, aber … Vielleicht solltest du sie anrufen. Mit ihnen reden.“

„Und was soll ich ihnen sagen?“

„Dass sie nicht in der Show auftreten sollen.“

Seine Miene wurde ausdruckslos, und ihr Herz rutschte ihr in die Kniekehlen. Sie ahnte, wie er sich fühlte: verlegen und entsetzt bei dem Gedanken, sie könnten in der Sendung auftreten. Und verlegen und entsetzt, weil er so empfand.

Aber Denise und Janice waren erst glücklich, wenn sie die Welt auf ihr Niveau herabgezogen hatten.

„Du hast so hart gearbeitet …“, fuhr Maddy fort und versuchte damit, ihn in ihrem Sinne zu beeinflussen.

„Nicht.“ Er hob abwehrend eine Hand. „Rede bitte nicht weiter.“

„Na schön.“ Sie schluckte den bitteren Beigeschmack von Eitelkeit und Vornehmtuerei herunter. „Für mich, Billy. Versuch sie dazu zu überreden, nicht in der Show mitzuwirken. Um meinetwillen.“

„In Ordnung.“

Dass er sofort einverstanden war, überraschte sie und sorgte dafür, dass sie sich noch schlechter fühlte. Wichtigtuerisch, aufgeblasen und strohdumm. Denk daran, ermahnte sie sich, bemüht, ihre schwankende Entschlossenheit zu festigen. *Denk daran, wie die beiden sind. Wie Hunde mit einem Knochen. Willst du, dass deine Show zu ihrem Knochen wird?*

„Danke“, flüsterte sie, denn die Antwort lag klar auf der Hand. Sie würde alles tun, um ihre Sendung zu schützen. Ihr Leben zu schützen.

„Ach, Baby“, gab er leise zurück, berührte mit den Fingern ihre Wange, strich ihr eine Strähne hinters Ohr, hinterließ eine prickelnde Spur auf ihrer Haut. „Quäl dich nicht so.“

Sie ließ sich von seiner Berührung freisprechen. Ließ von seinen Worten ihre schlimmsten Schuldgefühle wegen Denise fortspülen.

Er ließ seine Hand fallen und schloss die Tür auf, stieß sie auf, als wäre nichts geschehen.

Riecht es hier drin nach Sex? Panisch und verlegen nahm sie die Dose Haarspray von ihrem Ankleidetisch und füllte die Luft mit dem maskierenden Duft des Aerosols.

Jetzt roch es in ihrem Büro wie in der Mädchenumkleide der Junior High School.

Er blieb in der Tür noch einmal stehen. Sein Lächeln war verschwunden, sein Gesicht ernst. „Ich hatte Sehnsucht nach dir. Ich hatte Sehnsucht nach …“ Ein Seitenblick auf den Stuhl, den Fußboden. „… nach uns. So wie jetzt.“

Ihr ging es genauso. Schmerzliche Sehnsucht. Aber eher hätte sie sich den Arm abgehackt, als das ihm gegenüber zugegeben.

Ich werde mich nicht an dich verlieren. Nicht noch einmal.

„Leb wohl, Billy“, sagte sie und schloss schnell die Tür vor seiner Nase.

11. KAPITEL

Siebzehn Jahre zuvor

In dem Versuch, ihre Füße warm zu halten, trampelte Maddy auf der Stelle. Ihre Zehen fühlten sich wie Tiefkühlerbsen an. Natürlich hätte sie auch im Wagen sitzen bleiben können, die Heizung voll aufgedreht, während sie auf Billy wartete, aber dafür war sie zu nervös. Zu aufgeregt, um still zu sitzen.

Seit zwei Monaten hatte sie ihn nicht mehr gesehen. Er spielte in Rochester in der A-Jugend und war dort bei einer Familie untergebracht. Weder zu Weihnachten noch zu ihrem Geburtstag hatte er nach Hause kommen können, aber jetzt hatte er drei Tage frei und sich deshalb sofort auf den Weg nach Pittsburgh gemacht.

In letzter Zeit hatte er sehr viel zu tun. Ein Agent hatte ihn unter Vertrag genommen, und sein Name war für die Nominierung im Juni gemeldet worden. Schon im letzten Jahr hätte er die Chance haben können, aber seine Schulterverletzung mit anschließender Operation hatte ihn außer Gefecht gesetzt.

Deshalb war er in diesem Jahr dran.

Bei dem Gedanken wurde ihr flau im Magen, und sie hüpfte auf und ab, um sich wieder zu fangen und ihr Gleichgewicht zwischen freudiger Erregung und Sorge zurückzugewinnen.

Freudige Erregung, weil sich sein hartes Training nun endlich auszahlen würde; Sorge, dass sie ihn verlieren könnte, wenn seine großen Träume von der NHL in Erfüllung gingen.

„Irgendwann verlässt er dich", hatte ihre Mom gesagt, und allein vom Verstand her war Maddy das klar. Aber ihr Herz glaubte daran, dass Billy ihr gehörte – NHL hin oder her.

Ein Wagen hielt am Straßenrand. Der Auspuff entließ weiße Wölkchen in die eisige Winterluft. Dann wurde die Beifahrertür aufgerissen, und Billy sprang hektisch heraus, den Blick auf Maddy gerichtet.

Bei seinem Anblick erbebte sie. Ihre Brustwarzen richteten sich auf, ihre Haut überlief es glutheiß. So lange. So lange waren sie getrennt gewesen.

Atemlos wartete sie, während er sein Gepäck aus dem Auto holte und sich von dem Typen, der ihn mitgenommen hatte, verabschiedete. Als der Wagen endlich weiterfuhr, hielt sie es keine Sekunde länger aus. Sie rannte los, stürzte sich regelrecht auf Billy.

Seine Hockeyschläger fielen klappernd auf den Asphalt, die Sporttasche folgte mit dumpfem Aufprall. Und dann war er bei ihr, schlang seine Arme um sie, und sie fühlte seinen Atem in ihren Haaren.

Durch Mäntel und Pullover hindurch spürte sie seinen Herzschlag. Dieses Herz gehörte ihr. Keine Frage.

„Maddy“, seufzte er und klang wie jemand, der sich durchgefroren in ein heißes Vollbad gleiten ließ oder unter die warme Bettdecke schlüpfte. „Ich habe dich so vermisst.“

Sie nahm seinen Kopf zwischen ihre behandschuhten Hände und küsste ihn. Küsste ihn, als wollte sie ihm ihren Stempel aufdrücken, und vielleicht tat sie das ja tatsächlich. In wenigen Monaten schon würde er in die NHL berufen werden, und sein Leben würde sich drastisch ändern. Aber die Welt sollte wissen, dass sie zuerst da gewesen war. Sie hatte vor allen anderen gewusst, was in Billy Wilkins steckte.

Sie öffnete die Lippen, ließ ihre Zunge in seinen Mund gleiten, liebkoste und erforschte ihn.

Billy mochte das. Er genoss es immer sehr, wenn sie sich nicht mehr bremsen konnte und das Ruder in die Hand nahm. Er hob sie leicht hoch. Durch seine Jeans hindurch bemerkte sie seine Erektion, lang und hart, und drückte sich fest dagegen, spreizte die Beine ein wenig, sodass er einen Schenkel dazwischenschieben konnte.

Beide stöhnten sie auf, während ihre Körper so engen Kontakt wie nur irgend möglich suchten.

„Du bringst mich um, Baby“, flüsterte er.

„Ich habe Dads Schlüssel.“ Sie zog sie aus ihrer Tasche. Der alte Pit-Bulls-Schlüsselanhänger glänzte wie Silber im Licht der Straßenlaterne.

Billys Grinsen, schief und gefährlich, jagte Funken der Erregung durch ihr Inneres. „Dann mal los", sagte er.

Gemeinsam sammelten sie seine Sachen ein und eilten zur Hintertür der Arena, wobei sie darauf achteten, dass niemand sie beobachtete.

Maddy schloss die alte rote Tür auf, und sie schlüpften hindurch.

Drinnen war es dunkel und kühl. Die Notbeleuchtung warf rote Lichtflecken auf den Zementboden, und das Eis schimmerte wie ausgebleichte Knochen im Schatten.

„Ich habe dich vermisst", flüsterte Billy und öffnete ihren Mantel. Sie streifte sich die Handschuhe ab und begann ihrerseits, seinen Mantel zu öffnen. In seinen Kleidern hing noch die Wärme des Autos, in dem er hergekommen war, und sie grub und wühlte sich durch Stoff und Knöpfe voran bis zur glatten Haut seiner Brust, wo ihre Finger endlich warm wurden. Ihr Körper wurde sogar noch wärmer.

Er zog ihr den Rollkragenpullover über den Kopf, und als sie ihn aufstöhnen hörte, war sie froh, den schicken BH angezogen zu haben, den er ihr zu Weihnachten geschenkt hatte.

Dann beugte er sich vor, schob seine Hände unter ihre Brüste, hob sie an, sodass sie sich hoch über den Spitzenstoff des BHs wölbten, küsste sie, saugte an ihnen. Saugte durch das dünne Material hindurch an ihren Brustwarzen, während sie sich an ihn schmiegte und vor Lust erbebte. Sie ließ sein Hemd, wo es war. Vielleicht ein andermal. Jetzt hatte sie keine Zeit dafür. Ihr Verlangen war zu groß, ihr Hunger zu ausgeprägt.

Hastig griff sie an seine Hose, fand ihn unter dem Jeansstoff.

Du gehörst mir, dachte sie. *Zuallererst gehörst du mir.*

Er trat einen Schritt zurück und drehte sich, presste sie gegen die Wand. Der Beton war hart und kalt an ihrem Rücken, aber das machte ihr nichts aus. Nicht, solange er sie von vorn mit seiner Hitze zudeckte.

„Hast du dich nach mir gesehnt?“, fragte er, ein leichtes Lachen in der Stimme. Er zog sie auf. Das war etwas Neues, dieses Frotzeln. So als müsste sie ihm jedes Mal, wenn sie einander sahen, beweisen, wie sehr sie sich nach ihm gesehnt hatte.

„So sehr“, keuchte sie und leckte an seinem Hals. „So sehr, Billy.“

„Hast du an mich gedacht?“

„Andauernd.“

„Hast du daran gedacht, mit mir zu schlafen?“

Sie lehnte sich zurück, schaute ihn an. Sein Gesicht erglühte im roten Licht der Ausgangsbeleuchtung über ihnen.

„Ja“, flüsterte sie, während ihr das Herz bis zum Hals schlug.

„Woran hast du gedacht?“

Verlegen wandte sie sich ab. Er küsste sie auf die Wange, auf den Mundwinkel, und sie hob den Kopf, um ihn richtig zu küssen, doch er wich ihr aus.

„Billy …“

„Ich habe daran gedacht, dich zu küssen“, sagte er. „Ich habe daran gedacht, dich zu verwöhnen. Ich habe daran gedacht, wie du in dem roten Badeanzug aussiehst und welche Töne du von dir gibst, wenn ich meinen Schwanz in dich hineinstecke. Jeden Tag, den ganzen Tag habe ich daran gedacht, wie heiß du wirst. Wie feucht.“

„Billy“, keuchte sie und drückte sich an ihn, ruhelos und ausgehungert.

„Fass mich an“, forderte er sie auf, griff zwischen sie beide und öffnete den Reißverschluss. Genug gespielt. Genug versucht, ihn mit Worten zu überzeugen.

Sie packte sein Glied, strich kräftig darüber, und er sog scharf die Luft ein. Seine Penisspitze war nass. Er machte sich nicht die Mühe, ihr das Höschen auszuziehen. Stattdessen griff er nach unten und riss ein Loch in den Schritt.

So erregt war sie, dass sie gar nicht anders konnte, als aufzustöhnen. Da waren seine Finger, grob und groß. Genau an der richtigen Stelle. Billy war der einzige Junge, mit dem sie jemals geschlafen hatte, aber wenn er ihr solche Lust bereitete, dass die

Welt um sie herum versank und die Lichter sich um sie drehten, wozu um alles in der Welt sollte sie dann noch einen anderen Mann brauchen?

„Ich will und brauche nur dich, einzig und allein dich", sagte sie, weil diese Bestätigung ihm immer so wichtig zu sein schien.

„Mir geht's genauso", antwortete er. Dann schob er sich die Hose runter und ihr den Rock hoch. Sie schlang ihre Beine um seine Hüften und lehnte sich mit dem Rücken an die Wand.

Als ihre Mom erstmals mitbekommen hatte, dass sie und Billy miteinander gingen, hatte sie Maddy zum Arzt begleitet und dafür gesorgt, dass er ihr die Pille verschrieb. Dabei hatten sie damals noch gar nicht miteinander geschlafen.

Aber jetzt taten sie es. Sehr häufig. Billy war glücklich, dass sie keine Kondome brauchten, und sie fühlte sich sehr erwachsen und aufgeregt, wenn seine Haut an ihrer lag.

Heiß und hart bohrte er sich in sie hinein. Durch sie hindurch. Jedes Mal veränderte er sie ein wenig und machte sie sich mehr und mehr zu eigen.

Sie schrie auf, er seufzte. Mit den Händen umklammerte er ihren Rücken, ihre Schultern, während er sich in ihr bewegte, sich langsam an ihrer Feuchte rieb. Es schien ihr so, als würde sich in ihr etwas zusammenballen, und sie hielt ihn fest, fester und fester, bis sie schließlich losließ, in einer gewaltigen Explosion kam und in hohem Bogen wie ein feuriger Komet ins Dunkel flog.

Billy ließ den Kopf an ihre Schulter sinken, hämmerte keuchend auf sie ein, und sie konnte sie spüren: die Spannung in seinem Rücken, in seinen Armen.

„Baby", raunte er. „Oh Gott …"

„Ich liebe dich, Billy."

Und dann flog auch er, die Haut über ihrem Schlüsselbein zwischen seinen Zähnen. Sie stöhnte auf und zuckte zugleich zusammen.

Während er erbebte, streichelte sie ihn. Lachte, als er seine schweißnasse Stirn an ihrem Hals abwischte.

„Wow", flüsterte sie und löste den Klammergriff ihrer Beine um seine Hüften. Ihre Stiefel kamen auf dem Boden auf, und er glitt aus ihr heraus. Noch fühlte sie ihn, nass und weich an ihrem Bauch.

Dann schlang er seine Arme um sie und zog sie an sich. Nachdem der Sturm nun vorüber war, hielt er sie einfach nur fest, leicht schwankend, die Hose um seine Knöchel. Ihr Rock hinauf bis zu den Hüften geschoben.

Diesen Moment liebte sie am allermeisten. So großartig alles andere auch war, dieser Augenblick war der Beste. Wenn er erschöpft war und zärtlich, wenn sie einander Lust bereitet hatten und sich über nichts und niemanden Sorgen machen mussten.

Innerer Friede erfüllte sie, als sie ihr Gesicht an sein Shirt drückte und seine warme, starke Brust darunter fühlte.

„Heirate mich."

Lachend schüttelte sie den Kopf. An die hundert Mal hatte Billy ihr bereits einen Heiratsantrag gemacht. In der Regel, wenn sie gerade miteinander geschlafen hatten.

„Ich mache keine Witze."

Seine Stimme klang anders als sonst, und sie schaute zu ihm hoch, stellte fest, dass er sie unverwandt ansah. Ernst.

„Wovon redest du?", fragte sie.

„Ich möchte, dass wir heiraten. Ich hasse es, wenn wir nicht zusammen sind."

„Ich auch, aber, Billy ..."

„Sie werden mich nehmen. Victor sagt, das Interesse an mir ist sehr groß." Ausgewählt zu werden, dessen war Billy sich absolut sicher, und sie brachte es nicht über sich, ihm mitzuteilen, dass die Sache noch nicht gegessen war – egal, was sein Agent behauptete. Auch gute Spieler wurden nicht immer genommen. Aber sie wollte genauso wie er daran glauben, dass es passieren würde. „Und wenn ich dann nach Phoenix muss oder nach Kanada? Was machen wir dann?"

„Darüber können wir uns später den Kopf zerbrechen."

„Ich will mir gar nicht den Kopf darüber zerbrechen müssen. Lass uns heiraten, und alle Probleme sind gelöst." Er lächelte so süß. Das war sein bestes Argument, meistens das einzige, das er brauchte. Aber hier ging es um eine ernste Angelegenheit.

„Ich bin gerade erst siebzehn geworden."
„Dann eben nächstes Jahr. Gleich nach Weihnachten hast du Geburtstag. Danach heiraten wir."
„Und die Schule?"
„Schulen gibt es überall. Sogar in Kanada." Er zwinkerte ihr zu. „Glaube ich."
Er küsste sie auf die Wange und half ihr, sich anzuziehen. Es gefiel ihr, wenn er sich so um sie kümmerte, der große toughe Hockeyspieler. Wie er ihr zerrissenes Höschen zurechtrückte, ihren Rollkragenpullover in den Rockbund steckte.
„Ich könnte einfach mit dir ziehen", meinte sie. „Wohin du auch gehst."
„Klar. Das wird deinen Eltern sicher gefallen."
„Nun, ich schätze, es wird ihnen auch nicht besser gefallen, wenn ich heirate."
Billy umfasste ihr Gesicht. Er zog dabei ein wenig an ihren Haaren, doch sie sagte nichts dazu.
Schmerz und Lust. Mit Billy gab es das immer nur im Doppelpack.
„Du bist der einzige Mensch, der mir wichtig ist", erklärte er und küsste sie auf die Wangen, die Stirn. „Die einzige Familie, die ich brauche."
Seufzend schloss sie die Augen. Warum wehrte sie sich dagegen?
„Nach meinem Geburtstag. Wenn du genommen wirst."
Er schwankte, ein wenig aus dem Gleichgewicht gebracht, und strahlte plötzlich vor Freude. „Wirklich?"
„Wirklich."
Jauchzend nahm er sie auf den Arm, wirbelte sie herum, sodass ihre Füße gegen die Mülltonne stießen, die ihr Vater jeden Abend leerte.
„Aber …", sagte sie, und Billy erstarrte, „wir müssen mit meinen Eltern reden."
Er setzte sie ab. Erste Gewitterwolken waren in seinen braunen Augen zu sehen. „Nachdem wir durchgebrannt sind?"
„Warum sollten wir durchbrennen?", fragte sie und löste

ihre Arme von seinem Nacken. Es wurde kälter in der Arena.

„Willst du etwa, dass meine Familie bei deiner Hochzeit auftaucht?"

Nein. Das wollte sie nicht. Aber sie wollte auch nicht auf das weiße Kleid verzichten. Darauf, dass ihr Vater sie zum Altar führte. „Ich möchte es meinen Eltern sagen. Ich kann sie nicht einfach damit überrumpeln."

„Warum spielt das eine Rolle?"

„Weil meine Familie mir wichtig ist."

„Es wird ihnen nicht recht sein, Maddy. Sie mögen mich nicht."

„Das stimmt nicht, Billy. Sie kennen dich nicht. Du gibst ihnen keine Chance, dich kennenzulernen."

Seufzend trat er ein Stück zur Seite. Jetzt war es eisig.

Sie griff sich ihren Mantel und schlüpfte hinein. „Ich will mich nicht streiten", sagte sie und zog ihre Handschuhe an.

„Ich auch nicht." So, wie er es aussprach, klang es, als gäbe er ihr allein die Schuld. Sie streckte die Hand aus und strich ihm zärtlich über den Rücken, während er den Reißverschluss seiner Jeans zuzog.

„Es bedeutet mir viel", erklärte sie, und er seufzte erneut. „Dass du versuchst, sie besser kennenzulernen. Nicht jede Familie ist so wie deine. Und nicht jeder Dad …"

„Ich versteh schon, Maddy."

Sie nickte und schwieg, wohl wissend, was für eine heikle Sache das für ihn war. Sie konnten sich nie über seine Familie unterhalten, ohne dass es zum Streit kam.

„Hast du Hunger?", fragte sie. Das Thema zu wechseln war besser für sie beide. Denn wenn sie es nicht tat, würde er den Ärger in sich hineinfressen, immer missmutiger werden, und der Abend wäre verdorben.

„Wie ein Wolf!"

„Primanti Brothers?"

„Oh, mein Gott, jaa!", erwiderte er, und sie sammelten seine Sachen ein. Als sie in die kalte Nachtluft hinaustraten, legte er den Arm um ihre Schulter.

„Es tut mir leid“, hauchte er ihr ins Haar. Sein Atem hing wie eine Nebelwolke zwischen ihnen.

„Ich liebe dich.“

„Ich liebe dich auch.“

Und jetzt mal im Ernst, was brauchte sie sonst noch? Solange er sie liebte, konnten sie alles schaffen.

12. KAPITEL

Nach der Scheidung von Maddy und ihrem Umzug zu ihrer Mutter nach Florida hatte Billy es nicht länger in dem großen Haus ausgehalten, das er gekauft hatte. Also war auch er zurück nach Hause gezogen. Zu seiner Mutter. Zu seinen Schwestern.

Sie waren nicht die Familie, die er sich gewünscht hätte, aber etwas anderes hatte er nun mal nicht, und zu dem Zeitpunkt hatte ihm das gereicht.

Ihre Widerwärtigkeit, ihre Kleinlichkeit, ihre Grausamkeit – all das düngte die giftigen Unkräuter, die in seinem Herzen den Platz einnahmen, an dem vorher seine Liebe gewachsen war.

Sie tranken gemeinsam. Verfluchten Maddy. Verfluchten ihr Leben. Und als er eines Morgens aufwachte und entschied, dass es jetzt reichte, klammerten sie. Es ging ihnen ums Geld. Um die Teilhabe an seinem Ruhm.

Sie hatten Informationen an jedes Klatschblättchen verkauft. Hässliche Details über seine Kindheit und seine Ehe. Und wenn die Boulevardblätter nicht an der Wahrheit interessiert gewesen waren, hatten seine Schwestern schreckliche Lügen in die Welt gesetzt. Es war peinlich gewesen, hochgradig ärgerlich und frustrierend. Schließlich hatte er einfach die Tür zwischen ihnen zugeworfen und abgeschlossen und damit seine Beziehung zu den einzigen Angehörigen, die er noch hatte, endgültig gekappt.

An diesem Dienstagabend jedoch saß Billy in seiner dunklen Küche und dachte daran, diese Tür wieder zu öffnen, obwohl er sicher war, dass nichts Gutes dabei herauskommen würde.

Die Schatten lagen wie Katzen auf den Möbeln, auf der bloßen Haut seiner Arme und seiner Brust. Und ihm war kalt. Die dunklen Zimmer, das leere Haus vermochten ihm keine Wärme zu geben.

Auf dem Tisch lag sein Smartphone in einem hellen Flecken Mondlicht, das durch das Fenster hinter ihm hereinfiel.

Du hast versprochen, es zu tun, ermahnte er sich selbst. Dann, bevor er sich irgendwelche Ausreden einfallen lassen konnte, nahm er das Handy und wählte eine Nummer, die er auswendig kannte.

Die Nummer des finsteren Zuhauses, in dem er aufgewachsen war.

„Die Nummer, die Sie gewählt haben", meldete sich eine weibliche Computerstimme, „ist nicht mehr aktiv. Überprüfen Sie bitte, ob Sie die richtige Nummer gewählt haben, und versuchen Sie es noch einmal."

Er ließ den Kopf sinken, nahm das Telefon zwischen die Hände, als wollte er beten. „Gott sei Dank", murmelte er. Er hatte es versucht. Eine andere Nummer, unter der er seine Schwestern erreichen konnte, kannte er nicht. Also konnte er auch nichts weiter tun.

Blödsinn, widersprach eine Stimme in seinem Kopf.

Eine Erinnerung zwängte sich unter der verschlossenen Tür hindurch: das dreijährige Mädchen, das er bei der Beerdigung seiner Mutter gesehen hatte – mit den großen Augen, der stoischen Haltung, dem leuchtend roten Band in den Haaren.

Fluchend drückte er die Kurzwahl seines Anwaltsbüros. Er war sich nicht sicher, ob Ted der Richtige für diesen Anruf war. Vermutlich brauchte er eher einen Detektiv. Aber so war wenigstens ein Anfang gemacht.

Nachdem der Anrufbeantworter sich gemeldet und mit einem Piep seine Aufnahmebereitschaft angezeigt hatte, erklärte Billy, worum es ging, und bat um Hilfe, seine Schwestern ausfindig zu machen.

Anschließend legte er auf. Jetzt war ihm leicht übel. Er fühlte sich verfolgt.

Hoffentlich versaute das Gift seiner Vergangenheit ihm jetzt nicht die Zukunft.

„*I've got the world on a string*", sang Billy leise in sich hinein, als er den in Rot, Gold und Glitzer gehaltenen Ballsaal des Four Seasons betrat.

Nicht dass er ein großer Fan Sinatras gewesen wäre, aber wenn man schon einen Smoking trug und darin so gut aussah, brachte Bruce Springsteen es einfach nicht.

Es war Samstagabend, und Billy hat sich ein bisschen mehr Mühe als sonst gegeben, um sich auf die Wohltätigkeitsgala zugunsten der New School vorzubereiten. Sogar Feuchtigkeitscreme hatte er verwendet. Das musste man sich mal vorstellen. Unter seinem neuen Smoking war seine Haut so weich und glatt wie ein Babypopo.

Und es hatte sich gelohnt. Frauen schauten zweimal hin, wenn sie ihn sahen, und die Männer, an denen er vorbeiging, lächelten und nickten ihm zu. Es war, als wäre Billy dadurch, dass er einen Smoking angezogen und seine Haare glatt zurückgekämmt hatte, in einen besonderen Klub aufgenommen worden.

Verdammt, vielleicht stimmte das ja sogar. Schließlich hatte er sich nie zuvor mit solchem Unfug aufgehalten.

Aus Prinzip mied er Wohltätigkeitsveranstaltungen, bei denen Abendgarderobe Pflicht war, wie die Pest. Zwar spendete er regelmäßig eine Menge Geld und wurde deshalb häufig zu so etwas eingeladen, ging aber nie hin.

Heute Abend brach er mit seinen Prinzipien – und das gleich in ganz großem Stil. Denn heute Abend wollte er nirgendwo sonst sein auf der Welt.

Maddy würde sterben, wenn sie ihn sah.

Natürlich im positiven Sinne, hoffte er. Sterben im positiven Sinne.

Wegen der blöden Fliege hatte er sich ein bisschen verspätet, und deshalb war er sich nicht sicher, ob er das Hotel noch vor ihr erreicht hatte.

Er schaute sich um. Überall Abendanzüge und Pailletten. In einer Ecke die unabdingbare Eisskulptur, passenderweise ein aufgeschlagenes Buch. Unter den Kristalllüstern wanderten Kellner mit Tabletts durch die Menge. Keine Maddy weit und breit.

Gott sei Dank. Erleichtert stieß er den angehaltenen Atem aus. Er würde ein paar Minuten brauchen, um einen Happen zu essen aufzutreiben und sich zurechtzufinden. Von der anderen

Seite des Raumes winkte Luc – adrett und elegant wie immer – herüber, damit er sich dem kleinen Kreis anschloss, der sich um seinen Freund geschart hatte. Billy fluchte in sich hinein.

Er musste sich unter die Leute mischen und so einen Scheiß. In seiner Aufregung, Maddy zu treffen, hatte er diese Kleinigkeit glatt verdrängt.

Vielleicht besorgte er sich erst einmal etwas zu essen, bevor er Lucs Aufforderung nachkam. Er versuchte, einen der Kellner auf sich aufmerksam zu machen, der ein Tablett mit Appetithappen trug, zog aber stattdessen die Aufmerksamkeit von Coach Hornsby auf sich.

„Hallo, Coach", grüßte Billy bemüht höflich. Ja, sogar freundlich. Coach Hornsby war dafür bekannt, ein großzügiger Spender zu sein, und wahrscheinlich würde er an diesem Abend seine Brieftasche weit öffnen.

„Billy." Sie wechselten einen raschen Händedruck, als betrachteten sie das beide als lästige Pflicht. „Luc hat mir erzählt, dass diese Schule ursprünglich deine Idee war?" Der Trainer sagte das, als könnte er es kaum glauben, und Billy musste lachen.

„Klingt verrückt, hmm?"

„Ähm …"

„Schon in Ordnung, Coach. Tatsächlich spukte mir diese Idee ewig im Kopf herum. Letzten Sommer habe ich mit Tara Jean und Luc darüber gesprochen, als sie gerade ihre Stiftung für hilfebedürftige Kinder ins Leben gerufen hatten. Und ehe ich mich's versah, hatten sie das Ganze organisiert. Ich kann also kaum mehr für mich in Anspruch nehmen, als die Idee gehabt zu haben. Alles andere haben die beiden gemacht."

„Nun, ganz egal, wie es im Einzelnen abgelaufen ist: Ich bin wirklich beeindruckt."

Und das, schoss es Billy durch den Kopf, liegt bloß daran, dass ich die Messlatte so niedrig angelegt habe. Himmel noch mal, seine Fliege erwürgte ihn fast. Er hob das Kinn, reckte den Hals.

„Weißt du, ich bin auch schwer beeindruckt von deinem Auftreten in der Show", fuhr Hornsby fort. „Du weißt schon, das Umstyling in dieser Vormittagssendung."

Oh, die Sache drohte, aus dem Ruder zu laufen. Billy spürte, wie er am ganzen Körper rot anlief. „Ja?“

„Du schlägst dich großartig. Die Presseabteilung bekommt jede Menge Anrufe deinetwegen.“

Dasselbe galt für Billys Agenten. Ein Hersteller von Körperpflegeprodukten für Männer wollte mit ihm über einen Werbespot reden. Ein Werbespot, in dem Kobolde auftraten! Einfach lächerlich.

„Was für Anrufe?“

„Gute.“ Hornsby grinste ihn an wie ein stolzer Vater, und das wurmte Billy plötzlich so gewaltig, dass er einen Schritt zurückweichen musste. Das war eine spontane Reaktion, so viel war ihm klar. Bereits sein Leben lang reagierte er so auf seine Mitmenschen.

Komm mir nicht zu nahe. Ich enttäusche dich nur.

Kein anderer Coach oder Trainer hatte je so viel von ihm erwartet. Billy machte seinen Job auf dem Eis, und alle waren zufrieden. Da gab es keine Vertraulichkeiten, kein Ich-bin-so-stolz-auf-dich-Getue.

„Ich bin beeindruckt, Billy. Schwer beeindruckt, wie aufrichtig du in dieser Show auftrittst. Keine Spur von dem Mist, den ich normalerweise von dir sehe.“

„Das sind bloß die Klamotten“, blaffte Billy, ohne es zu wollen.

Hornsby blinzelte überrascht, als hätte der freundliche Hund, den er gerade getätschelt hatte, plötzlich nach ihm geschnappt. Und die Normalität, die eben noch zwischen ihnen geherrscht hatte, war wie weggeblasen. Auch eine von Billys besonderen Fähigkeiten.

„Ich muss … ähm …“, stammelte Billy und deutete vage zu Luc hinüber.

„Natürlich. War nett, mit dir zu plaudern.“ Damit wandte Hornsby sich ab und ging. Vermutlich war er froh, sich davonmachen zu können.

So was kann ich einfach nicht, dachte Billy, während er ihm nachsah.

Luc näherte sich mit einem Teller Appetithappen, und Billys Magen knurrte ein freudiges Willkommen.

„Hey, Kumpel." Er nahm zwei Shrimps von Lucs Teller.

„Hier." Luc reichte ihm den Teller. „Du siehst klasse aus, Mann."

„Danke. Ich habe Ewigkeiten dafür gebraucht, diese dämliche Fliege zu binden."

„Ja, die sind kniffelig."

„Also ... glaubst du, es läuft gut?", erkundigte Billy sich und dippte ein Krabbenküchlein in eine würzige weiße Sauce. Lecker.

Luc nickte. „Ja, das glaube ich. Tara Jean ist völlig aus dem Häuschen, weil der Berater, den wir engagiert haben, meint, die Gala sei besser besucht als erwartet. Die für Bildung zuständige Kommissarin ist da. Sie scheint äußerst angetan von der Sache zu sein und redet sogar von einem stadtweiten Programm. Ich schätze, du hast da etwas Gutes in Gang gebracht."

„Ich doch nicht", wehrte Billy ab. Er entdeckte Tara Jean, die auf sie zukam. „Das war deine Freundin."

Luc und Billy beobachteten, wie TJ näher kam. Sie glitzerte wie eine Discokugel.

„Ein tolles Mädchen, nicht wahr?", murmelte Luc. Das intime Lächeln, das um seine Lippen spielte, sprach Bände. Billy konzentrierte sich lieber auf ein weiteres Krabbenküchlein.

Bei ihnen angelangt, gab Tara Jean ihrem Luc einen Kuss. Danach zog sie Billy in ihre Arme.

„Bist du bereit, ein paar Worte zu sagen?", fragte sie.

„Wer? Ich?" Billy deutete auf sich selbst.

„Ja, du."

Er warf seinem Freund einen Hilfe suchenden Blick zu.

Luc zuckte jedoch nur die Achseln. „Sie behauptet, du hättest es ihr versprochen."

„Nicht sofort", sagte Billy. „Lasst mich zuerst etwas essen und einen Drink nehmen. Mich ein bisschen lockern."

Billy zerdrückte ein Krabbenküchlein zwischen seinen Fingern, legte den Kopf in den Nacken und ließ die Krümel in seinen offenen Mund fallen. Tara und Luc starrten ihn an.

„Was?“, fragte er.

„Warum leckst du nicht einfach den Teller ab?“, fragte Tara.

„Sehr witzig.“

„Wann kümmern sie sich um deine Manieren?“, hakte Luc nach.

„Freitag.“ Er musste ein Stückchen Krabbenküchlein, das ihm aus dem vollen Mund fiel, mit der Hand auffangen.

„Viel zu spät“, grummelte Tara.

„Ach, komm schon. Es reicht, dass Maddy mir die Hölle heißmacht.“

„Maddy …“ Tara zog den Namen so in die Länge, als hätte er fünf Silben.

Um die Röte zu überspielen, die ihm den Hals hinaufkroch, biss Billy von einer Frühlingsrolle ab.

„Ihr beiden ergänzt euch so prima in der Show“, meinte Tara.

Ach, Süße, dachte Billy mit einem innerlichen Grinsen, das dem äußerlich sichtbaren von Luc kurz zuvor sehr ähnlich war. *Du hast ja keine Ahnung.*

Was am Freitag in Maddys Büro geschehen war, kam ihm vor wie ein Traum, in dem er sich andauernd aufs Neue verlor. Die Erinnerung an ihre Berührungen war so lebendig, als stünde sie direkt neben ihm, an seiner Schulter, die Handfläche an seine Wange gelegt.

Unwillkürlich lächelte er. War es so ideal, wie es war? Nein. Aber allemal besser als nichts.

„Also … wenn ich dich recht verstehe, läuft alles prima?“, fragte Tara Jean und tauschte leicht verdutzte Blicke mit Luc.

Billy lagen Dinge auf der Zunge, von denen er nicht einmal gewusst hatte, dass er sie sagen wollte. Doch plötzlich, jetzt, in diesem Augenblick, in einem Smoking mit Krabbenkrümeln auf dem Jackett, musste er sie einfach loswerden.

„Ich liebe sie.“ Das Gefühl explodierte in seinem Körper und riss ein gewaltiges Loch in seine Fassade. Er tat so, als wischte er sich die Hände ab, weil er die Energie herauslassen musste, die sich nervös und wild in ihm austobte.

Für ihn war diese Erkenntnis keine Offenbarung. Er hatte Maddy geliebt, seit er fünfzehn war. Die Scheidung hatte daran nichts geändert. Vierzehn Jahre Trennung, ihre Wut, ihre Verbitterung, selbst wenn sie mit ihm schlief – all diese Hindernisse waren Kinkerlitzchen im Vergleich zu seinen Empfindungen.

Und diese Empfindungen hatten lange Zeit auf Halde gelegen. Es tat gut, sie abzustauben und ins Sonnenlicht zu stellen. Dorthin, wo Dinge wie die Liebe nun einmal hingehörten.

„Und sie …? Liebt sie dich auch?“, fragte Luc. „Kommt ihr wieder zusammen?“

„Nein“, gab Billy lachend zurück. „Nicht … nicht in absehbarer Zeit.“

„Warum lachst du?“

„Weil ich vor zwei Wochen noch ‚niemals‘ geantwortet hätte. Von daher … du weißt schon, ein Fortschritt.“

Irgendwer blieb neben Tara stehen und lenkte sie ab. Billy spürte Lucs Blick auf sich ruhen.

„So habe ich dich noch nie gesehen“, stellte sein Freund fest.

„Festlich angezogen?“

„Glücklich.“ Luc schlug ihm auf den Rücken. „Steht dir gut.“

„Hey, Billy?“ Tara drehte sich wieder zu ihm um. „Es geht los. Sie stellen bereits das Mikrofon ein.“

In seinem Bauch tanzten plötzlich Schmetterlinge und lieferten sich ein Gefecht mit den Krabbenküchlein. „Bist du sicher, dass das nötig ist?“

„Erzähl einfach das, was du uns damals gesagt hast, als wir zusammen auf der Terrasse saßen.“ Damit schubste Luc seinen Freund ein Stückchen Richtung Bühne.

„Ist ja gut. Hör auf, mich zu schubsen.“ Billy wehrte Luc ab und zupfte sein Jackett zurecht.

Gelassen wie immer, wenn er einer Menschenmenge gegenüberstand, trat Luc an das Mikrofon. Keine große Sache, das strahlte seine ganze Haltung aus.

Billy hingegen bemerkte, wie ihm der Schweiß ausbrach.

„Darf ich Sie einen Augenblick um Ihre Aufmerksamkeit bitten“, wandte Luc sich an die Gäste. „Ich möchte Ihnen allen danken, dass Sie heute Abend gekommen sind und so großzügig für die New School spenden. Seit Hurrikan Katrina sind die öffentlichen Schulen unserer Stadt hoffnungslos überfüllt. Die Bedürfnisse vieler Schüler – die ohnehin schon Bildungsdefizite hatten und Schreckliches erlebt haben – konnten nicht befriedigt werden. Die New School mit ihrem Erziehungskonzept, das den Sport in den regulären Unterricht integriert, ist …“ An diesem Punkt legte Luc eine Hand auf seine Brust. „… so glaube ich jedenfalls, ein Schritt in die richtige Richtung. Bevor wir nun mit der Stillen Auktion beginnen, möchte ich einen Freund bitten, einige Worte an Sie zu richten. Die meisten von Ihnen kennen Billy Wilkins von seinem für ihn reservierten Platz auf der Strafbank …“

Gelächter kam auf, und Billy schüttelte den Kopf, ließ die Stichelei gutmütig über sich ergehen.

„Aber die Idee für die New School stammt tatsächlich von ihm. Billy?“

Billy trat ans Podium und richtete das Mikrofon mit feuchten Händen aus. Beinah hätte er sich mit dem Ärmel den Schweiß von der Stirn gewischt, aber ihm fiel wieder ein, wie Maddy ihn deshalb getadelt hatte, und er ließ die bereits erhobene Hand wieder sinken.

„Ich … äh …“ Das Mikrofon gab ein Rauschen und Quietschen von sich, sodass Billy es hastig ein Stück fortschob. *Was zum Teufel?*

„Tritt ein Stück zurück“, flüsterte Luc ihm zu, und Billy tat, wie ihm geheißen.

Dann versuchte er es noch einmal, aber sein Selbstvertrauen war völlig dahin.

„Ich bin in einem ziemlich schwierigen Viertel aufgewachsen“, begann er. „Unter … nun ja, ziemlich schwierigen Bedingungen.“ Nervös berührte er seinen Mundwinkel, die Narbe, ließ den Arm wieder hängen und hoffte, dass niemand darauf geachtet hatte. „Ich bin in einer Zeit zur Schule gegangen, in der noch nicht jeder wusste, was ADHS oder ein posttraumatisches Stresssyndrom ist, geschweige denn, dass so etwas diagnostiziert wurde. Trotzdem besteht kein Zweifel daran, dass ich daran litt. Den ganzen Tag still an einem Tisch zu sitzen, ergab für mich einfach keinen Sinn. Ich konnte meinen Körper nicht zur Bewegungslosigkeit zwingen. Ich konnte mich nicht lange genug konzentrieren, um zu begreifen, was meine Lehrer sagten. Aber wenn ich aufs Eis ging, ergab plötzlich alles einen Sinn. Nicht nur Hockey. Auch Mathe, Geometrie, Naturwissenschaften. Ich konnte denken, wenn mein Körper in Bewegung war. Wenn ich still sitzen musste, war ich … verloren. Und ich habe im Laufe der Jahre viele Sportler kennengelernt – nicht nur Hockeyspieler, sondern Athleten in jeder Disziplin –, die in ihrer Kindheit und Jugend dieselbe Erfahrung gemacht haben.“

Alle starrten ihn an. Er stellte sich kurz vor, sie ständen alle in Unterwäsche da, doch das ließ die Schmetterlinge in seinem Bauch nur noch wilder flattern. Also starrte er über die Köpfe seiner Zuhörer hinweg zur Hintertür. Und genau in diesem Moment betrat eine hochgewachsene, schöne Frau in einem violetten Kleid den Raum.

Er war so durcheinander, dass er einen Moment brauchte, um sie zu erkennen.

Und als er sie erkannte, schien sein Herz in seiner Brust anzuschwellen, und seine Lungen kollabierten vor Freude und Begeisterung.

Maddy.

13. KAPITEL

Maddy verzog das Gesicht und schlüpfte an der Seitenwand entlang in den Raum. Sie war ausgerechnet während einer Rede hereingekommen und wollte weder die Zuhörer noch den Redner stören.

„Ich … ähm … ich hatte von dieser Schule in New York gehört, in der man mit Kunstunterricht Kindern hilft, die … besondere Bedürfnisse haben. So nennt man das, glaube ich“, sagte der Redner, und ihr Kopf hob sich ruckartig beim Klang seiner Stimme.

Billy?

Rasch überquerte sie die leere Fläche in der Nähe der Tür und schloss sich der kleinen Menge an, die sich um die Bühne herum versammelt hatte.

Tatsächlich. Da oben stand Billy. Hielt eine Rede. In einem Smoking.

Als sie ihn das erste Mal auf dem Eis gesehen hatte, war sie ungefähr zehn gewesen. Sie war nach der Schule in die Arena gegangen, um dort ihren Vater zu treffen, und Billy war eisgelaufen. Er hatte mit seiner Mannschaft trainiert.

War zum Puck und dann um ihn herum geglitten, um anschließend über die gesamte Eisfläche zu sprinten.

Sie hatte auf der Tribüne gesessen, atemlos vor Überraschung. Überwältigt von seinem Talent. Er war schneller gewesen als alle anderen, schlauer, geschickter. Wenn der Puck von seinem Schläger getroffen worden war, hatte es einen Knall wie von einem Pistolenschuss gegeben. In ihren Augen war er umwerfend gewesen.

Der jetzige Moment war nicht sehr viel anders.

„Und ich habe mich gefragt“, fuhr er fort, „ob man nicht Sport auf eine ähnliche Weise nutzen kann. Kinder in manchen Teilen unserer Stadt werden Tag für Tag traumatisiert. Auf eine Weise, die viele von uns hier sich nicht einmal vorstellen können. Und wenn die Kinder das nicht verarbeiten können, sitzen sie in der Klemme. Sie sind verloren. So wie ich es war. Ich habe diese Idee, die mir schon seit ein paar Jahren im Kopf herumspukt, mit Luc

Baker und Tara Jean Sweet besprochen. Und sie haben die Leute gefunden, mit deren Hilfe wir das ganze Ding verwirklichen und diese Kinder erreichen können. Und …“ Einen Moment kaute er auf seiner Unterlippe. Er fühlte sich sichtlich unbehaglich, wirkte dabei aber zugleich so ernst, dass seine Wirkung auf die Menge – und ebenso auf Maddy – irgendwie magisch war. Sie war von ihm verzaubert, sodass sie kaum atmen konnte. „Ich glaube, das kann funktionieren. Mit der richtigen Hilfe – und mit Hilfe meine ich natürlich Geld.“

Die Menge lachte, und er lächelte, wobei seine Finger leicht seine Narbe streiften. Sein nervöser Tick. Sie drückte die geballte Faust auf ihren Magen, genau über dem gerüschten Stoff über ihren Hüften, um sich selbst daran zu erinnern, wer sie war und wo sie war.

Er öffnete den Mund, als wollte er noch etwas hinzufügen, bremste sich, lächelte – und dann lachte er. Unbeholfen. So verdammt süß, dass sie es kaum ertrug.

„Danke“, sagte er, zuckte mit den Schultern und schaute sich suchend um, weil er nicht wusste, wohin mit dem Mikrofon.

Die Menge jubelte, und sie spürte den Widerhall des Applauses in ihrem Körper. Eben hatte er diesen Leuten die Seite seiner Persönlichkeit gezeigt, die sie an ihm liebte.

„Tolle Rede, hmm?“

Sie blinzelte und wandte sich um. Neben ihr stand ein Mann in einem Anzug, der mächtig über seinem Bauch spannte. Er musterte sie aus warmen, intelligenten Augen hinter dicken Brillengläsern.

„Allerdings“, antwortete sie lächelnd. Er war einfach der Typ, den man anlächeln musste. Wie der Weihnachtsmann.

„Seit zehn Jahren verfolge ich die Karriere dieses Kerls, und immer wenn ich denke, dass er mich mit nichts mehr überraschen kann, tut er so etwas.“

Junge, dachte sie. *Wenn du wüsstest.*

„Entschuldigen Sie bitte.“ Er nahm sein Champagnerglas in die linke Hand und streckte ihr die Rechte entgegen. „Ich bin Dominick Murphy. Meine Freunde nennen mich Dom.

„Madelyn Cornish."

„Oh, ich weiß, wer Sie sind. Sie sind die Frau, die Billy im Vormittagsprogramm aufmöbelt."

Sie lachte, versuchte sich ihren Stolz auf ihre Show nicht zu sehr anmerken zu lassen. „Bisher nur mit ein paar neuen Kleidungsstücken."

„Mir gefällt Ihre Bescheidenheit, aber ich glaube, in Ihrer Show passiert etwas Bedeutendes."

„Danke." Gegen Schmeicheleien war sie keineswegs immun, und der bärbeißige Charme dieses Mannes zeigte Wirkung.

„Belästigt dich dieser Typ?" Billy tauchte neben ihr auf, und die Erleichterung und Freude, die sie bei seinem Anblick empfand, löste Unbehagen in ihr aus. Sie verschränkte die Arme vor der Brust, als wollte sie sichergehen, dass sie einander nicht berührten.

„Ganz und gar nicht", erwiderte sie.

„Gut gemacht", sagte Dom und schüttelte Billy kräftig und schnell die Hand, wie unter Männern üblich. „In diesem Affenanzug hätte ich dich fast nicht erkannt."

„Danke … schätze ich." Billy sah zu Maddy und verdrehte kurz die Augen, bevor er an Dom gewandt hinzufügte: „Und danke fürs Kommen. Also … was meinst du?"

„Ich denke, die Schule ist interessant. Aber viel interessanter finde ich dich und dein Engagement dafür. Diese schwierigen Bedingungen, die du erwähnt hast …"

Billy hob abwehrend die Hände. „Du gibst nie auf, nicht wahr, Dom?"

„Nein, nicht, wenn es um dich geht, Billy. Hier." Er reichte ihm seine Visitenkarte. „Wenn du es dir doch noch anders überlegst, verspreche ich auch, nett mit dir umzugehen."

„Das kommt mir irgendwie bekannt vor. Aber hier …" Billy zog einen Stift aus der Innentasche seiner wunderschönen Smokingjacke, und Dom reichte ihm eine weitere Karte. Billy schrieb etwas auf die Rückseite. „Meine Handynummer und meine E-Mail-Adresse. Nur für den Fall, dass du mit mir über die New School reden möchtest."

Dom nahm die Karte und hob sein Glas, um Maddy zuzuprosten. „Sie sind in natura noch viel schöner“, sagte er. Dann wandte er sich wieder an Billy: „Was ich von dir nicht behaupten kann.“

„Sehr witzig.“ Damit scheuchte Billy ihn fort.

Kaum war der alte Reporter verschwunden, erhöhte sich Billys Anziehungskraft. Ihr Körper spürte den Abstand zu ihm und protestierte. Wollte sie zwingen, näher an ihn heranzutreten. Der Drang war so stark, dass sie sich anstrengen musste, um ihm zu widerstehen.

„Wer ist Dom?“

„Ein freier Journalist. Schreibt für mehrere Illustrierte, zum Beispiel *Sports Illustrated* und *Esquire*. Ständig belästigt er mich damit, eine Story machen zu wollen.“

„Über die Schule?“

„Über mich. Mein Leben.“

Panik überlief sie wie ein krabbelnder Käferschwarm. „Über deine Vergangenheit?“

Über mich? Das war die Frage, die sie eigentlich stellen wollte, und er bemerkte das, beobachtete sie ganz genau, als könnte sie die Flucht ergreifen.

„Das gehört wahrscheinlich dazu.“

Sofort schienen die Wände näher zu kommen. Das und die bedrohliche Aussicht, seine Schwestern könnten in der Show auftauchen, gaben ihr das Gefühl, den Boden unter den Füßen zu verlieren. Alles, wofür sie so hart gearbeitet hatte, konnte dadurch vernichtet werden. Durch ihn.

„Hey, hey“, sagte er, berührte ihr Handgelenk. Am liebsten hätte sie ihre Hand zurückgerissen, sich geschützt, die Mauern aufrechterhalten, die ihr Sicherheit vermittelten. Und als ob er ihre Gedanken gelesen hätte, ließ er seine Hand sinken. „Ich habe nicht gesagt, dass ich mich darauf einlasse.“

„Es geht nicht nur um diese Story. Es geht um deine Schwestern.“

„Ich lasse sie ausfindig machen.“

Sie stutzte. „Tatsächlich?“

„Ich habe am Dienstag meinen Anwalt angerufen. Gestern hat er mir durch seine Sekretärin einen Privatdetektiv empfohlen. Keine Angst, Maddy. Ich würde nie ... Ich lasse nicht zu, dass du verletzt wirst.“

In all den Jahren, in denen sie zusammen gewesen waren, hatte er so etwas nie gesagt. Nie hatte er ihr so etwas angeboten. So lange war sie in so vielen Dingen, kleinen wie großen, seine Beschützerin gewesen. Diejenige, die ständig Ausschau nach verborgenen Gefahren hielt. Nach Felsen direkt unter der Wasseroberfläche.

Die Versuchung, sich gegen diese Stütze zu lehnen, zuzulassen, dass er sich auf diese Weise um sie kümmerte, war bittersüß.

Plötzlich war ihre kleine Ecke des Ballsaals der intimste Ort auf der ganzen Welt. In der flachen Beuge seines Halses konnte sie seinen Herzschlag sehen, und sie stellte sich vor, diese Stelle zu küssen.

„Mir gefällt, wie du mich anschaust“, flüsterte er.

„Billy.“ Mehr brachte sie nicht heraus angesichts seines Verlangens. Ihre Arme fühlten sich an, als wären sie aus Gummi, und waren zu nichts zu gebrauchen. Ein Teil von ihr – ein viel größerer Teil, als sie zuzugeben bereit war – wollte sich an seine Brust werfen und mit ihm verschwinden. In sein überraschendes Zuhause, um ihn dort zu lieben. Um dort von ihm geliebt zu werden.

Aber schon wieder zeigte er erstaunlich viel Verständnis – ein herzzerreißendes Einfühlungsvermögen – und trat ein Stück zurück, gewährte ihr Abstand.

Er nahm einem vorbeieilenden Kellner ein Glas Champagner ab und reichte es ihr. Damit gab er ihr die Sekunde, die sie brauchte, um sich von dem Abgrund, der sich unerwartet vor ihren Füßen aufgetan hatte, zurückzuziehen.

Das halbe Glas trank sie in einem einzigen Zug aus. Sie wusste, dass ihr das noch leidtun würde, als die Flüssigkeit in ihrem leeren Magen landete, doch so hatte sie wenigstens eine Chance, sich zu fangen.

Und als ihr das gelungen war und die Wände zurückwichen an den Ort, an den sie gehörten, fiel ihr wieder ein, wie er sie hereingelegt hatte.

„Warte mal. Du steckst hinter der New School?“

Er breitete die Arme aus. „Überraschung.“

„Hast du mir die Einladung geschickt?“

„Ich habe nicht die Briefmarke angeleckt …“

„Das hättest du mir sagen können.“ Sie kniff die Augen zusammen. „Gestern, in meinem Ankleidezimmer.

„Wenn ich das getan hätte, wärst du niemals gekommen.“

Leugnen war zwecklos. Denn wenn sie vorgewarnt gewesen wäre, hätte sie alles getan, um diese unwillkommene Verlockung zu umgehen. Und sie hatte geglaubt, er hätte begriffen. Er sollte doch nach ihren Regeln spielen.

Das, was zwischen ihnen geschah, konnte einfach nicht wahr sein. Nicht jetzt. Viel zu viel konnte kaputtgehen, wenn ihre zaghafte Aussöhnung weiter voranschritt.

Ihre Show.

Ihre Identität.

„Ich hab dir erklärt, dass wir nicht wieder zusammenkommen, Billy. Niemals.“

„Ich weiß.“

„Das sagst du, aber schau dir an, was du tust.“ Sie deutete zu der Eisskulptur hinüber, zu den in Schwarz gekleideten Kellnern, den glitzernden Frauen und eleganten Männern. „Du versuchst es weiter. Du drängst weiter. Immer noch derselbe alte Billy.“

Wie dumm sie doch gewesen war, zu glauben, sie könnte Distanz zu ihm wahren, wenn er direkt neben ihr stand. Auf Armeslänge Abstand halten? Was für ein Unfug.

Sie konnte Gewicht verlieren, ihre Frisur und ihre Haarfarbe ändern, einen neuen Namen annehmen. Nichts davon zählte. Wenn Billy in der Nähe war, wurde sie wieder in seine Umlaufbahn gezogen. Ein bereitwilliger Trabant seines Lebens.

Es lag nicht an ihm.

Es lag an ihr. Sie war diejenige, der sie nicht trauen konnte.

„Ich muss gehen." Sie stellte ihr Glas ab und ging, ohne ihn noch einmal anzuschauen.

So habe ich mir diesen Abend nicht vorgestellt, dachte Billy. *Das geht schief.*

Sie ging.

Bevor sie sich zu weit von ihm entfernen konnte, trat er ihr in den Weg. Er berührte sie nicht, weil er wusste, dass das gar nicht gut ankäme, aber er zwang sie, stehen zu bleiben. Sie schnaubte verärgert und warf ihr langes Haar nach hinten.

„Hör zu. Du kannst gehen, wenn du willst, aber vorher möchte ich deine Frage beantworten. Ich habe dich eingeladen, weil ... mir ist klar geworden, dass du in einem Punkt recht haben könntest."

Sie lachte, laut und volltönend. Etliche Männer drehten sich nach ihnen um, und ihre Blicke verrieten spekulatives Interesse. Eine schöne Frau, die so lachen konnte? Unbezahlbar. Am liebsten hätte er die Kerle getreten.

„Du meinst, ich habe recht? Das dürfte das erste Mal sein", erwiderte sie.

„Ich kenne dich nicht. Nicht wirklich. Nicht Madelyn Cornish." Bei seinen Worten zeigte sich Ernüchterung auf ihrem Gesicht. Es war, als hätte sie einen Moment ihre Maske fallen lassen. Und er sah sie – ihre wahre Persönlichkeit. Nervös war sie, beunruhigt und dennoch irgendwie erfreut, obwohl sie das gar nicht wollte. „Und ich möchte dich kennenlernen. Das möchte ich unbedingt."

„Also hast du mir eine Einladung zu einer Wohltätigkeitsgala geschickt, dich in einen Smoking geworfen und meinen Zorn riskiert, nur um mich kennenzulernen?"

„Ich weiß, manchmal wundere ich mich über mich selbst. Aber über dich wundere ich mich ständig. Mein Leben lang war ich dankbar für die Chance, mit dir zu leben, und daran hat sich nichts geändert. Ich möchte dich kennenlernen, Maddy. Dich, wie du wirklich bist. Nicht das Spiegelbild meiner Person, das du so lange warst."

Sie starrte ihn an, und er zuckte leicht zurück. Plötzlich war ihm das, was er gerade gesagt hatte, entsetzlich unangenehm. Aber es war ernst gemeint. Er konnte dazu stehen, selbst wenn sie ihn jetzt stehen lassen würde. Zumindest konnte er dann behaupten, dass er zwar verloren, aber es immerhin versucht hatte.

„Bleib", bat er sie. „Bitte. Denk an die armen Kinder."

„Was für ein billiger Versuch, Wilkins."

„Ich bin ein verzweifelter Mann."

„Pfffft", gab sie zurück und ließ ihn wissen, was sie davon hielt. Erneut schauten die Männer zu ihnen herüber, und er funkelte wütend zurück.

Und wartete. Jede Sekunde kostete ihn Jahre seines Lebens.

„Gut."

„Gut?"

„Ich bleibe. Für ein Weilchen."

„Ich nehm dich beim Wort." Er unterdrückte den Impuls, vor Freude zu juchzen und einen Luftsprung zu machen.

Ein Kellner kam mit einem Tablett voller Sektkelche vorbei. Billy nahm sich zwei davon und reichte Maddy einen. „Übrigens, du siehst zauberhaft aus. Ich mochte dich schon immer in Violett."

„Du mochtest mich schon immer in allem, was ich angezogen habe", erklärte sie lachend. „Trotzdem danke." Sie stemmte eine Hand in die Seite und legte den Kopf schräg. Ihre Haare, braun, golden und rot, reflektierten das schwache Licht und glänzten. „Du siehst … umwerfend aus."

„Findest du?" Mit einer Hand strich er über das schneeweiße Hemd, warf sich für sie in Pose.

„Tam hat da ein Monster erschaffen, nicht wahr?", meinte sie. „Du und elegante Kleidung – wer hätte das gedacht?"

„Ich nicht."

Wieder kam ein Kellner vorbei, diesmal mit kleinen Crackern und irgendwelchem schwarzen Zeugs obendrauf. Er schnappte sich zwei und gab ihr einen.

„Du magst Kaviar?", erkundigte sie sich, während er sich den Appetithappen in den Mund schob und zu kauen begann.

Nein, ganz und gar nicht.

„Das ist Kaviar?“, fragte er um die grässlichen salzigen Kügelchen in seinem Mund herum, die so überhaupt nicht lecker schmeckten.

Lachend reichte sie ihm eine Serviette. „Du solltest aufhören, dir einfach irgendwas in den Mund zu stopfen.“

Er wandte der Menge den Rücken und spuckte den Kaviar in die Serviette.

„Hast du Appetit auf irgendwas anderes?“, fragte er, glücklicher, als er seit Jahren gewesen war, nur weil sie hier war und lachte. Erinnerungen und Freude machten ihn schwindlig. „Es gibt auch Shrimps, und ich weiß, wie gern du die magst ...“

„Danke, ich möchte nichts.“

„Sicher? Außerdem werden nämlich Krabbenküchlein gereicht, und die sind oberlecker.“ Er reckte den Hals und hielt Ausschau nach einem Kellner mit Krabbenküchlein.

„Ich habe keinen Hunger.“

„Sagst du auch die Wahrheit?“, beharrte er. „Denn ... du siehst toll aus, versteh mich nicht falsch, aber du bist ... mager. Ganz ehrlich, sehr mager.“

„Wow. Wie kommst du darauf, dass ich daran etwas falsch verstehen könnte?“

„Nein. Ich ... Vielleicht ist das bloß eins der Dinge an dir, die so anders sind als früher.“

„Billy, ich trete an fünf Vormittagen pro Woche im Fernsehen auf. Wenn ich drei Pfund zunehme, wird das sofort überall im Internet breitgetreten. Ich habe hart daran gearbeitet, so auszusehen. Das gehört zu meinem Job.“

Verflixt, er wurde den Kaviargeschmack einfach nicht los. Deshalb nippte er am Sekt und versuchte so zu tun, als ob der ihm wenigstens schmeckte.

„Wolltest du ... Wolltest du schon immer zum Fernsehen?“

„Nicht zum Fernsehen. Nicht direkt. Aber ich wollte Journalistin werden. Weißt du noch?“

Er nickte. Oh ja. Ihre Karriere, ihre Leidenschaft fürs Schreiben gehörten zu den Dingen, die auf der Strecke geblieben waren, als er Karriere gemacht hatte. Zu Anfang hatte sie ihn so oft wie möglich auf seinen Reisen begleitet. Dann war ihr Dad krank geworden, und ihr war überhaupt keine Zeit mehr für sich geblieben. Damals hatten sie angefangen, sich immer häufiger zu streiten.

„Ich … Es tut mir ehrlich leid, dass ich dich in dieser Hinsicht nicht mehr unterstützt habe. Ich wusste, dass du die Schule besuchen wolltest, aber ich war … Ich war egoistisch, wollte dich unterwegs immer bei mir haben."

Sie schauten einander nur an. Die Vergangenheit erschien wie eine Kette aus Dominosteinen, die längst in sich zusammengefallen war.

„Nun, letztlich hast du mich ja unterstützt. Mit dem Geld aus der Scheidungsvereinbarung konnte ich mein Studium finanzieren." Damit leerte sie ihr Sektglas.

„Freut mich, dass wenigstens etwas Gutes dabei herausgekommen ist."

„Verarschst du mich gerade, Billy? Denn …" Sie senkte ihre Stimme. „Ich schlafe bereits mit dir."

„Ich habe es dir doch gesagt: Ich will dich kennenlernen, dein neues Ich." Mit dem Daumen streifte er ihr Handgelenk und spürte, wie die Luft um sie herum vibrierte. Was sie beide hatten, war äußerst mächtig: die gegenseitige Anziehungskraft – von früher und von heute.

Zu gern hätte er sie gefragt, ob sie einem anderen Mann gegenüber jemals so empfunden hatte. Doch er war nicht sicher, ob er mit der Antwort klarkommen würde, wenn sie „Ja" lautete.

Denn keine andere Frau hatte annähernd so eine Wirkung auf ihn gehabt wie sie.

Sie sorgte dafür, dass er ein besserer Mensch werden wollte. Und dass er jedes einzige Mal bedauerte, bei dem er versagt hatte. Leider war das in den Jahren der Trennung sehr häufig der Fall gewesen.

Sie entzog ihm ihre Hand, rieb sich das Handgelenk, als wollte sie seine Berührung wegwischen. Ewig konnten sie nicht so stehen bleiben. Die ersten Gäste, vor allem aber Tara Jean, starrten bereits zu ihnen herüber. Er stellte sein fast noch volles Sektglas auf einen Tisch. „Komm, richten wir ein bisschen Schaden bei der Stillen Auktion an.“

Anscheinend war sie dabei, eine schwierige Gleichung zu lösen. Vielleicht glaubte sie, sich bei der Stillen Auktion ein bisschen Spaß mit ihm zu gönnen, käme einem unverzeihlichen Fehler gleich.

Aber dann verschwand die steile Falte zwischen ihren Brauen, und sie lächelte – strahlend wie der junge Tag. Ihre Schönheit warf ihn fast um. „Also los.“

14. KAPITEL

Sie hatte Sekt im Übermaß getrunken, und das war so gar nicht Maddys Stil. Ganz und gar nicht. Nicht mehr. Sekt hatte Kalorien. Viele Kalorien. Vorzügliche, köstliche Kalorien.

Und jetzt, angeheitert, nicht mehr fahrtüchtig, hatte sie einen Heißhunger auf Pommes frites.

Sie stand draußen vor dem Four Seasons. Ihr grüner Pashmina war ihr von den Schultern gerutscht, und die warme Texasbrise kitzelte ihre Haut. Heute Abend fühlte ihre Haut sich lebendig. Am liebsten hätte sie beide Arme weit ausgebreitet und jede Empfindung an sich herangelassen.

Die Portiers kümmerten sich um die Taxis, und sie wartete, bis sie an der Reihe war. Lächelte die jungen Hoteldiener an, die auf Spanisch mit ihr zu flirten versuchten.

„Du solltest sie nicht ermutigen", flüsterte jemand an ihrer Schulter, und beinah hätte sie erleichtert die Augen geschlossen.

Billy.

Gegen Ende des Abends, als alles etwas unscharf und verschwommen geworden war und ihre Einsamkeit sich wie eine stetig schwerer werdende Last auf sie gelegt hatte, war sie ihm aus dem Weg gegangen. Denn sie war angetrunken, und er … er war so lustig gewesen. So albern und charmant. Schließlich begann sie sich zu fragen, ob er sich womöglich doch geändert hatte. Ob sie im Unrecht war, wenn sie ihm all seine alten Verfehlungen nachtrug. Immerhin waren sie damals so jung gewesen. Und beide keineswegs unschuldig.

Aber im noch nüchternen Teil ihres Gehirns wusste sie, dass diese Gedanken gefährlich waren. Dass sie am besten … nicht gedacht wurden. Und um ehrlich zu sein, hatte sie ein wenig Angst davor, in seiner Gegenwart so locker, so schwach zu sein.

Billy verdiente sein Geld damit, anderer Leute Schwächen auszunutzen.

Sie hätte besser daran getan, schon am frühen Abend zu gehen. Zugleich war sie jedoch mehr als froh, geblieben zu sein.

Denn ihr Heißhunger auf Pommes frites wurde nur von ihrem Heißhunger auf Billy übertroffen.

„Soll ich dich mitnehmen?“, fragte er, nahm die Autoschlüssel, die der Hoteldiener ihm hinhielt, und gab ihm ein Trinkgeld.

„Ich kann mir ein Taxi nehmen.“

Seine Augen schienen zu glühen. Keine Spur mehr von schüchternem Flirten. All die sorgsam aufgerichteten Grenzen, an die sie beide sich den ganzen Abend gehalten hatten, fielen in sich zusammen.

Der Schal löste sich aus ihren steifen Fingern, glitt mit einem Ende zu Boden.

„Lass uns gehen, Maddy“, hauchte er, rollte den Pashmina auf und zog ihn ihr damit endgültig von den Schultern. Es war, als wickelte er sie aus – wie ein Geschenk. Und dann ergriff er ihren Ellenbogen und führte sie zu seinem Wagen, der am Straßenrand stand. Nicht sein SUV, sondern ein erotisches, tiefergelegtes sportliches Raubtier.

Selbst sein Auto erinnerte an Sex.

Er öffnete ihr die Beifahrertür, wartete, bis sie saß, gab ihr den Pashmina zurück und schloss die Tür.

Der Wagen war klein, dunkel, intim. Und er roch nach Billy. Wenn sie einatmete, schmeckte sogar die Luft nach ihm.

Sie beging hier einen sehr großen Fehler, konnte sich jedoch nicht überwinden, sich darüber Sorgen zu machen.

Schließlich brauchte sie wirklich jemanden, der sie nach Hause fuhr.

Der Motor brüllte auf, Billy legte den Gang ein, und Maddy konnte sehen, wie seine Beinmuskeln unter dem Stoff seines wunderschönen Smokings spielten. Sie kurbelte das Fenster herunter und ließ die texanische Nacht in das Auto.

„Gratuliere zu deinem Boot.“ Sie lehnte den Kopf an die Kopfstütze und schaute ihn an. Straßenlaternen und Autoscheinwerfer ließen grelles Licht und Schatten über seine Züge huschen.

„Oh, mein Gott“, stöhnte er laut. „Das war einzig und allein deine Schuld.“

„Wohl kaum." Sie lachte, legte die Hand auf den Türrahmen und genoss, wie die Nachtluft über ihre Haut streifte. Eine so sanfte Berührung, als würde sie von Federn gestreichelt.

Sie fühlte sich so lebendig – in dieser Nacht, mit diesem Mann, mit all diesen Möglichkeiten, die sich ihnen boten, die geradezu magisch erschienen.

„Du hast mir doch gesagt, dass der Typ, gegen den ich geboten habe, das Boot *My Fair Lady* nennen wollte. Es wäre ein Verbrechen gewesen, ihm einen so dämlichen Namen zu verpassen."

„Was hast du damit vor?"

„Ich werde es wohl Luc und TJ geben." Ein Blick in die Spiegel, er setzte den Blinker und schaltete erneut. Zu gern hätte sie seine Beinmuskeln unter dem Hosenstoff mit den Fingern nachgezeichnet. „Als Verlobungsgeschenk – wenn sie denn jemals so weit kommen."

„Ich mag Tara Jean."

„Das glaub ich dir gern. Ihr beide seid euch sehr ähnlich."

Sie schlug die Beine übereinander und beugte sich zu ihm hinüber. Ihr war allzu bewusst, dass er sie beobachtete, wenn er nicht gerade auf die Straße sah. „Coach Hornsby scheint auch nett zu sein."

„Ja, das ist er wohl." In den Jahren, in denen sie zusammen gewesen waren, hatte sie diesen Tonfall öfter erlebt. Er wollte nicht über den Coach reden.

Während der Stillen Auktion hatte sie gesehen, wie sich die beiden Männer miteinander unterhalten hatten, und ihr war die ungeheure Spannung aufgefallen, die zwischen ihnen herrschte. Die Reporterin in ihr hätte am liebsten nachgebohrt, sich an dem Thema festgebissen. Doch das war die Sache nicht wert. Warum sollte sie einen wunderbaren Abend mit einem Streit über Hockey ruinieren?

„Soll ich einen Drive-in ansteuern?", fragte er. Seine Augen glitzerten in der Neonbeleuchtung des Turtle Creek Boulevard.

„Sehr witzig. Nein."

Trotzdem wurde er vor den goldenen Bögen langsamer, und sie lachte.

„Du willst es. Ich weiß es, Maddy“, meinte er. Aber dann grinste er, beschleunigte und bog nach links ab, in Richtung ihrer Wohnung.

Ohne Vorwarnung machte die Magie, die in der Nachtluft lag, sie nervös. Und ihr wurde bewusst, wie klein der Wagen war, wie sehr sie sich wünschte, dass er mit nach oben kam, wie sehr sie fürchtete, dass er genau das tun würde.

Als der Wagen zum Stehen kam, zog sie ihren Pashmina enger um die Schultern und drückte ihre Handtasche an sich. „Danke fürs Mitnehmen“, sagte sie. Ihre Stimme war zu laut. Zu fröhlich. Als spräche sie mit einem Busfahrer.

Er lachte. „Gern geschehen.“ Dann stieg er aus, ging um den Wagen herum und öffnete ihr die Tür. Als sie sich erhob, kam sie ihm nah. So nah. Nur einen Atemzug entfernt. Und dann nicht einmal das. Ihre Brust, ihre Hüften, seine Hüften, seine Brust – wie Puzzleteile, die zusammengefügt wurden.

„Möchtest du …?“

„Ja, Maddy, ich möchte.“ Mit den Fingern strich er ihr eine Haarsträhne hinters Ohr. Schließlich rührte er sich nicht mehr, ließ seinen Daumen auf ihrer Wange ruhen, und sie spürte die Berührung wie einen Stromstoß im ganzen Körper. Die Nacht schien zu pulsieren, ihr Körper folgte dem Rhythmus, entspannte sich, spannte sich wieder an. Begehren, Verlangen, Sorge und Angst tosten in ihrem Inneren wie ein Sandsturm, und sie konnte nicht mehr klar denken.

Billy kam noch näher, umfasste ihr Gesicht mit beiden Händen. So groß war er. So stark. Und sie wollte nicht länger darüber nachdenken, warum das alles ein Fehler war. Sie wollte ihn.

„Komm mit rauf.“

„Darf ich dich küssen?“

Mit dem Daumen streifte er ihre Lippen, kitzelte ihren Mundwinkel. Sie seufzte vor Behagen, einem flüssigen und störenden Gefühl, einer viel zu mächtigen Droge, und sie schmeckte seinen Daumen. Seinen Geschmack nach Salz und seine Wärme.

„Baby“, seufzte er. Sein Blick klebte an ihren Lippen, an seinem Daumen, der mit ihrem Mundwinkel spielte. „Bitte lass mich dich küssen.“

Beinah hätte sie Ja gesagt. Eine Sekunde lang war sie versucht, ihre eigene Regel über Bord zu werfen. Doch wenn sie das tat – was würde als Nächstes geschehen? Welchen Teil von sich würde sie als Nächstes verlieren?

Seine Worte von vorhin kamen ihr wieder in den Sinn, sanken in ihr Herz. Alles, was sie sich jemals von ihm zu hören gewünscht und erträumt hatte, hatte er gesagt.

Sie musste es nur glauben.

Wenn sie ihn ansah, konnte sie erkennen, dass er sich veränderte. Der Junge, der er einmal gewesen war, verschwand allmählich.

Aber aus welchen Gründen auch immer – diese ungenießbare Mischung aus Vertrauen, Angst und tausenderlei Empfindungen mehr, die in ihrem Herzen brodelte –, sie schaffte es einfach nicht, den Mund zu öffnen und Ja zu ihm zu sagen.

Einstmals, vor langer, langer Zeit, hatte er die Zweifel in ihrem Herzen zum Schweigen gebracht. Sie hatte ihre Furcht ignoriert und darauf vertraut, dass ihr Glaube an ihn, ihre Liebe zu ihm ausreichen würden, um sie zusammenzuhalten.

Und dafür hatte sie bezahlt. Unglaublich teuer bezahlt.

Sie schüttelte den Kopf. Für heute Abend waren sie weit genug gegangen, hatten bei jedem Schritt Grenzen niedergerissen. An irgendetwas musste sie sich festhalten.

Er lächelte. Es war ein schrecklich trauriges Lächeln, aber es zeigte sich keine Überraschung darin, und er trat zurück, löste seine Hände von ihrer Haut, als wäre er ein Zauberer und könnte sie einfach verschwinden lassen, wenn er sie nicht berührte.

Und dann war er fort. Stieg in sein Auto ein und verschwand in die Nacht.

15. KAPITEL

Irgendetwas stimmte nicht. Am Freitag, während des gesamten Beitrags, in dem es um Kochen mit Bier ging, behielt Maddy im Auge, was hinter den Kulissen geschah. Sabine war nicht da, dafür aber Ruth. Ein schmaler schwarzer Schatten am Rande des Sets.

Ruth lungerte sonst nie hinter den Kulissen herum.

„Köstlich", rief Maddy. Sie probierte einen Happen von dem Eintopf, der mit Guinness gekocht worden war, während sie im Kopf durchrechnete, wie viele Minuten sie sich zusätzlich auf ihrem Liegerad abstrampeln musste, um die Kalorien wieder loszuwerden. Als Nächstes kam ein Käsefondue mit Ale dran. Sie brauchte nur hinzusehen, um zu spüren, wie sich die Fettpolster auf ihre Hüften legten.

Von der anderen Seite der Bühne winkte Billy ihr zu – breit lächelnd wie die Grinsekatze aus *Alice im Wunderland* mit all den Geheimnissen, die sie in ihrem schmutzigen kleinen Geist barg. Heute trug er einen seiner neuen leichten Frühlingspullis, einen wunderschönen blauen Sweater mit V-Ausschnitt, darunter ein graues T-Shirt.

Peinlich berührt fiel ihr ein, wie oft sie an diesem Wochenende an ihn gedacht hatte. An ihn in seinem Smoking.

Das Käsefondue wurde ihr auf einem Apfel gereicht, der den Fettgehalt natürlich auch nicht wettmachen konnte. Sie aß den Apfel und den Käse und seufzte vor Behagen. Das war nicht einmal gestellt. Obwohl, an diesem Punkt ihrer milchfreien Diät hätte man ihr auch eine Scheibe Schmelzkäse auf altem Brot reichen können, und sie hätte das lecker gefunden.

Während sie sich mit einer Serviette die Lippen abtupfte und ihre Finger abwischte, wandte sie sich der Kamera zu. „Und gleich, liebe Zuschauer, wird Billy Wilkins mit einem Etikette-Experten konfrontiert." Sie lehnte sich leicht zur Seite und schaute Billy an. „Und ich will es nicht zu sehr betonen, aber Billy sieht gut aus. Wir sehen uns gleich nach der Pause."

„Kamera aus. Neunzig Sekunden!", rief Peter.

Nicht etwa Gina kam auf sie zugerannt, sondern Ruth. Instinktiv wich Maddy einen Schritt zurück, als müsste sie sich schützen. Ruth wirkte wütend.

Es wurde immer merkwürdiger.

Ruth kam sehr nah an sie heran, viel dichter, als der persönliche Mindestabstand, den sie seit Jahren einhielten, zuließ. „Hör zu“, flüsterte sie. „Es gibt eine Änderung.“

„Eine Änderung?“ Maddy schaute zu Billy hinüber, der sie beobachtete.

„Schhht. Sieh mich an. Du musst dich konzentrieren. Es ist nicht ganz so schlimm, wie es scheint – wenn du Billy unter Kontrolle halten kannst.“

Panik schnürte ihr die Kehle zu. Billy unter Kontrolle halten? „Wovon zum Teufel redest du? Und wo ist der Etikette-Experte?“ Sie wirbelte herum, suchte mit den Augen nach dem formell gedeckten Tisch, den sie hatten benutzen wollen. Vor der Show hatte er hinter den Kulissen gestanden.

Jetzt nicht mehr.

„Zwanzig Sekunden.“

„Halte dich an den Teleprompter und …“ Ruth stieß einen tiefen Seufzer aus.

Plötzlich wurde Maddy bewusst, dass ihre Produktionsassistentin um Jahre gealtert schien. „Geht's dir gut?“, fragte sie.

Ruth lächelte gequält. „Es tut mir leid, Maddy. Aber ich verspreche, ich versuche, das wieder in Ordnung zu bringen.“ Und damit verschwand sie.

Gina tauchte auf, puderte Maddys Gesicht neu ab.

„Was ist los, Gina?“

„Ich weiß nicht, Kleine, aber da hinten braut sich was Übles zusammen. Phil …“

„Phil?“

„Der Mann benimmt sich wie ein Vollidiot“, sagte Gina, und weg war auch sie.

Das war alles andere als beruhigend.

Billy kam herüber und setzte sich neben sie, Sorgenfalten auf der Stirn.

„Was geht hier vor?“, fragte er. „Wo ist der Tisch?“
„Weißt du, was los ist?“, fragte sie zurück.
Von einem Augenblick auf den anderen wurde Billy … wachsamer. Sein Lächeln verschwand, und er saß mit einem Mal kerzengerade auf seinem Stuhl neben ihr. Schlagartig war er auf der Hut. Wie ein Krieger unmittelbar vor der Schlacht. „Warum?“
„Und fünf.“ Hinter der Kamera zeigte Peter den Countdown mit den Fingern an. Das rote Aufnahmelicht leuchtete auf, und es ging unweigerlich weiter im Programm.
„Willkommen zurück, liebe Zuschauer. Für alle, die sich jetzt erst dazugeschaltet haben: Wir haben Tag zwei im Billy-Wilkins-Projekt erreicht. Letzte Woche haben wir den bösen Hockey-Jungen aufgemöbelt, und – wenn ich das so sagen darf – das haben wir richtig gut gemacht.“
Billy stand auf. Seine Muskeln kamen in dem Sweater und der engen, aber nicht zu knapp sitzenden grauen Hose wunderbar zur Geltung.
Die Zuschauer waren begeistert. Und merkten nicht, dass unter der Kleidung sein ganzer Körper angespannt war und eine Drohung ausstrahlte, die den Boden unter Maddys Füßen schwanken ließ.
Ruhig, dachte sie, nein, betete sie. *Bleib ganz ruhig.*
Sie sah wieder zum Teleprompter. „Nun, eigentlich wollten wir Billy heute einem Etikette-Experten vorstellen, aber unsere Pläne haben sich geändert.“
Das Gefühl von Unwiderruflichkeit legte sich schwer auf ihre Schultern.
„Unsere Produktion hat ein bisschen in Billys … Vergangenheit gegraben.“ Sie stolperte über das Wort. Vergangenheit? Ihr Mund schien automatisch weiterzureden, aber was sie sagte, ergab für sie keinen Sinn mehr. Im Moment war sie kaum mehr als ein Gesicht, das Wörter ausspuckte. Ein Automat. Aber verdammt noch mal, Ruth hatte ihr doch versprochen, dass ihre Ehe mit Billy in der Sendung nicht zur Sprache kommen würde!
„Und statt Ms Manners von der *Dallas Gazette* begrüßen wir jetzt Rebecca und Charles.“

Rebecca und Charles? Wer zum Teufel soll das sein?

Sie drehte sich zur Seite, wartete darauf, dass die mysteriösen Gäste aus den Kulissen traten, aber da standen keine Stühle. Keine Mikrofone. Nichts war vorbereitet, nichts war anständig geplant.

Was um alles in der Welt ging hier vor?

Aus dem Augenwinkel bemerkte sie eine Bewegung in der ersten Zuschauerreihe, gleich hinter dem Kameramann, der seine Kamera blitzschnell schwenkte, um die zwei Kinder einzufangen, die dort von ihren Sitzen aufstanden.

Charles war ein Kleinkind von vielleicht zwei oder drei Jahren. Mit hochrotem Gesicht vor Aufregung. Der Junge klammerte sich an ein älteres Mädchen, braunhaarig und klar erkennbar von streitbarem Gemüt. Die Kinder waren sauber, das Mädchen trug einen blauen Kapuzenpulli. Ihre langen braunen Haare waren zu einem Pferdeschwanz gebunden.

Der Blick ihrer blauen Augen wirkte gequält.

Maddy registrierte, dass Ruth ihr hinter den Kulissen verzweifelt Zeichen gab, auf den Teleprompter zu achten, aber sie war wie vom Donner gerührt und hatte völlig den Faden verloren.

Neben ihr richtete Billy sich auf.

„Becky?“, fragte er.

Das Mädchen schaute rasch nach links, wo Phil stand und so eifrig nickte, als wäre er ein Wackeldackel.

Daraufhin zog das Mädchen den Jungen fester an sich, hob die Hand und winkte Billy zu.

„Hi, Daddy!“

Das Publikum drehte völlig durch. Handys wurden gezückt, und die Leute überschlugen sich fast, um Fotos zu machen.

Zorn kochte in Billy hoch, gerechter Zorn, eine gewaltige Woge, die er kaum noch beherrschen konnte.

Maddy starrte ihn nur mit offenem Mund und flehendem Blick an. Sie stand am vorderen Rand der Bühne, und zwischen ihnen tat sich ein unendlich tiefer Abgrund auf.

Am liebsten hätte er sie angeschrien. *Hast du mich angelogen? Hast du mir ins Gesicht hinein etwas vorgelogen über meine Familie?*

„Ich habe das nicht gewusst", flüsterte sie.

Er glaubte ihr nicht. Oder wenn er es tat, konnte er sich jedenfalls nicht so weit sammeln, um es auszusprechen. Das Mädchen – großer Gott, war das wirklich Becky? – kauerte sich hin, um den inzwischen brüllenden Jungen in ihren Armen zu schützen, während die Menge herandrängte, um besser sehen zu können.

Ich muss sie hier rausschaffen.

Billy riss sich das Mikrofon ab, aber das reichte seiner Wut noch nicht; sie verlangte nach mehr. Er trat mit dem Fuß nach Maddys leerem Stuhl, sodass dieser scheppernd umfiel. Schlagartig wurde es still im Studio. Aller Augen waren auf ihn gerichtet. Alle Handykameras.

Maddy zuckte erschrocken zusammen. Und ihm gefiel das. Seiner Wut gefiel das. Seine Wut war wie ein Hund, der sich in einem Stück Aas wälzte. Also trat er auch noch seinen eigenen Stuhl um, und das klapprige kleine Tischchen mit den Kaffeetassen zersplitterte unter seinem Stiefel.

Er hatte gar keine andere Wahl: Entweder tobte er sich auf diese Weise aus, oder er erwürgte seine Exfrau mit ihren eigenen geglätteten Haaren.

Endlich drang das laute Weinen des Jungen durch das Tohuwabohu wieder in sein Bewusstsein, und er stürzte von der Bühne auf die beiden Kinder zu.

„Kommt mit", bellte er und streckte ihnen seine Hand entgegen. Das Mädchen schüttelte den Kopf, die Augen weit aufgerissen.

Phil tauchte neben Billys Schulter auf, und Billy wusste: Wenn er bloß eine Sekunde länger wartete, würde er diesem Mann in sein schmieriges Gesicht schlagen. Da ihm sowohl die Geduld als auch die richtigen Worte fehlten, um ihren Abgang anders zu gestalten, packte Billy das Mädchen bei der Hand, beugte sich vor und nahm den Jungen auf den Arm.

Das Mädchen versteifte sich, und der Junge drehte regelrecht durch. Billy hatte das Gefühl, ein Kantholz hinter sich herziehen zu müssen, während er einen sich wie wild windenden Hundewelpen auf dem Arm trug.

„Beruhige ihn, sonst lasse ich ihn noch fallen“, murmelte Billy dem Mädchen zu, während er sich in die Kulissen vorkämpfte.

„Charlie“, flüsterte die Kleine. „Charlie, du brauchst keine Angst zu haben. Stell dir vor, du wirst huckepack getragen. Siehst du?“ Billy warf ihr einen raschen Blick zu und bekam gerade noch mit, dass sie ein Lächeln vortäuschte.

Wie oft habe ich das für Denise getan? Mit geschwollener Lippe und blutig geschlagenem Auge hatte er ihr unzählige Male versichert, dass es ihm gut ging. Dass alles in Ordnung kommen würde.

Er hatte gelogen.

Auch das Mädchen log.

„Billy!“ Das war Ruth. Er ignorierte sie, marschierte zum Aufenthaltsraum, in dem sein Mantel hing. Die Schlüssel für seinen Wagen steckten in der Innentasche.

„Billy!“ Sie folgte ihm. Dummes Weib.

Er ignorierte sie immer noch, während er um die Ecke bog und das Zimmer betrat, in dem noch das kleine Frühstücksbuffet aufgebaut war. Dort setzte er Charlie ab und suchte zwischen den Mänteln an der Garderobe nach seinem eigenen.

„Es tut mir leid“, sagte Ruth.

„Verschwinde.“

„Billy …“ Ruth kam einen Schritt näher, und die Ketten, mit denen er seine Beherrschung sicherte, drohten zu zerreißen.

Er zerrte seinen Mantel mit solcher Wucht von der Garderobe, dass das ganze Ding von der Wand flog. „Bleib mir verdammt noch mal vom Leib.“

Sein Handy vibrierte in der Manteltasche, als wäre es ein Lebewesen.

Das konnte durchaus Victor sein. Er hatte jetzt keine Zeit für Diskussionen mit ihm, also drückte er den Anruf weg.

Und schaltete das Handy aus.

Am Buffet füllte sich Becky die Taschen mit Obst und Muffins und drückte Charlie Snacks in die kleinen Hände.

„Kommt jetzt“, blaffte er die Kinder an, die beide so heftig zusammenzuckten, dass sie die Müsliriegel fallen ließen. Sie hielten inne, waren wie gelähmt. „Nun kommt schon. Wir hauen hier ab.“

„Nein.“ Becky verzog das Gesicht zu einem höhnischen Grinsen, ballte die Fäuste. Ihm war, als schaute er in einen Spiegel, und ihm wurde klar: Die Kleine stand mit dem Rücken zur Wand. Wenn er sie jetzt bedrängte, würde sie sich wehren.

Charlie schniefte. Die Tränen versiegten langsam.

Billy spürte, dass Ruth neben ihn trat. Er rammte seine Hände in die Taschen, um nicht in Versuchung zu geraten, sie zu packen. Sie zu schütteln. Gott, das Bedürfnis, jemandem wehzutun, war überwältigend.

Sie hielt ihm eine Plastiktüte hin. „Windeln“, sagte sie.

Er riss ihr die Tüte aus der Hand und murmelte: „Wir sind noch nicht fertig miteinander.“

„Ich weiß.“ Sie wirkte resigniert wie eine Frau auf dem Weg zum Galgen. „Nehmt die Hintertür. Vorn stehen mehrere Kamerateams, soweit ich weiß.“

Dass er für die Warnung dankbar sein sollte, wurde ihm gar nicht bewusst.

„Wir müssen hier weg“, herrschte er die Kinder an.

Ruth kauerte sich vor den beiden hin und steckte ihnen die fallen gelassenen Müsliriegel in die Taschen.

„Mit dir gehen wir nirgendwo hin“, erklärte Becky.

„Weißt du, wer ich bin? Wer ich wirklich bin?“

Becky warf einen vorsichtigen Blick auf Ruth. „Du bist unser Dad.“

„Wir wissen alle, dass das nicht stimmt“, flüsterte Ruth.

„Klasse Zeitpunkt für dieses Eingeständnis“, fauchte Billy sie an, und der kleine Junge begann erneut zu weinen.

Hinter sich hörte Billy das Klacken hochhackiger Schuhe auf Beton, und er wusste – sein schrecklicher sechster Sinn, den er seiner Liebe zu verdanken hatte, sagte es ihm –, dass Maddy sich näherte.

Wieder brandete wilde Wut in ihm hoch.

„Billy!“ Keuchend, mit fliegenden Haaren, hastete Maddy um die Ecke. „Billy, oh mein Gott, willst du etwa …?“

„Gehen.“ Er konnte sie nicht ansehen. Vielleicht niemals wieder. Mit dem Finger deutete er auf die Kinder. „Kommt jetzt.“

Becky griff einfach nach Charlies Hand und rührte sich nicht von der Stelle.

„Bitte!“, brüllte Billy und verlor endgültig die Fassung. Er wollte die beiden aus dieser Schlangengrube befreien, um in Ruhe darüber nachdenken zu können, was geschehen war. Hier konnte er unmöglich denken. Hier wurde seine Wut bloß weiter angefacht und als tausendfaches Echo von den Wänden zurückgeworfen.

„Himmel noch mal, Billy, hör auf, ihnen Angst zu machen!“, flüsterte Maddy.

Er konnte nicht anders: Er ging auf sie los, blieb so dicht vor ihr stehen, dass ihre Brüste ihn berühren würden, wenn sie tief einatmete. Seine Haut schien sich aufzulösen, ihn vollkommen bloßzulegen. Sein Zorn pulste in seinen Adern, ganz ähnlich wie Lust. Ganz ähnlich wie Liebe. Jedes Gefühl, das er jemals empfunden hatte, wurde plötzlich zu groß für seinen Körper. Das galt auch für das Gefühl, verraten und verkauft worden zu sein.

Sie wich zurück, ihre goldbraunen Augen füllten sich mit Tränen.

„Halt dich von uns fern, Maddy. Ich meine das ernst. Halte dich einfach fern.“

„Die Show …“

Lachen, tiefschwarz und niederträchtig, verbrannte ihm die Kehle. „Du willst jetzt nicht ernsthaft mit mir über die Show reden.“

Er nahm seine gesamte Beherrschung zusammen, trat zu den beiden Kindern hinüber und ging vor ihnen auf ein Knie. Hier befand er sich in Feindesland, von nirgendwo war Hilfe zu erwarten, und er wusste nicht, was er tat. Ganz und gar nicht.

Schmerzlich wurde ihm bewusst, dass er besser daran getan hätte, den Privatdetektiv anzurufen, damit der nach seinen Schwestern forschte. Aber er hatte es vergessen. Oder für unwichtig erachtet. Was für eine dämliche Entscheidung das doch gewesen war!

„Ich bin nicht euer Dad“, sagte er und schaute Becky in die blauen Augen. „Das weißt du, nicht wahr?“

Nach kurzem Zögern nickte sie. „Du bist unser Onkel“, flüsterte sie.

„Richtig. Ich bin euer Onkel. Eure Mutter ist meine Schwester. Und wir müssen jetzt hier raus.“

„Wo …?“ Das Mädchen schluckte, sichtlich verängstigt und der Situation nicht gewachsen.

Plötzlich hatte er nur noch den Wunsch, Denise für diese lächerliche Intrige umzubringen. Hatte sie tatsächlich die beiden Kinder ins Flugzeug gesetzt? Allein, ohne Begleitung durch einen Erwachsenen? War sie hier? Was zum Teufel sollte das?

„Wohin bringst du uns?“, fragte Becky.

„In mein Haus.“

Becky schüttelte den Kopf.

Er atmete tief ein, zählte bis zehn. „Ich habe Videospiele.“

Keine Reaktion.

„Eiscreme.“

Immer noch nichts.

„Ich mag Eiscreme“, flüsterte Charlie, und Becky brachte ihn rasch zum Schweigen.

„Was muss ich tun, damit ihr beide mit mir kommt?“ An diesem Punkt war Billy bereit, Becky das Haus zu versprechen, damit sie endlich gehen konnten. Was immer sie wollte. „Ich bezahle dich dafür.“

Irgendwer schnappte nach Luft. Eine dieser hinterhältigen Frauen hinter ihm, denen es nicht zustand, ein Urteil über ihn zu fällen. Nicht nach diesem Mist, den sie angestellt hatten. Also ignorierte er sie.

„Wie viel?“

Er zuckte nicht mal mit der Wimper. „Hundert Mäuse.“

„Abgemacht. Und was zum Anziehen für Charlie. Seine Windeln sind übergelaufen."

Er riss seine Brieftasche auf, zog blind ein paar Scheine heraus und drückte sie ihr in die Hand.

In einer Hand die Plastiktüte mit den Windeln, führte Billy seine Nichte und seinen Neffen aus der Hintertür des Gebäudes zu seinem Wagen.

Ihm war nicht bewusst, dass Maddy ihnen folgte, bis er sie sagen hörte: „Du … du hast keinen Kindersitz. Für den Jungen."

„Sein Name ist Charlie", meinte Becky. „Und das ist schon in Ordnung. Zu Hause hatten wir auch keinen."

„Aber … aber das ist gegen die Vorschriften, nicht wahr?", fragte Maddy.

„Nicht, wenn man kein Auto hat", gab Becky zurück und setzte Charlie in den Audi.

Maddy schaute Billy an, als gäbe es nichts Schlimmeres, als kein Auto zu haben.

„Du hast vergessen, wie es war", sagte er und glitt hinter das Lenkrad. Dann knallte er die Tür so heftig zu, wie es ging. Ein schwaches Ventil für die Gewaltbereitschaft, die in ihm brodelte.

Als er den Parkplatz verließ, traf ihn die Erkenntnis wie ein Blitz:

Ich habe es auch vergessen.

Nein, das stimmte nicht. Es war schlimmer. Viel, viel schlimmer.

Ich habe so getan, als hätte ich es vergessen. Ich bin fortgegangen, weil es so leichter für mich war, und ich habe nie zurückgeschaut.

16. KAPITEL

Das war nicht gut. Überhaupt nicht gut.

Nichts lief so, wie Becky sich das ausgemalt hatte. Tante Janice hatte gesagt, man würde sich um sie und Charlie kümmern, wenn sie in Texas ankamen. Dort gäbe es Leute, die sich freuen würden, sie zu sehen.

Niemand – nicht dieser dumme Typ namens Phil und schon gar nicht Onkel Billy – freute sich, sie zu sehen.

Allerdings hatte sie auch nicht wirklich erwartet, dass Onkel Billy sich allzu sehr freuen würde. Nicht angesichts der Daddy-Lüge und allem anderen. Großer Gott, warum nur hatte sie auf Janice gehört? Sie hatte doch gewusst, dass das Ganze eine Riesendummheit war, aber Janice hatte behauptet, irgendwer würde sie dafür bezahlen, dass sie log. Sie war fast wahnsinnig geworden vor Angst, dieser Phil würde ihre Geschichte überprüfen, aber es schien ihm egal zu sein. Ihr Wort schien ihm zu reichen.

Geld hatte er ihr allerdings nicht gegeben.

Die hundert Mäuse, die Onkel Billy ihr gegeben hatte, brannten in ihrer Tasche.

Und jetzt fuhren sie und Charlie zu Billys Haus. Allein. Und der Kerl machte ihr Angst. Richtig Angst. Außerdem war er groß. Viel größer, als er im Fernsehen wirkte. Größer als Tante Janices Freund. Und wie er die Möbel auf dem Set zerdeppert hatte – als wären die Stühle nur Spielzeug.

Er würde sie nach Strich und Faden verprügeln. Sowie sie sein Haus betreten hatten, würde er sich umdrehen und sie verdreschen.

So viel zu der glücklichen Familie, die sie sich so gern in ihrer Fantasie ausmalte.

Es wurde Zeit für Plan B.

Vielleicht lag es daran, dass sie so müde war. Oder daran, dass sie seit Stunden nichts gegessen hatte. Jedenfalls fiel ihr kein Plan B ein.

Mit zitternden Fingern zupfte sie an ihren aufgesprungenen Lippen herum.

„Ich habe Angst", flüsterte Charlie.

Ja, und was, glaubst du, habe ich? hätte sie am liebsten gerufen.

Stattdessen griff sie nach seiner Hand. „Komm, wir spielen Fingerhakeln", raunte sie ihm zu.

Alles sähe besser aus, wenn diese Frau mit in den Wagen gestiegen wäre. Die Moderatorin der Show machte einen netten Eindruck. Viel netter als Onkel Billy, der so dreinblickte, als würde er sie und ihren kleinen Bruder am liebsten erwürgen und ihre Leichen irgendwo verbuddeln.

Becky hatte die Moderatorin sofort erkannt. Tante Janice hatte ihr einen ganzen Stapel Fotos von Maddy Baumgarten gezeigt, bevor sie sie ins Flugzeug gesetzt hatte. Tante Janice hatte Maddy auch eine hochnäsige Schlampe genannt, aber Tante Janice nannte jede Frau so.

Kaum zu glauben, dass diese schöne Frau, die an das Titelbild einer Hochglanzillustrierten erinnerte, mit Beckys Mutter befreundet gewesen sein sollte. Dass sie in ihrem schäbigen Viertel aufgewachsen war. Allerdings schaute Maddy auch ganz anders aus als auf den Fotos, die Tante Janice ihr gezeigt hatte.

Auf den Fotos hatte sie wilde Locken und einen schönen runden Hintern. Und ihre Zähne waren vorn ein bisschen krumm und schief. Nicht so schlimm wie bei Amy Winchester, aber schlimm genug.

Muss schön sein, dachte Becky, wenn man so viel Geld hat, dass man alles, was an einem nicht stimmt, in Ordnung bringen lassen kann.

„Ich bin müde", flüsterte Charlie.

„Dann schlaf, Kumpel", sagte sie, und binnen Minuten war er eingeschlafen und gegen sie gesunken. Sie hob ihren Arm, zog ihren kleinen Bruder an sich und ließ ihn auf ihren Schoß gleiten.

Vorn auf dem Fahrersitz griff Onkel Billy nach seinem Handy, drückte eine Taste und hielt sich das Gerät ans Ohr. Beinah sofort konnte Becky den blechernen Klang einer Stimme am anderen Ende der Leitung hören.

„Victor", sagte Onkel Billy. „Gott. Ja. Hör auf zu schreien. Ich weiß. Mann … Ich weiß. Was? Überall?" Er seufzte, und sie spürte, wie die Spannung im Wagen sie überrollte und sie klein werden ließ. Kleiner, als sie war. Wie sie ihre Knochen zusammendrängte, ihre Haut zusammenquetschte, ihr Herz in den Bauch drückte, wo sie es schlagen fühlte. Immer heftiger. „Morgen", meinte Billy zu seinem Gesprächspartner. „Nein. In meinem Haus. Ja, ich weiß, aber es muss in meinem Haus sein. Sag einfach ‚Kein Kommentar'. Ist das nicht das, was du sagen solltest? Okay. Bye."

Onkel Billy stach mit dem Finger auf die Tasten seines Handys ein, als wollte er jemanden erstechen.

Wieder hob er das Telefon an sein Ohr. „Hey, Luc", sagte er. „Ich weiß, ich weiß, ich war schließlich da! Nein." Er lachte kurz auf, ein müdes Lachen, das Becky veranlasste, ihn ganz genau im Auge zu behalten. „Mir geht es gut. Sie … ach, ich weiß nicht … sie haben Angst. Aber hör mal, kannst du mir einen Gefallen tun? Ich brauche Kleider und so Zeug für die Kinder." Er warf ihr im Rückspiegel einen Blick zu, den sie störrisch erwiderte, obwohl sie sich vor Angst fast in die Hose machte. „Du bist dreizehn, richtig?", fragte er, und sie war so perplex, dass er das wusste, dass sie bloß nickte. „Und der Junge müsste etwa drei sein. Danke."

Er legte auf und betrachtete sie wieder im Rückspiegel. Am liebsten hätte sie ihn angeschrien, er solle auf die Straße achten, bevor er einen Unfall baute und sie alle umbrachte.

„Wie lautet die Telefonnummer deiner Mom?"

„Meiner Mom?"

„Ja."

„Wozu brauchst du ihre Nummer?"

„Um herauszufinden, was zum Teufel sie sich dabei gedacht hat, ihre beiden Kinder ins Flugzeug zu setzen und nach Dallas zu schicken, ohne mir etwas davon zu sagen!"

Er weiß es nicht.

Tante Janice hatte behauptet, er wüsste es, doch offensichtlich tat er das nicht.

„Sie ist tot."

Der große Wagen geriet ins Schlingern, und Becky klammerte sich an den Türgriff, um Charlie nicht zu zerquetschen. Der schob seinen Daumen in den Mund und schlief weiter.

„Was?“, fragte Onkel Billy.

„Mom ist tot.“

„Seit wann?“ Seine Stimme klang seltsam. Furcht einflößend. Und dünn, als könnte er kaum sprechen.

„Seit ein paar Monaten.“ Seit sieben Monaten, einer Woche und drei Tagen.

„Monaten? Was … was ist passiert?“

„Überdosis.“

Onkel Billy schwieg sehr lange, und Becky meinte, ihr müsste gleich das Herz zerspringen, so heftig pochte es.

„Es tut mir leid“, murmelte er.

„Egal.“ Sie schaute aus dem Fenster und kaute auf ihrer Lippe herum, bis ihre Augen nicht mehr brannten.

„Wo ist dein Dad?“

„Weiß ich nicht. Hat Mom nie gesagt.“

„Und Charlies Dad?“

„Im Knast, glaube ich.“

Die Bäume draußen verschwammen vor ihren Augen. In ihrem Herzen trug ein Vogel sie ganz weit fort.

„Ihr seid also bei Janice untergekommen?“, fragte er schließlich.

Sie nickte. Dann wurde ihr bewusst, dass Onkel Billy das nicht sehen konnte. „Ja“, antwortete sie, und ihre Stimme brach dabei.

„Wie lautet ihre Telefonnummer?“

„Schickst du uns zurück?“ Der Gedanke polterte durch ihren Körper, stieß überall an und tat ihr weh. Alles war umsonst gewesen. Vollkommen umsonst.

Sie ballte die Fäuste, sodass ihre Fingernägel sich in ihre Handflächen bohrten und sie von dem Schrei ablenkten, der aus ihr herausquellen wollte.

Hast du ernsthaft geglaubt, es würde anders laufen? fragte sie sich im Stillen und zog Charlie enger an sich. *Dass er euch zum*

Beispiel einmal anschaut und sofort in sein Leben einlädt? Nur weil er zur Familie gehört? Du weißt es doch besser.

„Ich … Nein … Es ist euer Zuhause, oder nicht?“, erwiderte er.

Statt auf so etwas Saudämliches zu antworten, gab sie ihm lieber die Nummer von Tante Janice. Mit einem Auge beobachtete er die Straße, während er wählte und dann das Handy ans Ohr hob.

Kurz darauf fluchte er und schlug das Gerät gegen das Lenkrad.

Als wenn Tante Janice diesen Anruf entgegennehmen würde, hätte Becky am liebsten gesagt.

„Janice, hier ist Billy. Du rufst mich besser an, oder, das schwöre ich bei Gott, der nächste Anruf kommt von meinem Anwalt.“

Damit warf er das Telefon gegen das Beifahrerfenster, und Becky gelang es gerade noch, einen erschrockenen Schrei zu unterdrücken.

Für einen Moment blieb es still im Auto. „Wie hat Janice die Flugtickets bezahlt?“, wollte er wissen.

„Hat sie nicht.“

„Weil die von der Show sie bezahlt haben?“

Sie musste lachen. Keine Ahnung, was es mit diesem Phil auf sich hatte, aber der Kerl bezahlte nicht für irgendwelchen Mist. „Nein.“

„Haben sie nicht?“, fragte er und warf ihr einen raschen Blick im Rückspiegel zu. „Vielleicht hat Phil das auf seine eigene Kappe genommen.“

Becky verriet ihm nicht, dass es ihr Geld gewesen war. Achthundert Dollar, die sie sich als Babysitter zusammengespart hatte und dadurch, dass sie für Pauly McCormick die Hausaufgaben erledigt hatte. Jeder einzelne Penny, den sie besessen hatte.

Ich bin so dumm.

Sie war allerdings nicht so dumm, zurückzugehen. Bloß weil Onkel Billy sie zurückschicken wollte, musste sie sich noch lange nicht zurückschicken lassen. Kam überhaupt nicht infrage.

Draußen wandelte sich das Bild. Häuser und Straßenschluchten blieben hinter ihnen zurück, Gras, Alleen, Bäume tauchten auf. Nicht einfach Parks. Nein, Vorgärten, die aussahen wie Parks.

Sie kannte Städte. Dallas, Pittsburgh – alles dasselbe. Sie kannte Seitengassen, Feuerleitern und Mülltonnen. In solchen Gegenden fand sie sich zurecht.

Aber hier draußen? In dieser riesigen offenen Fläche?

Oh Gott, dachte sie. Sie wollte das Fenster herunterlassen, doch angesichts der vielen Knöpfe überlegte sie es sich anders.

Letztes Jahr hatte Mrs Jordal sie nach der Unterrichtsstunde beiseitegenommen und ihr gesagt, sie käme nicht sonderlich weit, wenn sie sich dumm stellte. Mrs Jordal hatte mit ihr über das College gesprochen, über Stipendien, über ein neues Leben, und ein paar Minuten lang hatte Becky ihr geglaubt.

Sie überlegte, wo Mrs Jordal jetzt wohl sein mochte.

Diese Aktion – die eine kluge Idee, die sie in die Tat umgesetzt hatte – hatte ihr ein neues Leben ermöglichen sollen, und jetzt flog ihr alles um die Ohren.

Sie schaute auf Charlie hinunter, der friedlich in ihrem Schoß schlief. Seine Wimpern ruhten wie Federn auf seinen Wangen.

Ihr drehte sich der Magen um, und sie würgte.

„Können wir anhalten?", bat sie.

„Wozu?"

„Ich muss ... Können wir bitte einfach anhalten?"

„Wir sind auf dem Highway!", rief Onkel Billy.

„Möchtest du, dass ich mich auf deine Ledersitze übergebe?"

„Okay, okay. Ich mach ja schon. Halte durch." Er schaute zur Seite und lenkte den Wagen auf den Standstreifen. Kaum war er zum Stehen gekommen, stieß sie die Tür auf und übergab sich auf den Asphalt.

Achthundert Dollar. Tausende Meilen, die sie Charlie mitgeschleift hatte. Alles, was ihr bekannt und vertraut gewesen war, hinter sich gelassen. Und das alles nur, um ihr Glück bei einem Typen zu versuchen, der sie hasste. Das sollte uns eigentlich Sicherheit verschaffen, dachte sie und kniff fest die Augen zu. Sofort fühlte sie sich nur noch mehr in Gefahr.

Im Aufenthaltsraum hallte das Schweigen wider. Dröhnte darin. Oder vielleicht dröhnte es auch nur in Maddys Kopf. Sie konnte es nicht sagen.

Ich glaube, ich erleide gerade einen Schlaganfall.

Nach ihrer Scheidung hatte sie etwa ein Jahr in einer Art Kältestarre verbracht. Schon irgendwie ironisch, schließlich war sie zu ihrer Mutter nach Miami gezogen.

Aber nach der vernichtenden emotionalen Niederlage, die ihre Ehe ihr bereitet hatte, nach den endlosen Auseinandersetzungen und Streitereien, nach der durch die Liebe zu Billy Wilkins durchlittenen psychischen Gewalt hatte sie sich ausgehöhlt und leer gefühlt. Also hatte sie sich ein glückseliges Jahr lang erlaubt, einfach nichts zu empfinden. Hatte sich völlig aus dem Sumpfloch schlechter Nachrichten, Ängste und Depressionen zurückgezogen.

Sie scherte sich nicht um Billy. Nicht um die Geschichten in den Klatschkolumnen. Nicht darum, mit wem er ins Bett stieg. Nicht um die Scheidung. Das alles war nur ein Hintergrundgeräusch, nur ein Echo aus weiter Ferne.

Jede Nacht ließ sie ihren Kopf auf ihr Kissen sinken und schlief wie ein Baby. Und jeden Morgen wachte sie auf und ging – dank des Geldes, das ihr durch die Scheidung zugesprochen worden war – in die Universität von Miami, wo sie Rundfunkjournalismus studierte.

Es gab keine Freunde. Keine Liebschaften. Keinen Sex. Nichts. Niemand kam ihr nahe genug, um sie anzurühren. Geschweige denn nahe genug, um sie zu verletzen. Niemand kam ihr so nahe, dass sie sich um ihn scheren musste.

Kümmern musste sie sich nur um sich selbst. Sie verlor eine Menge Gewicht. Und vielleicht lag es an ihrer vage distanzierten und emotionslosen Art, in der sie die Nachrichten vortrug – jedenfalls war sie gut darin.

Und ihr Stern begann zu steigen.

Ganz langsam im Laufe der Jahre machten sich wieder Gefühle bemerkbar: Stolz. Freude. Enttäuschung. Und nun Verrat, dank Ruth.

Dennoch hatte sie so lange Zeit in ihrer Kältestarre verbracht, dass diese zu ihrer natürlichen Haltung geworden war und sie sich manchmal zwingen musste, etwas zu empfinden. Zwischenmenschlich zu agieren. Nicht die ganze Welt und jeden, den sie traf, zu behandeln, als wäre er ein Fernsehbeitrag, den sie durchstehen musste.

Jetzt aber war alles anders.

Das Eis, in dem sie so lange gelebt hatte, war zersprungen, und sie fühlte alles. Jedes Molekül Schuldbewusstsein, jeden Zentimeter Scham und Wut und Entsetzen darüber, was in ihrer Show geschehen war. Während ihrer Wache.

Diese Kinder waren nicht Billys Kinder. Dieser Lüge hatte sie keine Sekunde Glauben geschenkt. Das waren Denises Kinder. Oder Janices. Eine andere Erklärung gab es nicht.

Und verantwortlich für diesen Hinterhalt waren ihr Produktionschef und seine Assistentin.

Ruths Mikrofon summte, und sie drückte den Knopf an ihrem Kopfhörer. „Er ist fort“, sagte Ruth. „Und er kommt nicht zurück. Schiebt das Jason-Aldean-Special ein. Nein, Phil.“ Sie schaute kurz zu Maddy hinüber. „Auch sie macht jetzt nicht weiter. Du hast uns alle gelinkt.“

Damit nahm sie ihren Kopfhörer ab und taumelte zurück. Einer der viel zu dick gepolsterten Stühle in der Ecke fing sie auf.

„Da gehen sie dahin, unsere Karrieren“, seufzte Ruth.

„Wie viel hast du gewusst?“, fragte Madelyn, ohne nur einen Gedanken an ihre Karriere zu verschwenden. Oder an die Wiederholung des Jason-Aldean-Specials. All das trat meilenweit zurück hinter die Frage, wie abgekartet dieses Spiel wirklich gewesen war.

Ruth schaute sie nicht an, sondern starrte an die Decke, als denke sie darüber nach, mit ihrem Stuhl zu verschmelzen. „Nichts bis heute Morgen. Bei den ersten Verkehrsnachrichten – ziemlich genau mittendrin – habe ich gemerkt, dass irgendwas im Busch war.“

„Phil hat die beiden also hinter deinem Rücken eingeflogen.“

„Nein, nicht wirklich. Ganz so verschlagen ist er nicht. Ich glaube, Billys Schwester hat eine Chance gewittert und die beiden hierhergeschickt. Nur Hinflug, wohlgemerkt. Und Phil hat die Situation einfach ausgenutzt."

Es gab so viel Unrecht, so viele Probleme, dass Maddy sich nicht lange genug mit einem aufhalten konnte, um sich in irgendeiner Form dazu zu äußern. Sie war selbst nur noch ein einziger lang gezogener Wutschrei.

„Du hättest es mir erzählen können. Zeit genug hattest du."

Ruth nickte. „Ja, das hätte ich tun können. Und ich hätte Billy warnen können, und ich hätte mit der Faust auf den Tisch hauen können. Ich hätte noch ein Dutzend anderer Dinge tun können, um unsere Show zu schützen, unsere Integrität, diese ..." Sie nahm die Brille ab, rieb sich die rot geränderten Augen. Nie zuvor hatte Maddy sie so aufgelöst gesehen. „Ich hätte diese Kinder schützen können."

„Und? Warum hast du es nicht getan?"

„Er war ..." Ruth ließ die Brille sinken und atmete tief durch. „Wie eine entsicherte Waffe. Er hat mir gedroht, mich zu feuern, wenn ich dir oder Billy etwas verraten würde. Und dann ... dann wärt ihr beiden völlig unvorbereitet gewesen."

„Diese kleine Andeutung während der Werbepause? Das war deine Vorbereitung für mich?"

„Ich habe getan, was ich konnte, ohne zu riskieren, dass einer von euch beiden die Show einfach verlässt. Die Kinder waren völlig verängstigt. Schmutzig. Hungrig. Müde. Phil wollte nicht einmal, dass sie sich vorher waschen."

„Und das soll rechtfertigen, was du getan hast?"

Endlich schaute Ruth sie direkt an. Und Maddy erkannte, dass sie ein Schatten ihrer selbst war. Am Boden zerstört.

„Es tut mir leid", erklärte Ruth. „Ich weiß, das hilft jetzt niemandem, aber es tut mir wirklich leid."

Und als hätten sie ihn herbeigezaubert, kam Phil um die Ecke und betrat den Aufenthaltsraum.

„Die Zuschauer im Studio bekommen Gutscheine, aber zufrieden sind sie damit nicht", verkündete er. Dann wandte er sich an Maddy: „Du hättest zurückgehen und die Sendung zu Ende bringen sollen."

„Und was tun, Phil? Noch ein bisschen lügen?"

„Ich habe nicht gelogen", protestierte er und presste eine Hand auf seine Brust. „Ich habe meinen Job gemacht, und das ausgesprochen gut."

„Du kannst mit dieser Show nicht zufrieden sein", erwiderte Maddy. „Das war wie ein Zugunglück. Sie werden uns alle feuern wegen deiner dämlichen …"

Selbstgefällig und höchst selbstzufrieden hob er die Hände, als müsste er eine eifersüchtige Geliebte besänftigen. Es war schwer, ihm nicht an die Gurgel zu springen. „Hört mal, es tut mir leid, dass sich die Sache während der Show so entwickelt hat. Aber ich konnte euch nicht vorwarnen. Dann wäre der Überraschungseffekt doch flöten gegangen."

Maddy hatte das Gefühl, ihr Kopf müsse gleich explodieren.

„Und bevor ihr anfangt, euch aufzuregen …"

„Bevor wir anfangen, uns aufzuregen? *Anfangen?*"

„Hör zu, die Zuschauerzahlen sind in schwindelerregende Höhen geschnellt. Facebook, Twitter, der *Dallas A. M.*-Blog – alle Welt redet bloß von diesem Beitrag. Der Clip, in dem Billy diesen Stuhl umtritt, verbreitet sich rasend schnell im Netz, Madelyn. Rasend schnell. Ruth, sag ihr, wie toll das Ganze ist."

Unendlich langsam, als wäre sie eine uralte Frau, kämpfte Ruth sich auf die Beine. Wirbel für Wirbel richtete sie sich mühsam auf. Und als sie in voller Größe vor Phil stand, schaute sie ihm direkt ins Gesicht. „Ich kündige", sagte sie.

„Was?", fragten Madelyn und Phil gleichzeitig.

„Ich lasse mich nicht in deine Jauchegrube hineinziehen, Phil."

„Was ist mit der Show?", fragte Madelyn.

Ruth zuckte die Achseln. „Was soll damit sein? Drei Jahre lang haben wir diese Show geliebt, als würde sie eines Morgens aufwachen und unsere Liebe erwidern. Sieh uns doch an, Maddy. Wohin hat unsere Arbeit uns gebracht?"

Richard stürzte in den Raum, blieb mitten darin stehen, drehte sich um die eigene Achse, um sie alle anzusehen, und stemmte die Hände in die Hüften. Sein kurzärmeliges kariertes Hemd spannte über seinem Bauch. Normalerweise wirkte Richard wie ein sanftmütiger Highschool-Lehrer. Normalerweise, aber nicht in diesem Moment. In diesem Moment wirkte er wie ein Mann, der sie allesamt feuern wollte.

„Kann mir mal jemand erklären, was zum Teufel da gerade passiert ist?", fragte er.

Phil schaute von seinem Smartphone auf und lächelte selbstgefällig. „Ich glaube, wir sind soeben zur meistdiskutierten Vormittagsshow avanciert …"

„Stopp." Richard hielt eine Hand hoch. „Wer hat das geplant?"

Maddy und Ruth deuteten auf Phil, dem plötzlich aufzugehen schien, dass Richard alles andere als erfreut war.

„Geplant würde ich nicht sagen", wich er aus. „Das hat sich eher so ergeben."

„Du hast die Kinder einfliegen lassen?", fragte Richard.

Phil schüttelte den Kopf. „Ich habe heute Morgen einen Anruf von Janice Wilkins bekommen, dass die Kinder im Nachtflieger sitzen."

„Und dieser Daddy-Scheiß?"

„Sie sind seine Kinder." Phil warf einen Blick auf Ruth und Maddy, doch keine der beiden eilte ihm zu Hilfe. „Das hat das Mädchen behauptet."

„Und du hast das nicht überprüft?"

„Warum hätte ich das überprüfen sollen? Sie hat gesagt, er sei ihr Vater. Warum sollte sie lügen?"

Oh, Phil, dachte Maddy. *Du fauler, fauler Sack.*

„Richtig. Wozu sollten Menschen auch lügen? Ein Anruf, und ich wusste die Wahrheit. Ein beschissener Telefonanruf, und ich habe erfahren, dass sie die Kinder seiner Schwester sind. Hast du das Mädchen bezahlt?"

Phil schüttelte den Kopf. Er war plötzlich grün im Gesicht.

„Ganz sicher? Auch keine Geschenke?"

„Ein paar Windeln."

„Du bist gefeuert."

„Was?“

„Raus hier. Sofort.“

„Das … das kannst du nicht machen.“

„Doch, Phil, das kann ich. Und wenn ich ins Kalkül ziehe, dass Billys Anwälte uns zweifellos an die Gurgel gehen werden, dann würde ich dich am allerliebsten selbst vor den nächsten Bus werfen.“

„Aber die Show selbst hat keine Anschuldigungen erhoben. Wir haben nur das Forum dafür zur Verfügung gestellt. Das … das entspricht doch dem Gesetz, oder?“

„Du warst dir nicht mal sicher?“ Richard schüttelte seufzend den Kopf. „Gott bewahre mich vor Dummköpfen. Ich hätte dich feuern sollen, als deine Frau dich verlassen hat und du angefangen hast, diese dämlichen T-Shirts zu tragen. Mit Snoopy siehst du auch nicht jünger aus, Phil.“ Richard war jetzt im Angriffsmodus, und wenn Maddy nicht solche Angst gehabt hätte, dass er sie als Nächste angehen würde, hätte sie das Spektakel sogar genossen. „Na schön, nehmen wir einen anderen Grund, dich zu feuern. Ich habe eine ganze Menge davon. Fickst du deine Untergebene?“

Phil verschlug es die Sprache.

„Sabine, richtig?“ Richard schaute in die Runde, erwartete eine Bestätigung. Ruth entwickelte ein ausgeprägtes Interesse an ihren Fingernägeln, aber Maddy erkannte eine Chance, wenn sie sich bot.

„Ja“, sagte sie.

„Richtig.“ Richard nickte. „Ganz entschieden gegen die Personalpolitik des Senders. Ein Regelwerk, das wir aufrechterhalten, damit ich mir keine Sorgen darüber machen muss, einen meiner Angestellten nackt zu erwischen. Du bist draußen. Pack deinen Kram zusammen und scher dich aus meinen Augen.“

Phil rührte sich nicht. Mit offenem Mund stand er da. Sein *Superman sagt, mach deinen Schulabschluss*-T-Shirt wirkte noch trauriger als sowieso schon.

„Muss ich erst den Sicherheitsdienst rufen?“, fragte Richard.

„Mein Anwalt …“

„Wird dir nicht helfen. Du kriegst eine Abfindung, Phil. Und jetzt verschwinde."

Phil schüttelte den Kopf und schlich sich mit eingekniffenem Schwanz davon.

„Und was euch beide angeht …" Richard deutete mit den Fingern auf Ruth und Maddy. Und Maddy wappnete sich gegen den Schlag. „Ihr habt eine Woche, um das in Ordnung zu bringen."

„Was in Ordnung zu bringen?", wollte Ruth wissen.

„Die Show."

Was würde Matt Lauer tun? dachte Maddy. *Er würde die Gelegenheit nutzen.*

„Wir haben da schon ein paar tolle Ideen", entgegnete sie, obwohl das nicht den Tatsachen entsprach.

„Über eure tollen Ideen zerbrechen wir uns den Kopf, sobald ihr Billy in die Show zurückgeholt habt", erklärte Richard.

„Er wird … Er kommt nicht zurück." Maddy betrachtete Ruth, die immer noch kreidebleich dastand. Von dieser Seite war keine Hilfe zu erwarten. „Nicht nach dieser Sache."

„Überzeugt ihn."

Als ob das so leicht wäre. Wusste er denn gar nichts über Billy Wilkins?

„Was, wenn wir das nicht schaffen?", erkundigte sich Ruth.

„Tja, Ruth, du bist dann gefeuert, weil du bei diesem Fiasko von heute Morgen mitgespielt hast." Er wandte sich an Madelyn. „Und du präsentierst künftig um fünf Uhr morgens den Wetterbericht in Omaha. Haben wir uns verstanden?"

Sie nickten beide benommen.

Richard ging und schien die ganze Luft im Zimmer und die Kraft in Maddys Beinen mitzunehmen. Sie sank auf der Couch zusammen.

„Was sollen wir jetzt tun?", fragte Ruth.

„Du hast gekündigt, weißt du noch?"

„Ja. Vielleicht tue ich das tatsächlich." Hinter ihrer dunklen Brille wirkten ihre Augen lebendig. „Ich weiß nicht, wie es dir geht, aber ich brauche jetzt einen Drink. Oder zwanzig."

Das hatten sie noch nie getan in all den Jahren, die sie zusammengearbeitet hatten. Manchmal, wenn sie Überstunden machten, bestellten sie sich Salate vom Lieferdienst und aßen gemeinsam im Konferenzzimmer. Aber außerhalb des Büros hatten sie nie zuvor miteinander verkehrt. Maddy verkehrte mit niemandem außerhalb des Büros.

Das gehörte zu ihrem Leben auf dem Eisberg, der ihr Zuhause war.

„Los, gehen wir", sagte sie.

17. KAPITEL

Mit zwei neuen Zahnbürsten und einer Tube Zahncreme in der Hand, die Taschen vollgestopft mit Wasserflaschen und Eiweißriegeln, stand Billy vor der Tür seines Gästezimmers. Kaum hatte er die Eingangstür aufgeschlossen, war Becky mit Charlie im Schlepptau in dieses Zimmer gerannt, als wäre der Teufel hinter ihnen her. So wie er herumgebrüllt hatte, konnte er ihr das nicht einmal verübeln.

Doch sie hatte sich nun bereits seit zwanzig Minuten mit ihrem kleinen Bruder im Gästezimmer verbarrikadiert, und Billy wurde langsam nervös.

Langsam? Sehr witzig. Er war krank vor Sorge, Zorn und Stress. Was, wenn die beiden Kinder aus dem Fenster sprangen?

Vorsichtig drehte er den Türknauf. Er wollte nur mal nachschauen, ob die beiden schliefen. Oder fort waren. Oder tot.

Aber die Tür war abgeschlossen.

Was zum Teufel …? In plötzlich aufflammender verzweifelter Wut hob er die Faust, um damit gegen die Tür zu hämmern. Im letzten Moment überlegte er es sich jedoch noch einmal, atmete tief durch und klopfte dann vorsichtig an.

„Becky?", rief er.

Schweigen. Sehr langes Schweigen. Dann endlich öffnete sich ganz langsam die Tür ein wenig, und Becky spähte durch den Spalt.

„Hat Janice angerufen?", fragte sie flüsternd.

Billy schüttelte den Kopf. „Ich dachte, ihr könnt das hier vielleicht brauchen." Damit hielt er ihr Zahnbürsten, Zahncreme und eine Flasche Wasser hin.

Sie hätte kaum misstrauischer gucken können, wenn er ihr eine Schlange entgegengestreckt hätte.

„Ich hab's nicht vergiftet, ehrlich." Er lächelte, aber die Kleine war so angespannt, dass der Scherz nicht mal ansatzweise ankam. Mit der einen Hand riss sie ihm das Wasser aus der Hand, mit der anderen Zahncreme und Zahnbürsten.

Und dann knallte sie die Tür wieder ins Schloss.

Wieder fiel es Billy äußerst schwer, nicht dem Drang nachzugeben, mit der Faust dagegenzuhämmern, aber herumzupoltern wie ein Schläger würde ihn sicher nicht weiterbringen.

Denise. Großer Gott. Denise ist tot. Die armen Kinder.

Es war lange her, dass er sich das letzte Mal so nutzlos gefühlt hatte. Bei der Scheidung. Beim Verkauf nach Dallas. Im Moment war er einfach nur hilflos, hatte keine Ahnung, was er tun sollte oder konnte. In dieser Situation konnte er gegen niemanden kämpfen. Es gab keinen Gegner, den er zu Boden schicken konnte.

Ja, er war sich nicht einmal sicher, in was für einer Situation er sich befand, denn seine Schwester dachte gar nicht daran, ihn wie erbeten zurückzurufen.

Maddy wüsste, was zu tun ist, dachte er. Aber instinktiv verwarf er die Idee, sie anzurufen. Nein, er wollte sie nicht hier haben.

Er konnte nicht … Er hielt es nicht aus, an Maddy zu denken. Die Wunde war zu frisch. Die Frau, die er gekannt hatte, hätte ihm so etwas wie dies nie angetan. Unter keinen Umständen. Und jetzt hatte er Angst, er könnte nur gesehen haben, was er hatte sehen wollen. Er könnte die Augen vor der Realität, vor der neuen Madelyn Cornish verschlossen haben. Und sie könnte sich so sehr verändert haben, dass alles, was er an ihr geliebt hatte, einfach nicht mehr da war.

Sie hatten beide ihre Vergangenheit hinter sich gelassen, aber wenn sie das hier wirklich getan hatte …?

Dann war er ein Narr.

Ein Narr, der unbedingt herausfinden musste, was er als Nächstes zu tun hatte. Luc wollte Lebensmittel und Kleidung für die Kinder besorgen und vorbeibringen, doch bis er eintraf, hatte Billy noch viele, viele leere Stunden zu überstehen.

Da er schlecht den ganzen Tag vor einer geschlossenen Tür stehen bleiben konnte, ging er durch den Flur und das Esszimmer in die Küche, wo sein Smartphone wie eine geladene Waffe auf der Arbeitsfläche lag. Vor einer halben Stunde hatte er es ausgeschaltet, weil er die Anrufe und Textnachrichten nicht mehr bewältigen konnte.

Jetzt schaltete er es ein, durchsuchte die Liste der gewählten Nummern, bis er auf die stieß, die Becky ihm unterwegs genannt hatte, und drückte die Ruftaste.

„Hinterlassen Sie eine Nachricht“, ertönte Janices aufgezeichnete Stimme, und er zuckte zusammen. Diese leicht kratzige Raucherstimme, mit der sie praktisch schon auf die Welt gekommen war, erinnerte ihn allzu deutlich an seine Kindheit. Damals hatte er seiner zähen und gewitzten großen Schwester am Rockzipfel gehangen und sie geradezu abgöttisch geliebt und verehrt.

Es piepste in der Leitung, das Signal, dass die Mobilbox aufnahmebereit war. „Ruf mich an, Janice“, presste er zwischen zusammengebissenen Zähnen hervor. „Das ist deine letzte Chance.“ Er spuckte die Telefonnummern seines Handys und seines Festnetzanschlusses aus und hängte auf. Da er seinen Zorn immer noch nicht hatte abreagieren können, wuchs er von Sekunde zu Sekunde.

Kaum hatte er den Anruf beendet, klingelte das Handy in seiner Hand.

„Victor“, sagte er. Er musste nicht erst hinschauen, um zu sehen, wer dran war.

„In Ordnung, Billy. Wir müssen reden. Diese Scheiße wird immer verrückter.“

„Okay.“ Seufzend ließ er sich auf einen Stuhl fallen.

„Du musst unbedingt eine Erklärung abgeben. Die Presseabteilung der Mavericks macht mir ernstlich die Hölle heiß.“

Einige der Textnachrichten auf seinem Smartphone kamen vom Mavericks-Pressechef. Und von Hornsby. Sie waren alle nicht zufrieden mit ihm.

„Schön. Schreib eine zusammen.“

„Ich glaube … Ich glaube, es wäre am besten, du gibst die Erklärung in *Dallas A. M.* ab.“

„Nein.“

„Billy …“

„Nein. Das ist nicht verhandelbar, Victor. Ich setze keinen Fuß mehr in diese Show.“

„Schon gut, schon gut. Ich bemühe mich bloß um Schadensbegrenzung. Was hat es mit den Kindern auf sich?“

„Das sind nicht meine Kinder, sondern die meiner Schwester. Sie ... sie ist vor ein paar Monaten gestorben. Soweit ich weiß, haben sie bisher bei meiner älteren Schwester gelebt.“

„Oh Mann, das tut mir leid.“

„Ich brauch kein Mitleid“, gab Billy zurück und rieb sich die Stirn. Nicht dass das geholfen hätte gegen die gewaltigen Gewitterwolken aus Schmerz, die sich in seinem Schädel zusammenbrauten. „Ich will nur, dass das alles ganz schnell aufhört.“

„Okay, ich tue, was ich kann. Also, warum hat die Kleine gesagt, du seist ihr Vater?“

„Weil man ihr gesagt hat, sie solle das tun. Das war ein abgekartetes Spiel.“

„Wer steckt dahinter? Die Show?“

„Dieser saudämliche Mistkerl Phil. Ruth auch. Vielleicht auch Maddy.“

„Bist du mit einem Vaterschaftstest einverstanden?“

„Nein!“

„Ich versuche doch nur, die Sache schnellstmöglich zu bereinigen, Billy. Soll ich die Anwälte darauf ansetzen?“

„Schon geschehen.“ Kaum zu Hause, hatte er umgehend seinen Anwalt verständigt.

„In Ordnung. Ich schätze, damit kann ich bereits was anfangen. Ich melde mich bei dir. Lass dein Handy eingeschaltet.“

Billy trennte die Verbindung, und sofort klingelte das Telefon erneut.

Coach Hornsby.

Seine Kampfbereitschaft und sein Zorn verließen ihn. Billy war einfach nur müde, zu müde, um ein weiteres Mal die Einzelheiten durchzukauen. Zu müde, um sich gegen jemanden zu verteidigen, der ihn nicht verstand, geschweige denn mochte.

Gegen jemanden, der nun zweifellos wieder von ihm enttäuscht war.

Wie sollte er jemals erklären, dass er diese Kinder im Stich gelassen hatte? Erst bei seiner drogenabhängigen jüngeren, dann bei seiner kalten und brutalen älteren Schwester?

Das konnte er ja nicht einmal sich selbst erklären, ohne dass ihm dabei übel wurde.

Er ignorierte den Anruf, und binnen Sekunden erschien eine Textnachricht auf dem Display:

Billy, ich will von dir hören, was los ist. Die Vereinsleitung lechzt nach Blut, und ich kann sie nicht ewig hinhalten. Hilf mir, dir zu helfen.

Oh Mann, jetzt zitierte der Kerl schon *Jerry Maguire*.

Billy leitete die SMS an Victor weiter. Sollte er sich doch um Hornsby und dessen Enttäuschung kümmern.

Kaum war die SMS verschickt, poppte eine E-Mail auf. Billy las:

Dom hier. Willst du reden?

Nein. Nein, er wollte nicht reden.

Entgegen Victors Anweisungen schaltete er sein Handy aus. Er saß ganz allein in seinem Haus. Er betrachtete seine Hände und fragte sich, was er tun sollte. Was war richtig in dieser Lage? Er wusste es nicht.

Dies war einer der Momente, in denen er ein besserer Mensch sein musste. Der letzte war allerdings so lange her, dass er vergessen hatte, wie man sich aufrappelte und aus der Dunkelheit herauskam.

Aber vielleicht … Vielleicht tat er ja schon, was er konnte. Vielleicht musste man manchmal bloß geduldig sein, um ein besserer Mensch zu sein.

Dieser Gedanke hatte etwas Tröstliches, und er lehnte sich zurück, saß einfach nur da in seinem stillen Haus und wartete. Worauf, war ihm selbst nicht klar, doch was immer kommen mochte, er würde damit fertigwerden. Vielleicht nicht gut, aber immerhin fertigwerden.

Es war dunkel in der schäbigen kleinen Bar, und niemand erkannte sie. Das war auch gut so, denn nach ihrem dritten Wodka mit Soda erkannte Maddy sich selbst nicht mehr.

„Wir müssen Billy zurück in die Sendung holen“, sagte Ruth. Ihr Haar war zerzaust und ihr Ausschnitt zur Seite verrutscht, sodass ein lila BH-Träger sichtbar war. Lila.

Alles in allem sah Ruth aus wie eine Frau, die gerade flachgelegt worden war.

„Wie denn?“

„Du warst schließlich mal mit dem Mann verheiratet.“

Wenn ihr das doch bloß zu einem besonderen Wissen verholfen hätte. Zu einer Art Bedienungsanleitung. Oder so. Billy war in seinem Zorn genauso unberechenbar wie früher. Aber sicher war sie sich immerhin in einem Punkt: Er wollte nichts mehr mit ihr zu tun haben. Oder mit der Show. Sie musste sich etwas einfallen lassen, um dieses Problem zu überwinden.

Ruth stützte sich mit beiden Ellenbogen auf den Tisch. „Ich brauche noch mal dasselbe.“ Statt der missmutigen Bedienung, die ihre Bestellungen eigentlich entgegennehmen sollte, gab sie dem Barkeeper ein Zeichen, der daraufhin nickte.

Es schien, als hätten die beiden diese Art Unterhaltung schon oft geführt.

„Kommst du häufig hierher?“

„Zweimal wöchentlich“, antwortete Ruth. „Ein Whisky und anschließend zehn Minuten Heulen auf der Damentoilette.“

Maddy starrte ihre Produktionsassistentin mit offenem Mund an.

„Ich schwöre zu Gott, nur das konnte mich davon abhalten, Phil mit einem Hammer den Schädel einzuschlagen.“

Die mürrische Kellnerin mit dem schlecht sitzenden Tanktop servierte ihnen ihre Drinks.

„Bringen Sie uns noch ein paar Erdnüsse?“, fragte Ruth und hielt ihr die leere Schale hin.

Die Reaktion der Kellnerin – sie verdrehte genervt die Augen – sprach Bände.

„Wenn diese Bar nicht gleich gegenüber wäre, würde ich nie hierhingehen“, erklärte Ruth, als die Frau verschwunden war.

„Komm schon, Ruth, wir müssen nachdenken. Das ist die Gelegenheit, die Art Show zu gestalten, die wir immer machen wollten. Vergessen wir den glutenfreien Käse und den perfekten Cocktail. Bringen wir endlich Storys von Bedeutung."

„Was würde Matt Lauer tun?" Ruths Sarkasmus brachte Maddy auf die Palme.

„Nein! Was würden *wir* tun? Wenn es keine Einschränkungen gäbe und wir tun könnten, was wir wollten, was würden wir tun?"

„Und Billy?"

„Überlass Billy mir. Ich kümmere mich darum." Sie dachte an Beckys blaue Augen, die denen ihrer Mom so ähnlich waren. Das Blau eines klaren Himmels an einem heißen Sommertag. Morgen wollte sie zu Billys Haus fahren und sich erkundigen, wie es ihnen ging. Vielleicht konnte sie irgendwie helfen.

Ruth starrte in das Eis in ihrem vierten Drink.

„Wovor hast du solche Angst?", fragte Maddy, der erst jetzt, nach drei Drinks, auffiel, dass Ruth gerade nur von Angst gesteuert wurde.

„Ich habe keine Angst. Ich bin sauer. Stocksauer auf mich selbst, weil ich mich für so schlau gehalten habe, als ich hinter deinem Rücken mit Phil gekungelt habe. Sauer auf dich, weil du mir nicht die Wahrheit über Billy erzählt hast. Sauer auf Richard, weil er uns die Zeche für Phil zahlen lässt. Ich meine: Was tun wir hier eigentlich, Maddy?"

„Unseren Job."

„Also, unser Job ist im Moment so was von scheiße. Ich habe nie von einem Ehemann und Kindern oder einem Haus mit weißem Gartenzaun geträumt. Das war mir immer scheißegal. Aber ein Leben will ich haben. Ich würde dafür morden, einen Freund zu haben, mit dem ich zusammen fernsehen kann. Ich würde dafür morden, Sex zu haben. Richtigen Sex. Mit einem richtigen Menschen. Willst du das nicht?"

„Was ich will, ist dieser Job", erwiderte Maddy. Das stimmte, aber irgendwie nicht so ganz. Gerade jetzt wollte sie mehr. Sie schaute auf ihr Glas hinunter und gab dem Alkohol die Schuld – nicht Billy auf der Wohltätigkeitsgala. Nicht Billy mit diesen Kindern. Nicht Billy, der die Tür ihres Büros abschloss.

„Weißt du, was ich empfunden habe, als ich zum ersten Mal davon hörte, dass Phil und Sabine miteinander schlafen? Eifersucht. Ich war eifersüchtig."

„Du willst mit Phil schlafen?", keuchte Maddy. Die Vorstellung war zu scheußlich.

„Um Himmels willen, nein!" Entsetzt schüttelte Ruth den Kopf. „Das ist ja widerlich. Ich glaube, ich muss jetzt mein Gehirn schrubben. Nein, ich war eifersüchtig, dass Phil so etwas bekam. Verrückten Sex am Arbeitsplatz. Das ist einfach nicht fair. Ich habe mich selbst mit meiner Arbeit vom gesellschaftlichen Leben ausgeschlossen. Du auch."

„Woher willst du das wissen? Dass der Sex verrückt war, meine ich."

Ruth zuckte die Achseln. Ihr Schlüsselbein wirkte wie eine Messerklinge unter ihrem Shirt. „Ich weiß es nicht. Ich hatte wohl bloß den Wunsch, dass irgendjemand verrückten Sex hat."

Maddy spürte, wie sie puterrot wurde vor Verlegenheit. Sie kam sich vor wie eine Zeichentrickfigur, die in Flammen aufging und von der nichts übrig blieb als ein Häufchen Asche.

„Nein", staunte Ruth. Sie war schließlich nicht auf den Kopf gefallen, und Maddy posaunte hier praktisch ihr Sexualleben in die Welt hinaus. „Im Büro?"

„Nur ein Mal."

„Okay, okay." Ruth lehnte sich zurück, breitete die Arme aus und grinste merkwürdig. „Spuck's aus."

Maddy angelte nach dem Strohhalm in ihrem Drink und schüttelte den Kopf.

„Nichts?", fragte Ruth, und wieder überlegte Maddy, ob Freundinnen miteinander so umgingen. Ernüchtert beugte Ruth sich vor. „Na schön. Dann verrate mir wenigstens, wovor du solche Angst hast."

„Wovon redest du?"

„Von Billy. Warum bist du jetzt nicht bei ihm zu Hause?"

„Du hast ihn doch gesehen."

„Ja, und ich habe ihn jedes Mal gesehen, wenn er hier war.

Der Mann ist verrückt nach dir. Erzähl ihm einfach, dass du keine Ahnung von Phils Aktion hattest; er wird dir glauben."

Das würde er. Maddy wusste das.

„Und meinst du nicht, dass es dann nur noch ein kleiner Schritt ist, ihn in die Show zurückzuholen?"

„Ich will ihn nicht in der Show haben", sagte Maddy. „Das wollte ich noch nie."

„Weil ihr mal miteinander verheiratet wart?"

Ihre Ehe spielte dabei die geringste Rolle. Maddy setzte ihr Glas ab, schob es zurecht, bis es genau in den feuchten Ring auf der Papierserviette vor ihr passte.

„Schon gut, Madelyn. Es tut mir leid. Ich sollte nicht neugierig sein. Außerdem weiß ich, dass du keinen Grund hast, mir zu vertrauen."

„Nein. Nein, ist schon in Ordnung." Sie wollte darüber reden. Sie hatte niemanden sonst, dem sie sich anvertrauen konnte. Und nach drei Drinks schien Ruth ihr ziemlich vertrauenswürdig. Billy hatte früher gesagt, betrunken sei sie ein leichtes Opfer: zu vertrauensselig, zu schnell dazu bereit, an das Beste in den Menschen zu glauben, die ihr gerade ihre übelste Seite präsentierten. „Meine Mom hat immer als Mrs Doug Baumgarten unterschrieben", erzählte sie, denn darin, genau darin, lag das eigentliche Problem.

„So hat meine Mom das auch gehalten. Das war eine andere Generation." Ruth zuckte die Achseln, als fände sie das nicht sonderlich erwähnenswert. Vielleicht lag es daran, dass sie nie verheiratet gewesen war. Dass sie nie vor dieser Entscheidung gestanden und entschieden, einfach entschieden hatte, ihren Namen zugunsten des Namens eines anderen Menschen abzulegen. Als spielte alles, was sie bis zu diesem Augenblick gewesen war, keine Rolle.

„Mit dreizehn habe ich angefangen, in Bezug auf Billy genauso zu handeln. Von mir als Mrs Billy Wilkins zu denken", erklärte Maddy. Ruth lehnte sich zurück. In ihren dunklen Augen lag überraschend viel Verständnis. „Es ging nicht bloß um meinen Namen. Er war mein Leben. Meine Identität. Und als wir uns getrennt haben, war nicht nur er fort. Sondern irgendwie auch ich. Ich war nur durch seine Grenzen definiert. Wo er aufhörte, das war ich. Das war das, was ich bekam. Und irgendwie füllte er jeden Raum, der zur Verfügung stand. Jeden Gedanken. Bis ich nichts mehr war."

Was sie da sagte, ergab keinen Sinn, aber Ruth nickte, als verstünde sie.

„Und wenn sich rumspricht, dass Billy und ich verheiratet waren", fuhr Maddy fort, „ist Madelyn Cornish sofort vergessen. Dann bin ich wieder Mrs Billy Wilkins. Ich habe zu hart gearbeitet, um das zuzulassen."

„Und warum hast du Sex mit ihm in deinem Büro?"

„Weil ein Teil von mir sich danach sehnt, was wir mit- und aneinander hatten, ein anderer Teil schwach ist, ein weiterer dumm und ich mich insgesamt einsam fühle."

Einsam und voller Sehnsucht nach ihm.

Ruth beugte sich über die zerschrammte schwarze Tischplatte, griff an ihren halb vollen Gläsern vorbei und nahm ihre Hand. „Es tut mir leid, aber du hast Richard gehört. Billy muss wieder in die Show."

„Ich weiß. Und ich werde mein Bestes tun, ihn zurückzuholen. Morgen."

Ruth nickte. „Morgen." Das war ein Versprechen.

Das Schweigen zwischen ihnen war freundschaftlich. Großzügig. Ein Schweigen, das jedem zugestand, in Ruhe seinen eigenen Gedanken nachzuhängen.

„Aber … wegen der Show", meinte Maddy schließlich. „Ich hab da eine Idee."

„Ich bin ganz Ohr."

Maddy beugte sich vor, und Ruth tat es ihr gleich.

„Eine Stunde Sendezeit, ein Thema. Interviews, Diskussionen. Mal ernst, mal witzig. Aber keine Verkehrsmeldungen mehr. Keine Wetterberichte."

„Was ist mit Joe, dem Kameramann?"

„Fällt raus." Es tat weh, das zu sagen, denn er war wirklich großartig vor der Kamera, aber die neue Show musste ganz anders sein. Sie brauchten ein völlig neues Konzept.

Es dauerte einen langen Augenblick, in dem Maddy tausend Tode starb, doch dann lehnte Ruth sich zurück und schlug mit der flachen Hand auf den Tisch.

„Gefällt mir!“ Sie schoben die Drinks beiseite und machten sich an die Arbeit.

Maddys Seele, ausgehungert nach ihrer Minibeitrags-Diät, jubelte.

18. KAPITEL

Beckys Hände waren schweißnass. Alles an ihr war schweißnass. Zum Teil lag das daran, dass sie alles, aber auch wirklich alles angezogen hatte, was Luc an Kleidung für sie gekauft hatte.

Das galt sogar für die Unterwäsche. Und war ihr entsetzlich peinlich.

Aber vor allem schwitzte sie, weil sie nie zuvor versucht hatte, ein Auto zu klauen.

Oh Gott, warum hatte sie nicht besser aufgepasst, als Jonah ihr gezeigt hatte, wie man das machte? Becky geriet in Panik, als sie auf die Drähte unterm Lenkrad starrte.

„Becky?", fragte Charlie vom Rücksitz.

„Ja, Char?" War es der rote und der gelbe Draht? Und was sollte sie damit tun? Hatte Jonah die Isolierung entfernt? Ihr fiel ein, dass er etwas mit den Zähnen gemacht hatte.

„Wohin wollen wir?"

Ausgezeichnete Frage.

Pittsburgh stand nicht zur Debatte. Dieser Stadt hatten sie für immer den Rücken gekehrt. Und offensichtlich konnten sie nicht hierbleiben. Sobald Luc und diese nette Tara Jean nach dem Essen weggefahren waren, hatte sie Charlie ins Gästezimmer zurückgeschoben und dort bis Mitternacht ausgeharrt, bevor sie sich nach draußen geschlichen hatten.

„Padre Island." Auf Padre Island wurden all die MTV-Frühlingsshows gedreht.

Der Ort war so gut wie jeder andere.

Solange es nicht Pittsburgh war.

Sie hatte den Rest Pizza vom Abendessen eingesteckt, die Riesentüte Goldfisch-Cracker und den Karton Milch aus dem Kühlschrank. Das Auto musste eine Unmenge wert sein. Und dann waren da noch die hundert Dollar in ihrer Tasche.

„Kommt Onkel Billy mit?"

„Nein. Nur du und ich, Kumpel."

Es klopfte an der Fensterscheibe der Fahrertür. Sie erschrak zu Tode, zuckte heftig zusammen und schrie auf.

Onkel Billy stand neben der Tür, und die schwarze Nacht hing wie ein dunkler Vorhang hinter ihm. Dadurch wirkte er noch beängstigender. Böser. Er trug eine Trainingshose, kein Shirt, und sie hatte noch nie jemanden gesehen, der solche Muskeln hatte.

Tante Janices Freund tat gerne so, als wäre er ein starker Mann, aber verglichen mit Onkel Billy war er nur ein fettes, aufgeblasenes Schwein.

Er würde sie umbringen. Sie wusste das einfach.

Diese Niederlage schnürte ihr die Kehle zu, erwürgte sie fast. Becky biss sich auf die Zunge, bis sie beinah zu bluten begann, um zu verhindern, dass sie in Tränen ausbrach. Charlie drehte durch, wenn sie weinte, und es reichte, wenn einer von ihnen durchdrehte. Mehr konnte sie im Augenblick nicht bewältigen.

Erneut klopfte Onkel Billy an die Scheibe der Fahrertür. Sie wischte sich die Nase mit dem Ärmel ihres Kapuzenshirts, bevor sie die Tür öffnete.

„Klaust du gerade meinen Wagen?", fragte er.

„Ich bewundere das Leder."

„Du bist aus meinem Haus ausgebrochen."

„Ich hatte keine Ahnung, dass es ein Gefängnis ist."

Es war irre, eine Überraschung, und Becky mochte eigentlich keine Überraschungen, aber Onkel Billy fing tatsächlich zu lachen an.

Statt sie aus dem Auto zu zerren, lehnte er sich gegen die Tür, als hätte er alle Zeit der Welt.

„Wohin wolltest du denn?", wollte er wissen und schaute zu den Pizzaresten, der Milch und den Crackern, die sie auf den Rücksitz gepackt hatte.

„Weg." Sie reckte das Kinn vor und fasste einen neuen Plan. „Schau mal, du willst uns nicht. Tante Janice will uns auch nicht. Gib uns doch einfach ein bisschen Geld, und schon bist du uns los."

„Einfach so? Ich höre nie wieder von euch?"

„Nicht mal 'ne Weihnachtskarte."

Das brachte ihn zum Lachen, und sie fragte sich, ob es ein gutes oder ein schlechtes Zeichen war.

„Was glaubst du denn, wie viel Geld du brauchst?“, erkundigte er sich, und sie konnte es nicht glauben, aber es sah ganz so aus, als wollte er sich auf den Deal einlassen. Der Typ war reich, also nannte sie die höchste Summe, die ihr einfiel.

„Zehntausend Dollar.“

Er schürzte die Lippen und nickte.

Oh, mein Gott, dachte sie. *Das passiert wirklich.*

„Ich habe aber nicht so viel Geld im Haus.“

„Wir können zu einem Geldautomaten gehen“, schlug sie vor.

Das Lachen schwand aus seinem Gesicht, und ihr wurde klar, dass er gescherzt hatte. Sie reingelegt hatte. Vor Wut ballte sie die Fäuste. Innerlich kochte sie.

„Ich kann euch nicht gehen lassen“, sagte er.

„Ich sag's niemandem. Du weißt, dass Tante Janice es auch niemandem sagen …“

Er legte eine Hand auf ihr Knie, und sie sog scharf die Luft ein und zuckte zurück. Augenblicklich nahm er seine Hand wieder weg.

„Fass mich nicht an“, flüsterte sie. Ihre Lippen fühlten sich taub an, sie klang verängstigt, und das hasste sie. Und hasste ihn umso mehr dafür.

„Das werde ich nicht. Ich schwör's, Becky, ich werde dich niemals anrühren.“

Sie brauchte eine Sekunde, um sich zu fangen, die Muskeln in ihrem Körper zu entspannen und ihr durchdrehendes Gehirn wieder zu beruhigen.

„Ist …? Geht's dir gut?“, fragte Onkel Billy.

Teufel, nein. „Natürlich.“

„Ich kann euch nicht einfach gehen lassen.“

Sie verstand ihn nicht. Sie verstand überhaupt nichts mehr. Nicht mehr, seit Mom gestorben war. Seit sie und Charlie zu Tante Janice gezogen waren.

„Warum nicht?“, flüsterte sie und blinzelte, um die aufkommenden Tränen zu unterdrücken.

Onkel Billy fluchte und schaute hoch zum Himmel. Am Tag war es glutheiß gewesen. Wie in einem Backofen. Aber jetzt nicht mehr. Ein kühler Wind strich durch die offene Autotür herein, und sie fröstelte in ihrem Sweatshirt.

„Weil das nicht richtig wäre“, erwiderte er schließlich.

„Richtig? Was zum Teufel hat richtig damit zu tun?“

Verflixt noch mal, was der Typ sagte, ergab gar keinen Sinn. Offensichtlich war nur, dass sie heute Nacht nicht wegkommen würden. Dann würde sie es eben noch mal versuchen, wenn er sich wieder schlafen legte.

Sorgsam bemüht, ihn nicht zu berühren, schlüpfte sie aus dem Auto.

Danach hob sie Charlie vom Rücksitz. Seine Windel war nass, und er war so müde, dass er den Kopf auf ihre Schulter legte und keinen Ton von sich gab. Er wurde langsam zu groß, als dass sie ihn noch tragen konnte. Es wurde immer schwerer, ihn in Sicherheit zu bringen.

Im Dunkeln ging sie zurück zum Haus.

Beim nächsten Mal würde sie die Autoschlüssel nehmen.

Madelyn setzte enorm viel Vertrauen in die Donuts. Es war dumm von ihr, wirklich dumm. Mit Schokoladen-Donuts mit Streuseln würde Billy sich nicht reinlegen lassen. Seine alte Lieblingssorte, Boston Cream, würde vermutlich nur dafür sorgen, dass er sie auslachte. Sie musste damit rechnen, dass er ihr das ganze Dutzend an den Kopf oder gegen das Auto warf.

Allerdings blieb ihr kaum eine Wahl. Deshalb fuhr sie in der Morgendämmerung hinaus zu Billys Haus, verkatert und vom Duft der frischen heißen Donuts auf dem Beifahrersitz allmählich in den Wahnsinn getrieben.

Ihr war klar, dass die Donuts als Friedensangebot in dieser speziellen Situation beschämend unangemessen waren, doch sie mussten ihr ja bloß die Tür öffnen.

Danach würde sie sich aufs Bitten verlegen.

Es war gerade mal halb sieben, und es bestand durchaus die Chance, dass er noch schlief. Sie kannte Billy. Morgens war er zwar brummig, aber auch allerliebst. Empfänglich für alle möglichen Vorschläge. Wie ein kleiner Junge, der fröhlich aus erholsamem Schlaf erwachte. Dann wollte er einfach nur was zum Naschen und in den Arm genommen werden.

Sie hatte also mit einem Angriff am frühen Morgen die besten Chancen, überhaupt ins Haus zu gelangen.

Im perlmuttfarbenen Licht vor Sonnenaufgang war Billys Haus – beziehungsweise der Rasen im Vorgarten – der Mittelpunkt hektischer Aktivität. Aufnahmewagen der lokalen Sender und von ESPN, dem nationalen Sportkanal, parkten am Straßenrand. Kamerateams hatten sich auf dem Gehweg in Position gebracht, wobei sie sorgfältig darauf achteten, keine Privatgrundstücke zu betreten.

In ihrer Brust entzündete sich ein Funke und verscheuchte ein wenig von ihrer Unentschlossenheit und ihrer Sorge. Der erste Teil ihrer Wiedergutmachung wurde ihr gerade auf einem Silbertablett serviert.

Oder vielmehr auf einer Satellitenschüssel.

Sie stellte das Auto weiter unten an der Straße ab und prüfte kurz im Spiegel über dem Beifahrersitz, wie sie aussah. *Oje.* Nicht mal ansatzweise kameratauglich. Also trug sie etwas Rouge und Lipgloss auf. *Besser.* Mit frisch gestärktem Selbstvertrauen nahm sie die Schachtel mit den Donuts und ging, nein, stolzierte zu Billys Haus. Kaum hatten die Kameraleute sie entdeckt, kam Bewegung in die Menge.

„Madelyn“, schrien alle auf einmal, und sie wandte sich um, lächelte in die Kameras, achtete darauf, dass sie ausgeglichen wirkte. Dass alle sie von ihrer besseren Seite filmen konnten.

Sie erkannte die Reporter ihres eigenen Senders und die von der Konkurrenz, aber sie entdeckte auch einige, die sie nicht kannte. Aushilfen vielleicht. Trotzdem, sie musste es einfach schaffen.

„Holla, nun mal langsam alle miteinander.“ Sie lächelte, suchte Blickkontakt, strahlte so viel Charme aus, wie sie nur konnte.

Die Lokalreporter lächelten zurück, aber die Typen von den Kabelkanälen reagierten überhaupt nicht. Und dann prasselten die Fragen auf sie ein.

„Was tun Sie hier?“, rief jemand.

„Wird Billy die Show verklagen?“, unterbrach ihn ein anderer.

„Sind das Billys Kinder?“, schrie ein Dritter.

„Lassen Sie mich als Erstes die letzte Frage beantworten.“ Sie reagierte schnell. Entschlossen. „Das Ganze ist tatsächlich ein schreckliches Missverständnis. Ich glaube, die Kleine hat das vielleicht für einen gelungenen Witz gehalten. Billy verklagt die Show nicht. Billys Beziehung zu *Dallas A. M.* hat sich nicht geändert.“ *Bitte, bitte, lass das wahr sein.* „Und ich liefere nur eine Packung Donuts ab.“

„Und wer sind die Kinder wirklich?“, fragte ein Mann, auf dessen Mikrofon das ESPN-Logo prangte.

„Sie gehören zur Familie. Mehr sage ich nicht ohne Billys Einverständnis. Aber seien Sie versichert, er ist nicht …“

„Sie kommen raus!“, brüllte ein Kameramann dazwischen und deutete an den Büschen vorbei zur Hausecke hinüber. Alle rannten los, um bessere Aufnahmen machen zu können, und als klar wurde, dass nur die Kinder rauskamen, ließen sie jede Zurückhaltung fallen. Zum Teufel mit Privatbesitz und Gesetzen gegen Hausfriedensbruch – sie stürmten einfach über den Rasen.

Becky wirkte verängstigt, von den grellen Scheinwerfern geblendet. Charlie versuchte, sich zu verstecken, und weinte, an die Beine seiner Schwester geklammert. Aber die Journalisten waren unerbittlich. Wie Piranhas, die Blut gewittert hatten, bestürmten sie die Kinder mit Fragen.

„Billy!“, rief Maddy, lief zu den Kindern und baute sich vor ihnen auf, streckte die Arme nach hinten und spürte, wie die beiden sich eng an ihre Beine drückten. „Das reicht jetzt!“, schrie sie die Reporter an. „Das sind Kinder. Lasst sie in Ruhe.“

Nur der Typ von ihrem eigenen Sender reagierte, die anderen zeigten sich völlig unbeeindruckt und schrien weiter auf die Kinder ein.

„He!“ Das war Billy. Er stürzte aus der offenen Eingangstür – ein Hockey-Berserker mit nacktem Oberkörper. „Was zum Teufel ist hier los?“, brüllte er und schubste Kameraleute und Journalisten zur Seite. Einer der Männer fiel auf die Knie, brachte damit einen anderen Mann ins Taumeln. „Runter von meinem Rasen, ihr Arschlöcher, oder …“

„Oder was, Billy?“, fragte der ESPN-Reporter. Er wirkte aalglatt mit seiner roten Krawatte, und seine weißen Zähne strahlten förmlich im Dämmerlicht. „Du ziehst einen hübschen Sweater an? Lässt dir die Haare schneiden?“

In der verdutzten Stille, die auf diese Bemerkung folgte, unterdrückte jemand ein Lachen. Im selben Moment fuhr Billy herum und versetzte dem Reporter einen Stoß, sodass der sich auf den Hosenboden setzte.

„Teufel noch mal, was soll das, Mann?“, rief der Typ.

„Steh auf“, sagte Billy. „Seht zu, dass ihr von meinem Rasen runterkommt.“

Dann stellte er sich vor Madelyn und die Kinder, sein Gesichtsausdruck eine deutliche Warnung. Und die Kameraleute und Reporter stoben auseinander wie Kakerlaken, rannten zurück auf den Gehweg und zu ihren Wagen am Straßenrand.

Billy führte Madelyn und die Kinder über den Rasen, als teilte er das Rote Meer – von Glauben und heiligem Zorn durchdrungen. Madelyn scheuchte die Kinder wie eine Gruppe Hebräer hinter ihm her.

Die Donutschachtel, die sie bei sich trug, sah ziemlich mitgenommen aus.

Drinnen neben dem Eingang stand ein Esszimmerstuhl, über den eine Decke geworfen worden war. Er war so gegen die Wand geschoben, als sollte er als Blockade dienen. Daneben entdeckte sie eine leere Eiscremeschüssel und drei leere Wasserflaschen auf dem Boden.

Kaum hatte sich die Tür hinter ihnen geschlossen, drehte Billy sich zu den Kindern um.

„Was zum Teufel habt ihr getan? Seid ihr aus dem Fenster geklettert?“

Becky verzog keine Miene, aber Charlie nickte.

„Genau! Ich bin gesprungen. Becky hat mich aufgefangen, und wir sind hingefallen.“ Der Kleine versuchte, seine Schwester umzudrehen, um den Schmutz und die Grasflecken zu zeigen, die ihren Hosenboden zierten, doch Becky blieb stocksteif stehen.

Billy fuhr sich mit der Hand durchs Haar, das ihm wie Igelstacheln vom Kopf abstand. Jetzt wirkte er ebenso furchterregend wie durchgeknallt.

„Das ist das dritte Mal …“, murmelte er. „Das dritte Mal!“, brüllte er. „Ich habe die ganze Nacht nicht geschlafen, und ich weiß, dass ihr das auch nicht getan habt. Ich habe auf einem dämlichen, unbequemen Stuhl gesessen, bin bei jedem Geräusch aufgeschreckt, weil ich mir Sorgen gemacht habe, dass ihr weglauft. Und jetzt steigt ihr zum Fenster hinaus?“

„Das war ein Spiel.“ Charlie wirkte verwirrt, als verstehe er nicht, dass etwas, das so viel Spaß machte, falsch sein könnte.

„Ein Spiel.“ Billy lachte, aber in diesem Lachen lag kein bisschen Freude. Er schaute Becky an. Sie waren beide aus dem gleichen zähen Holz geschnitzt. So grimmig. Einander so ähnlich. So ungeheuer ähnlich. „Für mich ist das kein Spiel, Becky. Ich kann nicht den Rest des Tages damit verbringen, euch am Weglaufen zu hindern.“

Becky kaute auf ihrer bereits blutigen Unterlippe herum.

„Hundert Mäuse“, sagte sie schließlich.

„Was?“, fragte Maddy.

„Hundert pro Tag?“ Billy ignorierte Maddy komplett, Becky tat es genauso. Aber Charlie lächelte sie an, und sie tätschelte ihm unbeholfen die Schulter.

„Hundert pro Tag, und ich laufe nicht weg“, stimmte Becky zu.

Maddy unterdrückte mühsam ein Lachen, bevor ihr plötzlich aufging, dass hier niemand Witze machte. Billy hatte sich soeben ernstlich einverstanden erklärt, Becky dafür zu bezahlen, dass sie blieb.

Oh Gott, Denise, dachte Maddy. *Was hast du dir nur dabei gedacht?*

Billy murmelte etwas vor sich hin und öffnete mit einem Schlüssel, den er aus der Tasche seiner Trainingshose zog, eine

Schublade in der kleinen Flurkommode. Darin lagen seine Autoschlüssel, seine Brieftasche und ein Packen Bargeld. Er öffnete die Brieftasche, zog ein Bündel Scheine heraus und legte es auf den Packen.

„Warum gibst du mir das Geld nicht einfach?", fragte Becky seufzend.

„Weil du dich sofort in den nächsten Bus nach sonst wohin setzt." Damit schloss er die Schublade ab und steckte den Schlüssel wieder ein. „Ich habe es dir schon mal gesagt, Becky. Du kannst nicht einfach abhauen."

„Ja, und ich habe dir gesagt, du kannst mich mal …"

„Donuts", fiel Maddy ihr ins Wort und hielt die zerdrückte Schachtel hoch.

„Da sind Donuts drin?", fragte Charlie. Maddy schaute auf ihn hinab, auf die Kinderstimme, die braunen Haare, die blauen Augen, die rosigen Wangen. An seinem Kragen konnte sie sehen, dass er ein blaues Shirt trug, darunter ein rotes und darunter ein gelbes.

So viele Farben – faszinierend.

Er stellte sich auf die Zehenspitzen, um durch das mit Folie verschlossene Sichtfenster im Deckel der Schachtel zu gucken.

„Ja." Sie lachte. Wohl jeder hätte gelacht. Doch dann sah sie Becky und Billy an, die sie mit zusammengekniffenen Augen zornig musterten. „Ich habe euch Donuts mitgebracht."

„Warum bist du hier?", fragte Billy und kam damit sofort auf den Punkt.

Weil ich dich dazu überreden muss, in meine Sendung zurückzukommen. Weil meine Karriere in deinen Händen liegt und ich nicht die leiseste Ahnung habe, wie ich dein Vertrauen zurückgewinnen kann. Weil diese Kinder hier sind und ich glaube, ich sollte auch hier sein.

„Ihr müsst was essen, oder?", entgegnete sie und verschwieg, was sie eigentlich sagen musste. Sie ließ ihm jedoch keine Chance, Gegenargumente zu bringen, und scheuchte alle auf. „Los, ihr beiden, kommt mit in die Küche. Da gibt es Milch und Donuts." Sie hoffte jedenfalls, dass Billy Milch hatte. Vorsichtig lenkte sie die beiden sichtlich erschöpften Kinder samt der Donuts fort von Billy und der Barrikade, die er errichtet hatte.

„Denk dran, Becky“, rief er ihnen hinterher. „Ich habe den Schlüssel für die Glasschiebetür.“

Becky murmelte etwas in sich hinein.

„Das ist ein schlimmes Wort“, flüsterte Charlie ihr zu, doch das Mädchen reagierte nicht. Mit müden Schritten schleppte Becky sich durchs Wohnzimmer in die Küche.

Madelyn wandte sich um und wollte den beiden folgen, als Billy sie aufhielt.

Im frühen Morgenlicht sprang ihr förmlich ins Auge, wie müde er war. Wie kaputt und zerschlagen. Als wäre er seit ihrer letzten Begegnung um zehn Jahre gealtert.

„Hast du Bescheid gewusst? Über die beiden? Hast du geplant, sie in deine Sendung zu bringen?“, fragte er. Irgendwie wirkte er plötzlich viel kleiner. Seine bloße Brust und seine Schultern waren eingefallen, und selbst die vielen glatten Muskeln schienen in sich zusammenzusinken.

„Nein, Billy. Ich schwöre. Ich war genauso überrascht wie du. Und es tut mir leid …“ *Leid, dass ich Teil dieser Show war, die dir das angetan hat. Leid, dass ich jetzt hier bin, um zu versuchen, dich zu überreden, zurückzukommen. Leid, dass ich nur Donuts habe.* „So leid.“

Seine Züge entspannten sich. Das war noch kein Lächeln, jedenfalls nicht ganz, aber im Zimmer wurde es heller, und sie hatte nicht mehr das Gefühl, gleich achtkantig hinausgeworfen zu werden.

„Danke für die Donuts“, sagte er.

„Du … du glaubst mir?“

„Sollte ich das nicht?“

„Ich …“

„Ich glaube dir.“

Er glaubte ihr. Einfach so.

Schuldgefühle drückten ihr fast die Luft ab.

Sie flüchtete sich in die Küche. Becky hatte ihrem kleinen Bruder ein Glas Milch eingeschenkt und saß am Tisch, den Kopf auf die Tischplatte gelegt.

Madelyn stellte die Schachtel auf die Arbeitsfläche und holte zwei Schokoladen-Donuts mit Streuseln heraus. Das Gebäck sah etwas mitgenommen und zerdrückt aus, doch Charlie würde das wohl egal sein. Der Junge zappelte in freudiger Erwartung auf seinem Stuhl herum.

Sie fand ein paar Teller und setzte sie den Kindern vor.

Charlie klatschte begeistert in die Hände, schnappte sich seinen Donut und biss hinein. Becky schaute nicht einmal auf.

„Becky?" Maddy legte dem Mädchen eine Hand auf den Rücken. Jeder einzelne der dünnen, zerbrechlichen Knochen unter der straff gespannten Haut war spürbar. Becky zuckte zusammen und stieß Madelyns Hand fort.

Madelyn trat einen Schritt zurück. „Entschuldige."

„Lass mich in Ruhe." Becky seufzte, griff nach ihrem Donut, knibbelte einen rosa Streusel von der Glasur und steckte ihn in den Mund. „Char, du hast dich eingesaut", sagte sie zu ihrem Bruder, dessen Nase und Mund bereits schokoladenverschmiert waren.

Maddy kramte in den Schränken herum, bis sie Küchenpapier fand. Sie riss zwei Stücke von der Rolle ab und gab sie den Kindern.

„Alles in Ordnung mit euch?", fragte sie.

„Nein. Wir sind Gefangene." Obwohl sie hundemüde war, hatte Becky immer noch genügend Kraft, um standhaft zu bleiben.

Bravo, dachte Maddy. Manchmal blieb einem Mädchen nichts anderes als Standhaftigkeit, um über die Runden zu kommen.

„Was ist ein Gefangener?", fragte Charlie.

„Wir sind welche. Onkel Billy lässt uns nicht weg."

„Ich will nicht weg!", rief Charlie, und Becky ließ den Kopf wieder auf die Tischplatte sinken.

Maddy war komplett überfordert. Sie hatte keine Ahnung, wie sie mit der Situation umgehen sollte. In der Show kam sie mit Kindern zurecht – sofern die Kleinen gut vorbereitet waren und ihre Eltern in der Nähe lauerten, um notfalls mit Süßigkeiten oder Drohungen einzugreifen.

Aber mit echten Kindern? Im echten Leben? Noch dazu mit Kindern, deren Augen sie an ihre beste Freundin aus Kindertagen erinnerten? Sie war vollkommen ratlos.

„So schlimm ist es hier doch gar nicht, oder?“, fragte sie und erntete dafür von Becky einen so verächtlichen Blick, dass Madelyn sich fühlte, als trüge sie wieder eine Brille und hätte schiefe Zähne.

Wie viel Energie doch in dem Kind steckt, dachte sie. Dann, feige, wie sie nun mal war, nahm sie einen Boston-Cream-Donut, wickelte ihn in ein Papiertuch und machte sich auf die Suche nach Billy.

Billy, einer scharf gemachten Bombe gleich, die ihr um die Ohren fliegen konnte, fühlte sie sich im Moment eher gewachsen als diesem zornigen und verängstigten kleinen Mädchen.

Neben dem Tisch blieb sie kurz stehen, grübelte über ihre Sorgfaltspflicht und die Barrikade vor der Eingangstür nach. „Du wirst doch nicht weglaufen, oder?“

Becky schaute nicht von dem Donut auf, den sie systematisch von Streuseln befreite. „Wir laufen nicht weg.“

Erleichtert ging Madelyn hinüber ins Wohnzimmer. Billy stand mit dem Rücken zu ihr vor dem riesigen Flachbildfernseher an der Wand – ein Bild von einem Mann.

Ein ESPN-Sprecher redete, und eine Großaufnahme von Billy nach der Prügelei im letzten Ausscheidungsspiel prangte über seiner Schulter.

„Die Lage hat sich nicht verbessert für Billy Wilkins, seit die Mavericks ihre letzte Chance, in die Pokalrunde zu kommen, verspielt haben“, sagte der Sprecher. „Der Abräumer hat versucht, seine weichere Seite zu zeigen, und zwar durch seinen Auftritt in der womöglich lächerlichsten Umstyling-Show, die jemals ausgeheckt wurde.“

Es folgte ein Videoclip von Tam, wie er Billys Schritt ausmaß.

Sämtliche Muskeln in Billys Rücken zuckten und arbeiteten, während er den Blick nicht vom Bildschirm löste. Seine Fäuste bohrten sich in seine Hüften, als würde er sich darauf gefasst machen, einen Fausthieb abzubekommen. Oder als würde er sich dazu zwingen, still stehen zu bleiben.

Er wandte den Blick nicht einmal vom Fernseher, als sie sich neben ihn stellte.

Ein Teil von ihr – der Teil, der sich daran erinnerte, wie sie ihn früher getröstet hatte, und der das gern wieder tun wollte – hätte ihm am liebsten den Arm um die Taille gelegt, um ihm zu zeigen, dass er nicht allein war.

Die Heftigkeit ihres Wunsches, ihm jetzt eine Freundin zu sein, versetzte sie in Panik. Wie sehr sie sich doch danach sehnte, ihm zu helfen! Seine innere Not, seine Einsamkeit waren wie Treibsand, und sie war schon einmal hineingeraten.

Das ist es nicht wert, dachte sie und kam sich dabei vor wie ein Reh, das, geblendet vom Scheinwerferlicht eines näher kommenden Autos, mitten auf der Straße verharrte. *Das ist mein Job nicht wert, wieder in diese Beziehung zu ihm hineinzurutschen.*

Aber das stimmte nicht. In so vieler Hinsicht stimmte das nicht. Und so wichtig es auch für sie war, dass er wieder in der Show auftrat, so offensichtlich war zugleich, dass es für ihn ebenfalls notwendig war. Sie musste ihn nur noch davon überzeugen.

Und dabei nicht wieder als seine Krücke enden, die mehr als bloß ihren Anteil an seiner emotionalen Last trug.

Der Videoclip endete, und der Sprecher erschien wieder auf dem Bildschirm, breit grinsend. Sie hatte Sportjournalisten schon immer für ein bisschen gemein gehalten, ganz besonders die von ESPN. Es wirkte fast, als würden die dürren Streber es genießen, es den stärkeren, schnelleren Sportlern endlich heimzuzahlen, die sie vermutlich in ihrer Kindheit drangsaliert hatten.

„Gestern Morgen hat sich seine Situation noch einmal drastisch verschlechtert, als in der populären Show *Dallas A. M.* folgende Anschuldigungen erhoben wurden.“

Ein weiterer Clip, diesmal mit ihr, wie sie Becky und Charlie ankündigte. Maddy zuckte zusammen. Ihr Magen verkrampfte sich schmerzhaft, als sie sich selbst sah, wie sie völlig ahnungslos in die Kulissen hinüberspähte. Ihre offensichtliche Verwirrung, dann der Tumult hinter der Kamera, unmittelbar bevor sie herumschwenkte und sich auf die beiden Kinder in der Zuschauermenge richtete.

„Hi, Daddy“, sagte Becky gespielt tapfer und innerlich voller Angst. Und es schien, als hätte sie Angst vor Billy. Als würde sich dieses kleine Mädchen schrecklich vor ihm fürchten. Und das war ganz und gar nicht gut.

Die Kameras schwenkten wild hin und her, und schließlich kam die Szene, in der Billy seinen Blick starr auf Maddy gerichtet hatte. Hasserfüllt und gewaltbereit. Gleich darauf warf er die Stühle um und zertrümmerte den Kaffeetisch.

Der Beitrag endete. Wieder tauchte der Sprecher im Bild auf.

„Überraschung – Billy Wilkins ist Vater? Zerdeppert live im Fernsehen Mobiliar? Nun, das würde schon reichen, um diesen Mann zum Spitzenreiter in unserer Liste der Athleten zu machen, die sich ständig danebenbenehmen. Doch dann setzte er dem Ganzen heute Morgen die Krone auf. Sehen Sie selbst.“

Madelyn brauchte sich den folgenden Clip nicht anzuschauen, um zu wissen, was er zeigen würde: Billy, wie er den Reporter auf dem Rasen seines Vorgartens zu Boden stieß.

„Billy?“, flüsterte sie.

„Sei still“, gab er zurück, ohne sie anzusehen.

„Gestern gegen Mitternacht hat Billys Agent folgende Stellungnahme veröffentlicht.“ Der Bildschirm wurde blau, und eine weiße Schrift rollte darüber hinweg, während der Sprecher vorlas: „Die Kinder, die in *Dallas A. M.* gezeigt wurden, sind Billy Wilkins’ Nichte und sein Neffe. Ihre Mutter ist vor sieben Monaten an einer Überdosis gestorben.“

„Gestorben?“, wiederholte Maddy keuchend, und Billy nickte nur.

Trauer wälzte sich wie eine Rauchwolke durchs Zimmer, und für einen Moment bekam sie keine Luft. Es traf sie nicht völlig überraschend. Dass sie aus dem Fernsehen erfahren musste, wie Denise gestorben war, gab der Nachricht jedoch schreckliche Macht.

Sie dachte an ihre Freundin. Daran, wie sehr sich Denise gewünscht hatte, ein normales Leben führen zu können, bevor sie zum Werkzeug ihrer eigenen Vernichtung geworden war. Ihr kamen die Tränen, und sie blinzelte sie weg.

„Was die Anschuldigungen angeht, die in *Dallas A. M.* erhoben wurden, kann Billy nur vermuten, dass die Kinder dazu angehalten wurden – in der Hoffnung, damit höhere Zuschauerzahlen zu erzielen. Er findet diese Vorgehensweise abscheulich und hat sich von der Show distanziert. Angesichts des Traumas, das diese Kinder in den letzten sieben Monaten erlitten haben, bittet Billy darum, in Ruhe gelassen zu werden, damit er um seine Schwester trauern und seiner Familie beistehen kann."

Der blaue Bildschirm verschwand, machte erneut dem breit grinsenden Nachrichtensprecher Platz. „Ich schwöre, das hätten wir uns nicht besser ausdenken können. Und wenn Sie glauben, das sei alles, dann irren Sie sich. Zwei weitere, ja, Sie haben richtig gehört: *Zwei weitere Frauen* haben sich gemeldet und behaupten, Billy Wilkins sei der Vater ihrer Kinder."

Madelyn schnappte erschrocken nach Luft. Sie war entsetzt. Daran hatte sie gar nicht gedacht. Natürlich krochen jetzt die Parasiten scharenweise aus ihren Löchern, nachdem sie eine solche Schwäche gewittert hatten.

„Das Pressebüro der Mavericks hat noch keinen Kommentar abgegeben, aber ich kann mir nicht vorstellen, dass Pat Hornsby, der Gentleman-Coach der NHL, besonders stolz auf seinen Verteidiger mit dem üblen Ruf ist. Und damit landet Billy Wilkins in der Hall of Fame unserer Sportler, die sich richtig schlecht benehmen."

Der Nachrichtensprecher wandte sich anderen Themen zu, und Billy drückte den Aus-Knopf auf der Fernbedienung. Der Bildschirm wurde schwarz.

Madelyn starrte auf den Donut in ihrer Hand, auf die harte, in der Mitte gesprungene Schokoladenglasur, aus der die weiße Cremefüllung quoll.

Hatte sie im Ernst geglaubt, ein Donut könne irgendetwas wieder in Ordnung bringen?

„Seit wann weißt du, dass Denise an einer Überdosis gestorben ist?", flüsterte sie benommen, weil viel zu viel auf sie einstürmte.

„Becky hat es mir gestern gesagt."

„Es tut mir so leid, Billy.“

Er lachte. Finster und kleinlaut, und sie wusste, wie schuldig er sich fühlte – wegen seiner Familie, wegen der Entwicklung, die sie alle genommen hatten.

„Hast du mit Janice gesprochen?“

Er schüttelte den Kopf. „Sie geht nicht ans Telefon.“

„Und was wirst du jetzt tun?“

Billy rieb sich heftig mit den Händen das Gesicht, als wollte er das abschrubben, was ihn belastete und niederzudrücken drohte.

„Sie erträgt es nicht, wenn man sie anfasst“, murmelte er. „Sie ist gerade mal dreizehn und erträgt es nicht, wenn man sie anfasst!“

„Woher weißt du das?“

„Ich wollte ihr aus meinem Wagen helfen, als sie das erste Mal versucht hat, abzuhauen.“ Er sah sie von der Seite an. „Sie wollte meinen Truck kurzschließen. Offenbar hat sie nicht die leiseste Ahnung, wie das geht. Aber als ich sie mit der Hand berührt habe, um ihr aus dem Auto zu helfen …“ Sein gesamter Körper versteifte sich, als hätte er einen elektrischen Schlag bekommen.

„Was … was meinst du, Billy? Bei Janice sind sie immerhin zu Hause.“ *Und du bist ein alleinstehender Mann in einem brutalen Gewerbe und wirst gerade von den Medien zur Schnecke gemacht.*

Er streifte sie mit einem Blick, der allergrößte Enttäuschung über sie zum Ausdruck brachte. „Du weißt wirklich nicht mehr, wie es war“, sagte er.

Sie hätte ihm gern erklärt, dass sie sich sehr wohl erinnerte. Dass sie schließlich an seiner Seite gestanden hatte. Aber das würde nur zu einem Streit führen und entsprach gar nicht ihren Absichten.

„Was ist mit ihrem Vater?“, fragte sie stattdessen.

„Väter. Plural. Becky kennt ihren Vater nicht, und Charlies Vater sitzt im Knast.“

Leben voller Tragik. Es war, als steckten sie in einem tiefen Loch fest. Entweder sie kletterten schnell heraus, oder sie waren für immer verloren.

„Was kann ich tun, um dir zu helfen?“, wollte sie wissen.

„Wobei?“, gab er mit grimmigem Sarkasmus zurück. „Bei meiner Nichte und meinem Neffen in der Küche? Meiner toten Schwester? Den Reportern und Kamerateams, die auf meinem Rasen ihre Zelte aufgeschlagen haben? Den Frauen, die ich zwar nicht kenne, die aber behaupten, Kinder von mir zu haben? Spuck's aus: Bei welchem Teil meines Lebens willst du mir mit deinen verdammten Donuts helfen?“

Mit diesen Worten riss er ihr den Donut aus der Hand und schleuderte das traurige kleine Friedensangebot mit Wucht quer durchs Zimmer gegen den schwarzen Fernsehbildschirm.

Sie zuckte zusammen, erschrocken, schmerzlich und grässlich nervös. Im ganzen Haus herrschte eine extreme Anspannung – bei den Kindern in der Küche, bei Billy hier im Wohnzimmer. Unter diesen Umständen war es erstaunlich, dass die Fundamente noch intakt waren.

Billy hatte sich kaum mehr im Griff. In seinen Augen funkelte eine Aggressivität, die sie allzu gut kannte.

Vor einer Million Jahren, als sie noch jung gewesen waren und nett zueinander und voneinander nur das Beste geglaubt hatten, hätte sie ihm geraten, sich bei einem Lauf auszutoben oder sich Eis zu besorgen. Sie hätte ihn mit ins Bett genommen, um seinem Körper eine Chance zu geben, die Gefühle zu verarbeiten, die er nicht in den Griff bekam.

„Billy, schau, du bist sauer, und du hast allen Grund dazu. Aber wir müssen uns überlegen, wie wir dich aus diesem Schlamassel herausholen. Ich bin hier, weil ich helfen will. Und du kannst hier stehen – erschöpft, mit zwei Kindern in deiner Küche und ESPN auf deinem Rasen – und Donuts an die Wand pfeffern. Oder wir können gemeinsam versuchen, die Sache in Ordnung zu bringen.“

„Hast du das eben nicht gesehen?“

„Es ist übel, Billy. Ganz übel. Aber vielleicht … vielleicht, wenn du wieder in der Show auftrittst …“

Er schüttelte den Kopf, ballte die Fäuste, als würde er sich sehr zusammenreißen, um sie nicht zu erwürgen. Vermutlich war es auch so.

„Ich kann dir eins garantieren“, erwiderte er. „In deine Show setze ich keinen Fuß mehr.“

Nein. Nein. Er grub sich ein und würde bald völlig unbeweglich sein.

„Phil ist gefeuert worden.“

„Spielt keine Rolle, Maddy. Deine Show hat mich benutzt. Hat diese Kinder benutzt.“ Sein Adamsapfel hüpfte, als müsste er sich gegen aufsteigende Tränen wehren. „Ich komme nicht zurück.“

Sie öffnete den Mund, um zu widersprechen, ließ es dann aber bleiben. Wie konnte sie ihn nur überzeugen?

„Und ehrlich gesagt“, fuhr er fort, „kann ich kaum glauben, dass du weitermachst. Sie haben dich doch auch sabotiert!“

„Diese Show ist mein Job, Billy. Mein Leben …“ Sie stockte, als sie sich mit einem Mal deutlich an den ersten Tag erinnerte, an dem er in den Sender gekommen war. Damals hatte sie ihn gefragt: *Außer Hockey ist dir nichts geblieben, nicht wahr?*

Außer der Show ist mir nichts geblieben.

Plötzlich hämmerte jemand wild gegen die Haustür, und sie zuckte zusammen.

Billy eilte zum Eingang und schob die Gardine vor dem Fenster zur Seite, bevor er öffnete.

„Großer Gott, Billy.“ Billys Agent trat ein. Über seine Schulter hinweg konnte sie sehen, dass die Aufnahmewagen immer noch vorm Haus standen und die Reporter auf dem Gehweg herumlungerten. „Diesmal steckst du wirklich tief in der Scheiße.“

„Ich habe keine Kinder“, erklärte Billy. „Diese Frauen lügen …“

Victor hob abwehrend eine Hand. „Ich weiß. Jeder weiß das. Aber wir haben größere Probleme.“

„Noch größer?“ Billy lachte, wurde jedoch sofort wieder ernst, als Victor nickte.

19. KAPITEL

Billy ließ sich rücklings auf die Couch fallen. Seine Widerstandskraft, die ihn bis eben aufrecht gehalten hatte, hatte ihn so schnell verlassen, dass ihm schwindlig war.

„Niemand?“, fragte er.

„Niemand will dich. Die Geschäftsführung hat mehr als klargemacht, dass niemand in der Liga über einen Wechsel verhandeln will, nicht mal, wenn dabei Geld fließen würde.“

„Was sagt Hornsby dazu?“

„Ihm sind die Hände gebunden. Ich glaube allerdings nicht, dass er sich allzu sehr für dich eingesetzt hat.“

„Er könnte also nicht mal jemanden dafür bezahlen, dass er mich nimmt.“

Billy war speiübel. Rasch beugte er sich vor und stützte den Kopf in die Hände, wartete, dass der Schwindel sich legte. Vergebens. Die Übelkeit wurde immer heftiger. Er schluckte, um den üblen Geschmack in seinem Mund loszuwerden.

„Sie wollen mich also abfinden? Mich freigeben?“

Victor schwieg, und Billy schaute zu ihm hoch. Sein Agent war grün im Gesicht. Oh Gott, das sah gar nicht gut aus.

„Sie schicken dich zurück in die Unterliga. Die Geschäftsführung will dir eine Lektion erteilen.“

Das nachfolgende Schweigen schwang wie ein Paukenschlag in seiner Brust. Beschämung machte sich in ihm breit.

„Oh, Billy“, seufzte Maddy. Dass sie hier war und zur Zeugin dieses Debakels wurde, machte alles noch schlimmer.

„Wie Sean Avery?“ Er lachte, obwohl es nicht lustig war. Nichts an dieser Sache war lustig.

„Wenn du gut spielst, dir nichts zuschulden kommen lässt, dann nehmen sie dich vielleicht wieder auf.“

Billy stand auf. Er konnte nicht einfach dasitzen und den sauren Geschmack hinnehmen, den sein Leben in seinem Mund hinterließ. Auf und ab zu gehen half, also ging er auf den großen Fernsehschirm zu, an dem immer noch der zermatschte Donut klebte.

Seine Karriere sah im Augenblick diesem Donut sehr ähnlich.

Enttäuschung war etwas, das er gar nicht gut ertrug. Er war Enttäuschungen nicht gewöhnt. Hatte sich nach seiner Scheidung von diesem nutzlosen Gefühl befreit wie von Ballast. Enttäuschung folgte nur auf innere Einkehr. Trat nur auf, wenn er darüber nachdachte, wie gründlich er alles vermasselt hatte, und solchen Mist machte er einfach nicht mehr.

„Scheiß drauf", sagte er.

„Nein." Er konnte hören, wie Victor aufstand und das Zimmer durchquerte, um ihm besänftigend seine Hand auf die Schulter zu legen. Aber Billy wollte nichts davon wissen. „Schau mal, vielleicht kannst du hingehen und mit Hornsby reden. Auf seine Gnade setzen. Um Entschuldigung bitten."

Billy wandte sich brüsk ab und trat ans Fenster. „Das mache ich nicht."

Victor starrte ihn lange und streng an. Es war offensichtlich, wie enttäuscht er war. „Dann bist du auf dich allein gestellt."

„Du lässt mich fallen? Nach so vielen Jahren?"

„Du lässt mir keine andere Wahl! Ich bin Agent für Sportler. Wenn du nicht Hockey spielst …"

Wer bin ich dann? Ebenso gut hätte er diese Frage schreien können. Das Dach erbebte unter der Gewalt all der Dinge, die er nicht aussprach.

„Ich schau mal nach den Kindern", meinte Maddy und zog sich in die Küche zurück, während sein Leben um ihn herum explodierte und gewaltige Brocken Erde und Beton auf ihn herabregneten.

Zwei Kinder.

Kein Agent.

Kein Hockey.

Oh Gott, gleich würde er aus der Haut fahren. Den Verstand verlieren. Er musste irgendetwas tun. Sonst würde er demnächst blind um sich schlagen, und so wütend, wie er war, so stinksauer, wusste er, dass das keine gute Idee war. Es war ja niemand da, den er schlagen konnte.

„Ich will jetzt trainieren", erklärte er.

Victor warf die Hände hoch. „Ich kann dir nicht helfen, wenn du es nicht mal versuchst."

Versuchen? Billy stürmte durch den Flur davon. *Was denn?* Alles, was er je versucht hatte, krachte rings um ihn zusammen.

Maddy hatte keine Ahnung, was sie jetzt tun sollte. Mit einem PR-Albtraum wie beispielsweise einer unterstellten Vaterschaft glaubte sie, fertigwerden zu können. Das war zwar schon merkwürdig genug. Doch es war ein Problem, das man Stück für Stück auseinandernehmen und in Ordnung bringen konnte.

Aber Billy als Spieler in der Unterliga? Billy am Ende seiner Karriere?

Das war zu viel. Es war zu viel von ihr verlangt, ihm da durchzuhelfen. Vielleicht bewies das, dass sie feige war. Damit konnte sie leben. Jedenfalls war es eindeutig an der Zeit, zu gehen, sich zurückzuziehen und einen neuen Plan zu schmieden.

Sie schlich sich in die Küche, wo beide Kinder im Sitzen eingeschlafen waren, die Köpfe auf die Unterarme gelegt. Charlies Gesicht war mit Puderzucker und Schokoladenglasur verklebt. An Beckys Donut fehlte die Hälfte der Streusel. Mehr hatte sie nicht davon gegessen.

„Becky?", flüsterte sie. Das Mädchen rührte sich nicht.

Da ihr wieder einfiel, was Billy gesagt hatte, stupste sie vorsichtig Beckys Ellenbogen an. Keine Reaktion, nicht mal ein Zucken.

Als Maddy ihr jedoch die Hand auf die Schulter legte, sprang sie auf.

„Was?", rief das Mädchen in größter Panik. „Wo ist Charlie?"

„Schh. Schhht, Charlie ist hier. Es geht ihm gut, alles in Ordnung."

Allmählich fand Becky sich wieder zurecht, starrte ihren schlafenden Bruder an. „Er ist bewusstlos."

„Das warst du auch. Warum geht ihr nicht zurück in euer Schlafzimmer? Schlaft euch richtig aus?"

Becky gähnte so heftig, dass es ein Wunder war, dass sie sich nicht den Kiefer ausrenkte. „Ja", stimmte sie zu und stand langsam auf. „Komm mit, Char."

Als das Mädchen sich vorbeugte, um Charlie auf den Arm zu nehmen, schritt Maddy ein. „Süße, du kippst gleich aus den Latschen. Lass mich Charlie tragen."

Offensichtlich war es eine große Sache für Becky, jemand anderem zu erlauben, sich um ihren kleinen Bruder zu kümmern. Das erinnerte Maddy sehr intensiv an Billy und Denise. Daran, wie er sie so lange unter seine Fittiche genommen hatte. Sie und Janice, um genau zu sein.

„Okay", flüsterte Becky und sah zu, wie Madelyn den Jungen hochhob. Der entspannte Körper wog mehr als erwartet.

„Du liebes bisschen, Mädchen, wie machst du das nur?"

Becky lachte nicht einmal. „Geh behutsam mit ihm um."

„Natürlich." Maddy wurde wieder ernst. Offensichtlich war Becky nicht in Stimmung für Scherze. „Geh bitte voran."

Im Gästezimmer angekommen, legte Madelyn den Kleinen auf das Bett und deckte ihn bis über die Schultern zu. Becky kroch neben ihm auf die Matratze, legte sich auf den Rücken und starrte an die Zimmerdecke.

Dann warf sie einen kurzen Blick hinüber zu Charlie, als müsse sie sich vergewissern, dass er da war, bevor sie wieder angelegentlich die Decke musterte.

Maddy hätte ihr gern Verschiedenes gesagt. Über ihre Mom. Ihren Onkel Billy. Darüber, dass ihr niemand wehtun würde. Maddy wollte wissen, ob jemand dem Mädchen wehgetan hatte. Und wie. Und dann wollte sie demjenigen Billy auf den Hals hetzen.

„Was?", fragte Becky schließlich und funkelte sie böse an.

„Es tut mir leid wegen deiner Mom."

Becky zuckte die Achseln. Damit konnte sie aber niemanden täuschen.

„Ich ... ich habe sie gekannt. Vor langer Zeit. Wir waren Freundinnen."

Ich flechte dir Zöpfe. Das hatte sie in jener Nacht gesagt – ein Versuch, sie dazu zu bringen, nicht länger zu weinen.

Becky fuhr sich mit der Zunge über die aufgesprungenen Lippen. Am liebsten hätte Maddy ihr gesagt, sie solle das lassen. Demnächst würden sie anfangen zu bluten. Im Geiste notierte sie sich, dem Mädchen den Lippenpflegestift dazulassen, den sie in ihrer Handtasche hatte.

„Als ihr noch Kinder wart", meinte Becky. „Ich weiß." Sie wischte sich die Nase mit dem Ärmel ihres Sweatshirts ab. „Sie hat mir von dir erzählt, als sie mit Charlie schwanger war. Sie hat mir erzählt, irgendeine Freundin von ihr sei reich geworden und hätte uns etwas Geld geschickt. Bevor wir hierhergekommen sind, hat Tante Janice mir erklärt, das warst du. Sie hat mir Bilder von dir gezeigt. Von dir als Kind."

Oh. Viel war das nicht. Genau genommen sehr wenig. Schrecklich wenig.

„Du bist wirklich dort aufgewachsen?", fragte Becky.

„Gleich um die Ecke. Nur wenige Häuser von deiner Mom und Billy entfernt."

Becky lachte leise, als könnte sie es nicht glauben. „Und wie bist du hier gelandet?"

„Ich habe sehr hart gearbeitet."

„Ja. Und hast deine Zähne richten lassen."

Der anklagende Ton in Beckys Stimme ließ sie zusammenzucken. Doch dann begriff sie irgendwie – vielleicht dank des hungrigen sechsten Sinnes, den ihre Kindheit in jenem Viertel ihr eingetragen hatte –, dass Becky bloß versuchte, ihre eigenen Schlüsse zu ziehen. Punkt für Punkt nachzuvollziehen, wie Maddy von dort, wo sie herkam, dorthin gelangt war, wo sie sich heute befand. So etwas geschah schließlich nicht alle Tage, und zumindest von Beckys Warte aus musste diese Landkarte rätselhaft erscheinen.

Maddy erinnerte sich allzu gut daran, wie sich das anfühlte.

„Ich hatte ziemlich schlechte Zähne."

„Die Heirat mit Onkel Billy hat bestimmt geholfen."

Sie nickte. „Sie hat jedenfalls nicht geschadet."

„Und wahrscheinlich hattest du immer gute Noten. Du musst klug gewesen sein. Echt klug."

„Weißt du, Becky …“ Nachdenklich strich sie über die Bettdecke, die sie Charlie bis an die Ohren gezogen hatte. Er seufzte und drehte sich um, streckte dabei einen Arm aus. Maddy widerstand dem Drang, einen seiner Finger zu berühren. Einen Finger nur. „Nicht wirklich. Ich war nicht klüger, als du es vermutlich bist. Aber ich wollte unbedingt aus diesem Viertel raus.“

Beckys Augen füllten sich mit Tränen, und Madelyn zwang sich, so zu tun, als bemerkte sie das nicht. Sorgfältig schob sie Charlies Hand wieder unter die Decke.

Becky wandte sich ab, starrte wieder an die Zimmerdecke, und die Tränen rannen ihr aus den Augenwinkeln in die Haare.

Madelyn wusste nicht, was sie tun oder sagen sollte. Sie war sich nicht mal sicher, ob das Mädchen nun Angst hatte, traurig war oder Heimweh hatte.

„Niemand wird euch etwas tun“, sagte sie, weil sie Angst für am wahrscheinlichsten hielt.

„Sag das Onkel Billy.“

„Er ist … Er kann beängstigend wirken, aber ich versichere dir: Er wird dir nicht wehtun. Er wird dir kein Haar krümmen.“

Becky starrte so grimmig an die Decke, als könnte nur sie allein sie daran hindern, herunterzustürzen und sie unter sich zu begraben.

„Versuch zu schlafen, Becky“, meinte Maddy.

In dem Moment setzte das Mädchen sich ruckartig auf und griff nach ihr. Verschwitzte Finger legten sich wie eine Handschelle um ihr Handgelenk.

„Gehst du weg?“, fragte Becky. All ihre Bemühungen, tapfer, gleichgültig und gelassen zu wirken, waren dahin. Stattdessen war sie kreidebleich und hatte die Augen weit aufgerissen vor Sorge.

„Nein“, erwiderte Maddy und warf damit ihre Pläne kurzerhand über den Haufen. „Ich bin gleich nebenan.“

Becky legte sich wieder hin, sammelte sich, als wäre ihr schmerzlich bewusst, wie jung sie geklungen hatte. Wie verängstigt. „Ist schon gut“, sagte sie, aber es war zu spät, um zurückzunehmen, was sie offenbart hatte. „Mach, was du willst.“

„Wenn du aufwachst, werde ich da sein. Gleich nebenan.“

Becky rollte sich auf die Seite. Die kleinen Knochen ihrer Wirbelsäule zeichneten sich unter dem dünnen Sweatshirt ab, das sie trug.

Maddy folgte dem Wink und verließ den Raum. Draußen drückte sie eine Sekunde lang die Hand auf das Türblatt, als könnte sie ihre unausgesprochene und unsichere Hoffnung auf Heilung durch das Holz schicken.

Billy hatte recht. Sie hatte es vergessen. Sie hatte sich gezwungen, zu vergessen, wie es gewesen war, in jenem Viertel aufzuwachsen, mit der Wilkins-Familie, denn die Last war unerträglich schwer gewesen.

Sie vernahm das Surren und Klopfen eines Laufbandes und folgte dem Geräusch zu einem Hinterzimmer. Die Tür war nur angelehnt. Im Schatten des Flurs blieb sie stehen und beobachtete Billy durch den Spalt.

Er rannte in einem unbarmherzigen, strapaziösen Tempo. Schweiß rann über jeden angespannten und verhärteten Muskel, tropfte von seiner Nase, von seinem trotzig vorgereckten Kinn. Und obwohl er aussah wie das blühende Leben, war ihr klar, dass er verwundet war.

Dass er vor ihren Augen verblutete.

Die weißen Kabel seines MP3-Players hüpften auf seiner nackten Brust, und sie begriff in einem plötzlichen Anfall von Zuneigung, dass er das Gerät benutzte, um die Kinder nicht zu stören.

Warum sie das tröstete, hätte sie nicht sagen können, aber es war so. Ein kleines Zeichen, dass vielleicht doch alles in Ordnung kommen könnte. Wenn er sich weiter von seinem Mitgefühl und seiner Vernunft leiten ließ, würde es ihm gut gehen. Er würde sich aus diesem Schlamassel befreien.

„Verdammt noch mal!“, brüllte Billy und schlug mit der flachen Hand auf das Display des Laufbands. Wieder. Und wieder. Bis das Display zersprang.

Oder, dachte sie und zog sich in den Schatten zurück, weg von Billys Wutausbruch, er würde alles nur schlimmer machen in seinem blinden Zorn.

Man wusste einfach nie, wie Billy reagieren würde.

Maddy öffnete blinzelnd die Augen. Wo war sie hier? Sie lag auf einer Couch. Aus braunem Leder. Das war also nicht ihre Couch. Die graue Decke, mit der sie zugedeckt war, bestand aus Fleece. Gehörte also definitiv nicht ihr.

„Warum zum Teufel ist sie hier?“, hörte sie eine Frau fragen, die Lautstärke gedämpft durch Wände und die Entfernung.

Der Duft von in Butter gedünstetem Knoblauch erfüllte die Luft, ihr Magen meldete sich lautstark zu Wort und weckte sie endgültig.

Sie lag auf Billys Couch. Nachdem sie die Donuts weggeräumt hatte, hatte sie sich auf die Couch gesetzt und musste irgendwann eingeschlafen sein. Nach dem Stand der Sonne zu urteilen, die hell durch die Fenster hereinschien, hatte sie ein paar Stunden geschlafen.

„Billy“, meinte die Frauenstimme. Maddy hob den Kopf. Das kam aus der Küche. Tara Jean. Dieser stahlharte Southern-Magnolia-Ton war unverwechselbar. „Es ist ihre Show. Sie hat dich ausgenutzt. Du kannst mir nicht erzählen, dass sie diesen Dreck nicht von Anfang an so geplant hat.“

Geschirr klirrte, Besteck klapperte, es zischte, und dann verbreitete sich der köstliche Geruch von gebratenem Fleisch.

„Sie hat mir gesagt, dass sie nichts damit zu tun hatte“, antwortete Billy. „Und ich glaube ihr.“

„Ich erzähle dir mal, was ich glaube …“

„Tara“, mischte sich eine dritte Stimme ein, dunkel und volltönend. „Seit einer halben Stunde erzählst du uns, was du glaubst. Wir wissen es inzwischen.“

„Fein“, gab sie nach kurzem Schweigen zurück. „Aber ich will nicht, dass Billy verletzt wird.“

„Maddy wird mich nicht verletzen.“

Innerlich wand Maddy sich. Sein Vertrauen zu ihr tat weh. Nein, dachte sie. *Glaube nicht an mich.*

„Eins schwöre ich dir“, murmelte Tara Jean, und Maddy sah vor ihrem inneren Auge, wie die Frau Billy umarmte, ihre dünnen Arme um seinen mächtigen Nacken schlang, ihre Lippen an seine Wange drückte. Eifersucht – irrational und plötzlich –

durchzuckte sie. „Wenn sie aufwacht, werde ich ihr sagen, was ich von ihr halte."

Großartig. Seufzend setzte Maddy sich auf und entdeckte, dass Becky vor ihr auf dem Boden saß und Charlie im Arm hielt.

„Diese Frau kann dich nicht leiden", flüsterte Becky. Ihre Augen leuchteten. Maddy war sich nicht sicher, ob das so war, weil das Mädchen sie auslachte oder weil Becky endlich ein wenig geschlafen hatte.

„Ja", murmelte sie. „So viel habe ich auch verstanden. Wie lange sitzt ihr schon hier?"

„Nicht lange. Charlie ist eben erst aufgewacht."

Und sie haben sich zu mir gesetzt, statt in die Küche zu gehen. Auch dieses Vertrauen in sie behagte Maddy nicht.

„Ich habe Hunger", rief Charlie, und in der Küche wurde es schlagartig still.

Becky zuckte zusammen. „Oh-oh."

Ja, oh-oh. Maddy schlug die Decke beiseite, stand auf und strich sich mit der Hand glättend über die Haare. Das war nur ein hilfloser Versuch, sich darauf vorzubereiten, dass Tara Jean um die Ecke kam.

Aber wer tatsächlich kam, war Billy. In Jeans und einem ausgebleichten Mavericks-T-Shirt. Er war barfuß und sah ganz genauso aus wie an jedem der Sonntagnachmittage, die sie gemeinsam verbracht hatten.

„Ihr seid wach." Er musterte prüfend die Kinder, als suchte er nach Verletzungen oder geklautem Silberbesteck. „Ihr alle."

„Tut mir leid", begann Maddy. „Ich wollte nicht …"

Er winkte ab. „Schon gut. Wir brauchten alle ein bisschen Schlaf. Habt ihr Hunger?"

„Wie ein Wolf", erwiderte Charlie und hüpfte einfach so durchs Zimmer.

„Becky?"

Sie zuckte die Achseln. Diese Sprache beherrschte sie offenbar am besten.

„Fein", meinte Billy, „das Mittagessen ist gleich fertig. Mein Freund Luc macht Frikadellen-Sandwiches."

„Frikadellen!“, jubelte Charlie. Der Junge hätte kaum aufgeregter reagieren können, wenn jemand verkündet hätte, in der Küche hätte ein Zirkus seine Zelte aufgeschlagen. Billy schien betroffen angesichts seines überschwänglichen Enthusiasmus.

„Beruhig dich, Charlie.“ Becky war Billys überraschte Unsicherheit nicht entgangen.

Das Mädchen ist unglaublich geschickt darin, die Atmosphäre in einem Raum zu erfassen und Stimmungen abzuschätzen, dachte Maddy.

Überlebenstricks.

„Nein, lass nur. Ich mag Frikadellen auch unheimlich gern“, sagte Billy und lächelte den Jungen an. „Luc könnte vermutlich ein bisschen Hilfe gebrauchen.“

Charlie rannte los, bevor Becky ihn aufhalten konnte, und jetzt, da er nicht mehr bei ihr war, wirkte sie auf einmal verloren. Und sehr jung. Einige Strähnen hatten sich aus ihrem Pferdeschwanz gelöst und hingen ihr wirr um den Kopf. Auf ihrer Wange war noch der Abdruck von ihrem Kopfkissen zu erkennen.

„So ist er also, wenn er ein bisschen geschlafen hat“, sagte Billy und schenkte Becky ein vorsichtiges Lächeln. Maddy musste sich abwenden, weil ihr plötzlich aufsteigende Gefühle die Kehle zuschnürten. Er gab sich Mühe; er gab sich solche Mühe.

Becky hingegen ignorierte seinen Versuch, eine Brücke zwischen ihnen zu bauen, und versteckte ihre Hände in den Ärmeln ihres Sweatshirts. „Hast du von Janice gehört?“, fragte sie.

Billy schüttelte den Kopf. „Sie geht nicht ans Telefon und ruft auch nicht zurück.“

„Setzt du uns ins Flugzeug?“

„Nicht, bevor ich mit ihr gesprochen habe.“

„Kann sein, dass sie nie ans Telefon geht. Wahrscheinlich ist es abgeschaltet.“

Billy reckte den Hals, als würde ein unsichtbarer Kragen ihn mit einem Mal einengen. „Nun, darum kümmern wir uns später. Jetzt lasst uns erst mal essen.“

„Becky!“, rief Charlie.

Das Mädchen holte tief Luft. „Ich brauche etwas von dem Geld, das du mir gegeben hast."

Billy betrachtete sie durchdringend. „Wofür?"

„Wir brauchen mehr Windeln. Und Salbe für Charlies Po. Und Vitamine. Und Zahncreme für Kinder – er kann die andere nicht benutzen. Und …"

Billy hob eine Hand, um sie zu stoppen. „Ich habe verstanden. Nach dem Essen gehen wir einkaufen."

Becky nickte und entspannte sich ein ganz klein wenig.

„Hey, ihr, kommt ihr? Das Essen ist fertig." Tara Jean stand in der Tür zur Küche und funkelte Maddy böse an. Es war offensichtlich, dass ihre Einladung nur den anderen galt.

„Ja." Billy wandte sich zur Seite und hob den Arm, als wollte er Beckys Schulter berühren, um sie in die Küche zu geleiten, aber er hielt inne, als das Mädchen zurückzuckte.

Maddy dagegen wollte er anscheinend nirgendwohin leiten. Es war offensichtlich, dass es für sie Zeit wurde, zu verschwinden. Allerhöchste Zeit.

„Ich, ähm … ich werde dann mal nach Hause fahren", sagte sie.

„Was?", fragte Becky in sichtlicher Panik. Und am liebsten hätte Maddy dem Mädchen erklärt, dass es auf das falsche Pferd gesetzt hatte. Tara Jean, die den Eindruck machte, Becky notfalls mit dem Messer in ihrer Hand zu verteidigen, würde sich besser um sie kümmern. Maddy besaß keine mütterlichen Instinkte. Sie hatte längst vergessen, wie man anderen selbstlos gab. „Du hast gesagt, dass du bleibst."

„Ich … ich kann nicht …"

„Sie muss zurück zu ihrer Show", ergriff Tara Jean das Wort. Ihre Augen waren so schmal wie die von den Schlägern auf dem Spielplatz, an die Maddy sich aus ihrer Kindheit erinnerte. „Damit sie noch mehr Leuten das Leben ruinieren kann."

„TJ …", mischte Billy sich ein, aber er kam zu spät. Maddy konnte ihre eigenen Kämpfe ausfechten.

„Ich habe nichts gewusst", erklärte sie Tara Jean. „Und ich tue, was ich kann, um die Sache in Ordnung zu bringen."

„Ich habe die Donuts gesehen. Wie großzügig."

„Du glaubst also, dass du mich kennst? Du glaubst, weil du diesen Beitrag gesehen hast, wüsstest du, wie ich mich fühle? Du hast keine Ahnung, wie schlecht ich mich fühle. Denise war meine Freundin, meine allererste Freundin, und Billy war mein …" Ihre Stimme brach. *Mein Leben. So lange.*

Sie holte tief Luft, riss sich zusammen. Kein Wunder, dass sie so verdrehte Vorstellungen von Freundschaft hatte.

„Billy war mein bester Freund", fuhr sie schließlich fort, sorgsam bemüht, ihn nicht anzuschauen. „Und ich wollte nur helfen."

Und meine Karriere retten.

Wie hatte alles bloß so kompliziert werden können? Beinahe blind vor Tränen, die sie auf keinen Fall hier vergießen wollte, fand sie ihre Stiefel an der Haustür und zog sie an.

Als sie aufblickte, sah sie Becky, stocksteif vor Angst.

„Es kommt alles in Ordnung", meinte Maddy und hoffte, dass sich das nicht als Lüge erwies. „Ich habe dir doch gesagt, Billy ist ein guter Kerl."

„Aber …"

„Hier." Maddy zog eine Visitenkarte aus ihrer Handtasche, dazu einen Stift und schrieb ihre Handynummer auf die Rückseite. „Du kannst mich jederzeit anrufen."

Becky nahm die Karte und hielt sie mit beiden Händen fest, als fürchtete sie, jemand könne sie ihr wegnehmen.

„Das meine ich ernst", fügte Maddy hinzu. „Jederzeit."

„Morgen?"

„Ja." Dazu stand sie. Manchmal hatte man keine andere Wahl, wenn man das Richtige tun wollte.

„Becky, komm endlich!", rief Charlie aus der Küche.

„Komme schon", antwortete Becky und steckte die Karte in ihre Hosentasche. Dann ging sie, Tara Jean folgte ihr, und Maddy blieb allein mit Billy zurück.

Offenbar hatte er den größten Teil seines wilden Energieüberschusses abreagiert, denn er wirkte jetzt viel ruhiger. Beinah kleinlaut.

War es wirklich erst eine Woche her, dass er sie nach der Wohltätigkeitsgala nach Hause gefahren hatte? Vor ein paar Tagen noch hatte er ihren Körper geküsst, als wäre sie eine Kostbarkeit. Etwas Besonderes.

„Du musst nicht gehen", versicherte er ihr.

„Erzähl das Tara Jean."

„Es könnte knapp ausgehen, aber ich schätze, du wärst ihr gewachsen."

Maddy lachte. „Die Zeiten, in denen ich mich mit anderen Mädchen geprügelt habe, sind längst vorbei, Billy."

„Was wirst du jetzt tun?"

Sie blinzelte überrascht. „In welcher Hinsicht?"

„Wirst du kündigen?"

„Meinen Job? Nein."

„Du gehst also zurück in diesen Job, der dich gerade in einen Hinterhalt gelockt hat."

„Das war nicht der Job, das war Phil. Und ja, ich gehe zurück in diesen Job, den ich liebe, und zwar, um zu versuchen, die Sache wieder in Ordnung zu bringen. Ich will nicht, dass die Leute sich bloß an diese Angelegenheit erinnern, wenn sie an mich denken. Ich dachte, du müsstest das eigentlich verstehen."

Er versteifte sich, verschränkte die Arme vor der Brust. Die dünnen Ärmel seines blauen Shirts spannten über seinem Bizeps.

„Und was wirst du tun, Billy?"

„Du hast Victor gehört. Was kann ich schon tun?"

Maddy schwang sich ihre Handtasche über die Schulter. „Ich hätte nie geglaubt, dass ich den Tag erlebe, an dem Billy Wilkins zu Boden geht, ohne sich zu wehren."

„Hornsby will nicht, dass ich mich wehre. Er will, dass ich zu Kreuze krieche."

„Wäre es das nicht wert – zu Kreuze zu kriechen oder zu tun, was immer er will –, damit du deine Karriere mit Stolz beenden kannst?"

„Ich habe meinen Stolz!", brüllte er fast. „Genau deshalb tue ich das nicht."

„Oh, Billy“, seufzte sie, und obwohl sie sich nicht sicher war, wie das ankommen würde, konnte sie nicht anders: Sie streckte die Hand nach ihm aus, ergriff sein Handgelenk, spürte die Knochen, Muskeln und Sehnen unter seiner Haut. Und einen Moment lang, ganz kurz nur und wunderschön, vermochte seine Realität ihr neue Kraft zu geben. Sie fühlte sich, als wäre ihr innerer Akku plötzlich wieder aufgeladen. Eine schwache Erinnerung daran, wie es gewesen war, auf seiner Seite zu stehen. „Ich halte das nicht für Stolz.“

„Warum werde ich das Gefühl nicht los, dass du mich einen Feigling nennst?“

„Weil ich das tatsächlich tue. Du bist der tapferste, grimmigste Feigling, den ich kenne. Du bist der einzige Mensch, für den erbitterte Gegenwehr der leichteste Ausweg ist.“

„Du denkst also, sich zu wehren …“

„Halt.“ Sie drückte seine Finger. „Red nicht weiter. Dir fällt es leichter, dich fürs Kämpfen zu entscheiden. Es ist leichter, nicht zu sehr nachzudenken. Nichts außer deinem Körper aufs Spiel zu setzen. Du stellst dich gern dumm, und das viel, viel besser als jeder andere, den ich kenne.“

Sie bemerkte, dass er am liebsten widersprochen hätte, doch niemand kannte ihn so gut wie sie. Diese Wahrheit konnten sie beide nicht leugnen, auch wenn Maddy das gern getan hätte.

„Weißt du, warum dich jeder in meiner Show mochte? Weil du nicht gekämpft hast. Weil du dich nicht gewehrt hast. Du warst verletzlich, fühltest dich nicht wohl in deiner Haut. Du warst ehrlich. Für mich war das so, als sähe ich den Billy, der du in deiner Kindheit und Jugend warst, bevor das Hockey dich geschluckt hat. Uns beide geschluckt hat.“

Er packte ihre Hand, als wäre sie seine Rettungsleine in stürmischer See, und zog sie an sich. Ihr war klar, dass sie einen Fehler machte; dennoch ließ sie sich von ihm in seine Arme ziehen.

Sie umarmten einander – mehr nicht. Schlangen einfach die Arme umeinander, um Trost zu spenden und getröstet zu werden. Trost, den sie beide brauchten.

„Bleib“, flüsterte er an ihrem Haar.

Sie schob ihn von sich, versuchte zu lächeln, versuchte, so zu tun, als sei sie nicht völlig durcheinander. „Ich glaube, du hast bereits ein volles Haus."

„Ich werde Tara und Luc bitten, zu gehen." Sein Blick war absolut ernst. *Ich entscheide mich für dich.* Wieder und wieder sagte er das. *Wenn ich wählen muss, entscheide ich mich für dich und gegen alles andere in meinem Leben.* „Du warst auch meine beste Freundin."

„So leicht ist es nicht, Billy."

„Für mich schon. War es immer."

Dazu fiel ihr keine Antwort ein.

„Und wer ist jetzt der Feigling?", flüsterte er.

Oh, was für ein schwaches Wort für die wahnsinnige Angst, die sie empfand. Sie fürchtete sich – vor ihm, vor sich selbst, davor, wie wenig sie dem Riesenberg an Problemen in diesem Haus gewachsen war.

Sie fürchtete sich vor den Abermillionen spinnwebfeiner Fäden, die sie miteinander verbanden. In der Vergangenheit und der Gegenwart. Sie fürchtete sich davor, das Mädchen zu sein, das alles aufgab, nur um sein Leben mit ihm teilen zu können.

„Wir reden morgen miteinander, Billy", sagte sie, innerlich stolz, dass ihre Stimme klar und kräftig klang, obwohl sie sich fühlte wie ein dünnes, zerrissenes Blatt Papier.

Es fiel ihr schwer, wegzugehen. Entsetzlich schwer.

Die Haustür schloss sich hinter ihr, und sie lehnte sich mit dem Rücken dagegen. Plötzlich war alle Kraft aus ihrem Körper gewichen. Sie drückte beide Hände aufs Gesicht und rang um Fassung.

Erinnere dich, ermahnte sie sich. Sie versuchte, sich gegen die Verlockungen der Vergangenheit zu stemmen. Gegen Billys Anziehungskraft. *Erinnere dich, wer du bist. Erinnere dich, wie hart du gearbeitet hast, um deine Vergangenheit hinter dir zu lassen. Die Frau, die jeden Morgen im Fernsehen auftritt, hat keine Erinnerung an diesen Hunger, den Becky in ihren Augen hatte. Diesen Hunger, nicht auf Nahrung, Zuneigung, Achtung, sondern danach, eine Wahl zu haben. Und nicht nur eine Wahl zwischen verschiedenen Übeln.*

Erinnere dich, wie hart du daran gearbeitet hast, wieder ganz zu werden, zu heilen, nachdem Billy dich in tausend Stücke zerbrochen hatte.

Sie ließ die Hände sinken, hob den Kopf und schaute geradewegs in die Sonne.

Wenn sie ehrlich war – und im Moment war sie zu erschöpft, um sich oder andere zu belügen –, wenn sie ehrlich war, konnte sie nicht auf Billys Eingangstreppe stehen und sich selbst einreden, er sei noch derselbe Mann, der er gewesen war.

Billy hatte sich geändert. Und genau da lag das Problem. Dieser Mann, in den er sich verwandelt hatte, war unendlich viel großzügiger, freundlicher, netter und anziehender als der Junge von früher. Und sie wusste nicht, wie sie damit umgehen sollte. Wie sie dieser schrecklich schönen Versuchung widerstehen sollte.

Der letzte Reporter, der noch vor Billys Haus herumlungerte, näherte sich ihr, und Maddy eilte zu ihrem Wagen, ignorierte seine Fragen und setzte die Sonnenbrille auf.

Wenn Billy nicht in die Show zurückkam, bestand eine reelle Chance, dass sie alles verlieren würde, wofür sie in ihrer Karriere gearbeitet hatte. Aber um ihn dazu zu bringen, zurückzukommen, würde sie sich erneut auf all das einlassen müssen, was sie aufgegeben hatte, um Madelyn Cornish zu sein.

Und gerade jetzt, in diesem Moment, in dem sie von einem Reporter bedrängt wurde, hätte sie nicht sagen können, welche Alternative die schlimmere war.

20. KAPITEL

Vor einundzwanzig Jahren

Oh, mein Gott", flüsterte Fiona. „Da ist er."

Er. Damit konnte nur einer gemeint sein, denn über niemanden sonst hätte Fiona so geredet. Maddy schaute auf, und da stand er – am Ende der Schlange vor der Essensausgabe der Cafeteria, ein Tablett in den Händen, während er suchend den Blick über die Menge schweifen ließ: Billy Wilkins.

Er entdeckte sie und grinste. Sein Gesicht begann zu strahlen, und die Narbe verzog sich.

Nervöse Hitze prickelte auf ihrer Haut, als wäre sie bei einem Vergehen ertappt worden. Unsicher, ob sie gleich lachen, weinen oder sich übergeben würde, wandte sie sich hastig ab.

Seine ausgebleichten Jeans und das rote Shirt waren nichts Besonderes. Trotzdem bot er einen heißen Anblick.

Normalerweise aß er draußen auf dem Parkplatz mit den anderen Sportlern, doch seit einer Woche kam er in die Cafeteria und setzte sich zu ihr und den Leuten aus der Theatergruppe.

Nie zuvor war ihr so etwas Merkwürdiges geschehen.

Nach der Pyjamaparty, nachdem er aus dem Krankenhaus entlassen worden war, hatte sie ihn noch hin und wieder bei ihm zu Hause angetroffen, wenn sie rübergegangen war, um mit Denise rumzuhängen. Er hatte sich jedoch aufs Hockey gestürzt und sich intensiver hineingekniet, als irgendwer ihm jemals zugetraut hätte. Und sie ging inzwischen auf die Highschool, entfremdete sich allmählich von ihrer Freundin Denise, die mit Drogen in Kontakt gekommen und in Schwierigkeiten geraten war, und begegnete Billy nie mehr.

Es war, als lebten sie zwar in derselben Straße, aber auf verschiedenen Planeten.

In diesem Sommer hatte sie ihn allerdings im Schwimmbad gesehen, und alles war … irgendwie anders. Sie hatte einen Busen entwickelt, dazu diesen dämlichen Hintern, ihr roter Badeanzug saß zu eng, und alle Jungs rissen blöde Sprüche.

Nur er nicht. Er lächelte, süß, ein wenig schief, und ihr Körper spielte verrückt.

Maddy versuchte eilig, ihre Locken zurückzustreichen, die schon in der zweiten Stunde außer Rand und Band geraten waren. Dämliche Naturkrause.

„Was tut er?“, fragte Fiona leise, und Maddy ließ ihre Hand sinken. Wie blöd war das, sich Gedanken um ihr Aussehen zu machen, wenn er vermutlich gar nicht ihretwegen hier war? Vielleicht wollte er nur um Nachhilfestunden bitten und wusste nicht, wie.

„Weiß ich nicht“, flüsterte sie zurück. „Halt jetzt den Mund.“

„Er kommt zu uns rüber. Schon wieder!“

„Ich weiß. Halt die Klappe, Fi!“ Sie konnte seine Stiefel auf dem Boden der Cafeteria hören, und ihr wurde eins klar: Diese Schritte würde sie immer und überall erkennen. Selbst wenn sie plötzlich blind wurde, würde sie noch wissen, dass Billy Wilkins sich ihr näherte.

Oh Gott, das Herz schlug ihr bis zum Hals, und der Hamburger auf ihrem Teller verschwamm vor ihren Augen.

„Hey, Maddy.“

Fiona kicherte, und Maddy trat ihr unterm Tisch gegen das Schienbein.

„Hi, Billy“, stieß sie mühsam hervor. Billy war der größte Junge an der Schelany Highschool. Größer noch als die älteren Jungs im Footballteam. Denise hatte ihr erzählt, dass er im letzten Sommer Gewichte gestemmt und trainiert hatte, um größer und kräftiger zu werden. Er wollte unbedingt zu einem Probespiel für die Jugendnationalmannschaft eingeladen werden.

Und es hatte funktioniert. Billy war ein Hüne geworden – nur Muskeln, kein bisschen überflüssiges Fett. Und es hieß, in der letzten Woche sei die ersehnte Einladung gekommen.

Allein ihn anzuschauen machte sie nervös und froh zugleich. So als könnte sie ihre Haut von innen spüren, und das fühlte sich toll an.

Denise hatte gesagt, dass er im Sommer eine Freundin gefunden hatte. Ein älteres Mädchen, das es ihm in ihrem Auto mit dem Mund besorgte. Der Gedanke daran, an ihn … so … ließ ihr Herz rasen. Und tat ein bisschen weh.

Die Sonne schien durch die hohen Fenster und ließ seine braunen Haare karamellfarben erscheinen. Seine Augen waren schokoladenbraun.

Sie war sich nicht ganz sicher, was es bedeutete, es jemandem mit dem Mund zu besorgen. Aber wenn es hieß, Billy Wilkins mit dem Mund zu berühren, ihn zu schmecken, und sei es bloß ein ganz klein wenig, dann schien ihr das eine tolle Idee zu sein.

„Darf ich mich zu euch setzen?“, fragte er, als wäre das völlig normal. Als wollte er sich tatsächlich zu Maddy mit ihrem Überbiss, zu Fiona, die ihn hemmungslos anstarrte, und zu den Theaterfritzen setzen, die ihre Hausarbeiten am Tisch erledigten.

Sie meinte, den Blick sämtlicher Schüler in der Cafeteria auf sich zu spüren.

Warum? hätte sie am liebsten gefragt. *Soll das ein Witz sein? Ein Streich, den du und die anderen Sportler ausgeheckt haben?*

„Klar“, erwiderte sie.

Der Stuhl, den er unter dem Tisch hervorzog, schrammte laut über den Boden, und die Schüler, die über ihren Hausaufgaben saßen, blickten wütend auf.

Er zuckte zusammen. „’tschuldigung.“

Dann setzte er sich, faltete seinen langen Körper zusammen und ließ ihn auf den Stuhl sinken. Unter dem Tisch berührten seine Füße die ihren, und trotz der Schuhe empfand sie diese Berührung wie einen elektrischen Schlag, der ihre Beine durchlief und in ihrem Bauch sein Ziel fand.

Hau ab, gab sie Fiona wortlos zu verstehen. Ihre Freundin verdrehte die Augen, rutschte aber zwei Stühle weiter, rüber zu den anderen Jungs am Tisch, und gewährte Maddy und Billy damit so etwas wie Privatsphäre.

„Wie geht es dir?“ Billy konzentrierte sich auf sie, als wären sie allein in der Cafeteria. Irre, wie er das machte. Wie er einfach jeden und alles um sie herum verschwinden lassen konnte.

„Gut.“ Allzu lange konnte sie ihn nicht ansehen. Es war, als schaute sie in die Sonne: Wenn sie das zu lange tat, würden Flecken vor ihren Augen tanzen. Oder sie würde erblinden.

„Hey, ihr beiden. Was dagegen, wenn ich mich zu euch setze?“ Kevin Dockrill, mit seinem pockennarbigen Gesicht und den winzigen Augen, zog den Stuhl hervor, auf dem Fiona gesessen hatte, und ließ sich darauffallen. Sein Teller mit Pommes frites landete klappernd auf dem Tisch.

Maddy erstarrte. Sämtliche Muskeln in ihrem Körper waren auf einmal hart und angespannt. Kevin war ein Volltrottel. Immer gewesen. Schon, als sie noch klein gewesen und im selben Viertel aufgewachsen waren. Und als sich herumgesprochen hatte, dass Billy sich um Aufnahme in die Jugendnationalmannschaft bemühte, hatte Kevin angefangen, ihn wie wild zu schikanieren.

„Was soll das, Kevin?“, fragte Billy, ohne auch nur nett zu tun.

„Kann man nicht mal mit einem alten Freund über Hockey sprechen?“

Billy antwortete nicht, hatte den Blick fest auf die Tischkante gerichtet.

„Was denn? Bist du jetzt so eine große Nummer, dass du nicht mehr mit mir redest?“

Im ganzen Raum war es still geworden. Die Atmosphäre war spannungsgeladen, Gefahr lag in der Luft, und Maddy verstand nicht so recht, was vorging. Aber Kevin bohrte mit seinen Augen Löcher in Billys Kopf, und Billy wich seinem Blick aus.

„Ich hab läuten hören, dass du dich vor dem Probespiel fürchtest“, fuhr Kevin fort. „Dass du in der Umkleide geheult hast.“

„Das ist eine Lüge“, sagte sie. Ihr Mund stieß die Worte hervor, als hätte er einen eigenen Willen. „Er hat keine Angst. Jeder weiß, dass er es schaffen wird!“

„Oh, hey, Mann.“ Kevin lehnte sich zurück. Unter seiner Jacke war ein verwaschenes KISS-Konzert-T-Shirt zu erkennen. „Du hast eine persönliche Cheerleaderin.“

„Lass sie in Ruhe“, murmelte Billy.

„Das tue ich“, erwiderte Kevin, „wenn du mir wie ein Mann in die Augen schaust.“

Billy schaute ihm in die Augen. Plötzlich wirkte er größer und stärker als je zuvor. „Ich prügle mich nicht mit dir, Kevin. Du kannst sagen, was du willst. Tun, was du willst.“

„Weil du Schiss hast?“

„Weil du es nicht wert bist, für dich mein Probespiel zu riskieren.“

Schlagartig begriff Maddy, worum es hier ging. Kevin wollte, dass Billy zuschlug, denn wenn Billy von der Schule flog, durfte er nicht mehr an dem Ausscheidungsspiel teilnehmen.

Sie stand auf. „Lass uns gehen.“

„Gehen?“, fragte Kevin. „Wohin wollt ihr gehen?“ Er riss seine Knopfaugen weit auf, als wäre ihm gerade ein Licht aufgegangen. „Ich hab gehört, dass Billy es sich von einem Mädchen im Auto besorgen lässt. Von dir etwa?“

Billy richtete sich mit einem Ruck auf. Sein Stuhl rutschte quietschend über den Boden, und jetzt starrten wirklich alle zu ihnen herüber. Am anderen Ende der Cafeteria erhoben sich die Leute, um besser sehen zu können.

„Halt dein Maul, Kevin.“

„Willst du dich wegen dieses Mädchens prügeln?“, wollte Kevin wissen. „Dann muss sie echt gut sein. Hey.“ Er griff nach Maddys Hand, und sie zog sie hastig weg. „Vielleicht möchtest du ja mal mit mir auf den Parkplatz kommen.“

Billy stieß den Tisch zur Seite, und Fiona und die Jungs starrten ihn mit offenem Mund an, während ihre Teller auf dem Boden landeten. Billy machte einen großen drohenden Schritt auf Kevin zu, der auf die Beine sprang und die Fäuste ballte.

Maddy hatte keinen Schimmer, was sie vorhatte, bis sie es tat: Plötzlich stand sie zwischen Billy und Kevin. „Mach, dass du rauskommst, Kevin“, sagte sie.

„Maddy …“ Billy wollte sie hinter sich schieben, doch sie rührte sich nicht von der Stelle.

„Brauchst du etwa ein Mädchen, das für dich kämpft?“, entgegnete Kevin lachend, und andere stimmten in sein Gelächter ein.

„Nein, braucht er nicht“, entgegnete sie, innerlich kochend vor Zorn. Zorn auf Billy, auf sich selbst, darauf, wie sie aufgewachsen waren, auf die Entscheidungen, die sie treffen mussten, und auf Arschlöcher wie diesen Jungen, die sich über sie lustig machten, nur weil sie sich bemühten, etwas zu erreichen. „Mit dir würde er mit links fertigwerden. Aber er ist zu klug, um sich an dir die Finger schmutzig zu machen.“

„Ich glaube nicht, dass Billy schon mal als klug bezeichnet worden ist“, höhnte er.

Das machte sie wütend, richtig wütend. „Mag sein, du aber auch nicht. Und jetzt verschwinde, bevor du uns alle in Schwierigkeiten bringst.“

„Nein.“ Kevin verschränkte die Arme vor seiner Brust. Und Maddy fiel ein, was ihr Dad einmal mit einem Betrunkenen in der Arena gemacht hatte. Einem aggressiven Kerl, der einfach nicht den Mund halten und gehen wollte – so wie Kevin.

Und genau wie ihr Vater damals holte Maddy nun aus und schlug ihm mit der flachen Hand ins Gesicht. Ein Schlag, der eher beleidigend als schmerzhaft war.

Die ganze Cafeteria schnappte nach Luft, Maddys Hand brannte, und ihr blieb fast das Herz stehen.

„Mist“, murmelte Billy, und endlich gelang es ihm, sie hinter sich zu zerren. Im gleichen Moment explodierte die Cafeteria. Kevin stürzte sich auf Billy, um an Maddy heranzukommen. Billy hielt ihn mit einer Hand auf Abstand, aber hinter ihnen kam es zu einem neuen Tumult, und irgendwer traf ihr Auge mit seinem Ellenbogen.

Benommen taumelte sie, hielt sich an Billys Shirt fest, als hinge ihr Leben davon ab.

Plötzlich ertönte ein schriller Pfiff. Trainer Roames stand auf einem der Tische.

„Wer hat das angefangen?“, brüllte er.

Alle drehten sich langsam zu ihr um und zeigten mit dem Finger auf sie.

„Mist“, murmelte Billy noch einmal.

Zehn Minuten später saß Maddy mit einem Eisbeutel, den sie auf ihr Auge drückte, im Schulsekretariat vor der Tür zum Büro des Direktors. Noch nie hatte sie so in der Bredouille gesteckt, und jetzt war sie sich ziemlich sicher, sich gleich übergeben zu müssen.

Die Tür zum Sekretariat öffnete sich, und Billy kam herein. Er trug ihre Büchertasche. Ihr rutschte das Herz in die Hose, und sie hätte selbst nicht sagen können, ob sie sich freute oder beschämt war. Er setzte sich neben sie, und sie versuchte, so weit wie möglich von ihm abzurücken, ohne sich zu sehr zu bewegen.

„Geht's dir gut?", erkundigte er sich.

„Mein Auge tut weh."

Mit den Fingern berührte er ihr Kinn, drehte ihr Gesicht zu sich, und sie glaubte plötzlich, in Flammen zu stehen. Vom Kopf bis zu den Zehen.

„Lass mich mal sehen", flüsterte er und nahm ihr den Eisbeutel ab. Ein lang gezogener, leiser Pfiff.

„So schlimm?", fragte sie.

„Du kriegst ein Veilchen."

„Mein Dad bringt mich um." Sie lehnte sich zurück und starrte an die Decke.

Billy rutschte ein wenig hin und her und räusperte sich.

„Du musst hier nicht sitzen", murmelte sie.

„Denkst du, ich lass dich hier allein? Nach dem, was du getan hast?"

Oh Gott, fühlte sie sich dumm und klein!

„Ich erklär's Mr Pursator", fuhr er fort. „Und deinem Dad."

„Du willst erklären, dass ich Kevin Dockrill geschlagen habe?" Selbst aus ihrem eigenen Mund klang das lächerlich, so als müsste jemand anders ihn geschlagen haben. Als wäre jemand anders so dämlich gewesen.

„Ich werde erklären, dass er Scheiße über dich erzählt hat und dass du dich verteidigt hast und dass du … du weißt schon … dass du für mich eingetreten bist."

Das Schweigen schien um sie herum zu pulsieren. Wenn er das so ausdrückte, fühlte sie sich nicht mehr ganz so schlimm. Genau genommen fühlte sie sich sogar irgendwie … gut.

„Und du meinst, das hilft?“

„Ja.“ Er nickte, als wäre die Sache längst entschieden. Kein Problem.

Als sie lächelte, tat ihr das Auge noch mehr weh, aber das machte ihr kaum etwas aus. „Danke.“

Mit den Fingern berührte er ihre Finger, ihre Knöchel, ihre Handfläche, auf der sie immer noch diesen Schlag spüren konnte. „Ich danke dir“, flüsterte er. „Das hat noch nie jemand für mich getan.“

„Jemandem eine Ohrfeige verpasst?“

„Mich verteidigt.“

Eine Sekunde lang verlor sie sich in seinen Augen. Sie waren so schön; es war so viel darin zu erkennen. „Du bist nicht dumm“, sagte sie.

„Ich weiß.“ Doch er wusste es nicht. Auch das konnte sie in seinen Augen erkennen.

Schweigend saßen sie da und warteten darauf, dass der Direktor die Tür öffnete. Sie lauschten den Geräuschen im Sekretariat, dem Ticken der Uhr im Flur.

Irgendwie war es merkwürdig, mit einem blauen Auge und Billy Wilkins hier zu sitzen, doch es gab keinen Ort, an dem sie im Moment lieber gewesen wäre.

Und wenn sie in seine schokoladenbraunen Augen schaute, bekam sie den Eindruck, dass auch er nirgendwo anders lieber sein wollte.

21. KAPITEL

Nach dem Abendessen schlug Tara Jean vor, einen Abstecher zum nächsten Target-Discounter zu machen. Charlie hüpfte durch die Gegend, und Billy wurde allmählich klar, dass das der Normalzustand bei diesem Jungen war. Er musste vorher so verängstigt und erschöpft gewesen sein, dass seine pausenlos fröhliche Natur erst jetzt sichtbar wurde.

Überraschenderweise wurde auch Becky schlagartig lebendiger, trotz ihres mürrischen Schweigens. Zum ersten Mal sah sie tatsächlich aus wie eine Dreizehnjährige.

Der Anblick war schon beinahe atemberaubend.

„Ich brauche das Geld." Sie streckte ihm eine Hand entgegen. „Die hundert Dollar aus der Schublade."

„Ich glaube, ein paar Sachen von Target kann ich mir gerade noch leisten", gab er zurück und stand auf.

„Wir können für uns selbst bezahlen." *Wir brauchen keine Almosen.* So war es in Wirklichkeit gemeint. Er kannte den Tonfall. Erinnerte sich, ihn selbst angeschlagen zu haben, wenn wieder mal ein Trainer aus der Amateurliga etwas von Spenden und Stipendien für ein Kind redete, das schon wer weiß wie hart arbeiten musste, um sich nur Schlittschuhe leisten zu können, von Schulgebühren ganz zu schweigen.

„Becky." Er spürte jede Minute seines Lebens, jeden Schmerz in seinen Knochen. „Wie viele deiner Geburtstage habe ich vergessen?"

„Alle."

„Und Charlies?"

„Auch alle."

„Richtig. Betrachte das als Wiedergutmachung."

Sie zögerte nicht einmal. Almosen waren eine Sache, längst überfällige Geschenke eine ganz andere. „Gut."

„Ich fahre." Er wandte sich ab und wollte durchs Wohnzimmer in die Eingangshalle gehen, wo seine Schuhe standen und die Autoschlüssel lagen, aber Tara Jean hielt ihn auf.

„Wenn du den Laden betrittst, wird jeder Kunde und jeder Angestellte mit seinem Handy Fotos von dir machen."

Himmel, war er erschöpft. Er rieb sich Augen und Gesicht, strich sich mit der Hand durchs Haar, bereitete sich darauf vor, Gleichgültigkeit zu üben. Und Geduld aufzubringen.

„Ich mach das schon, Billy."

Oh Gott, wirklich? Er konnte nicht mal so tun, als wäre er nicht über die Maßen dankbar. Ehrlich, an diesem Punkt hätte er sich für Tara Jean einer Pistolenkugel in den Weg geworfen.

„Bist du sicher?", fragte er.

TJ zuckte die Achseln. „Kann doch nicht so schwer sein."

Luc, der immer noch am runden Tisch saß und von der Sonne beschienen wurde, lachte.

„Ich schaff das!", beharrte Tara Jean.

„Das bezweifle ich nicht." Luc grinste seine Freundin an. Sein Vertrauen in sie war mit Händen greifbar. „Du schaffst alles." Die beiden waren so glücklich miteinander, und das mitanzusehen hinterließ einen bittersüßen Geschmack in Billys Mund. Er schaute auf seine Füße.

Er hatte Maddy darum gebeten, zu bleiben, und sie war gegangen. Zum Teil verstand er das. Teufel noch mal, er würde selbst gehen, wenn er könnte. Doch es hatte ihn fast umgehauen, wie sehr er sich wünschte, sie wäre hier. Sie zu lieben war eine Sache, aber dass er sie so dringend brauchte, das überraschte ihn in gewisser Weise.

„Auf geht's, Kinder!", rief Tara Jean und scheuchte die beiden aus der Küche. Als sie an Billy vorbeikam, hielt sie die Hand auf, und er gab ihr sämtliches Bargeld, das er hatte.

„Einen Kindersitz fürs Auto", sagte er. „Und Kindersachen. Filme und so."

„Geht klar."

Ohne nachzuschauen oder gar zu zählen, wie viel er ihr gegeben hatte, steckte sie das Geld in die Tasche. Er wusste, wenn es nicht reichte, würde sie das Nötige zuschießen und kein Wort darüber verlieren. Das war Freundschaft.

Als alle fort waren, wurde es still im Haus. So still wie nie zuvor. Es gab zwei Arten von Stille: Schweigen und das Fehlen von Geräuschen. Von Menschen.

Billy ließ sich auf einen Esszimmerstuhl fallen, als wären plötzlich alle Knochen in seinem Leib gebrochen.

„Alles in Ordnung mit dir?", fragte Luc und setzte sich neben ihn.

„Ja, dank euch." Billy wusste einfach nicht mehr weiter. Schon seit Jahren hatte er nicht mehr so in der Schuld anderer gestanden. Nach der Scheidung hatte er es sich angewöhnt, andere Leute auf Distanz zu halten.

Nichts als ein echter Notfall konnte diese angenehme Distanz so leicht zu nichts zusammenschrumpfen lassen.

„Gern geschehen, Mann", meinte Luc. „Ich wünschte, wir müssten nicht morgen nach Toronto fliegen."

„Lass nur, mach dir keine Sorgen. Ehrlich." Billy hatte sie darum gebeten, über Nacht zu bleiben, und diese Bitte beinahe schon in derselben Sekunde bereut. Es war eine spontane, aus der Verzweiflung geborene Reaktion darauf gewesen, mit zwei Kindern allein zu sein. So erschöpft zu sein, dass er kaum noch geradeaus gucken konnte.

Vermutlich war es sogar besser, dass Luc und TJ nicht bleiben konnten. Er fühlte sich schon unbehaglich genug angesichts der vielen Hilfe, die ihm zuteilwurde. Angesichts all der wohlmeinenden Zeugen der abgrundtiefen Krise, in der er sich befand und sich hilflos abstrampelte.

„Alles wird gut."

Luc streckte seine Beine aus. „Was wirst du tun?"

„Wegen der Kinder? Ich habe das Gefühl, ich kann gar nichts tun, bevor ich nicht mit Janice gesprochen habe."

„Und wegen Maddy?"

Billy legte den Kopf in den Nacken und stieß ein ersticktes Lachen aus. „Ich weiß es nicht. Ich habe keinen blassen Schimmer."

„Na dann, reden wir über Hockey." Luc musterte Billy, als wartete er darauf, dass er etwas sagte.

Schließlich zuckte Billy die Achseln. Er war es leid, so verdammt ratlos zu sein. „Wenn du mir irgendwas mitteilen möchtest, spuck's aus, Luc. Ich bin zu müde, um Gedanken zu lesen."

„Hornsby hat versucht, dir den Arsch zu retten, Billy. Aber du hast ihm nicht geholfen. Und diese ganze Geschichte mit Maddy und den Kindern – du weißt, dass das eigentlich nicht die Sache ist, über die er sich aufregt."

„Jetzt bist du also Experte, was meinen Coach angeht?"

Das sollte ein Scherz sein, um die Anspannung zu lösen, die sich wie eine dünne Schicht Eis über das Zimmer gelegt hatte, aber Luc warf ihm bloß einen gelassenen Blick zu, der deutlich sagte: *Lass den Scheiß.*

Billy stand auf und ging zum Kühlschrank, obwohl er keinen Hunger hatte. Die Erschöpfung und die emotionale Überforderung der letzten Tage machten ihn fertig. Ihm war, als könnte ihn jedes laue Lüftchen mit der Gewalt eines Hurrikans umpusten.

„Seit sechzehn Jahren bin ich Profi-Hockeyspieler, Luc. Ich bin ein Spieler, wie er in einer Mannschaft gebraucht wird. Kein Spielführer, aber ein Abräumer. Einer, der das Spiel offen hält." Er nahm sich ein Glas und füllte es mit Wasser, obwohl er gar nichts trinken wollte. „Ich schwinge keine Reden, schieße keine Tore. Ich mache Eindruck auf die andere Mannschaft. Ich nehme Schläge hin, teile welche aus – nur damit Spieler wie du ihren Job erledigen können."

In seiner Stimme schwang eine anklagende Schärfe mit, die ihn selbst überraschte und den Raum ins Wanken brachte. Ja, ihn selbst ins Wanken brachte. Doch Luc nickte nur, als wäre ihm das alles längst klar gewesen.

„Weißt du, Kumpel", entgegnete sein Freund, „ich habe es nie ausgesprochen, und ich werde es kein zweites Mal tun; aber an dem Tag, an dem wir zum ersten Mal in derselben Mannschaft spielten, hast du aufgehört, der Spieler zu sein, der du hättest sein können."

Krachend landete das Glas auf der Arbeitsfläche. „Wovon zum Teufel redest du eigentlich?"

„Du warst kein Abräumer, bevor du und ich in Toronto gespielt haben."

Sofort setzte Billy zum Widerspruch an, wollte ihm sagen, dass er verrückt sei.

Luc hob eine Hand, um ihn zum Schweigen zu bringen, und fuhr fort: „Nein, du warst kein besonders raffinierter Spieler, und ja, du warst grob und aggressiv. Du hast in deiner ganzen verdammten Karriere so gespielt, als wärst du in gereizter Stimmung. Aber damals hast du noch Tore geschossen. Damals hattest du eine Vorbildfunktion. Du hast uns allen gezeigt, was es heißt, mit dem Herzen und mit vollem Einsatz Hockey zu spielen. Je länger wir gemeinsam auf dem Eis standen, desto mehr bist du allerdings zurückgetreten – hast mich glänzen lassen, Schläge eingesteckt und zurückgeschlagen."

Billy verdrehte die Augen.

„Nein, hör mir zu. Hör ein einziges Mal zu, ohne zu widersprechen oder dich zu wehren. Ich habe meinen Rhythmus gefunden, und wir beide wurden ein tolles Team. Und das war gut für uns alle. Aber ich glaube, dass du damit den Spieler aufgegeben hast, der du hättest sein können."

„Ich bin verdammt glücklich damit, der Spieler zu sein, der ich bin."

„Tatsächlich? Immerhin verbannen sie diesen Spieler gerade in die Unterliga."

„Das hat nichts damit zu tun, wie ich spiele!"

„Das ist richtig. Weil du die halbe Spielsaison gar nicht gespielt hast! Willst du wirklich auf diese Weise deinen Abschied nehmen, Billy?"

Inzwischen standen sie beide, schrien einander an. Billy umklammerte das Glas, als wollte er es seinem besten Freund an den Kopf werfen. Seinem einzigen Freund.

„Es tut mir leid", sagte Luc schließlich.

„Das braucht es nicht." Billy seufzte. „Du hast recht."

Luc blinzelte überrascht.

„Und das werde ich auch kein zweites Mal sagen. Wir sind also quitt."

Luc lachte, und die Spannung, die in der Luft gelegen hatte, war verschwunden. Billy neigte nicht dazu, sein Herz auszuschütten, und sein Freund wusste das und ließ das Thema daher fallen.

„Du siehst aus, als würdest du gleich umkippen", sagte Luc. „Lass uns doch mal gucken, ob was Gutes im Fernsehen kommt."

„Ich bin sicher, du hast was Besseres zu tun, als mit mir rumzuhängen."

„Nein", gab Luc entschieden zurück, ging ins Wohnzimmer und erklärte, er wolle Billys umfangreiche Filmsammlung sehen.

„Bring den Süßkram mit, den Tara Jean gekauft hat", rief er Billy zu, der nur noch auf Autopilot lief und die Lakritztüte aus dem Küchenschrank holte.

Irgendwo in seinem Gehirn, in dem Bereich, in dem Verluste und Trauer abgelegt waren, begriff er, dass Luc recht hatte. Bei seinem Aufstieg in der Liga war er ein mächtiger Verteidiger gewesen, hatte Tore schießen und von hinten das Feld aufrollen können. Aber er war auch immer ein zorniger Spieler gewesen, immer bereit, zu kämpfen.

Und jeder hatte ein Stück von seinem Zorn begehrt. Wollte von seiner Kampfbereitschaft profitieren. Wollte ihn benutzen wie eine Waffe, und er hatte nie etwas dagegen gehabt. Er trug mehr als seinen Anteil an Hass auf die Welt mit sich herum. Und irgendwie war er im Laufe der Jahre so scharfgemacht worden, dass schließlich nichts mehr von ihm übrig war außer dieser tiefen, entsetzlichen Wut.

Wollte er so seine Karriere beenden?

Nein, was für eine blöde Frage! Wer wollte schon in der Unterliga enden, nachdem er während seines letztes Jahres in der Nationalliga die meiste Zeit nur auf der Bank gesessen hatte? Niemand.

Natürlich konnte er auf stur schalten, sich dumm stellen und noch ein bisschen weiter dagegen ankämpfen. Aber wozu das Ganze?

Leise fluchend griff er nach seinem Handy und schickte Hornsby eine Textnachricht:

Es tut mir leid. Wann können wir uns treffen?

Die Antwort kam beinahe sofort:

Montagmorgen, neun Uhr, in meinem Büro.

„Guck mal!“ Charlie, der im Licht des frühen Morgens neben der Couch auf dem Boden saß, hielt ein unförmiges Etwas aus Legosteinen hoch.

„Ein Hund?“, fragte Becky. Sie nippte an ihrer Cola. Eiskalt und süß, weckte das Getränk ihren Mund. Ihren ganzen Körper.

„Ein Roboter!“

„Das sieht aber gar nicht aus wie ein Roboter.“

„Doch, tut es.“ Charlie schob den Klumpen über den Fußboden, als würde er gehen. „Ich bin ein Roboter“, erklärte er dazu in seiner besten Roboterstimme.

Becky lachte. „Ah, jetzt sehe ich es. Gut geworden.“ Sie lächelte ihren kleinen Bruder an. Der machte sich sofort ans Werk, einen zweiten Roboter zu bauen.

Noch nie hatte Charlie so viel Spielzeug besessen. Am Tag zuvor hatte Tara Jean haufenweise Spielsachen, Kleidung und Lebensmittel in den Einkaufswagen gepackt, als gäbe es das alles umsonst oder so.

Das war so weit gegangen, dass Becky nicht mal mehr hatte protestieren können, ohne einen Tobsuchtsanfall von Charlie zu riskieren. Und so waren immer mehr Sachen in den Einkaufswagen gewandert, und jetzt saß er in der warmen Morgensonne, trug seinen brandneuen Schlafanzug mit dem *Thomas, die kleine Lokomotive*-Motiv und spielte mit brandneuen Legosteinen, während sie eine eiskalte Cola trank. Und im Kühlschrank standen noch elf Dosen. Dazu mehr Obst und Gemüse, als Charlie in seinem ganzen Leben auch nur zu sehen bekommen hatte.

Zumindest im Augenblick sah es nicht so aus, als hätte sie totalen Mist gebaut.

„Gefällt es dir hier?“, fragte Becky ihren Bruder.

„Ja.“

Es war still um sie herum, niemand brüllte, es roch nicht nach Tante Janices Zigaretten, und Becky gestattete sich ein Lächeln.

„Hey.“

Sie zuckte zusammen, als Onkel Billys Stimme ertönte.

„Guck mal!“, schrie Charlie und hielt seinen grauen Legoklumpen hoch.

„Toller Roboter, Kumpel“, sagte Onkel Billy und trat neben die beiden. „Ihr seid aber früh auf.“

„Es ist schon acht.“

„Und das ist nicht früh?“ Er gähnte und streckte sich, sodass Becky sehen konnte, wie seine gewaltigen Muskeln an seinem T-Shirt zogen und zerrten. „Fühlt sich jedenfalls früh an.“

Zu gern hätte sie diesen Morgen noch eine Weile festgehalten. Wenn ihr Onkel einfach weitergeschlafen und sie ihren Fantasien überlassen hätte, wäre es wie eine Ferienreise gewesen. Ein schöner Traum.

Aber hier stand er, und wenn das Ganze ein Traum war, dann mussten sie früher oder später aufwachen.

„Hast du was von Janice gehört?“, fragte sie, und Onkel Billy schüttelte den Kopf.

Becky legte einen Legostein auf die Seite, daneben noch einen und baute so nach und nach eine winzige Mauer, die ihr keinerlei Schutz bieten würde.

„Gibt es … gibt es sonst noch jemanden, den wir anrufen sollten?“, fragte Onkel Billy. „Jemanden, der sich Sorgen um euch macht? In der Schule vielleicht?“

Sie erhöhte ihre Mauer um eine Lage Steine. „Ich bin nicht so viel in die Schule gegangen.“

„Was? Warum?“

Achselzucken. „Hat mir nicht gefallen.“

„Das glaube ich dir nicht.“

„Warum nicht?“

„Weil dreizehnjährige Mädchen gern zur Schule gehen. Da treiben sich die Jungs rum.“

Jungs waren dumm. Sie taten eigentlich nichts anderes, als Mädchen zu schwängern. Und zu schwitzen. Ganz ehrlich, was sollte daran schon toll sein?

Onkel Billy setzte sich zu Charlie auf den Fußboden, und Becky zog hastig ihre Beine zurück.

„Hilfst du mir?“ Charlie schob Onkel Billy einen Haufen Legosteine zu, total hibbelig vor Freude.

„Na klar, Kumpel“, erwiderte Onkel Billy lächelnd und begann, einen eigenen Roboter zu bauen. „Warum bist du nicht zur Schule gegangen?“, wandte er sich wieder an Becky.

„Irgendwer musste sich um Charlie kümmern.“ Sie arbeitete jetzt an der dritten Lage ihrer Mauer. Dazu musste sie Charlie Steine klauen, aber der schien das nicht zu bemerken.

„Denise hat das nicht getan?“

„Sie war ein Junkie.“

Sie wusste, dass er sie anschaute, aber sie hob den Blick nicht von ihrer Mauer aus Legosteinen.

„Deshalb konntest du also nicht zur Schule gehen?“ Irgendwas an seinem Tonfall ärgerte sie. Es klang, als glaubte er ihr nicht. Als hielte er sie bloß für faul oder so. Für dumm.

„Du hast doch keine Ahnung von meinem Leben.“

„Dann klär mich auf.“

Einmal war eine Frau vom Jugendamt zu ihnen gekommen, und es war Becky gelungen, ihre Mutter lange genug von den Drogen fernzuhalten, dass sie sich mit der Frau unterhalten konnte. Sie hatten der Frau erzählt, Becky würde zu Hause unterrichtet. Aber irgendwann mitten im Dickicht der Lügen hatte Becky sich ausgemalt, wie es wäre, die Wahrheit zu sagen. Den Mund aufzumachen und alles auszuspucken, denn schließlich war sie selbst noch ein Kind, und Charlie war noch ein Baby, und sie wusste verdammt noch mal nicht einmal, was sie tat. Und sie wollte die Wahrheit erzählen. Sie war sich nämlich ziemlich sicher, dass das, was geschah, für keinen von ihnen gut war.

Doch dann hatte die Sozialarbeiterin Mom einen Haufen Tests in die Hand gedrückt, die Becky ablegen sollte, um zu beweisen, dass sie zu Hause unterrichtet wurde. Und der richtige Moment war verstrichen. Die Frau vom Jugendamt war gegangen. Mom hatte sich in den Rausch geflüchtet. Becky hatte Charlie ins Bett gebracht, damit er seinen Mittagsschlaf machte, und danach ihre Tests abgelegt.

Eine Gelegenheit, die Wahrheit zu sagen, kam nie wieder.

Bis jetzt.

„Sie war clean, als sie schwanger war. Aber so etwa drei Monate nach Charlies Geburt ging es wieder los.“

Onkel Billy spielte jetzt nicht mehr mit den Legosteinen, sondern schaute sie an und hörte aufmerksam zu. Er urteilte nicht, soweit sie das seinem Gesicht ansehen konnte, und sie hatte schon oft gesehen, wie jemand sein Urteil fällte.

Becky fuhr fort: „Eines Tages bin ich von der Schule nach Hause gekommen. Mom lag bewusstlos auf der Couch, die Nadel im Arm, und Charlie schrie sich in seinem Bettchen die Seele aus dem Leib. Er trug immer noch die dreckige Windel, die er die ganze Nacht getragen hatte, und sie hatte ihn nicht mal gefüttert."

„Oh, mein Gott, Becky."

„Wie also sollte ich mir Gedanken über die Schule oder Jungs machen, wenn ich ständig Angst haben musste, dass Mom mit einer Zigarette die Wohnung in Brand setzt und dann nicht mal Charlie nach draußen schaffen kann, weil sie völlig weggetreten ist?"

„Niemand hat dir geholfen?"

„Wer hätte denn helfen sollen?" Du, dachte sie. *Du hättest helfen müssen.* Sie hütete sich, die Worte auszusprechen, aber sie lagen ihr auf der Zunge – als entsetzlicher Schrei, der unbedingt rauswollte.

Nach Moms Tod hatte sie sich monatelang ausgemalt, wie ihr reicher, berühmter Onkel Billy in einer Limousine aufkreuzte, um sie und Charlie in ein Zuhause zu bringen, wo niemand rauchte, niemand prügelte und alles sicher und sauber war.

„Und Janice?", fragte er.

Tante Janice. Sie hatte keine Ahnung, wie sie diese Frage beantworten sollte. Ja, Janice hatte sie aufgenommen, aber das Leben bei ihr war so grässlich gewesen, dass Becky sich gefragt hatte, ob sie nicht besser dran gewesen wären, wenn sie in der Kirche Zuflucht gesucht hätten.

Sie rieb sich das Handgelenk, wo sie immer noch zu spüren meinte, wie grausam Tante Janice zugepackt hatte, als sie wieder einmal wütend gewesen war. Danach hatte Becky die Flugtickets gekauft.

„Sie ist meine Schwester“, erklärte Onkel Billy leise. „Ich weiß, wie sie ist.“

„Und warum hast du uns dann bei ihr gelassen?“, fragte Becky und stieß die Mauer um, die sie gebaut hatte. Ihre Worte flatterten wie aggressive Vögel durch das Zimmer. „Was soll's.“ Sie sprang auf die Füße und wünschte, sie wäre bereits achtzehn. Oder hätte wenigstens schon einen Führerschein. Wünschte, sie könnte abhauen. Einfach abhauen. Mehr hatte sie sich noch nie gewünscht.

„Bitte, Becky“, sagte er und betrachtete die Legosteine, statt sie anzusehen. „Setz dich wieder hin.“

Der ganze Morgen war versaut. Charlie baute keine Legofiguren mehr. Sein kleines Gesicht zeigte, wie beunruhigt er war, und sein Daumen bewegte sich langsam zum Mund.

„Lass das, Charlie“, sagte sie, zog seine Hand runter und hielt seine Finger fest. Wich weiterhin Onkel Billys Blick aus. „Vergiss, was ich gerade gesagt habe.“ Sie musterte Onkel Billys Knie. „Es ist toll, wo wir sind. Ich gehe zur Schule, ich gehöre zu den besten Schülerinnen, und Charlie besucht einen tollen Kindergarten, in dem niemand raucht und man ihm dämliche Lieder über Räder und Busse beibringt.“

Sie spürte, wie ihr die Tränen kamen. Tränen, die überhaupt nichts in Ordnung bringen würden. Sie blinzelte sie fort und starrte an die Decke.

„Becky“, flüsterte Charlie und tätschelte ihr das Bein. „Becky, weine nicht.“

„Schon gut, Char“, murmelte sie und setzte sich auf die Couch, damit er auf ihren Schoß klettern konnte. Sie legte ihr Gesicht an seinen Hals, atmete seinen Duft ein. Bananen. Und neuer Schlafanzug.

„Ich wünschte, ich könnte behaupten, dass ich nichts von dir gewusst habe. Aber das stimmt nicht“, meinte Onkel Billy. Sie bekam keine Luft. „Und ich habe einfach … Es war leichter so.“

„Leichter?“

„So zu tun, als wüsste ich nichts von dir. Davon, wie dein Leben ausgesehen haben muss. Es tut mir leid, Becky.“

„Mit einer Entschuldigung ist es nicht getan“, wandte Charlie sich gegen Billy. Ihr kleiner Verteidiger. Wohl zum hundertsten Mal bereute sie, das einmal zu ihm gesagt zu haben, als er ihr heiße Suppe über den Schoß gekippt hatte.

Diesmal allerdings passte der Spruch hundertprozentig.

„Ich weiß“, sagte Onkel Billy traurig zu Charlie. „Aber hört mal, ich muss wissen, wie es wirklich bei Janice war.“

„Warum?“

Onkel Billy hatte jetzt denselben Gesichtsausdruck wie Mrs Jordal. Diesen – *Ich kann warten, bis du selbst dahinterkommst* – Ausdruck.

„Sie ist gemein“, gab Becky schließlich zu. „Ich hatte Angst, Charlie den ganzen Tag mit ihr allein zu lassen.“

„Hat sie ihn geschlagen?“

„Nein, aber mich, und das nicht zu knapp. Von daher konnte ich mir ausrechnen, dass das wohl nur eine Frage der Zeit ist.“

Onkel Billy fluchte in sich hinein.

„So was sagt man nicht!“, erklärte Charlie strafend und wies mit dem Finger auf Onkel Billy.

„Soll ich dir eine Cola mitbringen?“ Becky stand auf und setzte Charlie wieder auf den Boden. Ihr war unbehaglich wegen der zerstörten Mauer und der aggressiven Vögel. Wegen der hässlichen Einzelheiten ihres Lebens.

„Zum Frühstück?“

„Wieso nicht? Du trinkst doch Kaffee, oder?“

„Ja, aber nicht, als ich dreizehn gewesen bin.“

„Schön für dich.“

In der Küche öffnete sie den Kühlschrank, holte eine Dose Cola heraus und nahm dann eine Banane für Charlie aus der Obstschale auf der Arbeitsfläche. Sie konnte sich jedoch nicht überwinden, zurück ins Wohnzimmer zu gehen. Charlie redete dort mit Onkel Billy, hörbar aufgeregt, und Becky stand einfach da, die Coladose in der einen, die Banane in der anderen Hand.

Ihr war leicht übel, als hätte sie schon zu viel Kohlensäure im Magen.

So, dachte sie und starrte die perfekt gelbe Banane an. Sie sah so ganz anders aus als die braunen Bananen, die im Supermarkt zum halben Preis angeboten wurden. *Ich hab's getan. Ich habe alles gesagt.*

„Becky?" Onkel Billy stand plötzlich hinter ihr.

Einen Moment schloss sie die Augen und betete, obwohl sie das seit einer gefühlten Ewigkeit nicht mehr getan hatte.

Lass uns hierbleiben. Sag, dass wir hierbleiben dürfen.

„Ja?", fragte sie und drehte sich zu ihm um. Hoffentlich konnte er ihr nicht ansehen, wie sehr sie hoffte.

Sie malte sich aus, was er sagen würde: *Becky, ich schicke euch nicht wieder zurück. Ich behalte euch hier in diesem sauberen Haus. Du kannst zur Schule gehen, Charlie bekommt ein Kindermädchen, und ihr könnt ein normales Leben führen.*

„Ich muss heute früh noch ein paar Anrufe erledigen, aber vielleicht … vielleicht können wir anschließend ein bisschen Spaß haben."

Enttäuschung drückte ihr die Luft ab, und ihr wurde noch übler. „Spaß?"

„Ja, das hattet ihr sicherlich schon lange nicht mehr. Nicht weit von hier gibt es ein großes Erlebnisbad …"

Ein Erlebnisbad? Ist er bescheuert?

Sie stellte ihre Coladose so schwungvoll ab, dass der Inhalt überschwappte und ihr über die Finger lief. „Wir haben keine Badesachen."

„Die können wir besorgen."

„Charlie kann nicht schwimmen."

„Und du?"

Sie blinzelte verwirrt, überlegte, warum er das tat. Glaubte er etwa, sich so ihrer entledigen zu können? Dass er sich keine Gedanken mehr über sie zu machen brauchte, wenn sie beide ertranken?

„Mann", meinte er lachend, „ich kann dein Misstrauen beinahe hören. Ich dachte einfach, das würde uns allen Spaß machen."

„Geht nicht gerade deine Karriere den Bach runter?" Sie war absichtlich gemein. Wollte ihn dazu bringen, zu sagen: *Okay, vergiss es.* Denn was würde geschehen, wenn sie ins Erlebnisbad gingen? Was wäre, wenn sie tatsächlich Spaß hätten? Und dann, was würde geschehen, wenn Tante Janice sich meldete und sie zu ihr zurückmussten?

„Ja, die ist im Eimer. Und statt den ganzen Sonntag damit zu verplempern, mir darüber den Kopf zu zerbrechen, obwohl ich sowieso nichts dagegen tun kann, dachte ich: Einmal die Wasserrutsche runter – oder vielleicht auch hundertmal – könnte mir helfen, das eine Weile zu vergessen."

Und du meinst, das hilft mir zu vergessen, woher ich komme? Alles, was ich dir gerade erzählt habe? Ich sage dir, dass meine Tante mich nach allen Regeln der Kunst verprügelt, und du willst mit mir in ein Spaßbad gehen?

„Nein." Sie schüttelte den Kopf und nahm einen großen Schluck Cola, um den Geschmack unsinniger Wünsche hinunterzuspülen.

„Nein?"

„Genau."

Er wirkte verwirrt und zornig. „Was möchtest du denn tun?"

Sie starrten einander an, und jeder hoffte, der andere würde zuerst die Augen abwenden. Vielleicht hatte Maddy ja recht, und Billy würde ihnen wirklich nichts tun. Nicht mit Absicht. Nicht mit den Fäusten. Doch wenn er ihr und Charlie einen kleinen Blick darauf gönnte, wie das Leben sein konnte, und sie dann zurück nach Pittsburgh schickte? Ebenso gut konnte er ihr mit der Faust ins Gesicht schlagen.

Der Gedanke an Maddy brachte sie auf eine Idee. Vielleicht gab es ja doch einen Plan C.

„Ich möchte zu Maddy."

Er zog die Brauen so hoch, dass sie fast in seinem Haaransatz verschwanden, aber er lächelte, und ihr war klar, dass er nicht Nein sagen würde. Sie hatte gesehen, wie die beiden einander anschauten.

„Ruf sie an", forderte er sie auf. „Frag sie, was sie davon hält."

Becky zog die Visitenkarte aus ihrer Hosentasche und hoffte, Plan C würde besser funktionieren als Plan A und B.

22. KAPITEL

Janice schlug Becky.

Dieser eine Satz ging ihm wieder und wieder durch den Kopf.

Nein, unter keinen Umständen würde er die Kinder zurückschicken.

Diese Entscheidung brachte eine Menge Sorgen mit sich, aber nicht eine davon wog so schwer wie die Zweifel, die ihn seit zwei Tagen plagten. Sich entschieden zu haben, fühlte sich gut an. Endlich konnte er wieder frei atmen.

Er wollte die Kinder bei sich behalten.

Die Kinder bei sich behalten. Es war so einfach. Er drehte sich um und machte sich daran, Kaffee aufzusetzen.

„Maddy meint, wir können kommen", verkündete Becky, als sie die Küche betrat. Etwa zehn Minuten hatte sie gebraucht, um ihren Anruf ungestört im Gästezimmer zu erledigen.

Der volle Messlöffel stieß gegen die Kaffeemaschine, und das Pulver landete auf der Arbeitsfläche. Er wischte es weg. Wartete mit dem Umdrehen, bis er das Lächeln auf seinem Gesicht unter Kontrolle hatte.

„Großartig", erwiderte er. Immer noch lächelnd, wandte er sich der Kaffeemaschine zu. Er schaltete das Gerät ein.

„Sie sagt, wir sollen Badezeug mitbringen. In ihrem Apartmenthaus gibt es einen Pool."

„Machst du Witze …?", setzte er an und drehte sich um, aber das Mädchen war bereits verschwunden.

Die Kleine heckte doch irgendwas aus.

Er allerdings auch.

In den nächsten paar Minuten gab Billy sich alle Mühe. Er lachte und scherzte mit Charlie, versuchte, Becky ein Lächeln zu entlocken, und half nebenher, eine Wickeltasche packen.

„Ich muss einen Anruf erledigen", erklärte er schließlich und eilte beinah im Laufschritt in sein Schlafzimmer.

Hier drin herrschte immer noch nur Dämmerlicht. Man fühlte

sich wie in einem Kokon, da die Jalousien geschlossen waren. Seine lila Bettdecke wirkte schwarz.

Er lockerte die verspannten Muskeln in seinen Armen, bevor er wählte. Da er nicht erwartete, dass jemand dranging, hätte er fast das Telefon fallen lassen, als seine Schwester sich mit „Hallo?“ meldete.

„Janice?“

„Na, wenn das nicht der Hockeystar ist.“ Er hörte das Schnippen eines Feuerzeugs, ihr schnelles Inhalieren. Ganz deutlich stand sie ihm vor Augen, das Gesicht vertraut, aber schrecklich gealtert. Und noch bösartiger geworden.

Großer Gott, dachte er und schloss die Augen. Es tat so weh. Wie hatte nur alles so grässlich schiefgehen können?

„Sag, wie geht es dir?“ Hohn und Belustigung schwangen in ihrer Stimme mit. Sie hatte die Kinder hergeschickt, allein und verängstigt, bloß um ihm eins auszuwischen.

„Das war ganz großer Mist, Janice. Du hast dich selbst übertroffen damit, die Kinder hierherzuschicken.“

„Oh, ich habe sie nicht geschickt. Das war einzig und allein Beckys Idee.“

„Du hast nicht bezahlt ...“

„Leck mich, Billy. Glaubst du im Ernst, ich hätte so viel Geld?“

Er ließ das Telefon sinken. Becky war wirklich ein toughes Kind. Er war stolz auf sie, richtig stolz.

„Billy!“, schrie Janice in den Hörer, und er hob ihn wieder ans Ohr.

„Ja.“

„Bist du sauer, weil wir dir die Show vermasselt haben?“ Ihr Lachen, das in einem trockenen Husten endete, ging ihm auf die Nerven.

„Das ist nicht witzig. Sie sind noch Kinder, Janice.“ Bist du echt so ein Ungeheuer? hätte er am liebsten gefragt. *Hast du kein bisschen Anstand mehr im Leib?*

„Ja, Denises Kinder. Ich habe mich seit Jahren um sie und Denise gekümmert. Habe Klamotten für sie gekauft, sie unterrichtet, für allen möglichen Mist bezahlt. Und das alles, während du Millionen gescheffelt hast! Versuch du jetzt, sie großzuziehen."

Den meisten Leuten war nicht klar, dass Prügeleien während eines Hockeyspiels auf mehr beruhten als darauf, dass mit einem Spieler das Temperament durchging und er sich auf einen anderen stürzte, obwohl natürlich auch das häufig vorkam. Schläge unter die Gürtellinie und üble Rempeleien gegen die Bande. Aber für eine Prügelei – eine richtige, mitten auf der Eisfläche, wo zwei Spieler aufeinander losgingen – gab es klare Regeln.

Wenn ein Spieler seine Handschuhe fallen ließ, wartete er ab, dass der Gegenspieler es ihm gleichtat und damit zu erkennen gab, dass er bereit war, bevor er zuschlug.

Janice hatte gerade ihre Handschuhe fallen lassen.

Und jetzt konnte er das Gleiche tun, und sie konnten sich wie Hunde um einen Knochen balgen. Das wollte sie, und zwar schon seit Jahren. Einen gewaltigen Streit vom Zaun brechen und kleinliche Rache nehmen. Nicht, weil er reich war, obwohl sie das bestimmt fuchste.

Nein, weil es ihm gelungen war, auszubrechen.

Und sie immer noch in Moms Bett schlief, in der alten Wohnung in der Spruce on the Hill Nummer 12.

„In Ordnung", erwiderte Billy schließlich.

„Was?"

„Ich übernehme, Janice. Du wirst Becky niemals wieder anrühren."

„Oh, glaubst du etwa, das wird leicht? Charlie ist drei und trägt immer noch Windeln. Und das Mädchen hat eine große Klappe. Sie findet ständig Wege, alles zu ruinieren. Die beiden sind so verkorkst …"

„Dann hast du ja kein Problem damit, mir das Sorgerecht zu überlassen."

Am anderen Ende blieb es lange still. Er konnte hören, wie sie an ihrer Zigarette zog, und begann sich ernstlich zu sorgen. Was, wenn sie sich nun einfach querstellte, ohne vernünftigen Grund? Bloß, um ihm Ärger zu machen?

„Na schön, du Großkotz, du denkst also, du kannst das besser als ich? Leg los. In zwei Monaten schickst du sie mir zurück."

„Nein, das werde ich nicht. Du hörst von meinem Anwalt."

Damit legte er auf. Sämtliche Muskeln in seinem Körper spannten sich an, und das Telefon in seiner Hand fühlte sich an wie eine Rakete, die er in den Weltraum abfeuern könnte. Oder tausend Meilen quer über den Kontinent direkt ins Gesicht seiner Schwester.

Ein Teil von ihm wäre am liebsten ins Wohnzimmer gerannt und hätte Becky erzählt, dass sie nie mehr zu Janice zurückmusste. Dass sie in Sicherheit war. Aber er gab sich große Mühe, das Richtige zu tun, und das Richtige hatte sich bisher fast immer als viel komplizierter erwiesen, als er gedacht hätte.

Also rief er seinen Anwalt an.

„Himmel noch mal, Billy", meldete Ted sich. „Es ist Sonntagmorgen."

„Und? Bezahle ich dich etwa nicht gut genug? Es handelt sich um einen Notfall."

Ted seufzte. „Bei dir handelt es sich immer um einen Notfall. Worum geht's?"

„Ich will das Sorgerecht für die Kinder."

„Wow, du hältst dich nicht mit halben Sachen auf."

„Meine Schwester schlägt die Kleine, Ted. Ich kann … ich kann sie nicht im Stich lassen." Nicht schon wieder, dachte er und zog die Jalousien hoch, um Licht ins Zimmer zu lassen. Die grelle Sonne blendete ihn. „Janice sagt, sie verzichtet auf das Sorgerecht."

„Was ist mit dem Vater? Den Vätern?"

„Haben kein Interesse."

„Ich wette, das ändert sich, wenn sie mitbekommen, dass du die Kinder willst."

„Fein. Ich habe Geld."

„So leicht ist das nicht, Billy. Deine Schwester dazu zu bringen, das Sorgerecht abzugeben, ist nur ein Teil der Angelegenheit. Man muss dich auch als Pflegevater akzeptieren, bevor du sie zu dir nehmen darfst."

„Na und? Dazu gehört offenbar nicht viel. Janice ist ja auch akzeptiert worden."

„Dazu gehört nicht viel, solange man nicht gerade durch die Medien geistert, weil man Reporter geschlagen und Stühle zerschmettert hat und dem Vorwurf ausgesetzt ist, Kinder gezeugt und ihnen den Rücken gekehrt zu haben …"

„Okay, okay, ich verstehe." Er ließ die Jalousien wieder runter. „Was tue ich jetzt?"

„Wir fangen morgen mit dem Papierkram an. Du hältst dich am besten ganz raus. Und, Billy, du musst diesen Albtraum beenden, in dem du steckst. Ein paar Fakten klären."

„Ich arbeite dran."

„Ich meine das ernst."

„Denkst du, ich nicht?" Mit der Handfläche schlug er gegen die Wand.

„Okay, ich mache mich schon mal an den Papierkram und schicke dir morgen alles zu, damit du unterschreiben kannst."

„Darf ich's ihnen sagen?", fragte Billy, schloss die Augen, lehnte den Kopf gegen seine Faust an der Wand und ahnte, was sein Anwalt antworten würde, bevor er es aussprach.

„Vielleicht akzeptiert man dich nicht als Pflegevater, und wenn deine Schwester dennoch das Sorgerecht abgibt, dann … Womöglich landen die Kinder in verschiedenen Pflegefamilien."

Er dachte an Becky. Wenn man sie von Charlie trennen würde … Er sah ihr Gesicht vor sich, hörte ihren Schrei, wusste, wie sie sich gegen alles und jeden wehren würde, der versuchte, sie von ihrem Bruder fernzuhalten.

Das durfte nicht passieren. Unter keinen Umständen.

„Wann erfahre ich, ob ich das Sorgerecht bekomme?"

„Wir treiben die Sache so schnell wie möglich voran. Dass du Geld hast, wird hilfreich sein. Trotzdem …"

Musste er als Pflegevater akzeptiert werden.

„Okay. Danke, Ted."

Kinder. In ihre Wohnung kamen Kinder. Mit den Getränken hatte Madelyn möglicherweise übertrieben. Die Großpackung von fünfundzwanzig Saftkartons, die ein Fach ihres Kühlschranks vollständig belegten, war vermutlich zu viel des Guten.

Beruhig dich, mahnte sie sich, während sie Käsestangen und Äpfel einräumte. *Es sind doch nur Kinder.*

Und Billy.

Vielleicht standen ihre Chancen, ihn dazu zu überreden, in die Sendung zurückzukehren, besser, wenn sie den Heimvorteil hatte.

Vielleicht stehen deine Chancen, ihn dazu zu überreden, in die Sendung zurückzukehren, besser, wenn du dir Hasenohren wachsen lässt und herumhoppelst.

Aber Kinder – großer Gott. Und Cupcakes. In ihrer Wohnung.

Das gab ihr ein Gefühl von … Unsicherheit. Unausgeglichenheit. Als könnte das Haus über ihrem Kopf zusammenbrechen, wenn außer ihr jemand in der Wohnung war.

Dass Billy an jenem Morgen hier gewesen war, war eine Sache. Er hatte kaum etwas von der Wohnung gesehen. Aber das hier, Saftkartons, Käsestangen und Schwimmpartys, das war ganz etwas anderes.

Der Summer meldete sich, und sie zuckte zusammen. Ihr Herz raste.

Sie beugte sich vor und drückte den Knopf der Gegensprechanlage.

Der Portier meldete sich. „Hier unten wartet ein sehr aufgeregter kleiner Junge mit einer Schwimmbrille auf der Nase, Miss Cornish. Er sagt, er wolle schwimmen gehen."

Sie lachte, die Szene deutlich vor Augen. „Schick sie rauf, Lou."

In den Minuten, bevor es an ihre Tür klopfte, drehte sie sich einmal um sich selbst und unterzog ihre Wohnung einer letzten Blickkontrolle. Sie entsprach vollkommen der Vorstellung, die sie von der Wohnung einer Karrierefrau hatte. Einer Frau mit Geschmack und vornehmer Eleganz, die mit allem fertigwurde. Die sich selbst aus dem Dreck gezogen hatte.

Wird schon schiefgehen, redete sie sich selbst ein. *Es sind doch nur Kinder. Es ist doch nur Billy.* Aber es fühlte sich nach so viel mehr an. Nach Gefahr, die gleich um die Ecke lauerte.

Irgendwer hämmerte wie wild gegen die Tür, wie die Polizei bei einer Razzia.

„Maddy!“, rief Charlie. „Schwimmen gehen!“

Sie öffnete, und da stand der Junge, Schwimmbrille auf der Nase, Schwimmflügel an den Armen und ein glückliches Grinsen im Gesicht.

Unwiderstehlich. Dieser Junge war einfach unwiderstehlich. Sie hätte sich zu ihm hinuntergebeugt und ihn in den Arm genommen, wenn Becky ihn nicht sofort in die Wohnung geschoben hätte.

„Ich habe ihm gesagt, er soll still sein“, erklärte sie. Sie trug ein rosa Kapuzenshirt und hatte die Haare straff zu einem Pferdeschwanz zurückgebunden. So straff, dass es aussah, als müsste sie davon Kopfschmerzen bekommen.

„Ist in Ordnung“, meinte Maddy. „Hier leben eine ganze Menge Kinder. Die Leute sind an ein bisschen Lärm gewöhnt.“

„Wann können wir schwimmen gehen?“, wollte Charlie wissen, tanzte wie aufgedreht durch den Eingangsbereich und wackelte dabei mit dem Hintern.

„Yeah.“ Billy in Badeshorts und einem T-Shirt mit abgerissenen Ärmeln trat in die Wohnung und ahmte Charlies Tanz nach. Das begeisterte den Jungen so sehr, dass er noch wilder tanzte und noch schneller mit dem Hintern wackelte.

„Becky?“, fragte Billy, klar erkennbar in der Absicht, sie ebenfalls zum Tanz einzuladen. Er stieß sie mit den Hüften an, und das Mädchen verdrehte die Augen, wich zur Seite aus und lehnte sich an Maddys rosa Flurtischchen.

„Junge, seid ihr beiden blöd“, seufzte sie, und Billy hörte auf zu tanzen.

„Spielverderberin“, sagte er und streckte ihr die Zunge raus.

Maddy musste lachen. Dafür warf Becky ihr einen wütenden Blick zu, und sie schlug rasch die Hand vor den Mund.

Natürlich war Billy gut in so etwas. Er war wie ein viel zu groß geratenes Kind. Wahrscheinlich hatte er bloß darauf gewartet, dass zwei Kinder auf seiner Türschwelle standen, damit er schwimmen gehen konnte. Und einen Vorwand hatte, mit dem Hintern zu wackeln.

„Tja“, meinte Maddy. „Ihr könnt sofort schwimmen gehen. Der Pool ist oben auf dem Dach.“

„Auf dem Dach?“, fragte Charlie, und seine Augen wurden rund und groß hinter den beschlagenen Gläsern der Schwimmbrille.

„Kaum zu glauben, nicht wahr?“, gab Maddy zurück und riss die Augen dabei so weit auf, wie sie konnte.

Wie der Blitz rannte Charlie zurück auf den Flur, und Billy erwischte ihn so eben noch an einem seiner Schwimmflügel.

„Und ihr beiden? Kommt ihr auch?“, fragte Billy. „Ich kann ihn nicht mehr lange zurückhalten.“

„Ich muss mich umziehen“, erklärte Becky, starrte auf ihre Füße und stieß Maddys rosa-weiße Laufschuhe mit der Spitze ihrer abgewetzten Billig-Sneaker an.

„Geht ihr beiden schon mal rauf.“ Maddy reichte ihm die Schlüsselkarte, die er brauchte, um das Schwimmbad auf dem Dach zu betreten. „Becky und ich kommen gleich nach.“

Die beiden Jungs, der große und der kleine, verließen die Wohnung, und die Tür fiel mit einem satten Klick hinter ihnen ins Schloss.

„Du, ähm, hast deinen Badeanzug dabei?“

Becky hob ihre Tragetasche hoch, machte aber keine Anstalten, sich einen Platz zum Umziehen zu suchen.

„Möchtest du dich fertig machen?“, fragte Maddy, doch Becky sah sich im Apartment um, als wäre sie auf einer Besichtigungstour.

„Deine Wohnung gefällt mir“, sagte sie. „Ich habe noch nie weiße Teppiche gesehen.“

Die hatte sie ausgesucht, weil sie so modern wirkten. So sauber. So ganz anders als ihre Vergangenheit. Das dreizehnjährige Mädchen in ihr, das sie einmal gewesen war, hatte diese Entscheidung getroffen. Schon seltsam. Bisher war ihr das nie richtig klar gewesen.

„Schöner Ausblick“, fuhr Becky fort und blieb vor den Fenstern stehen.

„Deshalb habe ich mir diese Wohnung ausgesucht“, erklärte Maddy. „Wenn es dunkel wird, ist es besonders schön.“

Becky lachte leise in sich hinein. „Dein Job wird offenbar gut bezahlt.“

„Ich glaube schon.“ Maddy unterdrückte ein Lächeln. Ihre Wohnung wurde taxiert, und das war ihr durchaus bewusst. „Möchtest du einen Saft oder etwas anderes? Während du meine Sachen durchgehst?“

„Saft? Denkst du, ich sei erst zehn?“

„Ich dachte, du könntest durstig sein.“

„Ich habe nicht vor, irgendwas zu klauen.“

„Das weiß ich, Becky. Das war bloß ein Scherz.“ Damit verzog Maddy sich in die Küche, holte einen Saftkarton und vorsichtshalber auch eine Käsestange. Als sie ins Wohnzimmer zurückkam, stand Becky vor ihren Bücherregalen.

„Liest du gern?“, erkundigte Maddy sich.

Becky zuckte die Achseln.

„Ich weiß noch, wie das ist, verstehst du? Aber man kommt nicht sonderlich weit, wenn man sich dumm stellt.“

Becky lächelte, flüchtig nur, aber dieses Lächeln war so schön, dass Maddy überlegte, wie das Mädchen wohl aussehen mochte, wenn es ein wenig Farbe in den Wangen hätte. Keine dunklen Ringe unter den Augen. Und eine anständige Frisur.

„Hattest du Mrs Jordal als Lehrerin?“, fragte Becky.

„Nein. Warum?“

„Weil sie mir genau das einmal gesagt hat. Ich lese gern. Und viel.“

„Du kannst dir jedes Buch ausleihen, das du möchtest. Wenn du willst.“ Maddy deutete auf das obere Regalbrett, wo einige ihrer Lieblingsbücher aus der Highschool standen: *Der Herr der Fliegen, Wer die Nachtigall stört, Blumen für Algernon.* „Die sind gut.“

„Die habe ich schon gelesen.“

„Schau an!“ Maddy lachte.

„Dass ich nicht zur Schule gehe, heißt schließlich nicht, dass ich nicht lesen kann."

„Du gehst nicht zur Schule?"

Becky schüttelte den Kopf, wandte sich vom Regal ab und den Bildern von verschiedenen Gästen zu, die in Maddys Show aufgetreten waren. Die meisten Leute hatten zu Hause Fotos von Familienmitgliedern stehen. Hier waren es Fotos von Bekannten. Nie zuvor war dieser Umstand Maddy so lächerlich erschienen.

„Warum nicht?"

„Irgendwer muss sich um Charlie kümmern", antwortete Becky.

„Denise konnte das nicht?" Das war kein Vorwurf, ja nicht einmal eine Frage.

Becky schüttelte den Kopf.

„Deine Mom war nicht immer so."

Das Mädchen erstarrte, wie eine Maus, die, von einem Geräusch erschreckt, darauf wartete, dass sich etwas aus dem Schatten auf sie stürzte. „Daran kann ich mich nicht erinnern."

„Sie war lustig", fügte Maddy hinzu, kramte in ihren schwachen Erinnerungen, versuchte, sie für das Mädchen aufzupolieren. „Sie spielte einem gern Streiche, vor allem Billy. Versteckte seine Sachen. Füllte seine Schuhe mit Rasierschaum."

Becky lächelte.

„Sie hat auch gern gelesen."

Und weg war das Lächeln. „Ich bin kein bisschen so wie sie."

„Es war nicht alles schlimm, Becky."

„Für mich schon."

Seite an Seite, schweigend, schauten sie beide aus dem Fenster. Maddy fühlte sich so, wie sie sich oft bei Billy gefühlt hatte, als sie jünger gewesen waren: Es gab nichts, was sie sagen konnte, absolut nichts. Doch allein dadurch, dass sie sich nicht umdrehte und ging, war sie schon besser als die meisten Menschen, denen dieses Mädchen bisher begegnet war.

„Können wir bei dir bleiben?", fragte Becky.

Wenn alle Fenster gleichzeitig zersprungen wären, hätte sie kaum erschrockener sein können. „Hier?"

„Du wohnst doch hier."

„Was ist mit Billy?"

„Er … er will uns nicht."

„Becky …" Sie seufzte, hatte keine Ahnung, was sie erwidern sollte. Es gab einfach keine passenden Worte.

Die blauen Augen des Mädchens musterten sie durchdringend. „Wir sind auch brav. Ich verspreche es. Ich meine, Charlie ist sowieso pflegeleicht. Er kann schon fast allein aufs Töpfchen. Und er ist … er ist süß, weißt du? Ruhig. Manchmal hat er Albträume, aber wenn ich bei ihm schlafe, ist alles in Ordnung. Und ich kann bei ihm zu Hause bleiben. Du musst also kein Kindermädchen bezahlen …"

„Nein. Nein, bitte, Liebes, hör auf."

Becky schloss den Mund so abrupt, dass man die Zähne klicken hörte, und Maddy wusste nicht, was sie tun sollte. Was sagen. Wie mit dem Schmerz dieses Kindes umgehen.

Es war ein Fehler gewesen, sie einzuladen.

Maddy musste diesen Teil von sich unterdrücken; den kleinen verbitterten Teil, der die Wohnung gern blitzsauber hatte und ihr Leben frei von so unbequemen Dingen wie Liebe, von so schmerzlichen Dingen wie der Hoffnung des Mädchens. Sie hatte Jahre darauf verwandt, sich diesen Ort zu schaffen, an dem Emotionen ihr nichts anhaben konnten. Und Becky hatte keine fünf Minuten gebraucht, um ihn kurz und klein zu schlagen.

Maddy schluckte ihre schrecklich kleinlichen Instinkte hinunter. Sie fegte jene kleinkarierte Frau beiseite und gestattete sich, das Richtige zu tun. So richtig, wie sie eben konnte. Es war wenig und erbärmlich genug, aber mehr konnte sie nicht bieten.

„Becky, strebst du denn nicht mehr an?"

„Mehr, als Charlie in Sicherheit zu wissen? Mehr als eine schöne saubere Wohnung mit einem Schwimmbad auf dem Dach?" Es war, als könnte sie sich nichts anderes, nichts Besseres für sich selbst vorstellen, und das warf Maddy um.

„Du verdienst mehr. Du verdienst es, zur Schule zu gehen. Ja, aufs College. Du verdienst eine Chance auf eine eigene schöne, saubere Wohnung."

Becky zuckte die Achseln, doch die Bewegung war nicht so fließend wie sonst. Dieses Achselzucken wirkte geknickt und verletzt. Das Mädchen selbst war geknickt und verletzt. Becky verstand ein Nein, wenn sie es hörte. „Ich würde gern zur Schule gehen."

„Das wirst du." Es gab keinen anderen Weg – und um offen zu sein, erfüllte es Maddy mit Freude, das einfach auszusprechen, sich jemandem zu verpflichten. Und nicht nur mit Freude, sondern auch mit plötzlicher Entschlossenheit, mit dem warmen Gefühl, das daher rührte, dass man versuchte, einem anderen Menschen zu helfen. „Was auch geschieht, ich werde ... ich werde dafür sorgen, dass du zur Schule gehst."

„Wir können bleiben?" Beckys Augen leuchteten auf, und in diesem Moment sah sie ihrer Mutter so ähnlich, dass Maddy nach Luft schnappen musste.

„Ich kann nicht ...", setzte Maddy an, und Beckys Hoffnung starb. „Ihr gehört zu Billy. Ich kann euch ihm nicht einfach wegnehmen."

„Du nimmst ihm nichts weg. Das tust du nicht. Er will uns nicht."

„Bist du dir da ganz sicher?"

Der Blick, den Becky ihr zuwarf, sprach Bände. Dieses Mädchen hatte sich in seinem gesamten Leben nie erwünscht gefühlt. Das Gefühl, gewollt zu werden, hätte Becky nicht einmal dann richtig einordnen können, wenn es sie umgerannt hätte.

„Es ist kompliziert", flüsterte Maddy, wohl wissend, wie wenig überzeugend ihre Worte klangen.

„Was soll's." Und von jetzt auf gleich hatten sich Vertraulichkeit, Freundlichkeit, jede Spur der zarten, zerbrechlichen Bande, die zwischen ihnen entstanden waren, in Luft aufgelöst. „Wir sollten jetzt besser gehen. Charlie kann nicht schwimmen."

„Willst du dir im Badezimmer deinen Badeanzug anziehen?"

„Ich hab ihn drunter", antwortete Becky und lief mit ihrer Plastiktragetasche an ihr vorbei. Demnach musste die Tasche leer sein.

Das Mädchen hatte also von Anfang an geplant, ihr diese Frage zu stellen.

Maddy folgte ihr und fragte sich, wie sie und Billy mit dieser neuen Entwicklung umgehen sollten.

Zugleich wollte sie die Vorstellung, wie sie und Billy gemeinsam mit irgendetwas umgingen, beiseiteschieben. Sie wollte sie so schnell und hart verwerfen, wie sie nur konnte, doch ihr Gewissen ließ das nicht zu. So wie Becky niedergeschlagen die Schultern hängen ließ, während sie vor ihr den Flur entlangging, die zarte, helle Haut in ihrem Nacken, ihre Verletzlichkeit, die zu verbergen sie sich so anstrengte – das alles machte es Maddy unmöglich, die Kinder im Stich zu lassen.

Irgendwie hatte die Vergangenheit sie wieder eingeholt und sie und Billy erneut aneinandergebunden.

23. KAPITEL

Billy und Charlie hielten sich am flachen Ende des Schwimmbeckens auf. Charlie stand auf der obersten Stufe, das Wasser umspülte gerade mal seine Knöchel. Billy saß auf der dritten Stufe mit dem Unterkörper im Wasser. Über ihnen waren nur noch Glas und blauer Himmel und flauschige weiße Wolken.

„Char“, sagte Billy, „was du da tust, nennt man nicht Schwimmen, sondern Waten.“

„Ich habe Angst.“

Billy legte dem Jungen eine Hand auf die Schulter, spürte die kleinen Knochen, die zuckenden Muskeln, die zitternde Haut. „Ich bin hier. Ich passe auf, dass dir nichts passiert.“

Charlie, der trotz seiner Schwimmbrille und der gelben Schwimmflügel unglaublich ernst wirkte, holte tief Luft und sprang eine Stufe tiefer.

„Ja!“, jubelte Billy, und Charlie klatschte begeistert in die Hände. Doch dann verlor er das Gleichgewicht, klammerte sich an Billys Schultern und kletterte ihm auf den Schoß, als würde das Wasser ganz schnell steigen.

Es war seltsam, ein kleines Kind auf dem Schoß zu haben, zumal dessen Knie es gezielt auf Billys Hoden abgesehen zu haben schienen. Trotzdem war es nett. Genau genommen sogar toll. Dass ein Kind vertrauensvoll seine kleinen Arme um seinen Nacken schlang, das war eine Erfahrung, die ihm in seinem bisherigen Leben gefehlt hatte.

„Billy?“ Maddy kauerte sich neben den beiden an den Beckenrand. Sie trug einen roten Badeanzug. Einen ziemlich konservativen – man konnte weder ihre Brüste noch ihren Bauchnabel noch irgendwas von ihrem Po sehen –, aber die Farbe war alles andere als jugendfrei.

Als er fünfzehn gewesen war, hatte sie ebenfalls einen roten Badeanzug getragen. Und er war jeden Tag ins Schwimmbad gegangen, nur um zu sehen, wie der Stoff sich an ihre Brüste und Hüften schmiegte.

Sie war ein Traum gewesen in diesem roten Einteiler.

Und dieser war kein bisschen anders.

„Hey“, meinte er. „Du hast gar nicht geklingelt, damit wir euch reinlassen.“

„Ich habe eine zweite Einlasskarte.“

„Wir schwimmen!“, rief Charlie und winkte über Billys Schulter hinweg zum Whirlpool hinüber. „Becky, guck mal!“

„Warum setzt du dich nicht einen Moment zu deiner Schwester?“, fragte Maddy den Jungen, und er ließ sich nicht lange bitten. Sofort stürmte er tropfend davon und rannte über den Kachelboden zu seiner Schwester, die zusammengesunken im blubbernden Whirlpool saß.

„Dürfen Kinder schon in den Whirlpool?“, fragte Billy.

„Er ist nicht sonderlich heiß. Eher wie ein Vollbad.“

„Ach so, das ist gut. Der Junge kann vermutlich eins gebrauchen.“ Billy stieß sich von der Treppe ab und ließ sich in das Becken hineingleiten. Wie vor zwanzig Jahren grinste er die Frau in dem roten Badeanzug an, die ihn verrückt und glücklich zugleich machte. „Komm rein“, forderte er sie auf.

„Wir müssen reden.“

„Wenn es um die Show geht …“

Sie schaute hinüber zu den Kindern. „Es geht um Becky.“

Er schwamm zurück zur Treppe. „Was ist passiert?“

„Sie hat mich gefragt, ob sie bleiben kann. Bei mir.“

„Oh Gott.“ Plötzlich fiel ihm ein, wie Denise zum ersten Mal ihre Periode bekommen hatte. Janice war nicht da gewesen. Mom stockbesoffen. Also war er allein mit den Rätseln der Weiblichkeit und einer weinenden Zwölfjährigen gewesen.

Damals hatte er sich der Situation absolut nicht gewachsen gefühlt.

Und genauso fühlte er sich jetzt.

„Was hast du wegen der Kinder vor?“, erkundigte Maddy sich.

„Ich habe heute Morgen endlich Janice erreicht. Sie sagt, sie verzichtet auf das Sorgerecht.“

„Du bemühst dich um das Sorgerecht?" Sie wirkte nicht etwa entsetzt oder so, als hielte sie das für einen Witz. Nein, sie wirkte stolz. Und obwohl er ihre Anerkennung nicht mehr in dem Ausmaß brauchen wollte, wie er es tat, konnte er sich selbst nicht belügen: Das fühlte sich gut an.

„Es wird nicht leicht werden, aber ich kann sie nicht zu Janice zurückschicken. Sie ... sie schlägt Becky."

Er sah den Zorn in Maddys Gesicht. Sie hatte nichts für Schläger übrig, und genau das war Janice: eine kettenrauchende Schlägerin. Das war sie immer gewesen.

„Also", gab Maddy zurück, „was tun wir jetzt?"

Wir? dachte er. Das Wort hing wie eine Neonreklame in der Dunkelheit vor seinen Augen. „Wir?"

„Komm nicht auf dumme Gedanken, Billy. Ich will bloß helfen. Was kann ich tun?"

„Nun, ich hätte vermutlich bessere Chancen, als Pflegevater akzeptiert zu werden, wenn ich nicht alleinstehend wäre ..."

So ganz konnte sie ihr Lächeln nicht unterdrücken. „Ich dachte eigentlich eher an so etwas wie ein Empfehlungsschreiben."

„Ich schätze, das wäre auch nicht schlecht."

„Und? Hast du Becky erzählt, dass du sie nicht zurückschickst?"

„Mein Anwalt hat mir davon abgeraten. Er meint, wenn Janice auf das Sorgerecht verzichtet und ich als Pflegevater abgelehnt werde, könnte es passieren, dass man die Kinder auseinanderreißt und in verschiedene Pflegefamilien steckt."

Maddy warf einen Blick über Billys Kopf hinweg, und er drehte sich um. Dort saßen Becky und Charlie am Rand des Whirlpools und versuchten, die aufsteigenden Blasen mit den Händen zu fangen.

„Die beiden zu trennen geht gar nicht", stellte Maddy seufzend fest.

„Ich tue, was ich kann."

In ihren Augen sah er sein Spiegelbild, die Narben und Muskeln, die Werkzeuge, die er benutzte, um den Gegner auf dem

Eis in Angst und Schrecken zu versetzen. Doch in ihren Augen sah er auch immer, dass er nicht nur daraus bestand, sondern sehr viel mehr war.

Schon seltsam, dass er jetzt endlich anfing, das auch zu glauben.

„Wenn sich herumspricht, was für ein herzensguter Kerl du bist, wäre dein Ruf ruiniert", murmelte sie.

Oh Mann, erst der rote Badeanzug, dann das Wir-Gerede, und jetzt hielt sie ihn obendrein für einen herzensguten Mann. Er setzte sich wieder in das kühle Wasser, damit er nicht auf dumme Gedanken kam.

„Hey." Charlie kam auf sie zugerannt, und aus seinen hohlen Händen spritzte und tropfte Wasser. „Guckt mal, die Blasen!" Als der Junge schlitternd neben ihnen zum Stehen kam, waren seine Hände leer.

Billy lachte über das enttäuschte Gesicht des Kindes. Seit zwei Tagen waren die Kinder nun Teil seines Lebens. Erst seit zwei Tagen. Und dennoch war ihm klar, dass nichts mehr so sein würde, wie es mal war.

Fröstelnd hockte Becky im Whirlpool. Onkel Billy hatte Charlie überredet, einen Versuch zu wagen, seinen Kopf ins Wasser zu tauchen. Also stand der Junge auf der mittleren Stufe am flachen Ende des Beckens, beugte sich vor und bemühte sich, sein Gesicht ins Wasser zu legen.

Onkel Billy und Maddy feuerten ihn an, doch im letzten Augenblick zuckte Charlie zurück, hüpfte und tanzte nervös und aufgeregt auf der Stelle.

Die beiden Erwachsenen stöhnten.

Becky biss sich heftig auf die Lippe, und als die Haut einriss, zerrte sie daran und zog einen großen Fetzen ab. Sie schmeckte Blut, aber sie leckte weiter an der offenen Stelle herum, obwohl sie brannte wie verrückt. Sie konnte nicht aufhören damit, sondern leckte weiter. Und es brannte und blutete weiter, während sie Onkel Billy, Charlie und Maddy beobachtete.

Eine kleine Familie. Die drei waren eine kleine Familie.

Wenn Becky sich zu ihnen gesellte, würde es keine glückliche Familie mehr geben. Onkel Billy würde sie anschreien, oder Becky würde ihn anschreien, und das ganze Bild wäre ruiniert.

Und das, redete sie sich im Stillen ein – so bösartig, wie sie sein konnte, so schrecklich wie die Erinnerung an Janice und ihre sterbende Mom –, das ist der Grund, warum dich keiner will. *Niemand.*

Seltsam, sie hatte geglaubt, alles Schlechte in Pittsburgh zurückgelassen zu haben. Aber das Schlechte war in ihr.

Charlie war glücklich, und das allein zählte. Onkel Billy schien ihn zu mögen. Viel mehr, als er sie mochte. Man brauchte nur zuzusehen, wie oft er den Jungen in den Arm nahm.

Ja, und an wem liegt das? Das fragte sie sich selbst, ein wenig peinlich berührt von ihrem Verhalten an diesem Tag.

Warum tue ich das? Vielleicht hatte Janice auch damit recht. Becky wollte allen bloß das Leben schwer machen. Es war ja nicht so, dass sie morgens aufwachte und überlegte, wie sie sich möglichst zickig verhalten konnte. Nein, das geschah einfach. Irgendwer versuchte, nett zu ihr zu sein oder ihr zu helfen, und immer hatte sie das Gefühl, ihr würde nur etwas vorgemacht.

Charlie umarmte Onkel Billy. Er schlang die Arme um den mächtigen Nacken des Mannes, und Onkel Billy tätschelte ihrem Bruder den Rücken. Er zwang ihn nicht, tiefer ins Wasser zu gehen, oder machte sich über ihn lustig, weil er Angst hatte.

Onkel Billy kümmerte sich so wunderbar um Charlie. Das war fantastisch. Merkwürdig und völlig unerwartet, aber ganz und gar fantastisch.

So fantastisch, dass ihr eine neue Idee kam. Nachdem sie mit Plan A gescheitert war, Plan B in die Hose gegangen war, weil sie ein Auto nicht kurzschließen konnte, und Maddy Plan C durchkreuzt hatte, fiel ihr Plan D ein.

Sie würde fortgehen. Ganz allein.

Onkel Billy hatte Geld. Er konnte gleich zwei Kindermädchen bezahlen, damit sie sich um Charlie kümmerten. Und diese Frauen würden Charlie beibringen, auf die Toilette zu gehen, was

Becky niemals schaffen würde. Sie würden ihn auch an seinem ersten Schultag zum Kindergarten begleiten. Und mit ihm zum Fußball gehen. Mit ihm das Lesen üben.

Ihre zerbissenen, blutigen Lippen brannten, als Tränen darüberliefen.

Außerdem wäre es viel besser für sie, wenn sie ohne ihn fortlief. Sie brauchte sich keine Gedanken mehr über Windeln zu machen oder ein Bett für Charlie oder eine Waschgelegenheit. Sie brauchte sich nicht mehr zu sorgen, dass ihn etwas ängstigte oder ihm etwas zustieß.

Ohne sie, bei Onkel Billy, wäre er in Sicherheit und glücklich. Er bekäme neue Kleidung und könnte mit Spielzeug spielen, und sie müsste sich nur um sich selbst kümmern.

Völlig auf sich gestellt. Allein.

Sie warf einen Blick hinter sich auf die riesigen Fenster, den Sonnenschein und den unglaublich blauen Himmel.

Von hier konnte sie ganz leicht abhauen. Superleicht. Ihre Kleider lagen in einem Schließfach im Umkleideraum, und den Schlüssel trug sie an einem Band um ihr Handgelenk. Sie konnte sich umziehen und verschwunden sein, bevor Onkel Billy und Maddy überhaupt bemerkten, dass sie nicht mehr im Schwimmbad war.

Sechzig Dollar hatte sie aus Onkel Billys Brieftasche entwendet. Das war nicht die vollständige Summe, die er ihr schuldete, aber immerhin etwas. Damit würde sie eine Weile auskommen können.

Charlies Schrei – ein Freudenschrei – brachte ihr Herz zum Stocken. Rein aus Gewohnheit drehte sie sich nach ihm um. In den letzten zwei Tagen hatte es mehr solcher Freudenschreie gegeben als in der gesamten Zeit nach Moms Tod. Und das machte Becky froh, wirklich froh, doch es tat ihr auch weh.

Ich werde mich nicht von ihm verabschieden können.

Sie legte den Kopf in den Nacken, kämpfte um den nächsten Atemzug, denn plötzlich bekam sie keine Luft mehr.

Charlie war so klein, eigentlich noch ein Baby. Er würde einige Tage lang weinen, aber dann würde er sie vermutlich vergessen.

In ein paar Jahren würde er sich gar nicht mehr an sie erinnern. Schließlich gab es nicht einmal Fotos von ihr. Oder Fotos von ihm, die sie mitnehmen konnte.

Wieder löste sich ein Fetzen Haut von ihrer Lippe.

„Becky?“ Sie fuhr herum. Maddy stand hinter ihr. „Alles in Ordnung mit dir?“

Becky hob die Handgelenke, um die dummen Tränen mit ihren Ärmeln fortzuwischen. Erst dann fiel ihr ein, dass sie ja einen Badeanzug trug.

„Charlie braucht seinen Mittagsschlaf“, erwiderte sie. Sie fühlte sich ähnlich in der Falle wie an dem Tag, als sie die Sachen für sich und Charlie gepackt hatte, um zu Janice zu ziehen. Sie konnte nichts, aber auch gar nichts tun, um irgendetwas zu ändern. Die Last der Welt schien ihr die Luft abzuschnüren, ihr Gehirn drehte fast durch, weil es ständig versuchte, andere Auswege aus dieser Situation zu finden. Doch letztlich war sie eben erst dreizehn Jahre alt, noch ein Kind. „Charlie macht jeden Tag seinen Mittagsschlaf. Immer um eins. Wenn er später hingelegt wird, bleibt er die gesamte Nacht wach.“

„Oh …“ Maddy schaute hinüber zum Schwimmbecken, wo Charlie sich an Onkel Billys Hals klammerte, während dieser so vorsichtig schwamm, dass Charlies Kopf nie unter Wasser geriet. „Wir können ihn nach unten bringen, damit er schlafen kann. Möchtest du zu Mittag essen …?“

„Er ist allergisch gegen Erdbeeren.“ Becky konnte Maddy nicht anschauen, weil sonst die Tränen nur noch heftiger liefen.

„Ich habe keine Erdbeeren gekauft.“

„Er mag keine Eier. Und keine Fischstäbchen. Von Fischstäbchen muss er sich übergeben.“

„Ich habe Schinken. Darf er den essen?“

Becky nickte und schluckte die Tränen hinunter. „Aber nicht auf einem Sandwich. Er mag es, wenn man den Schinken zusammenrollt und ihm in die Hand gibt.“

„Becky, ist alles in Ordnung mit dir?“ Mit der Hand berührte Maddy ihre Schulter, und Becky sprang auf und fort von ihr. Raus aus dem Wasser. In dem Badeanzug kam sie sich nackt vor.

Die blauen Flecken vom letzten Mal, als Tante Janice ausgerastet war, waren zwar nicht mehr zu erkennen. Trotzdem meinte sie, sie noch spüren zu können. Hatte das Gefühl, jeder müsste sie sehen können. Und zwar immer und für alle Zeit. Und niemand, wirklich niemand, würde sie je haben wollen.

„Mir geht es gut. Absolut gut."

Becky hatte recht: Charlie brauchte seinen Mittagsschlaf. Er schlief praktisch schon auf Billys Armen, als sie alle vier in den Fahrstuhl nach unten stiegen, um wieder in Maddys Wohnung zu gelangen.

Heute war eine Anomalie. Ein surrealer Ausflug, und deshalb – surreale Ausflüge zählten nicht – gestattete Maddy sich, Billy mit dem Kind auf seinen Armen anzuschauen und glücklich zu sein. Sehr, sehr glücklich.

Sie vergab sich diese Schwäche. Welche Frau würde angesichts solcher Zärtlichkeit seitens des Furcht einflößenden Hockeyspielers und solchen Vertrauens seitens eines kleinen Jungen, dessen Leben auf den Kopf gestellt worden war, nicht schwach werden?

Wenn sie dieses Bild aufnahm und daraus ein Poster machte, würde sie damit Unsummen verdienen. *DAS IST BILLY WILKINS*, würde sie in fetten Buchstaben unten auf das Poster drucken lassen. Der wahre Billy Wilkins.

Der Mann, den niemand außer ihr kannte und sah.

Die Fahrstuhltüren öffneten sich, und Maddy ging voraus.

„Ich habe mein Handtuch vergessen", sagte Becky, stemmte die Hand gegen die Tür, mit den Füßen noch im Aufzug.

„Oh ..." Maddy warf Billy einen Blick zu. „Wir kommen mit."

„Ich kann das allein", widersprach Becky. „Ihr müsst nicht mitkommen. Bringt Charlie zu Bett. Ich bin gleich zurück."

„Okay." Maddy reichte ihr die Schlüsselkarte, und Becky verschwand hinter den sich schließenden Fahrstuhltüren.

„Komm schon", meinte Billy, „der Junge ist nicht so leicht, wie er aussieht."

In der Wohnung brachte Billy das Kind in ihr Gästezimmer, und Maddy zog die Vorhänge vor, um den Raum abzudunkeln. Dann standen sie beide da, links und rechts vom Bett mit dem schlafenden Jungen darin, und starrten einander an.

„Sie würde nicht ohne Charlie weglaufen, oder?“, fragte Maddy.

„Ich traue ihr nicht. Ich schaue oben nach.“

„Okay, ich … ich bleibe hier.“

Damit ging Billy fort. Maddy fürchtete, dass ihre Reaktion womöglich lächerlich war, aber das Mädchen hatte sich in dem Whirlpool wirklich seltsam verhalten. Und wenn es Becky störte, dass Billy jeden ihrer Schritte überwachte, sollte sie sich vielleicht nicht so merkwürdig benehmen.

Maddy hörte, wie die Wohnungstür ins Schloss fiel, und beugte sich übers Bett, um Charlie vorsichtig Schwimmbrille und Schwimmflügel abzunehmen.

Das Plastikmaterial quietschte und wollte sich nicht von seinen kleinen Armen lösen. Sie zuckte zusammen, hoffte, den Jungen trotzdem nicht zu wecken. Schließlich blieb ihr nichts anderes übrig, als jeden Arm einzeln hochzuheben, um die Schwimmflügel abzubekommen.

Mit angehaltenem Atem wartete sie darauf, dass er losschrie, doch er seufzte nur, rollte sich im Schlaf herum und hinterließ mit seiner nassen Badehose einen feuchten Fleck auf der Decke. Sie lief zurück ins Wohnzimmer, wo Billy seine Sporttasche hatte stehen lassen, und suchte für Charlie ein leichtes Oberteil und eine dünne Sporthose heraus, die bequem genug zum Schlafen aussahen.

Zurück im dämmrigen Schlafzimmer, überlegte sie kurz und entschied, dass es das Beste war, schnell vorzugehen. Also ihn so schnell wie möglich aus- und wieder anzuziehen und dabei zu hoffen, dass er müde genug war, um weiterzuschlafen.

Das war er zum Glück – bis zum Schluss, als sie ihm die Decke über die dünne, blasse Kinderbrust zog.

„Becky?“ Er seufzte und öffnete halb die Augen.

„Sie wird gleich zurück sein“, sagte Maddy leise und hoffte von ganzem Herzen, dass sie sich umsonst sorgte.

„Kuscheln“, murmelte er, rutschte an sie heran, bis sein Kopf an ihrem Knie ruhte, und legte einen Arm um ihre Taille.

Kuscheln, dachte sie. Kuscheln klang gut, sehr gut sogar. Daher schlüpfte sie neben dem Jungen unter die Decke, zog seinen kühlen Körper an sich und wartete, dass Billy zurückkam.

Die Duschen im Schwimmbad waren leer. Das Schwimmbecken war leer.

Sie war fortgelaufen.

Billy rannte zurück zum Fahrstuhl und drückte den Knopf fürs Erdgeschoss. Als die Türen zu lange brauchten, um sich zu schließen, stach er auf den Knopf ein.

Er konnte nicht denken, konnte keinen Plan fassen, sondern nur innerlich fluchen. In seinem Kopf schwirrte eine endlose Folge von panischen, ausgeflippten Flüchen herum.

Die Türen öffneten sich, er sprang aus dem Aufzug und durchquerte die Lobby. Seine Badelatschen quietschten auf dem blank polierten Fußboden.

Lou am Empfang blickte auf.

„Das Mädchen, das vorhin bei mir war“, sagte Billy. „In dem rosa Kapuzenshirt. Ist es hier durchgekommen?“

Lou nickte und deutete auf den Ausgang und die weite Welt dahinter. „Vor etwa fünf Minuten.“

„In welche Richtung ist es gegangen?“, fragte Billy, drückte die Türen auf, ließ die Hitze, das Sonnenlicht, die Motorengeräusche von Autos und etwa tausend anderen Dingen herein, die einem Mädchen, das allein auf sich gestellt war, wehtun konnten.

„Nach Norden“, erklärte Lou. „Richtung Ampelkreuzung.“

Billy schaute trotzdem in beide Richtungen, wandte sich dann aber nach Norden, rannte an Frauen mit Kinderwagen vorbei, an Pärchen, die Hand in Hand dahinschlenderten. Alle selig ahnungslos, welche Angst ihm das Herz abschnürte. Billys Magen produzierte Säure ohne Ende. Wenn das hier vorbei war, würde er nie wieder derselbe sein.

Er blickte prüfend in jedes Gesicht, schaute immer wieder auf die andere Straßenseite, sah sich nach hinten um, aber er konnte sie nicht entdecken, und der panische Tumult in seinem Inneren nahm stetig zu.

„Haben Sie ein Mädchen in einem rosa Kapuzenshirt gesehen?", sprach er Wildfremde an. Die meisten schüttelten nur den Kopf. Keine Hilfe. Absolut keine Hilfe. Sollte er die Polizei einschalten? Oder Maddy anrufen?

„Oh Gott", murmelte er, und dann, an der Ecke, aufgehalten von einer roten Ampel, schrie er es heraus. Scheuchte Vögel und Menschen gleichermaßen damit auf. Er raufte sich die Haare und schaute nach links und rechts in die Querstraße.

Und da, nur einen halben Block entfernt, war ein junges Mädchen in einem rosa Kapuzenshirt.

Erleichterung überfiel ihn mit solcher Gewalt, dass ihm etwa eine Minute Punkte vor den Augen tanzten. Er wartete nicht, bis die Ampel umsprang, sondern rannte einfach über die Straße, wich den Autos aus, deren Fahrer heftig abbremsten.

„Verdammt noch mal, Kumpel!", brüllte jemand. Billy ignorierte ihn, sprang über den Bordstein und rannte in seinen Badelatschen den Bürgersteig entlang.

„Becky!", rief er. „Becky!"

Als sie ihn schließlich hörte, drehte sie sich um. Ein Blick in sein Gesicht, und sie streckte den Daumen raus, in der Hoffnung, ein Auto würde anhalten.

„Oh nein, kommt gar nicht infrage", keuchte er und ergriff ihre Hand. Per Anhalter reisen? Sah sie keine Filme? Wusste sie nicht, was dreizehnjährigen Mädchen zustieß, die per Anhalter reisten?

„Fass mich nicht an!", schrie sie.

Ihre Lippen waren wund und blutig, und sie hatte offensichtlich geweint. Und er hatte keine Ahnung, wie er reagieren sollte. Wie er auf all das reagieren sollte, außer sich wie üblich durchzuboxen. Sie zu piesacken und zu schubsen, bis sie beide wieder im Haus waren. Und dort würde er jede Tür abschließen und ihr eine Million Dollar jährlich zahlen, damit sie ihn nie mehr so in Angst und Schrecken versetzte.

„Was machst du denn?“, fragte er. Dumme Frage, mit Sicherheit so ziemlich die dümmste, die er je gestellt hatte.

„Ich gehe fort. Ich dachte, du wärst froh darüber.“

„Froh? Bist du verrückt?“ Irgendwo tief in seinem Inneren war ihm klar, dass er sich alles andere als gut schlug.

„Ja!“, gab sie zurück. „Ich bin verrückt. Und dumm. Und armer weißer Abschaum. Ich mache jedem nur Ärger. Also warum lässt du mich nicht gehen?“

„Was ist mit Charlie?“, wollte er wissen. „Du wolltest ihn einfach alleinlassen?“

Sie verzog das Gesicht zu dieser schrecklich traurigen Miene, die Frauen aufsetzten, wenn sie mit Gewalt die Tränen unterdrückten. Und dennoch flossen sie nun. Ihr Gesichtsausdruck machte ihn völlig hilflos. Nutzlos.

„Du magst ihn. Du schickst ihn nicht zurück.“ Sie musste schreien, um den Verkehrslärm zu übertönen. „Du wirst dich um ihn kümmern, nicht wahr?“

Eine Sekunde lang rissen die Gewitterwolken seines Zorns auf, und er erhaschte einen klaren Blick darauf, was wirklich geschah.

„Ich weiß, dass du dafür bezahlt hast, hierherzukommen, Becky.“

„Na und?“

„Ich weiß, dass du hier sein willst.“

„Leck mich.“

Oh, sie gab sich solche Mühe, erwachsen zu handeln, und diese Worte, so hässlich und gemein, bewiesen bloß, wie jung sie noch war.

„Kommst du bitte wieder mit zurück?“, fragte er und spürte, wie er innerlich zerbrach, in tausend Splitter zerbarst.

Sie schüttelte den Kopf.

„Becky, ich kann mit dir nicht auf einer viel befahrenen Straße darüber reden.“

„Und ich kann nicht zurück zu Tante Janice.“ Ihre Stimme verlor sich in Wind und Staub, aber ihr Kummer erfüllte die Landschaft, traf ihn wie ein Faustschlag.

„Ich weiß“, sagte er und streckte die Hand nach ihr aus. Vergaß für einen Moment, welche Narben sie trug, und sie zuckte so heftig und schnell zurück, dass sie über einen Stein stolperte und hinfiel. „Nicht. Oh Gott, Becky.“ Hilflos stand er da und sah zu, wie sie sich mühte und wieder auf die Beine kam. Sein Körper schmerzte vor Sehnsucht, sie zu berühren, sie auf den Arm zu nehmen und aus der Gefahrenzone zu tragen.

Doch das würde sie ihm nicht erlauben.

Niemand kümmerte sich um Becky.

Tränen brannten in seinen Augen.

„Vertrau mir, Becky.“ Er hielt ihr seine Hand hin, obwohl er wusste, dass sie sie nicht ergreifen würde, aber er hatte ihr sonst nichts anzubieten. „Ich werde alles tun, was ich kann, damit du nicht zu Janice zurückmusst.“

Ein Glitzern trat in ihre Augen. Ihre Lippen waren aufgerissen und entzündet. Noch nie hatte er jemanden gesehen, der so verloren wirkte.

„Vertrau mir“, flüsterte er.

24. KAPITEL

Es dauerte eine gefühlte Ewigkeit und doch nur einen Moment, dann ging sie an ihm vorbei und machte sich auf den Weg zurück zu Maddys Wohnung, die Schultern gegen den Wind hochgezogen.

Er folgte ihr in gut einem Meter Abstand und überlegte, was er sagen sollte. Wie er diese Sache in Ordnung bringen sollte.

Ein Sattelzug donnerte vorbei, und er hatte das Gefühl, vom Fahrtwind pulverisiert zu werden, sodass Teile von ihm im Himmel und hinterm Horizont verschwanden.

In den letzten vierzehn Jahren war das Leben mehr oder weniger an ihm vorübergelaufen, ohne dass er um irgendetwas kämpfen musste. Wenn es nicht gerade um Hockey ging, gab er sich nicht allzu viel Mühe, weil es den Schmerz nicht wert war, den es ihm eintrug, wenn er scheiterte.

Das hatte ihn der Verlust von Maddy gelehrt.

Und jetzt stand er vor einem Kampf, den er nie in Betracht gezogen hatte, und er hatte keine Ahnung, wie er ihn gewinnen sollte.

Kaum hatten sie das Foyer des Apartmenthauses betreten, stand Lou von seinem Platz auf. „Du hast sie gefunden", sagte er, offensichtlich erleichtert.

„Ich hab sie gefunden", bestätigte Billy. Er versuchte, möglichst gelassen zu klingen, so als wäre es keine große Sache. Sogar ein Lächeln brachte er zustande, aber kaum standen sie beide im Aufzug, ließ er sich gegen die Wand sinken. „Du hast mich etwa eine Million Jahre meines Lebens gekostet, Becky."

Sie äußerte sich nicht dazu, starrte nur auf die Leuchtziffern der Fahrstuhlanzeige. Dann öffneten sich die Türen, und am Ende des Flurs, halb in ihrer Wohnung, halb draußen, wartete Maddy.

„Gott sei Dank", seufzte sie. „Ich bin allmählich echt nervös geworden."

„Sie war schon halb die Straße runter", berichtete er, als er sie erreichte.

„Alles in Ordnung, Becky?", fragte Maddy, doch Becky ging

wortlos an ihr vorbei. „Alles in Ordnung mit ihr?“, wandte Maddy sich flüsternd an Billy.

„Keine Ahnung“, antwortete Billy. So beschissen und hoffnungslos überfordert hatte er sich noch nie gefühlt. Ein bisschen so, als würde er das Ende ihrer Ehe noch einmal erleben. Nicht die eigentliche Scheidung, sondern den ganzen Mist davor: die Zeit, in der alles, was er gesagt hatte, falsch gewesen war und in der alles, was er getan hatte, alles nur schlimmer gemacht hatte.

„Und du?“, erkundigte sie sich. „Alles in Ordnung mit dir?“ Sie legte die Hand auf seinen Arm, fest, warm, fähig.

Die Berührung brachte ihn wieder ins Gleichgewicht. Sie sammelte ihn, fing ihn auf, erdete ihn.

Ich brauche dich, dachte er und wehrte sich gegen den Instinkt, nach ihr zu greifen und sich an sie zu klammern. *Ich brauche dich, um das mit dir gemeinsam durchzustehen. Allein schaffe ich es nicht, und ich will nicht einmal daran denken, es ohne dich zu versuchen.*

Aber er wusste, dass sie genau das am meisten fürchtete: zurückgesaugt zu werden in sein Leben und sich dabei zu verlieren. Wenn sie ihm helfen sollte, musste sie das aus freiem Willen tun.

„Mir geht’s gut“, log er.

„Lügner“, flüsterte sie. Sie kannte ihn einfach zu gut. „Sag es ihr, Billy. Scheiß auf deinen Anwalt. Sie muss wissen, dass sie nicht allein ist.“

„Meinst du?“ Sein Bauch sagte dasselbe, doch der konnte sich durchaus irren.

„Ja.“ Sie berührte sein Gesicht, ganz leicht nur an der Wange, und er konzentrierte sich völlig auf sie. Solchen Zauber übte sie auf ihn aus. „Und du bist auch nicht allein.“

Das war alles, was er je gewollt hatte. So wie früher, aber irgendwie besser. Als hätten die Jahre alles Übersteigerte abgetragen und nur das übrig gelassen, was sie voneinander brauchten. Seine Kraft und Hingabe, ihren Verstand und ihre Leidenschaft.

Maddy, wieder an seiner Seite und auf seiner Seite. So fühlte er sich stärker.

„Danke“, sagte er.

Hinter ihr ging die Tür auf und wurde wieder geschlossen. Becky gab sich Mühe, nicht zusammenzuzucken. Sie starrte aus dem Fenster und versuchte sich vorzustellen, sie sei ein Vogel. Oder ein Fuchs. Oder irgendein anderes schnelles Tier, das man nicht so leicht fangen konnte.

„Becky", sagte Onkel Billy. Sie konnte sein Spiegelbild im Glas sehen, schattig und unvollständig, aber da stand er. Neben ihr. Maddy stand auf der anderen Seite neben ihr. Sie hatte sich ein gelbes T-Shirt und eine schwarze Yogahose über den Badeanzug gezogen. Ihre Frisur war zerdrückt. Trotzdem war sie immer noch die schönste Frau, die Becky je gesehen hatte.

Und genau in der Mitte stand sie. Zu jung, zu dumm, zu langsam. Der Wind draußen hatte ihr Haar völlig zerzaust.

Sie strich sich die Strähnen aus den Augen, dabei bemüht, sich so wenig zu bewegen wie möglich, denn sie fühlte sich, als wäre jeder Knochen in ihrem Körper gebrochen, jeder Muskel zerschlagen.

Vertrau mir, hatte er gesagt. Sie hatte das getan, und es gefiel ihr ganz und gar nicht.

Ich glaube, mir wird gleich schlecht.

Maddy berührte so sanft ihren Rücken, dass Becky es gar nicht spürte. Sie hätte es nicht einmal bemerkt, wenn sie es nicht im Fensterglas gesehen hätte.

Weil du verrückt bist.

„Becky", meinte Onkel Billy. „Ich möchte, dass du mich anschaust."

Sie schüttelte den Kopf. Es gab Dinge, die sie einfach nicht tun konnte. Onkel Billy trat um sie herum und stellte sich vor sie. Sie konnte seine Füße sehen. Seine Badesandalen sahen schlimm aus, total verdreckt, weil er damit die Straße entlanggelaufen war.

Und dann kauerte er sich vor ihr hin.

Sie taumelte zurück, stolperte und fiel auf die Couch. Die weiße Couch, die sie mit dem Straßendreck auf ihrem Hosenboden einsaute.

Sie wollte aufstehen, doch Maddy setzte sich neben sie und sorgte dafür, dass sie auf ihrem Platz blieb.

„Ich tue alles, was ich kann“, erklärte Onkel Billy, und der Blick seiner braunen Augen ließ sie keine Sekunde los, „wirklich alles, um dafür zu sorgen, dass du nie wieder nach Pittsburgh oder zu Janice zurückmusst.“

„Wohin willst du uns schicken?“

„Nirgendwohin. Ihr bleibt hier.“

Ein Donnerschlag des Glücks hallte in ihrer Brust.

Doch Onkel Billy fuhr fort: „Das habe ich heute Morgen beschlossen. Nachdem du mir erzählt hast, wie es bei Janice war. Ich dachte, es würde leicht werden. Ich habe Geld. Ich habe in meinem ganzen Leben nie ein Kind geschlagen. Aber mein Anwalt meint, es könnte schwierig werden.“

„Warum?“, flüsterte sie, und die Fröhlichkeit schwand aus ihr. Himmel, war sie müde. So verdammt müde. Sie war es leid, all die Hoffnung, die Wut und die Enttäuschung, sie war alles leid. Warum konnten gute Dinge nicht einfach passieren?

Onkel Billy schaute kurz zu Maddy. „Ich bin jähzornig“, fügte er hinzu. „Und ich habe in den letzten Wochen in der Öffentlichkeit einiges getan, das mich nicht sonderlich gut aussehen lässt.“

„Du bist besser als Tante Janice.“

„Freut mich, dass du das glaubst. Und darauf zähle ich.“ Er lächelte sie an, und dennoch fühlte sie sich nicht besser, denn sie erkannte ein leeres Lächeln, wenn sie eines sah. Er hatte keine Ahnung, ob er sie und Charlie bei sich behalten konnte.

„Ihr werdet bei mir bleiben, Becky“, beteuerte er trotzdem, als würde aus den Worten Wirklichkeit werden, wenn man sie bloß aussprach. „Ich tue alles, was dafür nötig ist.

„Und ich werde helfen“, pflichtete Maddy ihm bei. „Wir beide sind auf deiner Seite.“

Auf meiner Seite?

Jetzt sollte sie etwas empfinden, nicht wahr? Außer dem Gefühl, klein, schwarz und giftig zu sein.

„Becky?“, fragte Maddy. Sie und Onkel Billy schauten einander an, als ob sie Becky nicht verstehen konnten. „Möchtest du bleiben?“

Ich möchte, dass ihr wollt, dass ich bleibe. Und ich möchte, dass ihr mir versprecht, dass es für immer ist. Und ich möchte es jetzt sofort wissen. Ich möchte keine Angst mehr haben.

Das hätte sie sagen können und dann sehen, wie Onkel Billy sie belog, damit sie sich besser fühlte, und das wäre furchtbar. Also zuckte sie nur die Achseln.

Onkel Billy seufzte, und sie begriff, wie dumm sie sich verhielt. Hier bot sich ihr die Chance, die sie sich ersehnte. Was spielte es für eine Rolle, warum er das tat? Hatte sie ihm nicht heute Morgen von Tante Janice und dem ganzen Mist erzählt, damit er ein schlechtes Gewissen bekam und sie bei sich aufnahm?

Er bemühte sich, und das musste sie anerkennen.

„Schickst du Charlie in eine Kinderkrippe?", erkundigte sie sich. „In eine gute? Er braucht Umgang mit anderen Kindern."

„Natürlich", antwortete er ernst und feierlich. „Und du wirst in die Schule gehen. Die beste, die wir finden können. Was immer du möchtest."

Mit dem Ärmel ihres Kapuzenpullis wischte sie sich über die Nase.

„Was ist los?", wollte Maddy wissen, und Becky erhob sich schließlich von der Couch. Sie fühlte sich bedrängt, wäre am liebsten aus ihrer Haut gefahren. Sie ging an Onkel Billy vorbei, der sich auf den Hintern setzte, um zu ihr hochzuschauen.

„Nichts." Sie versuchte zu lächeln, aber es fühlte sich dämlich an. „Alles bestens."

„Das kaufen wir dir nicht ab", meinte Maddy, doch Becky verstand nicht, was sie damit sagen wollte.

„Wo ist Charlie?", fragte sie. Sie musste ihn sehen. Musste ihn umarmen. Musste ihm klarmachen, dass es ihr leidtat, auch nur daran gedacht zu haben, ihn alleinzulassen. Nicht dass er davon gewusst hätte, aber trotzdem.

„Er schläft im Gästezimmer."

Onkel Billy richtete sich auf. In einer einzigen fließenden Bewegung kam er auf die Beine. Er hätte sie schlagen können, begriff Becky. Tante Janice hätte das getan. Mom hätte das in diesem Fall auch getan. Aber nicht Onkel Billy.

Das machte Eindruck auf sie.

„Ich hole ihn", sagte Onkel Billy, „und dann fahren wir nach Hause."

„Nein." Maddy griff nach seinem Arm, und Onkel Billy erstarrte. Er erstarrte, so als wäre er eine Maschine und sie hätte ihn abgeschaltet. „Alles in Ordnung. Becky, wenn du dich hinlegen möchtest, nur zu. Bitte bleibt hier. Ich habe vierundzwanzig Saftkartons im Kühlschrank und jede Menge Cupcakes, die ihr essen müsst."

Becky sah Onkel Billy an, und er erwiderte ihren Blick. „Möchtest du bleiben?", fragte er. Tolle Sache, dass er ihr die Entscheidung überließ, obwohl er offensichtlich bleiben wollte. Obwohl er offensichtlich Maddy wollte.

Trottel.

Sie zuckte die Achseln, als wäre es ihr egal, doch in Gedanken war sie längst bei dem Bücherregal. Onkel Billy hatte nicht gerade viele Bücher zu Hause.

„Ich nehme das mal als begeistertes Ja."

„Darf ich …?" Sie machte einen halben Schritt auf das Regal zu.

„Gern", erwiderte Maddy, kam herüber, stellte sich neben sie und zog gleich mehrere Bände aus dem Regal. „Hast du *Die Tribute von Panem* gelesen?", fragte sie, und Becky schüttelte den Kopf.

„Oh, mein Gott, das wird dir gefallen." Maddy nahm zwei weitere Bücher heraus, große teure Bücher. „Ich habe hier auch noch *Bis(s) zum Morgengrauen*. Das ist zwar nur der erste Band, die anderen habe ich nicht mehr gelesen …"

In dem Roman ging es um diesen sexy Vampir. „Okay."

Maddys Augen funkelten, als teilten sie beide ein Geheimnis, und Becky überlief es heiß. Angenehm heiß. „Damit solltest du eine Weile beschäftigt sein", sagte Maddy und legte das Vampirbuch auf den Stapel, den Becky bereits trug. „Und wenn Charlie wach wird und du gern weiterlesen möchtest, schick ihn zu uns. Wir können ihn beschäftigen."

„Wirklich?", platzte sie heraus, bevor sie sich zügeln konnte.

Sie hatte das Gefühl, seit Charlies Geburt nie mehr Zeit für sich gehabt zu haben.

In Maddys Gesicht entdeckte sie jetzt etwas, das sie manchmal auch bei Mrs Jordal gesehen hatte: Sie wirkte, als wollte sie sie in den Arm nehmen. Becky zog sich aus ihrer Reichweite zurück, die Bücher fest an die Brust gedrückt.

„Danke", flüsterte sie, denn sie wusste nicht, was sie sonst hätte sagen können. Angesichts all dieser Bücher wirkte es jedoch ziemlich unzulänglich.

Dann ging sie in den abgedunkelten Raum mit dem weichen Bett und den noch weicheren Bettdecken, in dem ihr Bruder so fest schlief, dass er schwitzte, und nahm sich den ersten Band von dem Stapel.

Den Vampirroman. Der Einband glänzte und sah schön aus. Das Buch roch gut. Nicht nach Zigaretten.

Am liebsten hätte sie geweint.

Gewöhn dich nicht daran, mahnte sie sich selbst voller Verzweiflung. *So etwas hält nie vor. Nicht für dich.*

Also musste sie eben schnell lesen.

Die Sonne, die durch die Fenster hereinschien, tauchte Billy in Gold-, Violett- und Rottöne.

Schön, dachte Maddy. *Er ist so schön.*

Ich liebe dich. Der Gedanke war wie eine läutende Glocke: klar, laut und unüberhörbar.

Er ließ sich rücklings auf ihre weiße Couch fallen. Der Kontrast ließ seine helle Haut beinahe dunkel scheinen. Sein zerrissenes T-Shirt bildete einen aufregend und unerhört männlichen Kontrapunkt zur glatten, femininen Atmosphäre ihrer Wohnung.

Ich liebe dich. Gestehen würde sie ihm das natürlich nicht. Konnte sie nicht. Das käme einer Einladung gleich, sich verletzen zu lassen. So als würde sie ein Messer gegen sich selbst richten.

„Sag bitte, dass du ein Bier für mich hast", flüsterte er, den Blick starr an die Decke geheftet.

Das hatte sie tatsächlich. Als sie im Lebensmittelladen die Snacks für die Kinder besorgt hatte, hatte sie auch ein Sechserpack Bier gekauft. Also konnte sie ihm ein Bier holen. Sie konnte es ihm geben. Teufel auch, sie konnte selbst eins trinken, und sie konnten darüber reden, was gerade geschehen war. Über Billys Entscheidung, eine Familie zu gründen, sich um das Sorgerecht für die Kinder zu bemühen und sich mit seiner Schwester anzulegen.

Aber sie wollte nicht reden.

Ihr Körper zitterte vor Verlangen. Und wegen all der Dinge, die sie hätte sagen können. *Ich bin stolz auf dich. Auf den Mann, der aus dir geworden ist. Darauf, wie du für deine Überzeugungen eintrittst. Ich bin stolz darauf, wie liebevoll du mit Charlie umgehst und wie vorsichtig mit Becky. Und darauf, dass ich, wenn du mit den beiden zusammen bist, den Mann in dir sehen kann, der du sein solltest.*

„Maddy?"

Im Sonnenlicht schienen seine Augen zu leuchten. Seine Züge wirkten hart, die Muskeln in seinen Armen zeichneten sich deutlich ab, und sie spürte den Moment, in dem er das Bier einfach vergaß.

Wortlos – denn alles, was sie hätte sagen können, war unzureichend und erschreckend – trat sie näher, bis ihre Knie die seinen berührten. Elektrische Funken sprühten zwischen ihnen, kribbelten auf ihrer Haut, erweckten sie zum Leben.

Er griff nicht nach ihr. Es war an ihr, die Initiative zu ergreifen. So viel verstand sie. Doch er konnte sein Begehren nicht verbergen. Das hatte er noch nie gekonnt. Es lag in seinen Augen, in seiner Anspannung, darin, wie er dasaß und darauf wartete, dass ihre Berührung ihn erlöste.

Sie ließ ein Knie auf die Couch sinken, stützte sich mit einer Hand an seiner Schulter ab, fühlte seine Wärme unter ihren Fingern. Dann folgte das zweite Knie auf der anderen Seite seines Körpers. Und die ganze Zeit betrachtete sie dabei sein Gesicht.

Ich kenne dich, dachte sie. Zugleich ging ihr ein köstliches, aufregendes Paradoxon durch den Kopf: *Dieser Mann, der du jetzt bist, ist ein Fremder für mich.*

Erregender konnte nichts sein. Die Luft, die sie in ihre Lungen sog, schien aus flüssigem Feuer zu bestehen, ihr Körper erglühte bei jedem Atemzug.

Vorsichtig, langsam, setzte sie sich auf ihn und presste sich an ihn, bis sie beide aufkeuchten. Seine Hände, groß, rau und so vertraut, legten sich um ihre Taille und glitten über ihren Rücken.

Sag nichts, dachte sie, und offenbar verstand er, denn er schloss den Mund. Seine so schönen schokoladenbraunen Augen versenkten sich in ihre, und sie fragte sich, was er wohl sah.

In den hereinfallenden Sonnenstrahlen tanzten Staubpartikel. Sie beugte sich vor, durch das Geflimmer von Licht und Schatten, und drückte ihre Lippen auf seine.

Ein Kuss.

Nach all den Küssen, die sie ihm verweigert hatte.

Überrascht schnappte er nach Luft, als hätte ihn eine eiskalte Hand berührt, doch in der nächsten Sekunde schmiegte er sich an sie, so wie er es immer tat.

Sanft und zart war dieser Kuss – zurückhaltend, brandneu. Als lernte sie seinen Geschmack völlig neu kennen. Oder als lernte sie seinen neuen Geschmack kennen.

Einen bittersüßen Geschmack.

Die Flut, die in ihnen lebte, verborgen zwar, aber dunkel und tief, begann zu steigen, brandete gegen ihre Körper und nahm dem Kuss jede Unschuld.

Seine Hände fanden ihr Gesicht, seine Finger glitten in ihren Nacken. Sie öffnete ihre Lippen, ließ ihn ein, und er streichelte sie mit der Zunge, leckte an ihr. Ganz eng. Noch enger. Unter seinem T-Shirt spürte sie eine überwältigende Hitze, die sie bis in die Tiefen ihrer Seele hinein erwärmte.

Seine Haut an Nacken und Schultern fühlte sich an wie Seide. Lust rührte sich in ihrem Leib, begann zu wachsen, schlängelte sich in ihre Glieder, und sie erschauerte. Zitterte vor Verlangen nach Billy.

Da sie es nicht ertrug, weder seine Stärke noch ihre Schwäche, griff sie in sein Haar und zog so fest daran, dass er aufkeuchte, sich an ihr aufbäumte und um sie krümmte. Ein wildes Tier, stark, gewalttätig und völlig unter ihrer Kontrolle.

Ein Kuss ging in den nächsten über, bis es Tausende waren. Eine endlose, verzehrende Reihe. Jeder Kuss, den sie ihm verweigert hatte, jeder Kuss, den sie in den Jahren der Trennung versäumt hatten – alle wurden nachgeholt.

Ich kann das, dachte sie, kam sich mutig und hemmungslos vor. Was sich da auch zwischen ihnen abspielte: Sie würde damit fertigwerden. Und er, als ob er ihr Einverständnis auf ihren Lippen schmecken konnte, erhob sich mit ihr. Er hielt sie so in den Armen, dass ihre Füße knapp über dem Boden baumelten, und küsste sie unentwegt, während er mit ihr über den Flur ging. Vorbei an der Tür zum Zimmer der Kinder.

Sie bemerkte, wie er zögerte, und schlang die Arme um seinen Nacken, küsste ihn, ließ ihren Mund an der Narbe entlang bis zu seinem Ohr wandern. Zog sein Ohrläppchen zwischen ihre Zähne und holte ihn mit diesem leichten Schmerz wieder zu ihr zurück.

Du tust das Richtige, erklärte sie ihm mit den Lippen. Mit ihren Armen, mit ihrem Herzen, das gegen seines pochte. *Du bist einfach wunderbar. Du bist stark und klug und mehr als nur geeignet, diese Kinder großzuziehen.*

Ich liebe dich.

Er lehnte sich von ihr fort. Öffnete den Mund: „Ich liebe …"

Nein. Nein. Worte waren gefährlich, diese ganz besonders.

Sie küsste ihn erneut, um ihn davon abzuhalten, etwas zu sagen, was er nicht zurücknehmen konnte. Er schien zu verstehen und konzentrierte sich wieder auf das Körperliche. Im Dämmerlicht ihres Schlafzimmers fielen ihre Kleider wie von selbst. Haut streifte Haut – an den Hüften, den Oberschenkeln, den Armen – und ließ Funken stieben, die das Zimmer in ihr eigenes Licht zu tauchen schienen.

Sie fielen gegen das Bett. Er war über ihr, wie eine lebende Decke, warm und weich, beruhigend und aufregend zugleich. Er bedeutete ihr alles – so wie es immer gewesen war.

Mit den Fingerspitzen erkundete sie die Hügellandschaft

seiner Rückenmuskeln, den Weg hinunter über seine Rippen bis zu seinem Po. Er zuckte, drängte sich an sie, sein Atem stockte.

Er drehte sich auf die Seite, zog sie mit sich und ließ seine Hand in die dunklen Schatten zwischen ihren Körpern gleiten. Rieb mit den Knöcheln über ihre schmerzenden Brustwarzen, beugte sich dann über sie, um seine Lippen quer über ihre Brust bis zu ihrer Brustspitze wandern zu lassen. Nahm sie in den Mund, und die Empfindung löste ein Kribbeln in ihrem Inneren aus. Sie keuchte, klammerte sich enger an ihn, schob ein Bein höher über seine Hüften, sodass die harte Spitze seiner Erektion den elektrisierten Mittelpunkt ihres Körpers reizte.

Stöhnend bäumte er sich auf. Sein erigiertes Glied schlüpfte in ihre feuchte Hitze hinein und streifte ihre Klitoris. Sie fuhr zusammen – zu empfindlich –, doch schon in der nächsten Sekunde drängte sie sich wieder heran, wollte mehr. Die Lippen immer noch um ihre Brustwarze geschlossen, zog er mit den Fingern eine langsame, sich windende Spur über ihren Körper bis dorthin, wo sie sich so intim berührten.

So wissend, so sicher gab er mit den Fingern auf und in ihr den Rhythmus vor, den sie am liebsten hatte, sodass sie meinte, sich schwebend über das Bett zu erheben. Fort von allen Dingen auf der Welt, die nichts mit ihm zu tun hatten. Nur die Lust zählte.

Nur sie beide zählten.

Der Orgasmus packte sie, rüttelte sie durch, und sie krallte sich mit den Fingernägeln in die Muskeln seiner Arme.

Als es vorbei war, seufzte sie. All ihre harten Kanten hatte sie verloren, ihre Grenzen waren verwischt.

Und dann machte sie den schrecklichen Fehler, ihn anzuschauen. In seinem Blick lag solche Liebe zu ihr, dass sie zurückschreckte – zu wund, diese Liebe einfach hinzunehmen.

Rasch entschlüpfte sie ihm. Er ließ sich auf den Rücken rollen, und sie kauerte sich rittlings über ihn, sodass die Haare auf seinen Beinen die empfindliche Haut auf der Innenseite ihrer Oberschenkel kitzelten.

Es war alles so vertraut: wie sie ihn in den Mund nahm, wie er seufzte und ihren Rücken streichelte, wie er kurz ihren Ellenbogen umfasste und dann nach ihrer Hand griff.

Diese Vertrautheit erfüllte sie mit einem scharfen Schmerz – sie konnte sie nicht ertragen. Verzweiflung, stärker als je zuvor, erfasste sie, und sie entzog sich ihm.

„Im Nachtschränkchen liegen Kondome", murmelte sie, die Worte unnatürlich laut in der Stille, die sie geschaffen hatten.

Er drehte sich zur Seite und durchwühlte ihren Nachttisch. Die Muskeln in seinem Bauch und Rücken spielten, spannten sich an. Und sie konnte nicht anders: Sie musste sie berühren, aufs Neue fasziniert von seinem Körper.

Nachdem er sich das Kondom übergestreift hatte, rutschte er zu ihr herüber, hob sie hoch, als wäre sie federleicht, und das empfand sie als erregend. Es war ungeheuer erregend, in Position gebracht zu werden, um jemandem Lust zu bereiten.

Seine Brust an ihrem Rücken, er hinter ihr, eng an sie geschmiegt.

Ja, dachte sie. *So. Genau so.*

Sie verlagerten ihr Gewicht, bewegten sich, und dann – mit Leichtigkeit und voller Kraft – glitt er in sie hinein. Diese Stellung erinnerte sie an süßen, schläfrigen Sex am Morgen. Ihr Herz krampfte sich zusammen, während ihr Körper ihn willkommen hieß.

Er schob seine Hand unter sie, um ihre Brust zu liebkosen, und sie beugte sich vor, bis sie ihn genau dort spürte, wo er sie zum Wahnsinn treiben konnte.

„Baby", keuchte er, umklammerte ihre Hüften und trieb sie immer schneller voran. Es war still in dem Zimmer. Keine quietschenden Matratzen, kein Poltern gegen das Kopfende. Nur gequälter, schweigender Sex.

Sie schnappte nach Luft, zog den Kopf ein, fühlte, wie sich erneut ein Höhepunkt anbahnte. So wanden und streckten sie sich, mal langsam, mal heftig, bis sie es beide nicht mehr aushielten und er sie nach vorn kippte, sodass sie auf dem Bauch zu liegen kam. Während er ihre Hüften umfasste und sie hochzog, erhob er sich auf die Knie, und sie stützte sich nach vorn mit den Armen ab.

Sanft strich er über ihre Wirbelsäule, vom Po bis zum Nacken, und dort hielt er sie fest.

„Komm schon", stöhnte er, zog sich langsam ganz aus ihr zurück, bevor er wieder in sie eindrang. Hart und heftig. So heftig, dass es sie schüttelte. Ihre Zehen und Finger krümmten sich. Sie erwiderte jede seiner Regungen, erinnerte sich instinktiv an diesen harmonischen, perfekten Tanz zwischen ihnen.

Drei Stöße, ein vierter, und sie zerbarst, explodierte. Er bewegte sich schneller, so lautlos wie immer, bis auch er erbebte. Seine Finger verkrampften sich in ihren Haaren, die andere Hand packte ihre Taille so grob, dass sie sicher war, blaue Flecken davonzutragen.

„Baby", seufzte er. „Oh Gott, Maddy …"

Sie sank erschöpft aufs Bett, und er ließ sich neben sie fallen.

Nicht, bat sie im Stillen die Schuldgefühle, die sie lauernd umkreisten. *Bleibt noch ein paar Minuten weg.* So wehrte sie sich gegen die Reue, die sich ihr aufdrängen wollte.

Billy griff zwischen sie und fasste nach ihrer Hand, verschränkte seine Finger mit ihren. Immer noch schweigend, als müsste er selbst einige Gespenster verscheuchen.

Aus dem zweiten Schlafzimmer drang ein erstickter Schrei – Charlie –, und Billy und Maddy schraken hoch, begannen sich hektisch anzuziehen. Doch mit einem Mal wurde es wieder still, und sie standen wie aufgescheuchte Rehe in dem dunklen Zimmer, halb bekleidet.

Er lachte in sich hinein, dann auch sie, und schließlich lachten sie beide.

„Woher kommt nur die ständige Heimlichtuerei?", fragte sie.

Statt einer Antwort trat er an sie heran und umfasste ihr Gesicht, wobei er ihr die Haare fest an den Kopf drückte. Tausend Dinge hätte er jetzt sagen können, und mit keinem einzigen davon hätte sie umgehen können. Als ob er das wusste, als ob er ihre Gedanken lesen konnte – vermutlich konnte er das tatsächlich –, hielt er den Mund und schwieg.

Und küsste sie. Einmal. Schon wieder.

„Billy …“, flüsterte sie, aber er unterbrach sie mit einem Kopfschütteln.

„Du denkst zu viel. Das … das hier ist einfach.“

Sie musste lachen. Nichts zwischen ihnen war einfach. Niemals.

„Doch, ist es. Du machst es nur kompliziert. Lass es uns wenigstens heute einfach halten.“

In ihrem Herzen war sie ein Feigling. Deshalb nickte sie. „Einfach.“

„Also, hast du nun ein Bier für mich oder nicht?“

„Habe ich“, erwiderte sie leise, und gemeinsam gingen sie zurück ins Wohnzimmer, zurück ins helle Tageslicht.

Aber je heller das Licht, desto schwärzer die Schatten, und ihr fiel mit entsetzlicher Klarheit wieder ein, dass die Liebe nie das Problem zwischen ihnen gewesen war.

Das Problem war das ganze Drumherum; alles, was sie mit sich brachte.

25. KAPITEL

Großer Gott!“ Hastig ließ Billy die Fenster hinten im Wagen herunter. Er kämpfte sich durch den Montagmorgenverkehr in die Stadt, aber gegen den Gestank auf der Rückbank seines Wagens konnte er sich nicht wehren.

„Siehst du“, meinte Becky. „Wir hätten gestern nicht schwimmen gehen sollen.“

„Das war deine Idee!“, gab er zurück. Seit Becky heute Morgen aufgewacht war, lechzte sie nach Blut. Seinem Blut. Und er wusste nicht, wie er es schaffen sollte, beides zu bewältigen: zu Hornsby zu fahren, um ihn anzubetteln, ihm seinen Job zurückzugeben, und zugleich dem Groll einer Dreizehnjährigen Paroli zu bieten.

Doch mit ihr zu streiten lenkte ihn wenigstens ab, sodass er nicht ständig darüber nachdachte, zu Kreuze kriechen zu müssen. Das hatte also auch seine Vorteile.

„Ich schätze eher, das Obst ist schuld, das du heute Morgen in ihn hineingestopft hast“, fügte Billy hinzu.

„Charlie mag Melone.“

„Mein Bauch tut weh“, jammerte Charlie.

„Ich hab dir doch gesagt, du sollst es mit dem Obst die ersten Tage langsam angehen lassen. Euer Verdauungssystem ist nicht daran gewöhnt.“ Er betätigte die Lichthupe, um einen Sattelschlepper, der im Schneckentempo dahinzuckelte, aus der Überholspur zu scheuchen.

„Mach dir keine Gedanken über unser Verdauungssystem“, fauchte sie.

„Leichter gesagt als getan, wenn Charlie solchen Gestank verbreitet.“ Jetzt wurde der Lastwagen noch langsamer. Himmelherrgott noch mal! Die ganze Welt schien sich gegen ihn verschworen zu haben.

„Du hast vielleicht eine Scheißlaune heute Morgen.“

„Ich? *Ich* habe eine Scheißlaune?“ Er überholte den Sattelschlepper kurzerhand rechts. „*Du* bist doch diejenige, die sich aufführt, als wäre ich schuld an allem.“

„Du hättest uns einfach zu Hause lassen sollen.“

„Ja, klar.“ Billy warf dem Mädchen im Rückspiegel einen Blick zu. „Ihr wärt ja auch bestimmt noch da gewesen, wenn ich zurückgekommen wäre.“ Zwar hatte sie in gewisser Weise versprochen, nicht wegzulaufen, aber heute Morgen mochte er auf dieses Versprechen nicht vertrauen. Er hatte geglaubt, sie hätten in Maddys Wohnung Fortschritte erzielt, doch dem war offenbar nicht so.

Frauen waren ihm ein verdammtes Rätsel – egal, wie alt sie waren.

Billy ließ auch das Fahrerfenster herunter, weil er in seinem Anzughemd zu schwitzen begann. Im Grunde war es lächerlich, sich für das Treffen mit Hornsby so herauszuputzen.

Und die Kinder mitzunehmen.

Was zum Teufel habe ich mir eigentlich dabei gedacht? Becky, die übel gelaunte, trotzige, unflätige geladene Kanone. Und Charlie, der wie ein Misthaufen stank.

Allerdings hatte er keine andere Wahl gehabt. Selbst wenn Becky ihr Wort hielt, nicht auszureißen, war ihm nicht wohl dabei, die Kinder allein zu lassen. Sie waren bereits viel zu oft allein gelassen worden.

Und er konnte auch niemanden anrufen. Tara Jean und Luc waren nicht in der Stadt. Maddy hatte ihren Job.

Er stand mit den beiden Kindern allein da.

Willkommen im Rest deines Lebens.

Kurz hatte er darüber nachgedacht, Victor anzurufen, damit er ihm bei Hornsby zur Seite stand. Aber seine jetzige Situation, die Abschiebung in die Unterliga, der Umstand, dass er den ganzen Schlamassel, in den er sich gebracht hatte, in Ordnung bringen musste, um als Pflegevater anerkannt zu werden – das alles fühlte sich sehr persönlich an.

Wenn Victor dabei war, würde alles nur komplizierter werden.

Außerdem sollten nicht noch mehr Leute Zeugen seiner Demütigung werden und mitansehen, wie er seinen Stolz hinunterschluckte und um eine zweite Chance bettelte.

Einige Minuten und heftige Würgereize später stellte er den Wagen auf dem Spielerparkplatz ab und schaltete den Motor aus. Im selben Moment ließ Charlie schon wieder einen fahren.

„Musst du auf die Toilette?", fragte Becky ihren Bruder. Billy drehte sich zu den beiden um. Irgendwie hatte der Junge es während der zwanzigminütigen Fahrt von zu Hause hierher geschafft, sich dreckig zu machen. Sein Gesicht war grün beschmiert.

„Was …?"

„Marker", antwortete Becky. „Er hatte den Stift in der Tasche."

„Na toll." Er seufzte. Von der grünen Farbe abgesehen, sah der Junge gut aus. Der Abstecher ins Kaufhaus hatte den Kindern ein paar neue Klamotten eingebracht. Charlie trug ein Yoda-T-Shirt und war stolz wie Oskar. Und Becky hatte ihr neues Kapuzenshirt an. In Lila und mit Glitzersteinen am Reißverschluss.

„Wir können im Auto warten", meinte sie spöttisch.

Billy schnaubte, stieg aus und öffnete die hintere Tür, wobei er Becky anschaute. Zu ihren Füßen stand eine Einkaufstüte voller Windeln und Kleidung zum Wechseln für Charlie, dazu Spielzeug und etwas zum Essen.

Dreizehn Jahre alt, aber sie wusste bereits, wie man eine Wickeltasche packte. Schuldgefühle drückten ihm die Luft ab. Noch eine negative Empfindung. Dabei schlummerte in ihm schon ein ganzer Vulkan voll solcher Gefühle.

„Hör mal, dieses Treffen ist für mich extrem wichtig", erklärte er.

Becky verdrehte nur die Augen. Seit er ihr mitgeteilt hatte, dass er sie nicht nach Pittsburgh zurückschicken würde, zog sie ihn auf. Dieses Verhalten war ihm nicht fremd, hatte er selbst es als Kind doch in Vollendung beherrscht; dadurch wurde er allerdings auch nicht leichter damit fertig.

„Nein. Ich meine es ernst. Meine Karriere steht auf dem Spiel. Jetzt. In diesem Moment."

„Okay, in Ordnung. Was soll ich tun?“

„Brav und lieb sein. Nichts anfassen. Dafür sorgen, dass Charlie nichts anfasst. Versuchen, ihn daran zu hindern, dass er die Vorzimmerdame vergast.“

„Ich kann Charlies Furzen nicht kontrollieren“, erwiderte sie. Oh Mann, diese Einstellung war ihm so vertraut. Und brachte ihn so auf die Palme. Plötzlich hatte er sehr viel mehr Verständnis und Mitgefühl für die Lehrer, die ihm helfend eine Hand gereicht hatten und die hatten erleben müssen, dass er ihnen daraufhin das Handgelenk gebrochen hatte.

Billy grummelte frustriert und ging um den Wagen herum, um Charlie aus seinem Sitz zu heben. In einem Zeichentrickfilm wären jetzt giftgrüne Dämpfe aus den Windeln des Jungen aufgestiegen.

„Charlie“, stöhnte Billy, und der Junge lächelte ihn an, während er ihn mit gestreckten Armen von sich forthielt. Becky mochte sich komplett gegen ihn gewandt haben, aber Charlie empfand nichts als Liebe zu Billy. Das war merkwürdig, und er fühlte leichtes Unbehagen, doch im Moment war ihm jede Unterstützung recht. Er kontrollierte Charlies Windeln – leer und trocken. „Hältst du es noch ein paar Minuten aus? Bis Becky mit dir auf der Toilette ist?“

„Ja, Onkel Billy.“

„Guter Junge.“

„Was soll's“, seufzte Becky, und Billy kam der Verdacht, dieser Spruch könne ihr persönliches Motto sein. Er ließ es auf sich beruhen. Eine Auseinandersetzung konnte er gerade wirklich nicht brauchen.

Sie betraten die Arena über den Spielereingang und nahmen dann den Fahrstuhl zur Büroetage.

„Was hast du denn vor“, fragte Becky, „das so wichtig ist?“

Billy sah zu, wie die Zahlen auf dem Display über der Tür aufleuchteten. *Meinen Stolz runterschlucken. Zu Kreuze kriechen. Hornsby um Gnade anflehen.*

„Darum bitten, dass ich meinen Job zurückkriege.“

„Du bist gefeuert worden?“ Ihre Stimme klang empört. Er

schaute zu ihr hinunter und erkannte, dass sie nicht empört war, sondern besorgt. Nein, sogar verängstigt.

„Sozusagen", murmelte er und blickte wieder zu den Zahlen hoch.

„Ich dachte, du wärst nur in Schwierigkeiten."

„Es ist ein bisschen schlimmer."

„Wegen uns?", fragte sie. „Wegen dem, was ich in der Show gesagt habe?"

„Nein", winkte er ab. Die Zahlen hörten auf, aufzuleuchten, und mit einem Ping öffneten sich die Türen. Er machte einen Schritt nach draußen. Aber Becky folgte ihm nicht, und als er sich nach ihr umsah, wirkte sie geradezu verzweifelt. Kreidebleich. Riesengroße Augen.

Oh.

„Becky, ich bin in Schwierigkeiten, weil ich gewissermaßen ein Idiot bin. Das hat nichts mit dir zu tun."

„Sicher?", flüsterte sie.

„Dass ich ein Idiot bin? Ja." Dafür erntete er nicht einmal ansatzweise ein Lächeln. „Es hat nichts mit dir zu tun", bekräftigte er. „Das schwöre ich."

Die Beklommenheit verschwand aus ihrem Gesicht, sie verschloss sich wieder, nahm Charlie an die Hand und führte ihn aus dem Fahrstuhl. Wenn Billy mehr Raum dafür hätte, würde er sich womöglich bemühen, ihr die Schuldgefühle zu nehmen, die sie offenbar quälten, doch im Moment wurde er von seinen eigenen Dämonen heimgesucht.

„Wow!", kreischte Charlie, als sie um die Ecke bogen und in den Empfangsbereich zur Presseabteilung der Mavericks traten. „Fische!" Er rannte auf das riesige Aquarium zu, das in die Wand eingelassen war, klatschte die Hände dagegen und drückte sein Gesicht an die Scheibe.

„Entschuldigung ..." Heather, die Vorzimmerdame, stand von ihrem Schreibtisch auf, Missbilligung im Blick und in der Stimme. Beides verstärkte sich, als sie Billy entdeckte. „Sie sind fast fünfzehn Minuten zu spät, Billy."

„Tatsächlich?", fragte er, während er Becky und ihren Bruder von dem Aquarium fortzuziehen versuchte. „Tut mir leid, aber es ist überraschend schwierig, einen Dreijährigen aus dem Haus zu bekommen."

„Wie dem auch sei, Coach Hornsby hat heute sehr viele Termine." Heather zog skeptisch eine Braue in die Höhe. Obwohl sie noch jung war, wirkte sie eisern. Wenn sie hier die Stellung hielt, geschah nichts, was sie nicht ausdrücklich erlaubte.

Er dachte an Charlies Gaseruptionen und lächelte. „Verstehe. Könnten Sie ihm bitte einfach Bescheid sagen, dass ich da bin?"

„Was …?" Sie sah über seine Schulter zu den Kindern. „Was haben Sie mit den beiden vor?"

„Könnten Sie nicht auf sie aufpassen?"

Sie keuchte entsetzt auf.

„Das war ein Scherz, Heather. Die beiden kommen schon klar."

Kaum hatte er das ausgesprochen, ertönte ein lautes Furzen, und ein unbeschreiblich widerlicher Geruch erfüllte die Luft.

„Charlie!", rief Becky.

„Mein Bauch tut nicht mehr weh!"

„Hat er gerade …?" Heathers Lippen bewegten sich nicht, ihre Miene war erstarrt.

„In die Hose gemacht? In Ihrem Büro? Ich glaube schon."

„Oh, mein Gott." Noch immer bewegten sich ihre Lippen nicht.

Die Tür zu Hornsbys Büro ging auf, und da stand der Mann, von hinten angestrahlt von dem Sonnenlicht, das durch seine Bürofenster fiel. Als wäre er ein Gott, der gerade auf die Erde herabgestiegen war.

„Billy?", fragte er. „Was ist los? Du bist spät dran."

Charlie kreischte, und Billy drehte sich mit klopfendem Herzen um. Er befürchtete das Schlimmste, aber tatsächlich versuchte Becky bloß, ihren Bruder einzufangen, und der lief vor ihr davon.

„Eine Sekunde noch?", bat Billy, abgelenkt von den Kindern. Und von dem fürchterlichen Gestank. Von Heathers Panik. Von Hornsbys Urteil.

Hornsby hob beide Hände und breitete sie aus. Mach ruhig, schien er zu sagen.

Billy trieb die beiden Kinder in der Nähe des Aquariums in die Enge. „Du musst ihm die Windel wechseln."

„Ach, echt?", flüsterte Becky. „Sag *ihm* das mal."

„Charlie, lass dir von Becky die Windel wechseln. Warum zum Teufel trägt er überhaupt noch diese Dinger?"

Becky wandte sich ihm zu, die Augen weit aufgerissen. Richtig. Der Zeitpunkt war nicht unbedingt der beste, um über Toilettentraining zu diskutieren. Er kauerte sich vor Charlie hin, damit er auf Augenhöhe mit ihm war. Der Junge stank schlimmer als eine Mülltonne, die tagelang in der Sonne gestanden hatte.

„Charlie, du bekommst von mir, was du willst, wenn du dir von Becky die Windel wechseln lässt."

„Fische?", fragte er und deutete auf das Aquarium.

„Was du willst."

„Pommes bei Chuck E. Cheese?"

„Großer Gott, nein."

„Billy?" Hornsby blickte auf seine Armbanduhr. „Ich habe einen vollen Terminkalender."

Billy schaute von Hornsby zurück zu Charlie. „Ja. In Ordnung. Wir gehen zu Chuck E. Cheese." Dann wandte er sich an Becky: „Wenn du es schaffst, dass er sich benimmt, zahle ich dir fünfzig Dollar."

„Zusätzlich zu den hundert, damit ich nicht weglaufe?", fragte sie.

„Ja."

„Und Chuck E. Cheese?"

Und er war so dumm gewesen, zu glauben, dass sein Leben keine schlimmere Wendung mehr nehmen konnte. Er seufzte. „Ja."

„Abgemacht." Becky hielt ihm die Hand hin, und er schlug ein.

„Hier." Er nahm sein Smartphone aus der Tasche und tippte die *Angry Birds*-App auf dem Display an. „Mit diesem Spiel sollte er eine Weile beschäftigt sein."

„Coach Hornsby hat in zehn Minuten einen Termin“, bemerkte Heather spitz, als er an ihrem Schreibtisch vorbeiging.

„Ich brauche nur zwanzig.“

Sie funkelte ihn böse an, und er grinste.

Aber das Grinsen schwand aus seinem Gesicht, als er Hornsbys Büro betrat und sein Coach die Tür hinter ihm schloss. Plötzlich lauerte jedes Versagen, jedes Scheitern, jedes seiner Versäumnisse, ob groß oder klein, in den Ecken des Büros und wartete nur darauf, über ihn herzufallen.

Er hatte keine Ahnung, was er sagen sollte. Womit er anfangen sollte.

„Das sind die Kinder aus der Show“, stellte Hornsby fest und ging an Billy vorbei zu seinem Schreibtisch.

„Meine Nichte und mein Neffe.“

„Nicht deine Kinder.“

Billy schluckte die Worte hinunter, die sich ihm auf die Lippen drängten, die Flüche und den lauten Protest. „Ich habe keine Kinder. Diese Frauen …“

Hornsby wedelte mit der Hand, während er sich hinsetzte. „Ich weiß, Billy. Das sollte ein Scherz sein.“

„Oh.“ Billy lachte gequält auf. Hornsby war nicht witzig. Ganz und gar nicht.

Viel zu fahrig, um sich zu setzen, blieb Billy hinter einem der Stühle stehen und stützte sich auf die Rückenlehne. Da er einfach nicht wusste, was er mit seinem schwitzenden, panischen Körper tun sollte, und nervös herumzappelte, warf er das Ding beinahe um.

„Entschuldige.“

„Es wäre mir lieber, du würdest auf meinen Möbeln Platz nehmen, statt sie zu demolieren.“

Jetzt blieb ihm nichts anderes übrig. Er ließ sich in den Stuhl fallen, und kaum hatte er das getan, wippte er mit den Beinen. Seine Haut kribbelte. Seine Gedanken rasten und überschlugen sich. Wenn sie dieses Gespräch auf dem Eis hätten führen können, hätte er sich vielleicht sogar wacker geschlagen. Aber im Sitzen in einem Büro, eine Krawatte umgebunden, hatte er keine Chance, zu gewinnen.

„Wie alt sind die Kinder?“, erkundigte sich der Coach.
„Drei und dreizehn.“
„Dreizehn ist ein schwieriges Alter. Meine Tochter wurde in dem Alter bei einem Ladendiebstahl erwischt.“
„Tatsächlich?“ Billy gab sich Mühe, nicht allzu erfreut zu klingen, aber Himmel noch mal, das war eine gute Nachricht. Vielleicht war Becky ja doch nicht so ein Albtraum.
„Es war eine Mutprobe, aber ...“
„Becky hat vor drei Tagen probiert, meinen Wagen kurzzuschließen. Mitten in der Nacht.“
„Du machst Witze.“
„Schön wär's. Sie haben die ganze Nacht versucht, wegzulaufen. Gegen Morgen sind sie sogar aus dem Schlafzimmerfenster gesprungen. Wahrscheinlich hätten sie es geschafft, sich davonzustehlen, wenn da nicht die Kamerateams auf meinem Rasen gewesen wären.“
„Ah. Und dann hast du den Reporter umgeschubst?“
„Er war auf meinem Grund und Boden und hat den Kindern Angst gemacht. Bin ich der Einzige, der meint, solch ein Benehmen hat einen Schubs verdient?“
„Nein, bist du nicht. Das war eine der wenigen Gelegenheiten, bei denen ich behaupten kann: Es war richtig von dir, jemanden zu schubsen.“
Der Typ sagte, Billy habe richtig gehandelt, und ließ dennoch keinerlei Bereitschaft zur Vergebung erkennen.
Das erinnerte ihn allzu sehr an den Abend, an dem er und Maddy zu ihren Eltern gegangen waren, um ihnen mitzuteilen, dass sie heiraten wollten. Er hatte dort in dem Esszimmer gesessen, an dem Tisch mit dem noblen Tafelaufsatz und all dem Porzellan, und ihre schweigende Ablehnung war für ihn wie eine Ohrfeige gewesen. Sie hatten über Hockey geredet. Darüber, dass Maddy aufs College gehen wollte. Gehört und gefühlt hatte er allerdings immer nur eins: *Du bist nicht gut genug.*
„Warum bist du hier, Billy?“, fragte Hornsby. „Wir können uns stundenlang darüber unterhalten, was es bedeutet, eine drei-

zehnjährige Tochter zu haben. Aber deine Karriere ist im Eimer, und ich dachte, du hättest mich deshalb angerufen."

„Richtig." Billy stand auf, weil er sich nicht das Herz herausreißen und es auf den Tisch werfen konnte, wenn er saß. „Es tut mir leid, dass ich deine Anrufe nicht beachtet habe. Und es tut mir leid, dass ich mich im letzten Jahr aufgeführt habe wie ein Arschloch." Billy lachte und beobachtete den Verkehr draußen vor den Fenstern. „Ich meine, im Grunde bin ich immer ein Arschloch, aber dieses Jahr habe ich mich zu neuen Rekorden aufgeschwungen. Und du hast recht. Und ich will nicht so aussteigen. Ich bin besser."

Das war er wirklich. Tief in seinem Inneren war ihm das klar. Auch ohne dass Maddy ihm das sagen musste, wusste er, dass er besser war, als er sich benahm.

Trotz Angstschweiß, Panik und geknicktem Stolz entlockte der Gedanke ihm ein Lächeln. Schenkte ihm ein klein wenig inneren Frieden.

Billy atmete aus und ließ so viel Unruhe von sich abfallen, wie er konnte. „Vielleicht komme ich damit zu spät." Er drehte sich um und sah Hornsby an, der sich in seinem Stuhl zurückgelehnt hatte, als hätte ein Sturm ihn umgeweht. „Das ist mir völlig klar, Coach. Du hast dich intensiver um mich bemüht als jeder andere in meinem Leben, und es tut mir leid, dass ich dich enttäuscht habe."

„Du hast nicht nur mich enttäuscht."

„Ich weiß. Blake, die Jungs, ich habe sie alle enttäuscht. Und was möglicherweise noch schlimmer ist: Ich habe mich selbst enttäuscht. Darin bin ich mittlerweile so geübt, dass ich es nicht einmal mehr bemerke. Aber ich hätte gern eine Chance …" Gott, das klang so dämlich. „Eine Chance, ein besserer Mannschaftskamerad und Anführer zu sein. Ich wäre gern die Art von Spieler, die du brauchst."

Hornsby starrte ihn an. Das Schweigen zwischen ihnen war angespannt und dehnte sich. „Wow", sagte er schließlich.

Billy lachte.

„Du hast wohl eine Weile an dieser Rede gefeilt, was?"

„Die ganze Nacht." Billy lächelte.

„Verdammt, Billy, wenn du am Freitag einfach zurückgerufen hättest, hätte ich mit einiger Mühe eventuell etwas bei der Geschäftsführung erreichen können. Doch inzwischen sind mir die Hände gebunden."

Billy stieß langsam den Atem aus. Vor genau dieser Antwort hatte er sich gefürchtet. „Kann ich irgendwas tun?"

„Nun ... ich kann für nichts garantieren, verstehst du? Selbst wenn du alles tust, worum ich dich bitte, wirst du unter Umständen trotzdem in die Unterliga abgeschoben."

„Ich weiß."

„Okay. Als Erstes musst du noch einmal bei *Dallas A. M.* auftreten und deine Version der Geschichte erzählen."

„Mach ich." Zwar kostete es ihn unglaubliche Überwindung, dem zuzustimmen. Aber er war zu allem bereit.

Hornsby blinzelte. „Du bräuchtest außerdem irgendwas auf nationaler Ebene."

„Ich werde heute noch Dominick Murphy anrufen. Der geht mir schon länger auf die Nerven, weil er über mich schreiben will."

„Dom ist eine sehr gute Wahl."

„Wird das reichen?"

„Um deine Karriere zu retten?"

„Um ... um so gehen zu können, wie ich es sollte."

Hornsby musterte ihn so lange, dass Billy sich dabei allmählich wie ein seltener Käfer vorkam.

„Was macht dich glücklich, Billy?"

Oh Gott, gerade hatte er geglaubt, sie machten Fortschritte, und jetzt das! Der Coach kam ihm wieder mit typischen Oprah-Fragen. Statt wütend aus dem Büro zu stürmen, beschloss Billy, zu antworten.

„Hockey."

Der Coach nickte. „Sonst noch was?"

Maddy, dachte er, sprach es jedoch nicht aus.

Hornsby summte vor sich hin, als wüsste er es sowieso. „Dieser Sport gibt seinen Spielern eine Menge. Aber manchen nimmt er auch nur viel."

Billy konnte nicht das Hockey dafür verantwortlich machen, dass er keine Familie hatte. Keine Maddy. Nicht das Hockeyspiel hatte seine Ehe zerstört. Ja, nicht einmal er selbst, sondern sie beide. Ihre Jugend. Ihre Unerfahrenheit.

Er hatte nicht gesehen, was Maddy ihm alles gegeben hatte. Hatte nicht mal ahnen können, wie sie allmählich innerlich immer leerer geworden war. Selbst heute, so viele Jahre später, war er sich nicht sicher, wie er das hätte verhindern können.

„Meine Fehler habe ich alle selbst gemacht", erklärte er.

Der Summer ertönte, dann meldete sich Heathers Stimme über die Sprechanlage. „Ihr Neun-Uhr-dreißig-Termin ist da."

Hornsby drückte auf einen Knopf an seinem Telefon und erhob sich. „Danke, Heather."

Dann begleitete er Billy zur Tür. „Ich bin froh, dass du heute gekommen bist."

„Ich auch. Nicht zuletzt bin ich froh, um Entschuldigung gebeten zu haben. Du hast es nicht verdient, so behandelt zu werden, wie ich es getan habe."

Hornsby öffnete die Tür. Draußen standen die beiden Kinder vorm Aquarium. Das Licht darin strahlte ihre Gesichter an. Ein gelber Fisch schwamm an Charlies weit aufgerissenen Augen vorbei.

„Was hast du mit den beiden vor?", erkundigte sich Hornsby.

„Ich bemühe mich um das Sorgerecht. Vorher muss ich allerdings als Pflegevater akzeptiert werden, und das wird womöglich nicht leicht."

Der Coach zog die Brauen hoch.

„Schau nicht so entsetzt", murmelte Billy.

„Ich bin nicht entsetzt. Ich bin überrascht und … stolz auf dich. Wenn ich in dieser Sache irgendwie helfen kann, lass es mich bitte wissen."

„Wirklich? Weil – ich brauche ein paar seriöse Empfehlungsschreiben, was meinen Charakter angeht … Aber dafür müsstest du vermutlich lügen." Er gab sich Mühe, das scherzhaft klingen zu lassen, doch der Coach lachte nicht. Er schlug Billy so heftig auf den Rücken, dass sich in seiner Brust einige Dinge lösten.

All die Abneigung und Verbitterung gegen Männer wie ihn – gegen wohlmeinende Trainer und Übungsleiter, ja sogar gegen Maddys Dad –, die ihm gern als Vaterfigur gedient hätten, all das löste sich und fiel von ihm ab. Und statt sich länger eingeengt zu fühlen, empfand er plötzlich nur Dankbarkeit.

„Nein", erwiderte Hornsby. „Dafür müsste ich ganz und gar nicht lügen."

Madelyn ließ sich in den Stuhl vor ihrem Schminktisch fallen, während Ruth ihren üblichen Platz in der Ecke einnahm. Sie war praktisch von der Bühne gerannt, nachdem die Kameras abgeschaltet worden waren. Nur leerer, höflicher Applaus, gemischt mit deutlich vernehmbarem Murren.

„Das war furchtbar", meinte Maddy.

„Grässlich."

„Hunde, die jonglieren können?"

„Etwas Besseres war auf die Schnelle nicht machbar."

Maddys Blackberry vibrierte auf ihrem Tisch, und sie nahm es auf.

Zwei Mal musste sie die Textnachricht lesen, bevor sie ihren Augen trauen konnte.

„Er kommt her", sagte sie.

„Wer?"

„Billy. Er kommt her, um mit uns über die Fortsetzung der Show zu reden. In einer Stunde ist er hier."

Einen Moment starrten sie einander an, dann lagen sie sich plötzlich in den Armen. Lachend vor Freude.

„Du hast es geschafft!", rief Ruth.

Der Sex hat es geschafft, dachte Maddy, und sie fühlte sich grauenvoll. Richtiggehend zimperlich. Das war zwar nicht ihre Absicht gewesen, aber im Ergebnis lief es auf dasselbe hinaus.

Sie hatte mit ihm geschlafen, und jetzt kam er, um über die Fortsetzung ihrer Sendung zu sprechen.

„Das ist der perfekte Einstieg in unser neues Format." Damit hatte Ruth so recht, dass Maddy regelrecht übel wurde. „Wir haben noch einiges zu erledigen, bevor er hier ist. Also los, zieh dich um. Wir treffen uns in zehn Minuten im Besprechungsraum."

„Großartig", stimmte Maddy zu, und Ruth ging, ließ sie mit ihren nagenden Zweifeln allein. Keine Zweifel, was die Show anging, aber was Billy anging. Sie hätte nicht noch einmal mit ihm schlafen sollen. Das war so offensichtlich. All die Wärme, die am Tag zuvor zwischen ihnen aufgekommen war, das Gefühl, eine wichtige Sache gemeinsam anzupacken, das alles wurde plötzlich schal.

Sie kam sich vor wie eine Nutte.

Das Telefon auf ihrem Tisch summte, und die Empfangsdame vom Pressebüro sagte über die Sprechanlage: „Maddy, ich habe einen Anruf auf Leitung eins für dich. Ein Reporter, der dir ein paar Fragen stellen möchte."

Maddy griff nach dem Hörer, drückte den Knopf für Leitung eins und hob ab.

„Maddy Cornish", meldete sie sich und zuckte zusammen. „Madelyn", korrigierte sie hastig.

„Hallo, Maddy, hier ist Dominick Murphy. Wir haben uns auf der Wohltätigkeitsgala für die New School kennengelernt …"

„Ja, natürlich." Sie lächelte beim Gedanken an den routinierten Schreiber mit den grau melierten Haaren. „Was kann ich für Sie tun, Dom?"

„Tja, Billy hat sich endlich einverstanden erklärt, dass ich über ihn schreibe. Und ich habe gehofft, Sie könnten mir einige Fragen beantworten."

„Über die Show?", fragte sie und öffnete die Reißverschlüsse ihrer zu engen Stiefel. Zog den ersten aus.

„Nein." Er räusperte sich. „Über Ihre Ehe."

Der zweite Stiefel polterte zu Boden.

Ihr Herzschlag donnerte in ihren Ohren.

„Wie … wie sind Sie dahintergekommen?"

„Ich bin Reporter, Madelyn. Das ist mein Job. Also, können wir uns treffen?"

Treffen? dachte sie. *Wie unschuldig.* Offenbar hatte er nicht die leiseste Ahnung, wie schmerzhaft es für sie gewesen war, Billy

Wilkins' Frau zu sein. Glaubte er ernsthaft, sie würde einfach darüber reden? Ihm ein paar nette, geistreiche Geschichten aus ihren gemeinsamen Jahren erzählen?

Mit eisiger Klarheit trat ihr vor Augen, welchen Fehler sie am Sonntag wirklich begangen hatte. Indem sie ihn geküsst, ihn in ihr Bett gelassen hatte, ja in ihr Haus. Indem sie sich Hals über Kopf wieder in ihn verliebt hatte, hatte sie sich erneut für diesen Schmerz empfänglich gemacht.

Ihn erneut in ihr Leben eingeladen.

Der Gedanke machte sie sprachlos und warf jede Tür zu, die Billy in ihrer erneuten gemeinsamen Zeit hatte öffnen können.

Hier ging es nicht nur um ihre Identität. Es ging um ihr nacktes Überleben, und einen solchen Schmerz konnte sie kein zweites Mal überleben.

Also musste sie das Ganze jetzt beenden. Denn wenn sie einfach in dem Glauben weitermachte, mit ihm fertigwerden und ihre Gefühle beherrschen zu können, dann hatte sie keine Chance, Billy von sich fernzuhalten. Er wäre ihre Vergangenheit und ihre Gegenwart, und wie lange würde es wohl dauern, bis sie auch ihre Zukunft in seine Hände legte? Wie lange, bis sie sagen würden: *Lass es uns noch einmal versuchen?*

Und womit würden sie einander diesmal verletzen? Womit enttäuschen? Nein. Nein, das würde sie nicht tun. Das konnte sie nicht riskieren.

Ihr Leben gefiel ihr, wie es war. Kalt und steril, Kalorien zählen, mit den in Dauerwerbesendungen vorgestellten Produkten ihre Wohnung zu einem Zuhause machen und ihr Leben so aussehen lassen, als würde es tatsächlich gelebt.

„Ich spreche nicht über meine Beziehung zu Billy."

„Madelyn …"

„Vergessen Sie's, Dom." Damit legte sie auf. Starrte das Telefon an.

Vielleicht führte sie kein glückliches Leben, aber wenigstens tat es nicht weh.

26. KAPITEL

Als Billy das Studio von *Dallas A. M.* betrat, hatte er Kopfschmerzen und ein übel gelauntes Gefolge im Schlepptau.

„Wir wollten doch zu Chuck E. Cheese", heulte Charlie.

„Ich muss erst das hier erledigen", gab Billy zurück, mit seiner Geduld ziemlich am Ende.

„Blödsinn", murmelte Becky gerade laut genug, dass Billy es hören konnte.

Er blieb stehen, und Charlie stieß mit seinen Beinen zusammen. „Sag das noch einmal, Becky", warnte er und starrte an die Decke, „noch ein einziges Mal, und ich schwöre, ich ziehe dir zwanzig Dollar von dem Geld ab, das ich dir gegeben habe."

„Blödsinn, Blödsinn, Blödsinn."

Billy drehte sich um, Mordlust in den Augen. Charlie wich rückwärts aus und versuchte, Becky mit sich zu ziehen, aber die rührte sich nicht. Oh nein, sie reckte das Kinn vor und bot ihm trotzig die Stirn.

Wenn er nicht so wütend gewesen wäre, hätte er womöglich lachen müssen.

„Was ist los mit dir?", fragte er. „Ich dachte … Ich dachte, wir hätten am Sonntag einen schönen Tag gehabt. Warum bist du so sauer?"

„Warum bist *du* so sauer?"

Er verdrehte die Augen, wandte sich um und sah sich Maddy gegenüber. Die in etwa genauso warm und freundlich wirkte wie Becky.

Toll. Wirklich toll.

„Hallo allerseits", grüßte Maddy und schenkte den Kindern ein Lächeln, das sich zu verflüchtigen schien, als sie ihn anschaute.

„Ich musste sie mitbringen", erklärte er und überlegte, ob sie deshalb sauer war.

„Natürlich. Ihr beiden kommt mit in mein Büro. Dort könnt

ihr euch die Zeit vertreiben, während wir im Konferenzzimmer sitzen. Ruth wartet dort schon auf dich, Billy."

„Na spitze", grummelte Becky und stürmte an ihm vorbei.

Maddy warf ihm einen entgeisterten Blick zu, und er zuckte nur die Achseln, woraufhin sie – Frauen waren einfach unergründlich – den Kopf schüttelte, als hätte sie's wissen müssen. Dann eilte sie davon, um Becky einzuholen. Er beobachtete, wie sie die Hand hob, als wollte sie sie dem Mädchen auf den Rücken legen, und wieder fallen ließ, als ihr offensichtlich einfiel: Becky fasste man nicht an.

Allerdings sah Maddy im Moment auch so aus, als wollte sie keinesfalls angefasst werden. Ganz und gar nicht wie die Frau vom Vortag. Da hatte sie ein halbes Bier getrunken und ihm davon erzählt, wie es war, in Miami zu leben. Wie ihre Mutter etwa fünfzig Kilo verloren hatte durch Aquafitness und Tomatensaft. Im Gegenzug hatte er ihr berichtet, wie er Luc in Toronto kennengelernt hatte. Luc, der eine noch üblere Kindheit hinter sich hatte als er selbst. Und dass das der Auslöser gewesen war, sich ernstlich mit seiner Idee von der New School auseinanderzusetzen. Sie hatten sich beide gefragt, ob Becky von einem solchen Programm profitieren könnte.

In den letzten vierzehn Jahren hatte es nicht einen Moment gegeben, in dem er auch nur halb so glücklich gewesen war.

Doch als er jetzt den beiden nachsah, wie sie über den Flur davongingen, fühlte er sich jahrzehnte- und meilenweit von gestern entfernt.

Gott sei Dank blieb ihm noch Charlie. „Was habe ich falsch gemacht?", fragte er den Dreijährigen.

„Vielleicht möchte sie zu Chuck E. Cheese."

„Das ist wohl deine Lösung für alles", brummte Billy, nahm Charlie an die Hand und folgte den beiden frustrierendsten Frauen seines Lebens. An der Ecke zeigte er Charlie, wo Maddys Büro war, und ließ ihn los.

„Kann ich dein Telefon haben?", fragte der Junge. „Ich möchte das Vogelspiel spielen."

„Ich habe ein Monster erschaffen", seufzte Billy, bevor er das

Gerät einem Kind in die Hände drückte, das noch in die Hose machte.

Was ist nur aus der Welt geworden? fragte er sich und schaute dem Kleinen nach, der im Zickzack den Gang entlanglief und dabei wie ein Eisläufer um die Knie der Leute herumkurvte, die ihm entgegenkamen.

So frustriert und verwirrt Billy auch war, so merkwürdig die Dinge sich auch entwickelten, er musste dennoch lächeln.

Der Junge war einfach zu lustig.

Charlie platzte in ihr Büro und machte es sich schnell auf ihrem Stuhl gemütlich. Er hatte Billys Handy dabei, und sie erkannte die Musik von *Angry Birds*.

Der Junge war drei und konnte mit diesem Spiel umgehen. Sollte sie stolz auf ihn sein oder sich Sorgen machen?

„Und nun?“, fragte Becky. „Was sollen wir jetzt machen? Einfach bloß rumsitzen?“

Beckys volle braune Haare, zu demselben Pferdeschwanz zurückgebunden, den sie seit Freitag jeden Tag trug, hatten einen seidigen Glanz und ringelten sich ganz leicht an den Spitzen. Wenn sie nicht gerade blinzelte, höhnische Blicke um sich warf oder sich vollkommen gleichgültig gab, waren ihre blauen Augen groß und so klar wie Eis, und in ein paar Jahren, wenn sie erst einmal begriffen hatte, was sie mit Mascara ausrichten konnte, würden sie umwerfend wirken.

„Tja“, antwortete Maddy, „ich dachte, du würdest vielleicht gern eine Freundin von mir kennenlernen.“

„Was für eine Freundin?“

„Sie kümmert sich jeden Tag um meine Frisur und mein Make-up.“

Kurz blitzte Interesse in den Augen des Mädchens auf, doch blitzschnell setzte Becky wieder ihre gelangweilte Miene auf. „Was soll’s.“

„Es wird dir Spaß machen.“

„Irgendwie seid ihr Typen … ich weiß nicht, regelrecht versessen darauf.“

„Worauf? Spaß zu haben?“

Becky nickte und betrachtete angelegentlich ihre abgekauten Fingernägel.

„Du bist dreizehn. Du solltest selbst versessen darauf sein, Spaß zu haben.“

Nun ging Becky wieder dazu über, an ihren übel zugerichteten Lippen zu kauen und geschickt die Haut abzureißen, die noch da war.

Das war’s dann wohl mit diesem Gespräch.

Maddy konnte nur hoffen, dass Gina mit ihrer Trickkiste mehr Erfolg haben würde als sie selbst mit ihrem Schwimmbad auf dem Dach.

Sie benutzte ihr Handy, um Gina anzupiepsen, und wenige Minuten später steckte ihre Haar- und Make-up-Künstlerin den Kopf zur Tür herein.

„Du hast gerufen?“, fragte sie.

„Ja, habe ich. Haben wir, um genau zu sein.“ Madelyn trat zur Seite und legte die Hand auf die Rückenlehne von Beckys Stuhl. „Hast du Zeit für ein bisschen Frisieren und Schminken?“

Gina, die Güte in Person, reagierte, als hätte sie absolut nichts Besseres zu tun. Vielleicht war dem auch so. „Bin gleich wieder da“, sagte sie und kehrte kurz darauf mit ihrem großen Schminkkoffer und der Scherenbox zurück.

„Was ist das?“, fragte Becky und setzte sich aufrechter hin.

„Magie, Süße. Magie in einer Schachtel. So, lass uns mal schauen.“ Gina löste Beckys Pferdeschwanz und ließ die Haare offen über ihre Schultern fallen. „Hmm … Ich denke, ich schneide es ein bisschen stufig, damit die Locken besser zur Geltung kommen. Außerdem hast du ein bisschen Spliss, den wir auf diese Weise auch loswerden. Wie wär’s mit einem Pony? Was meinst du?“

„Fragen Sie mich?“, gab Becky zurück.

„Ja, natürlich frage ich dich“, gab Gina lachend zurück, und Becky lächelte. Ein strahlendes Lächeln. Wunderschön.

Doch im letzten Moment zog sie sich wieder zurück. „Charlie braucht dringend einen Haarschnitt.“

Gina warf einen kurzen Blick auf den Jungen, der nicht von seinem Spiel aufschaute. „Ich bitte dich, das kostet mich höchstens drei Sekunden. Fangen wir lieber mit dir an. Was hättest du gern?“

Es dauerte eine Sekunde, aber dann war Beckys Lächeln wieder da. „Einen Pony“, erklärte sie, plötzlich wirklich ein dreizehnjähriges Mädchen, das nichts weiter im Kopf hatte als einen neuen Haarschnitt. „Auf jeden Fall einen Pony.“

Und meine Arbeit hier ist getan.

„Ich bin bald zurück“, sagte Maddy.

„Lass dir Zeit“, trällerte Gina, ging zum Schrank und holte den Frisierumhang heraus, den sie benutzte, wenn sie Maddy die Haare schnitt.

In den Fernsehsendungen brauchten die hässlichen Frauen nur einen neuen Haarschnitt und etwas Mascara, schon sahen sie ganz anders aus. Genau darauf hoffte Becky in diesem Moment.

Wirklich anders auszusehen.

„Du bist also dreizehn?“, erkundigte Gina sich, während sie Becky die Haare bürstete und dabei die Knoten so rigoros anging, als wären sie ihre persönlichen Feinde. „Das wäre dann was? Neunte Klasse?“

„Achte.“ *Autsch.* Becky zuckte zusammen.

„Gehst du gern zur Schule?“

„Geht so.“

Gina holte eine Sprühflasche hervor und sprühte damit Beckys Kopf ein. „Hast du ein Lieblingsfach? Jungs? Pausen?“

„Ich mag Englisch. Und Naturwissenschaft.“

„Keine Fächer zum Rumblödeln.“

„Na ja, ich gehe nicht so oft in den Unterricht.“

„Oh nein.“ Gina kämmte Beckys Haar, sodass die Wassertropfen nur so flogen. „Sag nicht, dass du die Schule schwänzt.“

„Es ist nur manchmal schwer, hinzukommen.“

„Verstehe. So redet meine Nichte auch. Aber ich glaube, in Wirklichkeit ist sie viel zu sehr damit beschäftigt, hinterm Schulgebäude heimlich zu rauchen, statt in den Unterricht zu gehen. Ist das bei dir auch so?"

„Nein. Ich rauche nicht in der Schule. Ich passe auf meinen Bruder auf."

„Aha." Gina holte eine Menge Clips aus ihrem Schminkkoffer und begann, Haarsträhnen abzuteilen und hochzustecken. Becky zog dem Spiegel eine Grimasse, um sich zu vergewissern, dass sie darin noch sich selbst sah. „Meine Schwester schickt meine Nichte auf das Internat außerhalb von Fort Worth."

„Was ist ein Internat?"

„Eine Schule, in der Kinder wohnen können, wenn die Eltern sie nicht mehr ertragen." Gina lachte.

„Echt? Sie wohnen in der Schule? Die ganze Zeit?"

„Nein. In den Ferien und über den Sommer fahren sie nach Hause. Aber sonst bleiben sie meistens dort." Gina holte eine silberne Schere hervor. „Bereit für die große Verwandlung?", fragte sie und hielt Becky die Haarsträhne vors Gesicht, aus der sie gleich einen Pony schneiden wollte.

„Bereit", antwortete Becky und verschränkte fest die Arme, um die Aufregung in ihrem Inneren ein wenig unter Kontrolle zu halten.

Mit einem einzigen langen Schnitt kürzte Gina die Strähne, und Becky entwich ein Ton, halb Schluchzen, halb Seufzen. So klang eine gewaltige Verwandlung.

Plan E war im Entstehen begriffen.

Beim ersten Hockeytraining nach dem ersten Mal Sex mit Maddy war Billy in der Umkleide der Arena allein mit Maddys Dad Dougie gewesen. Billy war sicher gewesen, dass der Alte gewusst hatte, was Billy nach dem Abschlussball mit seiner Tochter angestellt hatte. Er war sicher gewesen, dass der Mann das riechen konnte.

Während Billy sich umzog, fegte Dougie mit einem riesigen Besen zusammen, was auf dem Boden lag, sammelte Wasserflaschen und Tape ein – und kehrte alles in die Ecke, in der Billy sein Zeug hatte.

Das Schweigen zwischen ihnen war die reinste Folter. Und dann fing Dougie zu allem Überfluss auch noch an zu pfeifen, und Billy hätte sich fast in die Hosen gemacht.

„Maddy sagt, ihr zwei hattet eine Menge Spaß", meinte er schließlich.

Billy, der davon ausging, dass das ein Code für irgendwas war, brachte kaum ein Nicken zustande.

„Das ist gut", hatte Dougie erwidert und seinen Abfallhaufen kurzerhand aus dem Umkleideraum befördert.

Billy war vor Erleichterung explodiert, hatte sich auf die Bank fallen lassen und dem Himmel gedankt.

Jetzt, da er mit Ruth im Besprechungszimmer saß, fühlte er sich in einer sehr ähnlichen Situation – allerdings mit vertauschten Rollen. Er in der Rolle von Dougie und Ruth in seiner. Ihr Unbehagen war so deutlich zu sehen, dass er beinahe angefangen hätte zu pfeifen.

„Ich wusste nichts von den Kindern", stieß Ruth schließlich hervor. „Ich meine, nicht vor jenem Morgen."

„Nun, du wusstest früher Bescheid als ich, also gibt's dafür keine Pluspunkte."

„Phil ist gefeuert worden."

„Hab ich gehört."

Oh, das Schweigen war wirklich erstaunlich. Es erfüllte den Raum, war praktisch mit Händen greifbar.

„Es tut mir leid."

„Schon gut", sagte er und wischte mit den Händen über die Tischplatte, als wollte er das alles beiseitefegen. „Es hat sich herausgestellt, dass es ganz gut so war."

Ruth machte große Augen hinter ihrer schwarz gerahmten Brille. „Tatsächlich?"

Billy erzählte ihr, dass er sich um das Sorgerecht für die Kinder bemühen wollte, und Ruth reagierte nicht annähernd so entsetzt, wie er erwartet hatte. So übel konnte sie also nicht sein.

„Ein weiterer Auftritt in *Dallas A. M.* sollte dir helfen, reinen Tisch zu machen", meinte sie. „Mit etwas Glück ist es auch deinem Vorhaben dienlich."

„Darum bin ich hier."

In dem Moment kam Maddy herein, und die Luft im Besprechungsraum wurde eisig kalt.

Déjà-vu, dachte er.

„Billy, wir sind froh, dass du dich entschlossen hast, zu kommen", sagte sie und setzte sich ihm gegenüber neben Ruth an den Tisch. Sie schaute ihn nicht an. Nicht ein einziges Mal. Demnach waren sie wieder Fremde.

Was zum Teufel war los?

„Hat Ruth dich schon über die Veränderungen in der Show informiert?"

„Ähm …" Er blickte zu Ruth hinüber. „Ich weiß, dass Phil gefeuert worden ist."

„Wir nehmen einige drastische Veränderungen vor und freuen uns, dich in der Startwoche dabeizuhaben. Genauer gesagt, in der Einstiegsepisode." Maddy berichtete von einer Show, in der eine Stunde lang über ein Thema geredet wurde.

„Du willst, dass ich eine Stunde lang rede?", erkundigte er sich.

„Natürlich keine ganze Stunde." Ihr verkniffenes Lächeln ließ ihn wissen, dass sie das für eine dämliche Frage hielt, und für einen Moment geriet er ins Straucheln. Verhielt sie sich so, weil sie miteinander geschlafen hatten? Fürchtete sie, Ruth könne etwas erfahren? Behandelte sie ihn so, damit Ruth nicht auf die Idee kam, die Eiskönigin könnte sich mit dem Hockey-Rowdy eingelassen haben? Schon wieder?

Er wusste nicht recht, ob er sich bemühen sollte, sie zu beruhigen, oder ob er beleidigt sein sollte. Im Moment neigte er dazu, beleidigt zu sein.

Erst dieser Quatsch mit dem „Keine Küsse" und jetzt das? Er konnte einfach nicht glauben, dass sie diesen Unsinn verzapfte nach all dem, was sie durchgemacht hatten, nicht nur in ihrem Leben, sondern vor allem gestern.

Sie waren schließlich keine Teenager mehr.

„Wir brauchen nur das Grundgerüst für die Show", sagte Ruth, „damit wir Ideen und Fragen sammeln können. Und angesichts deiner … ähm … bisherigen Erfahrung mit der Sendung dachten wir, du möchtest vielleicht ein paar Informationen vorab."

„Ja. Klar", gab er knapp zurück.

Ruth räusperte sich und zog die Liste zurate, die sie vor sich liegen hatte. „Gut. Sollen die Kinder an dem Interview teilnehmen?"

„Auf Sendung?", fragte er und schaute Maddy an. „Nein. Also wirklich!"

„Verständlich." Ruth hob die Hände, als wolle sie sich langsam in Sicherheit bringen. „Ich stelle mir vor, wir fangen mit deiner Vergangenheit an, okay? Mit deiner Kindheit?"

„Klar", meinte Billy. „Ich schätze, ich muss einige Dinge erklären … was die Kinder angeht."

„Klingt vernünftig." Ruth nickte und warf Maddy einen kurzen Blick von der Seite zu. „Was ist mit deiner Ehe?"

„Nein", schaltete Maddy sich ein, und Billy zuckte zusammen, überrascht von ihrer Heftigkeit. „Unsere gemeinsame Vergangenheit ist tabu."

Ah. An diesem Punkt waren sie also. Wieder einmal. Starrten einander über den Konferenztisch an, wohl wissend, dass ihre Ehe der große fette Elefant im Raum war, von dem sie so tun wollte, als gäbe es ihn nicht.

„Ich denke, wir sollten darüber reden", sagte er.

„Das ist sinnlos."

Er schüttelte den Kopf, verblüfft und traurig und wütend zugleich. „Was geht hier eigentlich vor?", wollte er wissen. „Können wir diesen Blödsinn endlich sein lassen und einfach miteinander reden?"

Maddy räusperte sich, bevor sie sich an Ruth wandte: „Könntest du uns einen Augenblick allein lassen?"

Ruth war bereits auf den Beinen und auf halbem Weg zur Tür. „Schick mir eine SMS, wenn ihr fertig seid." Damit verschwand sie in den Flur.

Billy starrte seine Exfrau an.

„Dom hat angerufen", sagte sie. „Er wollte mir Fragen stellen. Über dich. Über unsere Ehe."

Er blinzelte, grübelte, warum sie deshalb wütend auf *ihn* war. „Ich habe ihm nichts davon erzählt, falls du deswegen so sauer bist. Der Mann ist Reporter. Er tut bloß seine Arbeit."

„Ich will nicht, dass du über mich redest. Ich will nicht, dass mein Leben und alles, wofür ich gearbeitet habe, von dir überschattet wird. Nicht noch einmal."

Er rückte vom Tisch ab. Schlagartig fiel ihm wieder ein, wie sich das angefühlt hatte, damals, vor Jahren, als er vom Training nach Hause gekommen war in der Gewissheit, dass seine Frau nur darauf wartete, ihn zu überfallen. In der Gewissheit, an diesem Tag das Ende seiner Ehe zu erleben.

Sie wird es wieder tun. Es beenden. Und zwar jetzt.

„Du bist in dieser Stadt viel berühmter und bekannter als ich, Maddy. Es wird höchstens zehn Minuten lang *das* Thema sein, und damit war's das auch schon."

„Und dann wird jeder in der Stadt mich ansehen und an dich denken. Ich werde wieder Mrs Billy Wilkins sein."

„Und sie werden mich ansehen und an dich denken. Und weißt du was?" Er stand so abrupt auf, dass sein Stuhl über den Boden schrammte und gegen einen Karton voller Zeitschriften stieß. „Ich bin stolz darauf. Stolz." Er wartete darauf, dass sie einknickte. Er konnte sehen, dass sie zitterte. Aber sie hielt den Mund. „Weißt du, ich dachte, wir hätten da etwas."

„Was? Sex in meiner Ankleide? Ich habe dir nicht erlaubt, mich zu küssen."

„Gestern hast du mir erlaubt, dich zu küssen."

Sie blinzelte, wich jedoch keinen Zentimeter zurück. Keinen einzigen Zentimeter. Es war, als hätte sie das Geschehen in ihrem Schlafzimmer aus ihrem Gedächtnis gestrichen.

„Was ist mit den Kindern?", fragte er.

„Das sind nicht unsere Kinder. Wir sind keine Familie."

Ihm war, als hätte sie ihm gerade genüsslich ein Messer in den Leib gerammt. „Mann, wie kann ich das ständig vergessen!"

„Was hast du denn wohl geglaubt, was zwischen uns geschehen würde?"

„Ich liebe dich." Als er die Worte aussprach, zuckte sie zusammen. „Tu nicht so überrascht. Du hast das gewusst. Du hast das immer gewusst. Und ich habe dich gestern gesehen, Maddy. Ich habe deine Augen gesehen. Du liebst mich auch. Du kannst das nicht leugnen. Und der Rest von diesem Mist? Das ist doch alles Unfug, richtig? Von wegen, du machst dir Sorgen, dass Leute dich anschauen und mich sehen. Dass dein Leben von meinem ausgesaugt wird. Nein, Maddy. Das ist nicht der wahre Grund, warum du in Panik geraten bist und jetzt die Eiskönigin spielst, nicht wahr?"

„Du hast recht. Ich kann es nicht leugnen. Ich liebe dich. Ich habe dich immer geliebt. Selbst als ich dich gehasst habe, habe ich dich noch geliebt. Aber weißt du, Billy, Liebe war nie unser Problem. Es ist der ganze große Rest, den wir nicht auf die Reihe bringen."

„Das ist vierzehn Jahre her. Ich bin nicht mehr der Junge, der ich war, Maddy." So viel konnte er mit Gewissheit sagen. Es entsprach absolut der Wahrheit. Das Kind war er nicht mehr.

„Ich weiß."

Er bemerkte, dass sie zweifelte. Bemerkte, wie sie gegen ihren Willen innerlich wankte. Er ging um den Tisch herum, um sie zu berühren, seinen Vorteil zu nutzen, doch sie wich aus, plötzlich wieder fest entschlossen.

„Und du bist nicht mehr das Mädchen, siehst du das denn nicht? Du gehst nicht wieder unter. Du nicht." Er konnte nicht entscheiden, ob sie ihm glaubte oder nicht. In ihren eiskalten Augen konnte er nichts lesen.

„Ich kann das nicht, Billy. Ich kann es nicht. Ich ertrage diesen Schmerz nicht noch mal."

„Vielleicht gibt es diesmal gar keinen", erwiderte er und kam näher, während sie immer weiter zurückwich, bis sie schließlich mit dem Rücken zur Wand stand. „Vielleicht machen wir diesmal ja alles richtig. Hab ein wenig Vertrauen, Baby."

„In uns?" Sie lachte, und das stach wie tausend Nadeln und zwang ihn einen Schritt zurück. „Ich bitte dich. Das Einzige, worauf ich noch vertraue, bin ich selbst. Alles andere tut bloß weh."

„Es war nicht nur Schmerz“, widersprach er. „Wir hatten auch gute Zeiten.“

Aber sie schüttelte den Kopf, verweigerte sich ihm. Verweigerte sich allem zwischen ihnen, das nichts mit Kummer und Leid zu tun hatte.

Es brachte ihn um, dass sie das tat. Dass sie ihre Geschichte neu erfand und die Vergangenheit in den schwärzesten Farben malte.

„Weißt du, ich bin in diese Show gekommen, weil ich das Gefühl hatte, ich müsste all das wiedergutmachen, was ich dir angetan habe. Ich bin gekommen, weil ich geglaubt habe, dass die schlimmsten Dinge, die zwischen uns geschehen sind, mein Fehler waren. Ich behaupte nicht, dass dem nicht so war. Aber unschuldig warst du auch nicht.“

„Ich weiß.“ Dass sie das zugab, erleichterte sein Gewissen nicht. Im Gegenteil, er fühlte sich noch schlimmer.

„Jahrelang habe ich meine Wut mit mir herumgeschleppt. Ich habe Leute von mir gestoßen, und ich habe mich von meinem Zorn definieren lassen. Und ich glaube … ich glaube, auch du hast dich von deinem Zorn definieren lassen. Wo sind all die Freunde, die du gewinnen wolltest? All die Liebe, die du von mir nicht bekamst? Du lebst in einem modernen Elfenbeinturm, und in deiner Show tust du so, als seist du nur die Hälfte von dem, was du wirklich bist. Bloß damit dir keiner zu nahe kommt. Bloß damit keiner dein wahres Ich sieht.“

„Denkst du etwa, das hätte sich zufällig so ergeben? Denkst du, ich wüsste das nicht? Ich habe diese Entscheidungen getroffen, damit ich nicht noch einmal von jemandem so verletzt werde wie von dir. Damit ich mich nicht verliere. Damit ich mich am Ende nicht wieder allein vorfinde und nichts habe. Damit das nie mehr geschieht.“

„Und bist du glücklich mit diesen Entscheidungen? Bist du glücklich in deiner Angst, in deiner Wut und deiner Einsamkeit?“

„Ich trete in der beliebtesten Vormittagssendung in Dallas auf! Ich bin eine Berühmtheit!“

„Das macht niemanden glücklich. Wir wissen das beide."

Sie presste die Lippen aufeinander, ging nicht darauf ein. Jetzt blieb nur völlige Aufrichtigkeit. Nichts als die schmerzliche Wahrheit.

„Ich bin nicht glücklich, Maddy. Ich sollte es sein. Ich habe eine Karriere gemacht, für die ich mich praktisch umgebracht habe. Ich besitze ein Haus, ein Boot. Freunde. Aber irgendwie macht all das mich nicht glücklich. Weil du nicht in meinem Leben bist, um es mit mir zu teilen." Sein Herzschlag schien auszusetzen, während er auf ihre Reaktion wartete. „Und jetzt sind die Kinder da."

„Richtig. Die Kinder sind da, und du brauchst mich wieder. Du brauchst mich, damit ich ihre Mutter bin und deine Partnerin. Richtig?"

Er blinzelte, konnte das nicht leugnen. „Das möchte ich. Was ist daran falsch?"

„Was ist mit dem, was ich brauche? In meiner Zeit mit dir habe ich immer bloß getan, was du brauchtest. Ich kann mich nicht wieder opfern."

„Fein. Dann lass mich opfern. Was willst du? Willst du, dass ich das Hockeyspiel aufgebe? Ich tue es. Du behältst deine Show, ich bleibe zu Hause. Was immer du willst."

„Hör auf!", schrie sie. „Hör auf, Billy. Hör dir doch mal selbst zu. So sollte Liebe nicht sein, oder? Dass der eine Partner sich für den anderen aufgibt und sich kleiner macht?"

„Ich weiß es nicht, Maddy. Ich weiß nur, dass ich besser bin, wenn du in meinem Leben bist. Und ich möchte auch dir dieses Gefühl geben. Ich möchte dich besser machen. Möchte das Beste, das du sein kannst, aus dir herausholen."

Jetzt lag es da, sein Herz, kalt und fröstelnd auf dem Tisch zwischen ihnen. Und eine Minute lang glaubte er, dass sie es tun würde. Dass sie mutig genug wäre, ihm den halben Weg entgegenzukommen.

Doch dann schüttelte sie den Kopf. „Ich kann nicht, Billy."

„Du willst nicht."

„Wortklauberei."

Die Maddy, die er kannte, die Maddy, die er liebte, gab es nicht mehr. Und diese Fremde vor ihm war leer. Nichts war mehr übrig von ihrem Temperament, ihrer Leidenschaft und ihrer Loyalität, und er konnte … nein, er konnte einfach nicht glauben, dass sie damit glücklich war.

„Die ganze Zeit warst du in meinem Kopf eine Kämpferin. Du hast für mich gekämpft. Du hast darum gekämpft, aus diesem Milieu herauszukommen. Du hast dafür gekämpft, die zu sein, die du bist. Und jetzt willst du aufgeben?"

„Ich kann nicht so sein, wie du mich brauchst, nur weil du dieses Bild von mir in deinem Kopf hast. Und ich kann nicht über die Vergangenheit reden und dich hier in meiner Gegenwart haben, ohne an die Zukunft zu denken. Und mit dir gibt es keine Zukunft."

Er trat einen Schritt zurück. Wieder. Noch einen Schritt. Dieser Raum hatte keine Fenster. Er kam sich vor wie in einem Sarg. An der Wand gegenüber hing ein Poster von Maddy in einem blauen Kleid, das ihm irgendwie bekannt vorkam. Sie lächelte darauf.

Machte sich über ihn lustig.

„Ich werde Dom mitteilen, dass ich nicht mit ihm über unsere Ehe rede", sagte er.

„Danke."

„Aber ich werde nicht in dieser Show auftreten."

„Wie bitte?"

„Eine Stunde lang dasitzen und mit dir über meine Familie reden? Dir erzählen, wo ich aufgewachsen bin, als wüsstest du das nicht? Was willst du von mir, Maddy? Ich liebe dich. Ich werde dich nicht aus meiner Vergangenheit ausradieren, wie du das mit mir getan hast. Ich denke gar nicht daran."

„Billy, wenn du nicht in der Show auftrittst, bin ich gefeuert."

Ihre Worte hallten in dem Sarg wider. Nein, er musste sich verhört haben. Das konnte unmöglich wahr sein.

„Was?", fragte er.

„Wenn du nicht in der Show auftrittst, verliere ich meinen Job."

Wenn du nicht in der Show auftrittst, verliere ich meinen Job.

Maddy bemerkte, wie ihm der Atem stockte, als er begriff.

„Ist das …? Oh Gott." Er lachte, ein rasiermesserscharfes Lachen, das sie beide in Streifen schnitt. „Hast du deshalb mit mir geschlafen?"

„Nein." Das kam mit Nachdruck heraus. Dass sie mit ihm geschlafen hatte, hatte nichts mit der Show zu tun, aber alles mit dem, was zwischen ihnen war.

Er wich rückwärts aus, stolperte gegen einen Stuhl.

Sie wartete, bereitete sich auf seine Wut vor. Aber er starrte sie an. Starrte sie bloß an. Bis sie es nicht mehr aushielt. Seinem Blick nicht mehr standhalten konnte.

„Du hast das Ganze in Gang gebracht, Billy", sagte sie, und ihre Schuldgefühle machten sie wütend. „Du hast dich in meine Show gedrängt, und nur weil du ausgerastet bist, glaubst du, das Recht zu haben, einfach wegzulaufen. So funktioniert die Welt aber nicht. Du bist mir etwas schuldig!"

„Okay."

„Was?"

„Okay. Ich trete auf."

Er zwang sich, ruhig zu bleiben. Sie sah es ihm an, so wie sie es ihm schon als Kind angesehen hatte, wenn er sich zusammenriss, um nicht jedem Kind und jedem Erwachsenen die Faust ins Gesicht zu rammen, wenn sie ihn dumm genannt hatten.

Ich tue dir immer nur weh, dachte sie.

„Ich liebe dich", erklärte er. Es klang wie ein Fluch. Wie eine Grabinschrift. Und obwohl sie das bereits wusste, waren diese Worte schockierend und schmerzvoll und stachen auf ihre Selbstgerechtigkeit ein, bis sie in sich zusammenfiel. Sie konnte nichts dagegen tun: Jedes Mal, wenn er das sagte, zuckte sie zusammen. „Begreifst du das, Maddy? Ich liebe dich."

„Es tut mir leid, Billy. So leid."

Sein Seufzen wandelte sich in ein oberflächliches und schrecklich trauriges Lachen. „Ich weiß, und mir tut es auch leid, aber ich lerne gerade, mir selbst gegenüber aufrichtig zu sein. Zum ersten Mal in meinem Leben kämpfe ich für etwas, das wirklich wichtig ist. Das solltest du auch mal versuchen."

Er ging zur Tür, ließ sie stehen, und sie fühlte sich ausgebrannt und leer.

„Sorg dafür, dass deine Leute meine Leute anrufen. Oder wie immer das jetzt bei dir läuft."

„Billy ..."

„Und dann sollten wir einander einfach in Ruhe lassen, okay? Du hast recht. Es tut viel zu sehr weh."

27. KAPITEL

Vierundzwanzig Jahre zuvor

Billy huschte in das Schlafzimmer seiner Schwestern. Zwar tat seine ältere Schwester Janice gern so, als würde das Geschrei unten sie nicht beunruhigen, aber Denise, die Jüngere, bekam es immer noch mit der Angst zu tun.

Und ihm ging es auch nicht besser. Das hätte er zwar niemals zugegeben – er war schließlich schon zwölf –, doch wann immer er die Stimme seines Vaters hörte, überlief es ihn erst kalt, dann heiß, und er begann, sich nach einem Versteck umzusehen.

Und wenn es unten ganz übel wurde: Das Zimmer seiner Schwestern befand sich über der Veranda. Notfalls konnten sie also durchs Fenster abhauen.

„Hey ...“ Er brach ab, die Tür im Rücken, völlig überrumpelt, weil seine Schwestern nicht allein waren. „Was macht die denn hier?“, fragte er und deutete auf das dunkelhaarige Mädchen, das neben Denise auf deren Bett hockte und so aussah, als würde es sich gleich ins Höschen machen.

Wenn unten in der Küche die Fetzen flogen, wirkte sich das auf viele so aus.

„Maddy übernachtet heute bei uns.“ Denise sagte das so, als wäre das im Haus der Wilkins etwas völlig Normales und Alltägliches.

„Hat Mom das erlaubt?“ Er richtete seine Frage an Janice. Denise würde doch nur lügen.

„Sie hat Cupcakes gebacken“, antwortete Janice und stieß den Rauch ihrer Zigarette zum offenen Fenster hinaus. Mom würde sie umbringen, sollte es im Haus jemals nach Rauch riechen. Seit Janice fünfzehn war, tat sie so, als könnte ihr niemand etwas anhaben. Sie war hart geworden und Furcht einflößend.

„Heute ist der letzte Freitag im Monat“, sagte er, aber Janice zuckte nur die Achseln. An jedem letzten Freitag im Monat kam Dads Versehrtenrente. Dann kroch er aus dem Loch hervor, in dem er die ganze Zeit gesoffen hatte, und kam nach Hause, um sich den Scheck zu holen. Und das führte jedes Mal zu einer lautstarken Auseinandersetzung. Manchmal prügelten seine Eltern aufeinander ein, und schon ein paarmal hatte Billy die Polizei rufen müssen.

Einmal sogar den Krankenwagen.

Alles Dinge, die eine Pyjamaparty ruinieren würden.

„Möchtest du nach Hause?", fragte er das Mädchen, in dem er plötzlich Dougies Tochter erkannte. Dougie war der Hausmeister in der Hockeyarena, und Billy hielt ihn für zu intelligent, um seiner Tochter zu erlauben, ausgerechnet hier zu übernachten. Allerdings gehörte seine Frau zu den Leuten, die an das Gute in jedem Menschen glaubten. Vermutlich war sie diejenige, die das Okay zu dieser blöden Idee gegeben hatte.

„Nein, Maddy will nicht nach Hause!", rief Denise und krallte sich mit einer Hand an Maddys Bein fest. „Wir haben Spaß!"

Unten ging irgendetwas zu Bruch. Sie warfen mit Geschirr nacheinander. So klang Spaß.

„Ich habe sie gefragt", entgegnete Billy.

„Geh nicht", bat Denise ihre Freundin. Die hatte solche Angst, dass sie kreidebleich war.

„Oh ja." Janice war in letzter Zeit sehr sarkastisch. Und gemein. „Willkommen auf unserer Party."

„Sollte man vielleicht die Polizei rufen?", fragte Maddy ihn. Schöne Augen hatte sie. Goldbraune.

„Nein." Er setzte sich auf Janices Bett, auf die ausgebleichten gelben Blumen ihrer Bettdecke. „Dann werden sie bloß wütend auf uns."

„Worüber streiten sie?", wollte Maddy wissen.

Billy zuckte die Schultern. „Alles Mögliche. Meistens Geld."

Ein dumpfer Schlag, ein Schrei, wieder zerbrach etwas. Janice zündete sich die nächste Zigarette an, und Denise begann zu weinen.

„Sie machen meine Pyjamaparty kaputt", flüsterte sie, während ihr die Tränen auf ihr *Hello Kitty*-T-Shirt tropften, das sie aus zweiter Hand bekommen hatte.

Billy hatte keine Ahnung, wie man Pyjamapartys rettete. Also hakte er seinen Daumen in das Loch am Knie seiner Jeans. Seine Mom würde ihn dafür umbringen, wenn er dieses Loch weiter aufriss, doch in nächster Zeit würde sie anderweitig beschäftigt sein, nämlich mit der Versorgung der Verletzungen, die sein Dad ihr im Moment unten beibrachte.

„Ich flechte dir Zöpfe", meinte Maddy, und Denises Tränenstrom versiegte sofort. Offensichtlich wusste Maddy, wie man eine Pyjamaparty rettete.

Janice lachte. Sie hockte immer noch auf der Fensterbank.

„Ich könnte dir auch Zöpfe flechten", schlug Maddy vor. Gott, sie war hier wirklich fehl am Platz – wie ein funkelnagelneuer Penny im Dreck. Eins musste man ihr lassen: Obwohl sie Angst hatte, war sie immer noch da. Ein toughes Mädchen. Was sie tat, mochte dumm sein, aber irgendwie fand er es auch toll.

„Nein, danke", gab Janice höhnisch zurück.

„Wie wär's mit mir?", fragte Billy und strich sich über den Bürstenschnitt, den seine Mutter ihm vor ein paar Tagen verpasst hatte. Ein Versuch, einen Witz zu machen.

Es gab nicht genug Witze auf der ganzen Welt, um zu verbergen, wie widerlich seine Familie war. Wie übel. Doch er war froh, dass Maddy mitspielte.

„Klar doch", erwiderte sie und lächelte nervös. Etwa eine Minute lang löste sich die Angst im Zimmer auf, und er konnte beinah vergessen, was im Erdgeschoss geschah.

Aber dann erklang in dem Haus in der Spruce on the Hill das grauenvollste Geräusch der Welt: Dads Arbeitsstiefel auf der untersten Treppenstufe.

„Oh Gott", murmelte Janice und drückte ihre Zigarette aus, bevor sie das Fenster ganz aufschob.

„Was ist los?", erkundigte sich Maddy, die Finger noch in Denises langen Haaren.

Billy stand hastig auf und ging zu Denises Bett hinüber. Janice war bereits halb aus dem Fenster und auf dem Verandadach. Von dort würde sie am rostigen Fallrohr der Regenrinne hinunterklettern.

„Hör zu“, sagte er zu Maddy, als er Denise vom Bett zog. „Ihr müsst aus dem Fenster klettern.“

„Ich will nicht, Billy“, protestierte Denise. „Das macht mir Angst.“

„Ja, schon, aber Dad auch.“

„Er kommt rauf?“ Maddy sprang vom Bett.

„Ja, und wenn wir türmen, ist es halb so wild.“ Er hoffte, sie mit seinem breiten, aufgesetzten Lächeln überzeugen zu können, doch Denise wimmerte und weinte, als sie durchs Fenster kletterte, und das half natürlich nicht.

„Vertrau mir“, fügte er hinzu und drückte Maddy die Hand. Zu seiner Überraschung erwiderte sie den Druck. „Alles wird gut.“

„Sicher?“

„Ganz sicher“, log er.

Die Schritte seines Vaters kamen näher, und Billy trieb sie zur Eile an, schob sie über die abgesplitterte Fensterbank. Zum Glück war es Sommer, und beide Mädchen trugen ihre Schuhe. Der Himmel war klar, der Mond fast voll und beleuchtete praktischerweise den Weg. Alles würde gut laufen.

„Billy!“, schrie sein Vater. Jetzt, da er die Treppe hinaufkam, war er klar und deutlich zu verstehen. „Wo ist dein Hockeygeld?“

Billy erstarrte. Er war bereits mit einem Fuß aus dem Fenster. Nein. Niemals, unter keinen Umständen. Nicht sein Hockeygeld. Er war eben erst in die Amateurliga berufen worden, und es kam überhaupt nicht infrage, dass sein Dad ihm das Geld wegnahm, mit dem er die Aufnahmegebühr zahlen wollte. Das gesamte Frühjahr und den Sommer über hatte er dafür gearbeitet, Rinnsteine gereinigt und Rasen gemäht. Mrs Monroes dämlichen Hund ausgeführt.

Er kletterte ins Zimmer zurück.

„Was tust du da?“ Maddy packte ihn am T-Shirt.

„Er wird mein Zimmer durchsuchen“, antwortete er. „Und mein Geld finden.“

„Aber …“ Sie hatte solche Angst, und er fühlte sich entsetzlich, wirklich, aber er durfte das Geld nicht verlieren. „Er wird dir wehtun.“

Vermutlich. „Schon gut. Ganz ehrlich. Kletter am Fallrohr nach unten und geh nach Hause. Komm nie wieder zum Übernachten hierher."

Damit machte er sich los und riss die Tür gerade rechtzeitig auf, um zu sehen, wie sein Dad die Tür zu seinem Zimmer öffnete.

„Versteckst dich bei deinen Schwestern?", fragte sein Dad. Er war betrunken, doch das war nichts Besonderes. Seine Stirn zierte eine Platzwunde, aus der Blut über sein Gesicht lief. Mom hatte ihn offenbar mit einem Teller getroffen.

„Wo ist Mom?"

„Kümmert sich um ihren eigenen Scheißdreck!", brüllte er nach hinten die Treppe hinunter. „Ich brauche Geld, Billy."

„Ich habe keins."

„Blödsinn." Er lächelte, und das war stets beängstigender, als wenn er schrie. Jeder meinte, Billy sähe seinem Dad sehr ähnlich: breit, groß, dichtes braunes Haar, dunkelbraune Augen. Ganz der Vater. Ein Charmeur, genau wie sein Dad früher gewesen war.

In diesem Moment hatte sein Dad überhaupt nichts Charmantes an sich.

„Jeder in der Nachbarschaft weiß, dass du Geld gespart hast für die Amateurliga."

„Das habe ich schon dem Trainer gegeben."

Sein Vater zögerte kurz, dann betrat er dennoch Billys Zimmer.

„Was tust du?", fragte Billy. „Ich hab dir gesagt, ich hab kein Geld!"

„Und was ist mit dem Zeug hier?" Sein Dad griff nach Billys Hockeytasche und zog den Reißverschluss auf. „Diese Ausrüstung kostet Geld. Sie ist vermutlich was wert."

Schmerz, Wut und seine eigene verdammte Hilflosigkeit kochten in Billy hoch. Natürlich wusste er es besser, denn er hatte in sehr jungen Jahren bereits lernen müssen, seinem Vater aus dem Weg zu gehen, wenn er so war wie jetzt. Doch er konnte unmöglich zulassen, dass seine Hockeyausrüstung auseinandergenommen wurde.

Sie gehörte ihm. Ihm allein. Das Einzige in seinem Leben, das ihm etwas bedeutete.

„Fass das nicht an!“, rief er und riss ihm schwungvoll die Tasche weg. Dadurch fielen jedoch seine Schläger von ihrer Halterung an der Wand und trafen seinen Vater am Kopf.

Das Lächeln schwand aus dem Gesicht seines Dads. Blitzschnell wie eine Klapperschlange holte er aus und schlug Billy hart ins Gesicht. Billy prallte mit dem Schädel gegen den Türrahmen, trotzdem ließ er seine Tasche nicht los.

Das hinderte seinen Vater nicht daran, den Reißverschluss ganz aufzureißen und Billys Schlittschuhe aus der Tasche zu holen.

„Was sind die wert?“, fragte er. „Himmel, das Zeug stinkt.“

„Lass das!“ Billy packte die Schlittschuhe an den Kufen, aber sein Vater entriss sie ihm, und sie schnitten Billy die Hände auf. Er hatte die Kufen gerade erst schleifen lassen, sie waren messerscharf.

Erneut griff er nach seinen Schlittschuhen. In derselben Sekunde schlug sein Vater zu, sodass er nach hinten flog.

Einen der Schuhe wie ein Springmesser in der Hand haltend, führte er ihn dicht an Billys Gesicht. „Jetzt hör mir mal zu, du kleiner Scheißer, dieses Zeug wurde von meinem Geld gekauft …“

„Nein, wurde es nicht. Ich habe diese Schlittschuhe gekauft. Sie gehören mir!“

Sein Dad rückte noch näher, berührte mit dem kalten Metall der Kufe Billys Haut, seinen Mundwinkel. Billy wollte rückwärts ausweichen, doch er hatte den Türrahmen im Rücken.

„Du hältst dich für einen großen Mann, hmm?“ Sein Dad drückte die Kufe gegen Billys Mund, bis das Metall seine Zähne berührte. Billy riss sich mit aller Gewalt zusammen, um sich nicht in die Hose zu machen. „Für so ’ne Art Hockeystar? Na, dann lass dir eins gesagt sein, mein Sohn: Du bist ein Wilkins. Und das heißt …“

„Lass ihn in Ruhe!“

Wie aus dem Nichts tauchte seine Mom auf. Sie rammte ihren Mann und stieß ihn zur Seite, im selben Moment zuckte Billy mit dem Kopf.

Einen Augenblick lang spürte er nichts. Sein Vater starrte ihn bloß an, kreidebleich vor Schreck. Dann ließ er den Schlittschuh fallen und rannte.

Seine Mutter begann zu schreien.

Schmerz explodierte in seinem Gesicht. Es tat weh. Sein Mund, sein Gesicht, es tat so weh, dass er am liebsten seinen Körper verlassen hätte. Er wollte nur noch sterben.

„Mom!“, versuchte er zu sagen, aber seine Lippen funktionierten nicht, und Blut spritzte gegen die weiße Wand.

Heilige Scheiße, dachte er und rutschte am Türrahmen entlang zu Boden.

Ein Aufprall. Irgendwer schrie.

Die Welt pulsierte im selben Rhythmus wie der Schmerz. Er rollte sich auf dem Boden zu einer Kugel zusammen. In seinem Blut. Er war ganz allein.

Oh Mist. Oh Gott. Bitte. Er war sich nicht sicher, was los war, aber es war schlimm. Er musste einen Krankenwagen rufen. Er wollte aufstehen, um ans Telefon zu kommen, rutschte jedoch in der Blutlache aus. In seinem Kopf drehte sich alles. Er war benebelt.

„Ich habe die Polizei gerufen“, sagte eine Stimme. Eine hohe, schwache, völlig verängstigte Stimme.

Er schaute zur Seite und sah Maddy.

Maddy.

Ihre kupferbraunen Augen waren weit aufgerissen in panischer Angst, aber sie war da.

„Es wird … alles wird gut.“ Sie trat näher, kauerte sich neben ihn.

„Es tut mir leid“, wollte er sagen. Von allen Seiten kroch Schwärze auf ihn zu, und er wurde kurz ohnmächtig. Dann spürte er ihre Hand, warm und so wirklich.

Und er packte zu.

Lass nicht los, war sein letzter Gedanke, bevor er das Bewusstsein verlor.

28. KAPITEL

Billy erinnerte sich nicht, wie sie nach Hause gekommen waren. Angesichts der Aufmerksamkeit, die er der Straße geschenkt hatte, hätten sie auch auf dem Mond landen können, aber zum Glück kannte sein Unterbewusstsein seine Adresse.

Charlie war während der Fahrt eingeschlafen, was Becky anscheinend für ein Zeichen dafür hielt, dass das Ende der Welt bevorstand.

„Er wird die ganze Nacht nicht schlafen", murrte sie nun, während Billy den schlafenden Jungen ins Gästezimmer trug.

Er legte Charlie ins Bett. Dann drehte er sich zu Becky um.

„Ich fass es nicht …", flüsterte er, ein wenig lächelnd, weil sie so … neu aussah. So hübsch. Ihr Haar hing ihr in niedlichen Locken ums Gesicht. Irgendwie wirkte sie älter und jünger zugleich. Weise und verletzlich. Ein Mädchen auf der Schwelle zur Frau. Seine Kehle wurde ihm eng, während er sich in Nostalgie und Zuneigung verlor. „Ich erkenne dich gar nicht wieder."

Sie runzelte die Stirn, zeigte ihre vertraute mürrische Miene. Was hatte er nur an sich, dass er alle Frauen in seinem Leben wütend machte? Wütend auf ihn?

„Ah", meinte er in dem Versuch, die Situation mit einem Scherz aufzulockern, obwohl es im Moment in seinem Leben nichts zu lachen gab. „Da ist ja das zornige Mädchen, das ich kenne."

Er ging an ihr vorbei und unterdrückte dabei den Drang, ihr die Hand auf den Kopf zu legen. Nie zuvor hatte er so eindringlich gespürt, wie sehr ihm körperliche Nähe fehlte.

Im Wohnzimmer ließ er sich auf die Couch fallen und legte den Kopf auf die Rücklehne. Er fühlte sich leer, ausgehöhlt. So als müsste er auf der Fahrt vom Studio hierher eine Spur aus seinem Blut und seinen Eingeweiden über die Straßen gezogen haben. Und sein noch schlagendes Herz in Maddys Hand zurückgelassen haben.

Was jetzt? dachte er. *Wie werde ich damit fertig?* Er wünschte, die nächste Spielsaison läge nicht noch in so weiter Ferne. Im Augenblick hätte er sich sogar gefreut, in der Unterliga spielen zu können, wenn es sofort losgegangen wäre.

Er wollte nicht kämpfen. Zum ersten Mal in seinem Leben war er stinksauer und wollte nicht mit der Faust durch die Wand.

Vielleicht würde er mit den Kindern angeln fahren. Der Gedanke ließ es ihm ein wenig leichter um die Brust werden.

„Hey?"

Er blickte auf. Becky stand in der Tür, die Ärmel ihres Shirts über die Hände gezogen. Ihre Lippen waren blutig gebissen, üblicherweise ein sicheres Zeichen dafür, dass sie als Nächstes weglaufen oder etwas ähnlich Drastisches unternehmen würde.

Er setzte sich auf, sammelte seine Kräfte, um sich auf Becky zu konzentrieren.

„Was gibt's?", fragte er und hoffte, dass das, was auch immer sie vorhatte, eine gute Ablenkung bieten, aber niemanden verletzen würde.

„Ich … ich habe eine Idee."

„Musst du dafür meinen Wagen klauen?"

„Nein."

„Dann schieß los."

„Gina – die Dame, die mir die Haare geschnitten hat – sagt, es gibt da ein Internat außerhalb von Dallas. Ihre Nichte oder so geht dort zur Schule."

Sein gesamter Körper erstarrte, gerade so wie in den Momenten, bevor er auf dem Eis gegen die Bande prallte, darauf gefasst und trotzdem entspannt, wartend auf den Aufprall.

„Internat", wiederholte er, um sich zu vergewissern, dass er richtig gehört hatte.

„Ja, du weißt schon, wo die Kinder in der Schule leben, die sie besuchen. Vielleicht … vielleicht könntest du mich dorthin schicken."

Sie meinte es nicht persönlich. Er war nicht dumm genug, um das zu glauben. Sie hatte Angst und fühlte sich allein. In diesem

Moment, in dem er selbst zerschlagen und ramponiert war, tat es trotzdem weh. Fühlte sich an wie eine Zurückweisung.

„Willst du dorthin?"

„Klar."

„Warum?"

„Ich … ich will mich nicht jeden Tag wie der letzte Dreck fühlen, nur weil ich hier bin. Weil ich ein Problem bin."

„Du bist kein Problem!"

Sie wandte sich halb ab, legte die Faust an die Wand, an die Eichentäfelung. „Du musst mir nichts vorlügen", flüsterte sie.

Billy rieb sich die Narbe, ließ den Blick über seinen Garten wandern, der noch nass vom Regen im Sonnenlicht glitzerte. „Wir sind eine Familie", sagte er.

„Und?"

Er räusperte sich und entschied, dass heute für ihn der Tag war, um alles offenzulegen. Die Worte, die er nicht aussprechen wollte, die Verletzlichkeit, die er niemandem zeigen wollte – er konnte mit all dem nicht länger hinterm Berg halten.

Vielleicht bedeutete, eine Familie zu sein, ja auch, einander nichts vorzumachen. Wenn dem so war, wenn das helfen konnte, dann würde er diesem Mädchen sein Herz offenbaren.

„Maddy ist in einer großartigen Familie aufgewachsen. Ihre Mom hat das Essen gekocht und dafür gesorgt, dass sie ihre Hausaufgaben erledigte. Ihr Dad hat hart dafür gearbeitet, dass keiner hungern musste und sie jeden Sonntagabend in ein Restaurant gehen konnten. Ich war schrecklich neidisch darauf."

Sie schwieg, zeichnete mit dem Finger Kreise auf das Holz.

„Meine Mom hat sich bemüht, aber sie war kaputt. Mein Dad war nie da, und wenn er es doch mal war …" Für eine Sekunde holte ihn die Erinnerung an den Schmerz und das Blut ein, an das Geschrei, den Fluchtweg über das Verandadach. Vielleicht würde er irgendwann später auch diese Geschichte erzählen. Wenn sie älter war. „Nun ja, sagen wir einfach, wir gingen nie ins Restaurant. Janice und Denise … Ich bin mir nicht sicher, ob es ihnen etwas ausmachte. Nicht so wie mir. Vielleicht wollten wir, als wir alle noch jung waren, tatsächlich eine Familie sein, doch nach einer Weile schienen sie zu glauben, es sei normal, wie wir waren. Wie grässlich unser Haus war. Aber ich wollte es immer noch. Ich wollte immer noch eine Familie." Er wartete darauf, dass sie ihn ansah. Draußen flogen Vögel vorbei, Wolken brachen auseinander, lösten sich auf. Schließlich schaute sie flüchtig zu ihm herüber, ganz kurz nur, dann wandte sie sich wieder ab.

Er erkannte diesen Blick nur zu gut. Wie ein getretener Hund, der sich nach ein bisschen Freundlichkeit sehnte.

„Und das hat sich nicht geändert", fügte er hinzu. „Ich will eine Familie. Das ist alles, was ich jemals wollte."

Sie starrte eine Stelle auf dem Teppich an, keine zehn Zentimeter vor seinen Füßen. Das war schon näher, aber nicht nahe genug. Er spürte ihre Sehnsucht. Sie war so schmerzlich und unglaublich wie seine eigene.

„Bitte, Becky ... bitte sieh mich einfach nur an."

Endlich tat sie es. In ihren großen blauen Augen schimmerten Tränen.

„Wenn du wirklich dieses Internat besuchen willst, machen wir das", fuhr er fort. „Ich schicke dich, wohin du auch willst. Du hast weiß Gott eine Chance verdient, glücklich zu sein. Und ich habe genug Geld, damit du tun kannst, was immer du willst. Aber ich hoffe trotzdem, dass du hier glücklich wirst. Bei mir."

Sie schniefte. Rieb sich mit dem Handgelenk über die Augen.

Und plötzlich war er da, dieser seltene Moment, der alles zu ändern vermochte. Für ihn. Für sie. Wie eine in den Sand gezeichnete Linie lag er vor ihnen, und einer von ihnen musste den Mut aufbringen, diese Linie zu überschreiten.

Obwohl ihn gerade die Frau, die er liebte, aufs Bitterste enttäuscht hatte, war er plötzlich derjenige, der den Mut aufbrachte. Genug Mut für sie beide.

Er kämpfte sich auf die Beine, ließ sich Zeit beim Überqueren des Teppichs, fühlte sich mindestens hundert Jahre alt, müde und verwundet und zugleich dennoch irgendwie hoffnungsvoll.

Die Arme ließ er locker hängen, und sie hatte die Chance, wegzurennen, ihm auszuweichen. Aber sie stand da, zitternd am ganzen Leib. Tränen tropften ihr von der Nase auf das Sweatshirt.

Vorsichtig, weil er sich bewusst war, wie zerbrechlich sie war, wie zerbrechlich dieser Moment war, berührte er ihren Rücken. Sie zuckte zusammen, lief aber nicht davon, und er wartete geduldig ab. Wartete, bis sie sich unter seiner Berührung entspannte. Ganz sacht ließ er seine Hand auf ihrem Rücken ruhen.

Und als er den Eindruck hatte, dass es okay war, zog er sie behutsam und sehr langsam an seine Brust. Bis ihre Schulter an seinem Brustbein lag, seine Hand an ihrem Ellenbogen.

„Ich möchte, dass du bleibst", sagte er und spürte, wie angespannt sie war. So angespannt, dass er befürchtete, sie könne etwas Unerwartetes tun. In tausend Stücke zerbrechen, die ihm vor die Füße fielen.

Sie hustete. Oder so. Noch einmal. Ihr Kopf senkte sich, ihre Hände schlossen sich an seinem Bauch zu Fäusten, und plötzlich begriff er: Sie hustete nicht, sie schluchzte. Schluchzte sich die Seele aus dem Leib.

„Ich möchte, dass du bleibst", wiederholte er, und sie drehte sich zur Seite und schlang die Arme um seine Taille. Weinte leise in sein Hemd.

Ja, dachte er, tätschelte ihr den Rücken, hielt sie fest und ließ sie weinen. Vermutlich hatte sie all das seit Jahren nicht mehr erlebt.

So ist es richtig.

Es gab nur eins, was die Sache noch besser hätte machen können: wenn Charlie wach und dabei gewesen wäre. Und Maddy hier. Eine richtige Familie. Die einzige Familie, die er sich jemals erträumt hatte und erträumen würde.

Aber manche Dinge sollten einfach nicht sein.

Maddy schloss ihre Wohnungstür von innen hinter sich und ließ sich im Dunkeln gegen das Holz sinken. Drei Jahre lang war dieser Ort ihre Zufluchtsstätte gewesen. Drei Jahre.

Elfenbeinturm? Na schön. Ja. Damit hatte er recht.

Doch was war daran verkehrt? Warum sollte es falsch sein, sich in Sicherheit zu wissen? Sie hatte sich einen Ort geschaffen, der ihr gehörte, ihr ganz allein. Was sollte daran eigentlich schlimm sein?

Wie zum Teufel kam er dazu, sich ein Urteil über sie zu erlauben?

Und der Umstand, dass sie sich einsam fühlte? Der Umstand, dass sie jetzt hier stand, im Dunkeln und in den Schatten ihres eigenen Lebens, und sich dabei vorkam, als wäre sie nur ein Splitter von einem Menschen, ein Viertel der Person, die sie einmal gewesen war – gerade so, als hätten die letzten paar Jahre sie ausgesaugt und ihr wäre dabei etwas Unverzichtbares, Reales und Wichtiges abhandengekommen. Vielleicht lag es einfach daran, dass sie erwachsen geworden war. Vielleicht lag es auch an der Scheidung.

Für eine Weile war sie von Selbstgerechtigkeit erfüllt, und das reichte, um die Schuhe abzustreifen und das Licht anzuschalten.

Aber irgendwie wurde es im Hellen bloß schlimmer. Als reflektierte die Leere ihrer Wohnung, wie leer ihr Leben war. Bilder von Showgästen an der Wand? Das erschien ihr nicht richtig, egal, wie berühmt der Gast war oder wie toll das Foto wirkte. Denn mit Liebe hatte das nichts zu tun.

„Hör auf!“, schrie sie. „Hör auf damit.“ Sie nahm die Ohrringe ab und warf sie in die Schale, die auf dem rosa Tischchen im Eingangsbereich stand. Sie würde trainieren. Das brauchte sie jetzt. Sie hatte ein paar Tage ausgesetzt, weil sie wegen des Dramas um die Kinder und Billy nicht dazu gekommen war. Wahrscheinlich fehlten ihr die Endorphine, die ein anständiges schweißtreibendes Training freisetzte.

Das Fahrradergometer in ihrem Schlafzimmer kam ihr jedoch mit einem Mal wie ein Folterinstrument vor.

Laufen?

Regen trommelte an die Fenster.

Nein. Nein. Das nicht.

Eine Depression streckte ihre schwarzen Fühler nach ihr aus. Diese lähmende Melancholie, die sie wochenlang daran gehindert hatte, ihr Bett zu verlassen, nachdem sie und Billy sich zum ersten Mal getrennt hatten, kam zurück. Zehnmal so stark. Dunkler. Mächtiger.

Sie wies die Depression von sich. Allein schon der Gedanke! Nein, noch einmal würde er nicht diese Macht über sie haben. Nie wieder.

Da sie ein absolut sicheres Rezept hatte, wie sie sich ins Gedächtnis rufen konnte, wie gut und richtig die Entscheidung gewesen war, Billy aus ihrem Leben zu streichen, griff sie zum Telefon und rief ihre Mutter an.

„Liebling!", rief ihre Mutter, als sie sich meldete, und Maddy ließ sich rücklings auf ihr Bett fallen. „Wie geht es dir?"

Überraschenderweise stellte Maddy fest, dass sie Tränen zurückdrängen und warten musste, bis sich der Schmerz in ihrer Kehle und hinter ihren Augen gelegt hatte, bevor sie reden konnte.

„Es geht mir gut, Mom", sagte sie, froh über das Stimmtraining, das sie absolviert hatte, denn es ermöglichte ihr, normal zu klingen. „Wie geht es dir?"

„Gut. Mir geht es gut. Na ja, Paige und ich haben heute beim Bridge verloren, aber man kann nun mal nicht immer gewinnen, nicht wahr?"

„Wohl nicht."

„Du klingst nicht, als ginge es dir gut. Bist du erkältet?"

Mir geht es so dreckig, Mom. Ich habe solche Angst und bin so verliebt und so … unglücklich. Zutiefst und schrecklich unglücklich, und ich kann nicht mehr so tun, als wäre es nicht so. Ich kann nicht mehr so tun, als wäre ich zufrieden damit, Madelyn Cornish zu sein. Ich kann nicht länger so leben.

Die Worte steckten als Schrei in ihrer Kehle fest. Ein Schrei, den sie seit vierzehn Jahren unterdrückte. Aber es einfach rauszulassen … Oh, sie konnte sich vorstellen, wie viel Macht dieser Schrei hatte. Wie er ihr Leben umkrempeln würde. Und dass sie sich nie wieder im Spiegel anschauen könnte, wenn sie ihn rausließ.

Es war schlimm genug, dass sie Billy gesagt hatte, dass sie ihn liebte. Verdammt nahe war sie damit an einen schrecklich dunklen Punkt gelangt, von dem es kein Zurück mehr gab.

Sie öffnete den Mund, um ihrer Mutter zu erzählen, dass Billy in ihrer Show aufgetreten war. Dass er in ihr Leben zurückgekehrt war. Aber plötzlich konnte sie das nicht. Sie wollte nicht hören, wie ihre Mutter wegen ihm Gift und Galle spuckte. Und erst recht nicht wollte sie darüber nachdenken, was das bedeutete.

„Bist du glücklich, Mom?“, fragte sie stattdessen, rollte sich auf die Seite und zog sich die Decke über ihren Körper.

„Natürlich. Ich meine, ich wünschte, dass du nicht so weit weg wohnen würdest. Und dass dein Vater noch am Leben wäre. Aber, ja, ich bin glücklich.“

Wie fühlt sich das an? überlegte sie.

„Das freut mich, Mom“, erwiderte sie.

Tränen liefen ihr aus den Augenwinkeln, während sie mit ihrer Mom übers Wetter, Bridgepartien und einen Besuch bei ihr im Winter plauderte. Möglicherweise würde sie diesmal eine ganze Woche bleiben können, der Urlaub stand ihr schließlich zu.

„Liebes“, hakte ihre Mom nach. „Du klingst wirklich nicht, als ginge es dir gut.“

„Alles in Ordnung“, log sie, und die Worte, genau wie ein Großteil ihres Lebens, überdeckten wie Zuckerguss etwas grässlich Verfaultes.

Nachdem sie sich so vorm Abgleiten in die Depression bewahrt hatte, erkannte Maddy eins: Wenn ihr Leben sie unglücklich machte, dann lag die Schuld bei ihr selbst. Deshalb stürzte sie sich nun auf die Umgestaltung ihrer Sendung.

So weit kam es noch, dass sie sich ausgerechnet von Billy sagen ließ, was zählte! Sie würde es ihm schon zeigen.

Eine Woche lang wachte sie Tag für Tag morgens auf und glaubte, es würde besser werden. Die Gedanken an Billy und die Kinder würden in den Hintergrund treten, der Schmerz nachlassen. Aber es blieb, wie es war, stach wie Glassplitter unter ihrer Haut.

Und jeden Tag versuchte sie, diesen Schmerz mit Arbeit zu betäuben. Das war einmal das richtige Heilmittel gewesen, doch jetzt wirkte es nicht mehr.

Leer, dachte sie, während sie Gästelisten und Ideen für Storys zusammenstellte.

Das ist mir alles egal, dachte sie, während sie sich verschiedene Titelmelodien anhörte und über die Vermarktung des Formats diskutierte.

Ruth schlug mit ihrem Notizbuch auf den Konferenztisch, und alle zuckten zusammen. „Raus mit euch", forderte sie Sabine und die anderen Mitarbeiter auf, die allesamt am Tisch saßen, um die letzten Details der Präsentation auszuarbeiten, mit der sie Richard am nächsten Tag überzeugen wollten.

Maddy packte ihre Sachen zusammen und wollte aufstehen.

„Du nicht, Madelyn", sagte Ruth.

Maddy setzte sich wieder und wartete, dass alle anderen den Raum verließen.

„Was zum Teufel ist mit dir los, Maddy?"

„Nichts."

Ruth lehnte sich in ihrem Stuhl zurück. Sie trug einen roten Pullover. Ihr Markenzeichen – alles schwarz in schwarz – schien sie im Laufe der vergangenen Woche aufgegeben zu haben. Die Farbe stand ihr.

„Du bist eine Lügnerin, Maddy, und bis eben warst du recht überzeugend. Aber heute habe ich dich durchschaut."

„Ich bin keine Lügnerin!", rief Maddy entrüstet. Allein die Vorstellung entsetzte sie.

„Ich bitte dich, das sind wir doch beide. Ich verrate dir mal, welche Lüge ich euch schon seit drei Jahren auftische." Sie breitete die Arme aus, als wollte sie etwas von sich schleudern. „Ich will nicht nach New York ziehen. Ich will keinen Job bei einem nationalen Sender."

Das erklärte also den roten Pullover. „Im Ernst?"

„Im Ernst. Es gefällt mir hier. Und jetzt, da wir an dem neuen Format arbeiten, habe ich kein Bedürfnis, woandershin zu gehen. Und wenn ich schon bei Wahrheiten bin, habe ich noch eine für dich." Sie beugte sich über den Tisch, plötzlich äußerst aufmerksam und sehr viel präsenter, als Maddy sie je erlebt hatte. Schwungvoll. Mit all diesem Energieüberschuss konfrontiert, kam Maddy sich wie eine durchgebrannte Glühbirne vor. „Wenn du nicht aufhörst, nur um dich selbst zu kreisen, wird diese Show ein Reinfall werden. Ein gewaltiger Flop. Wenn du eine Show wie diese moderieren willst, Maddy, musst du dich darauf einlassen."

„Das tue ich." Ihr Protest klang dumm und lahm.

„Unsinn, und das weißt du auch. Du musst dich wirklich voll und ganz darauf einlassen, und diese Frau, die mir im Moment gegenübersitzt, diese leere Hülle – ich glaube nicht, dass sie das schafft."

Maddy hätte das allzu gern geleugnet. Hätte sich allzu gern über Ruths Unterstellung empört. Doch ein Teil von ihr wusste, dass sie recht hatte.

„Ich behaupte nicht, dass du es nicht kannst; du kannst es sehr wohl. Du könntest großartig sein in dieser Sendung. Aber nicht so, wie du in der letzten Woche warst. Darüber musst du dir klar werden, bevor wir unsere Idee Richard zu verkaufen versuchen." Sie schob ihre Notizen zusammen und schlug sie mit der unteren Kante hart auf die Tischplatte, sodass sich ein ordentlicher Papierstapel bildete. Der scharfe Knall ließ Maddy zusammenfahren. „Und jetzt gehen wir raus und genehmigen uns einen Drink."

„Ich glaube … ich glaube, du hast mich gerade beleidigt, Ruth. Ich bin mir nicht sicher, ob ich mit dir etwas trinken gehen möchte."

„Ich weiß." Ruth zögerte und wand sich sichtlich. „Eine Freundschaft pflegen, so was kann ich nicht besonders gut. Aber ich denke, du könntest vermutlich eine brauchen. Eine Freundin, meine ich. Einen Drink natürlich auch. Und ich weiß, dass ich beides brauchen könnte. Also? Ein Drink?"

Also, das war schon ziemlich bizarr.

Aber bizarr war in Ordnung. Vielleicht würde etwas Bizarres sie einen Schritt weiter bringen können bei ihrer Suche nach dem Glück. Und wenigstens dafür sorgen, dass sie überhaupt etwas empfand.

„Ich dachte, wir wären einmal Freundinnen gewesen", meinte Maddy nun.

„Ich weiß.“ Ruth nickte. „Fangen wir einfach noch mal von vorn an. Aber diesmal richtig und ehrlich.“

Richtig und ehrlich. Wie merkwürdig das klang. Wie wahr.

Maddy erhob sich. „Packen wir's an.“

Am nächsten Tag, als sie ihre Ideen einem ganzen Tisch voller Entscheidungsträger präsentierten, stand Maddy im Zentrum eines Orkans. Eines Wirbelsturms aus Branding und Promotion. Marketing und Redaktionssitzungen. Richard saß am Kopfende des Konferenztisches, das Gesicht in das Gelb und Grün des neuen Logos getaucht, das strahlend hell und schön von dem riesigen Bildschirm herableuchtete, auf dem ihre PowerPoint-Präsentation lief.

Sie ließ ihn keine Sekunde aus den Augen, denn eins war ihr klar: Wenn er die Stirn runzelte, wäre das ein deutliches Signal, dass all ihre Mühe – Blut, Schweiß und Tränen, die sie und Ruth in der letzten Woche in die Sache gesteckt hatten – umsonst gewesen und ihre Idee gestorben war, bevor sie auch nur eine Chance gehabt hätten, sich zu beweisen.

Doch da kam kein Stirnrunzeln. Zwar lächelte er auch nicht, aber immerhin runzelte er nicht die Stirn.

Sie und Ruth warfen sich ängstliche Blicke zu, als Ruth das Licht wieder einschaltete und jeder erst einmal geblendet blinzelte.

„Gute Arbeit“, sagte Richard.

Maddy sah, wie Ruth erleichtert aufatmete. Dennoch hatte sie das bange Gefühl, dass sie noch nicht über den Berg waren.

„Billy wird euer erster Gast?“, fragte Richard.

„Wir können am Montag am neuen Set drehen.“

„Und danach?“

Ruth zählte die anderen Gäste auf, die sie kontaktiert hatten.

„Wir könnten sie ebenso im alten Format bringen“, meinte Richard.

„Aber das neue Format ...“

„Bringt uns um Einnahmen von Werbekunden. Und kostet, weil wir dafür Werbung machen müssen. Ihr erwartet, dass ich das Budget verdoppele ...“

„Nur die ersten paar Monate“, fiel Ruth ihm ins Wort.

Weitere Argumente wurden gewechselt, doch Maddy hörte sie nur wie aus weiter Ferne. Das war’s also. Ihr Traum – geplatzt.

Lass dich darauf ein, dachte sie. Vielleicht konnte er davon bloß nichts spüren. Es war ihr Job, ihn zu überzeugen.

„Maddy?“, sagte Ruth. Es klang gequält, gepresst. In ihren Augen stand ein riesiger Hilferuf.

„Entweder dieses Format, oder ich bin raus“, erklärte sie. Damit überraschte sie alle, sogar sich selbst. „Lass uns aufhören, unser Publikum zu informieren, Richard. Informationen bekommen die Leute überall: im Internet, in Zeitschriften, von ihren Freunden. Lass uns bilden. Unterhalten. Leben umkrempeln. Lass uns wichtig werden für die Leute in und um Dallas, und zwar nicht nur mit Wetterberichten und Verkehrsnachrichten. Lass uns eine Wirkung erzielen.“

Wenn das kein Appell war, der zog!

Rund um den Tisch erntete sie jedoch nichts als verständnislose Blicke.

Was für ein Fehler. Was für ein gewaltiger, karrierekillender Fehler. Sie schaute zu Ruth hinüber, ihrer Freundin mit dem Alkoholproblem, und zu ihrer großen Überraschung zwinkerte Ruth ihr zu.

„Für mich gilt das Gleiche, Richard“, sagte sie. „So läuft die Show, oder ich bin auch draußen.“

Langsam schob Richard seinen Stuhl zurück und stand auf. „Dann ist das das neue Format.“ Er sah von einem Mitarbeiter zum nächsten, zu den Leuten aus der PR- und der Marketingabteilung, der Rechts- und der Personalabteilung. „Sorgen wir dafür, dass es gut läuft.“

Damit verließ Richard den Raum, die anderen folgten ihm nach und nach, wobei sie an Maddy vorbeigingen und ihr die Hand schüttelten. Von allen Seiten kamen Glückwünsche.

Sie nahm sie entgegen und hatte dabei den Eindruck, mindestens einen Meter über dem Boden zu schweben. Es hatte funktioniert. Es hatte tatsächlich funktioniert.

„Das muss man dir lassen: Du hast Nerven", meinte Ruth, als der Raum endlich leer war.

Nein, dachte Maddy. *Ich suche bloß nach einem Grund, mich zu engagieren. Einem Grund, mein Leben wichtig zu nehmen.* Billy hatte es in die Luft gejagt, als er zurückgekommen war, und nichts würde je wieder so sein wie zuvor. Sie konnte nicht länger so tun, als wäre das möglich.

„Du aber auch", erwiderte sie.

„Machen wir uns an die Arbeit", schlug Ruth vor. „Willst du mit Billy Kontakt aufnehmen, oder soll ich?"

„Du."

Ruth stieß keinen hörbaren Seufzer aus, aber dass sie innerlich seufzte, war offensichtlich. „Maddy?"

Am liebsten hätte sie so getan, als bemerkte sie die Besorgnis ihrer Freundin gar nicht. Doch nachdem sie gestern bei der dritten Runde Wodka mit Soda die ganze verdammte Geschichte ausgeplaudert hatte, wusste Ruth alles über sie und Billy.

„Also … sprich du mit ihm", beharrte Maddy.

„Dir ist klar, dass du ihn interviewen musst, oder? Dass du dich etwa eine Stunde lang mit ihm unterhalten musst?"

„Ja, ich weiß", antwortete sie. Und sie wusste auch, dass sie keinen blassen Schimmer hatte, wie sie das überstehen sollte.

29. KAPITEL

Am Sonntagmorgen strich Billy Sirup auf Charlies getoastete Waffeln, als Victor anrief.

„Du hinterhältiges Luder“, sagte Victor. „Hinter meinem Rücken mit Hornsby zu reden.“

Billy drückte den Deckel auf den Sirupbecher, bevor er ihn in den Kühlschrank stellte. „Tut mir leid, dass ich dir nichts erzählt habe.“

„Und das sollte es auch. Aber Hornsby und der Geschäftsführer wollen sich mit uns besprechen.“

„Was heißt das?“

„Das heißt, du bist noch nicht ganz gestorben.“

Billy beobachtete, wie Charlie die Waffeln aß, immer zwei auf einmal, während ihm der Sirup über das Kinn lief. Der Kleine hüpfte in seinem Stuhl auf und ab und sprudelte fast über vor Freude über jeden einzelnen Bissen.

So habe ich mal in Bezug auf Hockey empfunden. Vor etwa einer Million Jahren. Vor der Narbe. Bevor ich ein wirklich guter Spieler war, wollte ich nur spielen. Einfach nur spielen.

Und jetzt wollte er eine Chance, wieder so zu spielen. „Lass mich wissen, wann, Mann. Ich werde tun, was immer sie wollen.“

„Billy? Billy Wilkins? Bist du das?“

„Ja, ich bin’s. Hier laufen allerdings noch ein paar andere Dinge, von denen du vermutlich wissen solltest.“

„Ah ja, fangen wir mit *Dallas A. M.* an.“

Eisige Kälte umhüllte seinen Körper, eine Kälte, die er brauchen würde, um den kommenden Morgen zu überstehen. „Ich gehe am Montag zum Dreh“, erklärte er.

„Morgen.“

„Ja.“

„Und Dom?“

„Mit dem spreche ich morgen Nachmittag.“

„Und was … ähm … was wird aus den Kindern?“

„Wir haben am Freitag die Anträge eingereicht“, antwortete er und strich über Charlies Haar. Sein kleiner Finger blieb an einem gewaltigen Sirupklumpen hängen. Er würde das Kind mit nach draußen nehmen und es mit dem Schlauch abspritzen müssen, um es wieder sauber zu kriegen. „Jetzt heißt es abwarten und Tee trinken."

„Du warst mächtig fleißig", meinte Victor und klang vorwurfsvoll.

„Ich weiß, Mann, und es tut mir leid, dass ich dich nicht angerufen habe. Um einige Dinge musste ich mich eben allein kümmern."

„Verstehe. Aber künftig lass mich meinen Job tun."

„Mit Vergnügen, Superagent."

Sie verabschiedeten sich, und Billy legte auf.

„Wo ist Becky?", fragte Charlie wohl zum hundertsten Mal.

„Sie schläft." Erst vor wenigen Minuten hatte er nach ihr geschaut, wobei er halb befürchtet hatte, nur ein leeres Bett und einen im Wind flatternden Vorhang vor einem offenen Fenster vorzufinden. Doch sie hatte ausgestreckt auf dem Bett gelegen. Und geschnarcht.

Das ging mittlerweile seit fünf Tagen so. Er wollte gar nicht darüber nachdenken, wie lange sie wohl schon keine Nacht mehr hatte durchschlafen können.

Und der Gedanke, dass sie den gesamten versäumten Schlaf jetzt hier unter seinem Dach nachholen konnte, war äußerst befriedigend.

„Darf ich sie wecken?"

„Nix da! Nach dem Frühstück gehen wir ins Bad."

Charlie meuterte sofort und verzog sein kleines Gesicht. Von Bad und Toilette wollte er nichts wissen. „Windel."

Billy holte die Süßigkeiten hervor, die er am Tag zuvor gekauft hatte. „Nicht, wenn du hiervon was haben willst." Er hob die Tüte M&M's hoch, und Charlie schielte darauf.

„Was ist das?"

„Bestechung. Komm schon, Charlie, wir gehen pinkeln wie die großen Jungs!" Er fing den unglücklichen, klebrigen Dreijährigen ein und ging mit ihm ins Bad. Zum ersten Mal seit Jahren hatte er das Gefühl, sein Leben habe ein Ziel. Ein gutes Ziel.

„Bist du nervös?“, fragte Becky, die zusammen mit Charlie hinter den Kulissen saß, wo Billy geschminkt wurde. Er war froh, dass Gina sich um ihn kümmerte und nicht das andere Mädchen, das ihm unbedingt Mascara hatte andrehen wollen.

„Nein.“ Das war eine Lüge. Er ließ die Knie auf und ab wippen, und der Stoff seiner grauen Hose flatterte bei der Bewegung.

Becky legte eine Hand fest auf sein Knie, drückte es herunter. Er arbeitete dagegen an. Sie lachte, drückte noch fester, bis Charlie ihr zu Hilfe kam und sie plötzlich beide lachend bemüht waren, sein Bein ruhig zu halten.

Was für ein verrücktes Spiel, aber es schien ihnen zu gefallen.

Inzwischen war Becky etwas länger als eine Woche bei ihm, und sie lachte immer häufiger.

„Hallo, ihr drei.“ Maddy kam um die Ecke, und er erstarrte. Zuckte regelrecht zusammen. Der Klang ihrer Stimme hatte den gleichen Effekt, als hätte man ihm ein Messer an die Kehle gedrückt. Becky erhob sich, starrte Maddy an. Wie ein wütender Wachhund.

Charlie, der erst drei war und offensichtlich noch keine Loyalität kannte, rannte zu Maddy und klammerte sich an ihre Beine.

Sie trug ein rotes Kleid mit einem violetten Gürtel und violetten Stöckelschuhen, die in Billy den Wunsch weckten, sich ebenfalls an ihre Beine zu klammern.

Der Schmerz, der sich einstellte, wenn er sie nur ansah, war nichts Neues für ihn. Schon als Kind hatte er sich so heftig nach ihr gesehnt. Doch dieser Schmerz war stets durch etwas Süßes abgemildert worden, eine Hoffnung, ein Verstehen, das ihn erträglich machte.

Jetzt hingegen war da nichts, was ihn erträglich machte. Ihre Schönheit traf ihn bis ins Mark, sodass er die Augen abwenden musste.

„Wie geht es euch?“, erkundigte Maddy sich.

„Ich habe ins Töpfchen gemacht!“, rief Charlie. Im Moment forderten sie das Schicksal heraus, weil sie ihm keine Windel angelegt hatten, aber genau das wurde auf allen Webseiten empfohlen: aufs Ganze zu gehen.

Maddy gab sich angemessen beeindruckt.

„Und wie geht es dir, Becky?“, fragte Maddy und stellte sich dichter neben sie.

Becky wich aus, ihre Wachhundattitüde machte einer verächtlichen Miene Platz. Die Dreizehnjährige hatte bemerkt, wie er empfand. Möglicherweise war sie auch selbst verletzt, weil Maddy in der vergangenen Woche kein einziges Mal angerufen hatte. Ruth war diejenige, die Kontakt zu ihm aufgenommen und ihn über die Einzelheiten der Sendung informiert hatte.

„Gut“, antwortete Becky knapp.

„Deine Haare sehen toll aus“, meinte Maddy mit einem zaghaften Lächeln, an das er sich noch gut aus Kindertagen erinnerte. Es war, als wagte sie sich vorsichtig an etwas heran, das ihr jede Sekunde die Hand abreißen konnte. So hatte sie ihn immer angeschaut.

Becky gab sich völlig ungerührt.

„Ich habe dir etwas mitgebracht“, fuhr Maddy fort und holte ein Buch hinter ihrem Rücken hervor. „Das habe ich erst vor ein paar Wochen ausgelesen. Es geht um Killerpferde.“

Becky hob wie elektrisiert den Kopf, und Billy wurde klar, dass er über all dem Spaß, den sie gemeinsam gehabt hatten – dem Besuch bei Chuck E. Cheese, dem Töpfchentraining und dem Schwimmen –, überhaupt nicht an Sachen wie Bücher gedacht hatte. Er hatte vergessen, dass Becky wirklich gern las.

Rasch schob er den Gedanken beiseite, was für ein Team sie beide wären, er und Maddy.

„Du kannst es ruhig annehmen“, versicherte er Becky. Er hätte ihr gern erklärt, dass sie weder ihn noch sich selbst damit verriet. Dass es keinen Zweck hatte, zornig zu reagieren, weil man verletzt worden war, denn damit verletzte man sich selbst bloß noch mehr.

Diese Lektion musste er allerdings selbst erst lernen.

„Danke“, erwiderte Becky und nahm das Buch, schlug es sofort auf.

„Bist du bereit?“, wandte Maddy sich anschließend an ihn, und irgendetwas an ihrem Lächeln wirkte geradezu ungeduldig. Und hoffnungsvoll.

„So bereit ich jemals sein werde, eine volle Stunde zu reden."
„Das werden eher so etwa achtunddreißig Minuten werden."
„Warum beruhigt mich das nicht im Geringsten?"
Sie streckte die Finger aus, um sie ihm auf die Schulter zu legen, und er zuckte zurück. Wenn er diese Geschichte überleben sollte, galt es, einige Regeln zu beachten.
„Bitte, Maddy", flüsterte er. „Sei wenigstens ein bisschen barmherzig."
Sie ließ die Hand sinken, hielt sie mit der anderen still. „Tut mir leid", sagte sie.
Tut mir leid, dachte er und wurde wider Willen wütend. *Steck dir deine Entschuldigungen sonst wohin.* „Ja. Mir auch. Bis gleich."
Er zog Charlie an sich, und der Junge kletterte wie ein kleines Äffchen auf seinen Schoß. Für einen Augenblick konnte er auf Maddys schönem Gesicht deutlich die Reaktion sehen: Sie fühlte sich ausgeschlossen, und dort draußen war es kalt und einsam und elend. Am liebsten wollte er nach ihr greifen. Sie in ihrer Mitte willkommen heißen.
In der einzigen Familie, die er sich je gewünscht hatte.
Aber das war die Sache nicht wert. Er kannte den Schmerz, den ihr Mangel an Vertrauen mit sich brachte.
„Bis gleich am Set", sagte er.
Maddy sammelte sich und ging.

Gleich hinter der nächsten Ecke blieb sie stehen. Blieb stehen und lehnte sich gegen die Wand, weil ihr die Knie weich wurden und ihre Lungen nicht mehr genug Luft bekamen.
Oh, mein Gott, dachte sie. *Was ist nur los mit mir?*
Billy ging es gut. Sie hatte ihm erneut das Herz gebrochen, und ihm ging es gut. Und die Kinder … Oh, die Kinder, sie sahen fantastisch aus. Die letzte Woche hatte sie verändert. Billy hatte die beiden verändert. So wie er auch sie verändert hatte.
Sabine lief an ihr vorbei. „Das Publikum trudelt ein", sagte sie. „Die Leute wirken sehr munter. Ziemlich aufgeregt."

Es war Maddy egal. Alles war ihr egal. Sie hatte für diesen neuen Job, für diese neue Show gekämpft, und das fühlte sich gut an. Sie war stolz darauf. Wenn sie jedoch Billy anschaute und diese Kinder … dann erkannte sie genau, was sie weggeworfen hatte: die Chance, alles zu haben.

Sie konnte sich auf alles einlassen, auf die Gäste, auf ihr Publikum, auf die Storys. Sie konnte ihren Job ganz hervorragend bewältigen, doch ein Teil von ihr würde weiterhin langsam sterben. So wie er in den vierzehn Jahren seit der Trennung von Billy starb.

Nein, dachte sie und wehrte sich mit Macht gegen diese Gedanken. Sie versuchte sich selbst einzureden, dass es bloß darauf hinauslief, wieder verletzt zu werden, wenn sie mögliche schmerzvolle Erfahrungen nicht mehr generell aus ihrem Leben ausschloss.

In ihrem Körper aber spielte sich etwas anderes ab, etwas Schönes und Seltsames, etwas Schmerzliches und Liebliches. Wie Frühling.

Vertrauen kehrte zu ihr zurück. Nach einem vierzehnjährigen Winter kämpfte sich das Vertrauen aus dem schwarzen Schlamm hervor, in dem sie es vergraben hatte.

In einer Explosion aus Licht und Farbe erfüllte es ihr Herz. Ihren Körper.

„Alles in Ordnung mit dir?“, fragte Sabine.

Maddy trat von der Wand weg, ihre Knie waren auf einmal wieder stark, ihre Lungen funktionstüchtig. Und ihr Herz war voller Pläne, die ihr Gehirn zu übersetzen versuchte.

„Nein“, gab sie zurück. „Aber ich hoffe, dass es das werden wird.“

Billy war mächtig nervös, als er vor dem Studiopublikum saß. Was ihn allerdings halb wahnsinnig machte, war Maddy.

Sie schwitzte.

Als Billy während der ersten Werbepause mit einem Mikrofon ausgestattet wurde, kam ein Mädchen heraus und puderte Maddy ab. Aber sie schwitzte immer noch.

„Du machst das großartig“, sagte er zu ihr, und sie schaute von ihren Moderationskarten auf.

„Meinst du?“

„Ja. Der neue Stil, er … ist toll.“

Das stimmte. Die Musik, das Set, das Logo. Das Publikum im Studio sprach darauf an. Sprach auf sie an.

Doch Maddy wirkte nicht wie eine Frau, die sich in ihrem Erfolg sonnte und die Früchte ihrer harten Arbeit erntete. Sie wirkte eher wie jemand, der gleich aus einem Flugzeug springen sollte.

Er warf einen Blick in die Kulissen, wo die Kinder warteten. Becky hatte sich in das Buch vertieft, das Maddy ihr gegeben hatte, und Charlie war dabei, das nächste Level von *Angry Birds* zu knacken. Neben ihnen saß Gina, die ihm aufmunternd zunickte.

Billy hatte sie gewarnt, dass Charlie keine Windel trug. Trotzdem hatte sie sich freiwillig bereit erklärt, sich um die Kinder zu kümmern.

„Noch fünf Sekunden“, verkündete Peter.

Billy atmete tief durch und strich mit der Hand über das weiße Hemd, das Becky für ihn ausgesucht hatte.

„Ich liebe dich, Billy“, sagte Maddy, und er fuhr zu ihr herum.

Oh-oh, sie sah furchtbar aus. Schweißnass und verstört.

„Was tust du?“, fragte er. Da, wo sein Magen sitzen sollte, tobte ein Wirbelsturm aus Nervosität.

„Das weiß ich nicht so genau.“

Die roten Lichter auf den Kameras leuchteten auf, und sie waren auf Sendung.

30. KAPITEL

Billy, erzählst du uns, wie es zu dieser Prügelei im Anschluss an das letzte Spiel der Mavericks gekommen ist?", fragte sie. So weit, so gut. Die Kameras liefen seit fünf Minuten, und es hatte keine weiteren Überraschungen gegeben. Was immer mit Maddy los gewesen sein mochte, sie schien es überwunden zu haben. Dennoch machte der Adrenalinstoß ihn nervös, und er wartete auf eine Art Überfall aus dem Hinterhalt.

„Ich … ich war wütend. Wütend, weil unsere Mannschaft sich so angestrengt und trotzdem verloren hatte. Die Jungs sind noch jung, aber sie haben Kampfgeist, und jetzt kamen sie geschlagen vom Eis. Verstehst du? Bezwungen. Und ich war ebenfalls bezwungen. Ich hatte im letzten Jahr eine bescheidene Saison. Das lag allein an mir, und ich kann dafür niemanden verantwortlich machen außer mich selbst. Doch manchmal kann eine Prügelei einen besser aufmuntern als alles andere."

„Du hast dich also geprügelt, um dich besser zu fühlen?"

Er lächelte. „Ich habe nie behauptet, ich sei besonders klug."

In ihren Augen blitzte es auf, und ihm fiel wieder ein, wie sehr sie es hasste, wenn jemand ihn dumm nannte. Auch wenn dieser Jemand er selbst war.

Was geht hier eigentlich vor?

„Trotz allem, du bist für Prügeleien bekannt." Sie beugte sich in ihrem Stuhl vor, und der Blick ihrer goldbraunen Augen hielt ihn fest.

Als sie ihn so anschaute, trat das Studiopublikum komplett in den Hintergrund. Er wollte Widerstand leisten, wusste aber zugleich, dass die Show besser laufen würde, wenn er sich auf ihre Gesprächsführung einließ.

Eigentlich hatte er sich vorgenommen, sich zurückzuhalten. Alle Fragen nur ganz knapp zu beantworten. Seine Rolle zu spielen, und dann nichts wie weg.

Aber sie hatte so geschwitzt.

Und dann diese Überraschung: *Ich liebe dich.* Wollte sie ihn erneut reinlegen?

„Das gehört zum Hockey", antwortete er achselzuckend. „Ich glaube allerdings, dass sich da etwas im Umbruch befindet."

„Hältst du das für eine gute Entwicklung?"

„Weißt du, möglicherweise katapultiere ich mich damit aus dem Geschäft, aber ... Ja, eine Prügelei ist eine Sache – zwei Spieler, mitten auf dem Eis, einigen sich darauf, ihre Handschuhe fallen zu lassen. Das ist in Ordnung. Aber die Jungs, die anderen Spielern gegenüber keine Fairness zeigen und ihnen übel mitspielen ... dafür ist einfach kein Platz mehr. Wir haben schon zu viele Leute durch solchen Mist verloren. Mist, wie ich ihn mir geleistet habe. Das muss aufhören."

„Die Nummer, die du im Anschluss an das letzte Spiel abgezogen hast, fällt in diese Kategorie, nicht wahr?"

„Ja, das stimmt." Er nickte, übernahm die volle Verantwortung. „Und so will ich nicht mehr spielen."

„Aber du hast bereits vor deiner Hockeykarriere Erfahrung mit Gewalt gemacht."

Jetzt kommt es, dachte er. Er mochte kaum glauben, dass er nun über seine Kindheit reden sollte ... ohne Maddy zu erwähnen. Das war lächerlich. Er konnte sie nicht einmal ansehen ...

„Ich bin mit Billy aufgewachsen", wandte sie sich auf einmal dem Publikum zu, und er starrte sie mit offenem Mund an. „Tatsache ist, und das wissen nur sehr wenige, dass Billy und ich vor etwa einer Million Jahren für etwa fünf Minuten verheiratet waren."

Die Menge schnappte nach Luft. Gemurmel wurde laut. Handys wurden gezückt. Die Nachricht von ihrer Ehe würde in weniger als einer Minute in aller Welt bekannt sein.

Wenn ein Stein vom Himmel gefallen wäre, hätte ihn das kaum mehr schockieren können. Er konnte sie bloß anschauen, während sie über das Viertel redete, in dem sie aufgewachsen waren. In seinen Ohren summte es, sein Herz schlug wie wild.

Was zum Teufel tat sie da?

„Du …“ Er räusperte sich und setzte noch einmal an: „Du warst diejenige, die sich mit all den Schulhofschlägern auseinandergesetzt hat. Du warst so etwas wie die Abräumerin auf dem Pausenhof. Wenn irgendwer auch nur begehrliche Blicke auf das Essensgeld eines Mitschülers warf, warst du zur Stelle und hast ihn bezwungen.“

„Nun“, meinte sie lachend und warf ihr Haar über die Schulter zurück, „das fiel mir leicht. Ich wusste ja, dass du auf jeden losgehen würdest, der mir wehtun wollte.“

„Das hätte ich wirklich getan“, sagte er. Es klang gepresst. Aufrichtig.

Ein Raunen ging durch das Publikum, ein paar Leute klatschten.

„Wir sind gleich wieder da – mit weiteren Neuigkeiten über Billy Wilkins“, sagte Maddy, und die Lichter auf den Kameras erloschen.

„Ist das nur Show?“, flüsterte er. Er sah sich nicht in der Lage, dieses Spielchen mitzuspielen. Am liebsten hätte er sich das Mikrofon abgerissen, aber das hatte er schon einmal getan. Und er sollte ja eigentlich den Schlamassel, in den er geraten war, bereinigen und nicht alles noch schlimmer machen.

„Ich habe Dom angerufen“, erklärte sie. „Vor der Sendung. Ich habe ihm gesagt, dass ich mit ihm über dich sprechen möchte. Über uns. Es tut mir leid, dass ich solche Angst hatte. Und noch mehr, dass ich dich von mir gestoßen habe.“ Jetzt schwitzte sie nicht … Sie weinte. Und ihre Worte waren gefährlich. Regneten wie Feuer auf ihn herab. „Wenn du nicht über uns reden möchtest, über unsere Kindheit oder unsere gemeinsame Vergangenheit, habe ich dafür Verständnis. Ich würde mich in dem Fall an das vorbereitete Skript halten. Aber ich möchte, dass du eins weißt: Ich … ich habe keine Angst mehr. Ich schäme mich nicht mehr. Ich glaube an dich.“ Sie warf einen raschen Blick in die Kulissen. „Wie du mit den Kindern umgehst, das ist … absolut erstaunlich. Ich will, dass die Welt davon erfährt. Ich will, dass die Menschen mich ansehen und dabei an uns beide denken. Darauf wäre ich wirklich stolz.“

„Maddy", seufzte er. Konnte er das glauben? Er hatte Angst davor. Befürchtete, dass er sich in seinem Wunsch, es zu glauben, zum Narren halten ließ.

„Ist schon in Ordnung", erwiderte sie und wischte sich die Tränen aus den Augen. „Es ist verrückt. Ich verstehe vollkommen. Ich weiß nicht, was ich mir dabei gedacht habe. Wir halten uns an das vorbereitete Skript. Ich verstehe. Wirklich. Es muss schwer sein, mir zu vertrauen. Ich wollte bloß, dass du weißt, dass ich Vertrauen habe. In dich."

Gina kam auf die Bühne gerannt und puderte Maddy so schnell wie möglich ab. „Du musst sofort mit diesem Unsinn aufhören. Die Kinder drehen fast durch, und du wirst vor einer Million Zuschauer aussehen wie ein Waschbär."

Gina verschwand, Peter zählte die Sekunden per Handzeichen herunter, die Lichter leuchteten wieder auf, und Maddy lächelte. Sie brachte das Publikum, in dem es summte wie in einem Bienenschwarm, zum Schweigen, bevor sie sich einem neuen Thema zuwandte: der New School.

Die Beleuchtung wurde gedimmt, und auf dem Bildschirm hinter ihnen wurde das Werbevideo abgespielt, das Luc und Tara Jean gedreht hatten. Es war professionell gemacht und emotional anrührend, doch Billy saß einfach da und spürte nichts. Sein Blick klebte an Maddy.

Vertrauen.

Im Studio wurde es wieder hell, und Maddy wandte sich ihm zu. „Wie bist du auf die Idee für diese Schule gekommen?", wollte sie wissen.

„Durch dich."

Sie blinzelte überrascht. Lehnte sich zurück. Ein zaghaftes, hoffnungsvolles Lächeln huschte über ihr Gesicht.

Vertrauen, dachte er und beschloss, über etwas zu reden, worüber er noch nie gesprochen hatte.

„Erinnerst du dich an die Nacht, die mir diese Narbe eingetragen hat?" Er berührte sie, diese so vertraute wulstige Furche, die kleine Kurve an seiner Lippe, wo der Schnitt besonders tief gegangen war.

Sie nickte.

„Das hat mein Dad mir angetan“, wandte er sich an das Publikum und damit an jeden, den er diesbezüglich angelogen hatte. An jeden Spieler, den er auf dem Eis angerempelt oder geschlagen hatte, weil er voller Zorn gewesen war. Weil er sich an jene Nacht erinnert hatte. „Ich war zwölf Jahre alt, und er hielt mir einen Schlittschuh ans Gesicht. Er war ein Schläger, mein Dad. Betrunken war er richtig fies. Und er wollte sich eigentlich nur mir gegenüber durchsetzen, doch dann ging meine Mom dazwischen, es gab eine Keilerei ... Es war ein Unfall. Die Schlittschuhkufe zerschnitt meine Lippe, mein Gesicht. Meine Schwestern waren abgehauen, und mein Dad rannte davon. Ich weiß nicht, wohin meine Mom gelaufen ist.“

„Zu den Nachbarn.“

„Natürlich. Aber du warst da“, sagte er zu Maddy und drehte sich wieder zur Menge um. „Maddy war damals zehn, und sie rief die Polizei: Sie blieb bei mir sitzen und hielt mir die Hand. Seit dieser Nacht liebe ich sie.“ Er streckte die Hand aus, die Handfläche nach oben gerichtet.

Vergangenheit, Gegenwart, Zukunft: Alles lag offen. Hier und jetzt. Ohne zu zögern, legte sie ihre Hand in die seine.

Das Publikum drehte durch.

Sein Herz drehte durch.

„Aber, Billy“, meinte sie lächelnd und mit Tränen in den Augen, „das erklärt nicht, wie du auf die Idee mit der New School gekommen bist.“

Meine Güte, ist sie gut, dachte er und drückte ihre Finger. Die verbliebenen Sendeminuten vergingen wie im Flug. Sie sprachen über die Schule, seine Karriere und seine eventuelle Zukunft in der Unterliga.

„Ich habe eine Menge Fehler gemacht“, gestand er. Maddys Hand immer noch haltend, schaute er in die Kulissen hinüber zu den Kindern. Sein Herz quoll über vor Gefühl. Die Kinder starrten ihn mit großen Augen an, waren wahrscheinlich kurz davor, auszuflippen. „Ich versuche, Dinge zu verbessern. Mich zu bessern. Für alle.“

„Und ich behaupte mal, dass du einen guten Anfang gemacht hast." Maddy erhob sich, ohne ihn loszulassen. „Ich möchte allen danken – fürs Herkommen und fürs Zuschauen", erklärte sie. „Dafür, dass Sie diese Stunde mit uns verbracht haben." Sie warf einen Blick zu Billy hinüber, der ihr zuzwinkerte.

Alle begannen zu applaudieren, standen auf, trampelten mit den Füßen und pfiffen.

„Danke", sagte sie, und ihre Stimme zitterte leicht. Er zog sie an seine Seite, legte den Arm um sie. „Wir sehen uns morgen wieder!", rief sie, um den Lärm zu übertönen, und die Kameras wurden dunkel.

„Wir sind raus", verkündete Peter, und bevor Billy irgendetwas tun konnte, wandte Maddy sich ihm zu, schlang ihre Arme um seinen Nacken und küsste ihn.

Schweigend und heftig. Ein Versprechen. Ein Stempel. Du gehörst mir, sagte dieser Kuss. *Du gehörst mir.*

Er lachte in sich hinein und erwiderte ihren Kuss. Wollte sie – diese wunderbare, überraschende Frau, diese Königin ihres Reiches – sein Eigen nennen.

Jemand zupfte an seiner Jacke, und als er sich umdrehte, standen Becky und Charlie hinter ihm.

Becky funkelte Maddy wütend an. „Ist das ein Trick?", fragte sie. „So wie diese Sache mit uns? Tust du das für die Zuschauerquote oder so was?"

Maddy schüttelte den Kopf. „Nein. Kein Trick."

„Warum hast du das dann getan?"

„Weil ich ihn liebe und will, dass alle Welt es weiß."

Billy taumelte zurück, tat so, als würden ihre Worte ihn regelrecht umhauen.

„Liebst du sie?", wollte Becky von ihm wissen.

„Schon mein Leben lang. Jede einzelne Minute."

Becky verdrehte die Augen. Offensichtlich hatte er ihrer Meinung nach übertrieben, aber das war ihm egal.

„Also …" Becky schaute sie beide an. „Was tun wir jetzt?"

„Chuck E. Cheese!", rief Charlie und streckte Billy seine Arme entgegen, damit der ihn hochhob.

Billy stöhnte und tat, wie ihm geheißen.

Charlie legte ihm die Hände aufs Gesicht. „Du hast es versprochen! Du hast gesagt, wenn ich immer ins Töpfchen mache, gehen wir zu Chuck E. Cheese."

„Stimmt, das habe ich." Billy schaute Maddy an. „Kommst du mit?"

„Klar doch", gab sie ohne Zögern zurück. Vermutlich war ihr nicht klar, dass Chuck E. Cheese der siebte Kreis der Hölle war. „Ich zieh mich nur kurz um." Nach ein paar Schritten in Richtung Garderobe drehte sie sich um. „Magst du mitkommen?", fragte sie Becky, doch das Mädchen rührte sich nicht. Gebranntes Kind …

„Geh ruhig", flüsterte Billy, und nach kurzem Zögern eilte sie Maddy doch noch nach.

Seine Augen brannten. Er war glücklich, und das brachte ihn völlig durcheinander. Vor ihm lagen einige ernste Hindernisse. Die Befragungen, die zeigen sollten, ob er als Pflegevater akzeptabel war, die Adoption, seine mögliche Laufbahn in der Unterliga, die Veränderung in Maddys Fernsehsendung.

Aber im Augenblick hegte er keine Zweifel, dass sie es schaffen würden. Gemeinsam würden sie es packen. Der Mist, der ihnen schon einmal alles verdorben hatte, hatte keine Chance gegen all das, was sie richtig machen konnten.

Die Liebe war die kleinste ihrer Stärken.

In diesem Moment, in dem er Becky und Maddy nachsah, wie sie gemeinsam den Flur hinuntergingen, fort von ihm, die Köpfe zusammengesteckt, während er Charlie auf dem Arm hielt und sein vollkommenes Gewicht genoss, war er so glücklich wie nie zuvor in seinem Leben. Besser konnte es nicht werden.

Er hatte alles, was er nur haben konnte.

Charlie wand sich. „Ich muss Pipi", sagte er.

Oh, wie sehr er sich doch geirrt hatte. Jetzt erst war es vollkommen.

„Dann wollen wir mal." Damit eilte Billy in Richtung Toilette, während ihm die Tränen ungehindert übers Gesicht rollten.

EPILOG

Zwei Jahre später

Kannst du dich da reinkauern?", fragte Billy, als Charlie in die funkelnde silberne Vollkommenheit kletterte, die als Stanley Cup bekannt war. „Bis über den Kopf?"

Charlie versuchte es, aber er konnte in dem Cup nur stehen.

„So geht es auch", meinte Billy und fotografierte seinen fünfjährigen, frisch adoptierten Sohn, der grinsend wie ein Irrer im Stanley Cup stand.

Heute war Billys Tag mit dem Pokal. Jeder Spieler der Mannschaft, die ihn gewonnen hatte, durfte ihn einen ganzen Tag lang haben, und Billy hatte den heutigen gewählt. Den Tag, an dem die Adoption endlich offiziell wurde.

Jetzt gehörten die Kinder ihm, und er gehörte den Kindern.

Perfekt.

„Weißt du …", sagte Maddy, die mit einer Bierkiste in den Händen den Garten betrat. Sie trug immer noch die Laufklamotten von ihrem Training am Morgen. Manchmal glaubte er, dass sie das mit Absicht tat. Um ihn zu verwirren. Er konnte kaum den Blick von ihrem Po abwenden, während sie die Flaschen in einen mit Eis gefüllten Bottich stellte. Direkt daneben stand ein zweiter Bottich mit Cola und Limo. „In einer Stunde kommen die ersten Gäste."

Becky, fünfzehn Jahre alt, aber so ausgebufft wie eine Fünfundzwanzigjährige, und schöner, als man es mit Worten beschreiben konnte, kam mit Schüsseln voller Chips aus dem Haus und stellte sie auf den zweiten Tisch. Sie war bereits für die Party gekleidet, schon seit dem frühen Morgen. Ein grüner Rock, ein violettes Top mit Spaghettiträgern. Ihre Hand ging zum Mund, um an den Lippen herumzufummeln, doch sie beherrschte sich im letzten Moment.

„Meint ihr, das Essen reicht?", fragte Becky. Sie machte sich Sorgen. Immer machte sie sich Sorgen. Einmal wöchentlich besuchte sie einen Therapeuten, der ihr helfen sollte, ihre Zwangshandlungen zu überwinden. Es schien tatsächlich zu funktionieren, und dennoch blutete sein Herz für sie.

„Wir sind fünf Teenager und ein paar Erwachsene", erwiderte Billy, griff nach Maddys Hand und zog sie in seine Arme. Sie wehrte sich nicht, obwohl doch in einer Stunde die Gäste eintreffen würden.

Unter der Woche war sie die Königin des Vormittagsprogramms. Ihre Sendung war weitaus beliebter, als *Dallas A. M.* es je gewesen war.

Doch zu Hause, bei ihren Kindern und deren Freunden, war sie Maddy Baumgarten – eine Königin ganz anderer Art.

„Heirate mich", flüsterte er an ihren Lippen. „Das Adoptionsverfahren haben wir geschafft. Wir können durchbrennen, danach kannst du ebenfalls die Adoption beantragen, und damit hätten wir's: Dann sind wir eine Familie."

„Wir sind jetzt schon eine Familie", gab sie zurück, erwiderte seinen Kuss, streichelte seine Wange und strich ihm die Haare aus den Augen. Tausend Berührungen, eine Million sanfter Klapse pro Tag. Selbst nach zwei Jahren schien sie sich noch vergewissern zu müssen, dass er da war. „Und ich brenne nicht noch einmal durch."

„Na schön. Heirate mich in einer Kirche vor tausend Leuten. Wir könnten das im Fernsehen übertragen lassen."

„Hey!", meldete Luc Baker sich von der Küchentür her. „Ich könnte ein bisschen Hilfe mit den Geschenken brauchen."

„Geschenke!", rief Charlie und wollte aus dem Stanley Cup klettern. Er stolperte, fiel, und Billy beugte sich vor und hob ihn hoch.

„Ich gehe erst mal unter die Dusche", erklärte Maddy und verschwand, während Luc in den Garten hinaustrat.

„Wow", sagte Luc und kam herüber, um den Pokal zu bewundern, der einfach so im Gras stand. Charlie holte das Spielzeugauto, mit dem er gespielt hatte, aus dem Pokal. „Ihr behandelt ihn mit dem Respekt, den er verdient, wie ich sehe."

„Später können wir Bier daraus trinken."

Luc lächelte – ein bittersüßes Lächeln –, und als er die Hände auf das Silber legte, auf die eingravierten Namen der Hockeygrößen, sprach Ehrfurcht aus dieser Geste.

„Das hast du gut gemacht“, meinte Luc.

„Die ganze Mannschaft“, gab Billy ein wenig unbehaglich zurück.

„Nein, Mann, ich habe das Spiel gesehen. Jeder hat das Spiel gesehen. Du warst es.“ Luc betrachtete ihn. „Du hast diese Jungs geführt wie der Teufel.“

Billy lachte. „Das hast du schön gesagt, Mann.“ Unbehaglich und stolz und froh zugleich beeilte er sich, das Thema zu wechseln. „Bier?“

„Klar.“

Billy nahm zwei eiskalte Flaschen aus dem Kübel und reichte eine davon Luc. „Und, wie steht's? Bekommst du überhaupt noch Schlaf?“, erkundigte er sich.

„Nein. Kein bisschen.“

Tara Jean kam aus dem Haus und ging auf sie zu. Auf dem Arm hielt sie ein kleines Mädchen in einem über und über mit Rüschen besetzten rosa-weißen Kleidchen.

„Chloe!“, rief Becky und stürmte herbei, um ihr das Baby abzunehmen.

„Danke, Becky“, sagte TJ. „Ich geh rein und helfe Maddy.“

„Wobei braucht Maddy Hilfe?“, wollte Billy wissen und machte sich bereits auf den Weg hinein. Das sollte eine Party werden. Er wollte nicht, dass sie so viel arbeitete; sie sollte das Fest genießen.

„Ich mach das schon!“, wehrte TJ über die Schulter ab und eilte ins Haus zurück. „Ihr Jungs könnt euch über Hockey unterhalten … oder Töpfchentraining.“

„Ist es albern?“ Maddys Hände zitterten, während sie den Reißverschluss an ihrem Kleid schloss. Im Spiegel sah sie nicht aus wie eine Braut, trotz der weißen Lochspitze. Sie sah aus wie eine Sechsunddreißigjährige in einem Sommerkleid.

„Es ist albern“, beantwortete sie ihre eigene Frage.

Aber Ruth drückte sie kurzerhand auf einen Stuhl, und plötzlich erschien Gina mit ihrer Trickkiste. Tara Jean kümmerte sich in der Küche um den Partyservice.

„Nichts daran ist albern“, erklärte Ruth. „Es ist romantisch und fantastisch. Es wird ihn komplett umhauen.“

Genau das glaubte sie eigentlich auch, doch irgendwie kam ihr der Versuch, eine Überraschungshochzeit am Adoptionstag ihrer Kinder zu planen, ein bisschen arg übertrieben vor. Zu viel Glück. Zu viel Freude.

Irgendwie albern und dumm.

„Schätzchen“, mahnte Gina, „entweder du hörst jetzt auf zu weinen, oder wir müssen auf die Mascara verzichten.“

Die Schlafzimmertür öffnete sich einen Spalt, und Becky schlüpfte mit Chloe auf dem Arm ins Zimmer. Das Kind hatte ein puterrotes Gesicht und wirkte unleidlich.

„Ich glaube, sie hat Hunger“, sagte Becky. „Habt ihr Tara Jean gesehen?“

„Hier bin ich.“ Tara Jean betrat hinter ihr das Zimmer. „Komm her, mein Schatz.“ Damit nahm sie Chloe und setzte sich auf die Bettkante, um ihr achtmonatiges Kind zu stillen. „Der Partyservice hat alles aufgebaut, und die Gäste trudeln langsam ein.“

„Ich gehe raus und helfe, den Bräutigam abzulenken“, meinte Ruth und verschwand durch die Tür.

Becky errötete, als Tara Jean ihre Brust entblößte, und eilte an Maddys Seite. „Du siehst schön aus“, sagte sie.

„Du auch. Du hattest recht mit dem Grün.“ Maddy berührte den paillettenbesetzten Saum des Rocks, den das Mädchen trug. Es war ein schlichter Rock aus festem Baumwollstoff mit einem Hauch Glitzer. Er passte zu Becky.

„Oh, ehe ich es vergesse: Der Pastor ist da“, sagte Tara Jean und streichelte Chloes Kopf. „Luc versucht ihn zu beschäftigen, während Victor sich bemüht, Billy im Garten festzuhalten.“

„Glaubst du, dass Billy was gemerkt hat?“

„Er wundert sich, dass die ganze Mannschaft zu unserer Party gekommen ist.“

Maddy lächelte.

„Sobald er in die Küche geht, weiß er, dass irgendwas im Gang ist. Der Partyservice hat sie mit Beschlag belegt“, stellte Becky fest. „Es gibt jede Menge Shrimps.“ Ihre Augen leuchteten. Das Mädchen stand auf Shrimps.

„Gut“, erwiderte Maddy und umarmte Becky. „Ich bin so stolz auf dich“, flüsterte sie ihr zu.

„Ich hab dich lieb“, gab Becky leise zurück, und Maddy schloss die Augen, um nicht in Tränen auszubrechen. Noch sprach Becky solche Worte sehr selten aus. Umso kostbarer waren sie. Anders als Charlie, der alle zehn Minuten erklärte, wie lieb er jeden und alles hatte: Billy, Becky, Waffeln, seine neuen Schlittschuhe. Charlie liebte sie alle.

Becky war viel zurückhaltender in ihrer Zuneigung, aber durch und durch loyal.

Sie war Billy so ungeheuer ähnlich.

Die Tür wurde geöffnet, und Ruth steckte den Kopf herein. „Ich kann den Schein nicht mehr lange wahren“, erklärte sie. „Er wird langsam misstrauisch.“

„Wir kommen.“ Maddy stand auf, und die weiße Spitze fiel ihr um die Knie.

Tara Jean, ihre Trauzeugin, hatte einen kleinen Spuckfleck auf ihrem blassblauen Kleid. Wie passend, wenn man es genau bedachte. Was war schon ein kleiner Spuckfleck an diesem von Liebe überquellenden, unvollkommenen Hochzeitstag?

Als Brautjungfer trug Ruth ein rot-gelbes Kleid im Sari-Stil. Sie schien all die Jahre nachholen zu wollen, in denen sie auf Farbe verzichtet hatte.

„Ich sorge dafür, dass der Pastor und Billy an Ort und Stelle sind“, meinte TJ und verschwand nach draußen, ihr Baby an die Schulter gedrückt.

„Bist du bereit?“, fragte Ruth.

Wie ist es bloß dazu gekommen? überlegte Maddy. *Wie bin ich hierhergeraten? Ein Haus voller Freunde. Zwei Kinder. Ein Mann, der mich liebt seit Kindertagen. Wer bin ich, dass ich all das erleben darf?*

„Komm schon.“ Ruth zog an ihrem Arm. „Du kriegst doch nicht etwa kalte Füße?“

„Nein, ich krieg keine kalten Füße“, antwortete sie, als sie an der Tür stand. „Ich möchte nur alles richtig genießen.“

Ruth lächelte. Die Freundin, die in ihr Leben getreten war, als sie am dringendsten eine Freundin gebraucht hatte. Als sie Dampf ablassen, sich freuen, weinen, lachen oder zu viel Wodka in einer heruntergekommenen Bar trinken musste.

Maddy erwiderte das Lächeln ihrer Mitstreiterin. Zwischen ihnen waren keine Worte nötig.

„Gehen wir.“ Damit riss Maddy die Tür auf und ging den Flur hinunter. Als die Gäste sie erblickten, eilten sie nach draußen, und im Nu waren alle, die ihnen etwas bedeuteten, in ihrem Garten versammelt.

Becky und Charlie standen links und rechts neben Billy, jeder an einer Hand, während er mit Coach Hornsby redete. Hinter Billy stand ein Mann im Anzug. Der Pastor.

Ruth trat nach draußen, ließ sie allein dort stehen und auf ihr Leben schauen.

Es wurde still im Garten. Hornsby tippte Billy auf die Schulter und deutete auf sie.

Sie beobachtete ihn, diesen Mann, den sie so sehr liebte. Sie bemerkte, dass er hin und her gerissen war, sah seine Verwirrung angesichts all der Leute, die plötzlich in seinem Garten versammelt waren. Dann entdeckte er sie, und auf seinem Gesicht erschien der Ausdruck, der ihn zu ihrem Eigentum stempelte: *Womit habe ich dich verdient?*

Und dann kam der Moment, als er begriff, was los war.

Er schnappte nach Luft. Seine Augen füllten sich mit Tränen.

„Autsch, Billy“, protestierte Charlie. „Du zerquetschst mir die Hand.“

„Tut mir leid, Kumpel.“ Seine Stimme war belegt. Rau, von Gefühlen überwältigt, die ihr Echo in ihrem eigenen Herzen fanden. Er beugte sich vor, um Charlies Hand zu küssen. Danach drückte er Becky einen Kuss auf den Kopf.

„Überrascht?“, fragte Becky.

„Immer“, erwiderte Billy.

Blake, der über eine himmlische Gesangsstimme verfügte – in perfektem Gegensatz und vollkommener Ergänzung zu seinem teuflischen Schlagschuss –, begann zu singen, und Maddy, die glücklicher war, als sie es je für möglich gehalten hatte, setzte sich in Bewegung. Ihre Familie erwartete sie.

– ENDE –

„In Touch“ mit MIRA!
Das Verlagsprogramm elektronisch abrufbar
Interaktiv dabei sein: Buchbesprechungen, Gewinnspiele, Aktionen, Leseproben und vieles mehr.
Folgen Sie uns auf Twitter, Facebook, Instagram, Pinterest und google+
www.mira-taschenbuch.de
mtb MIRA TASCHENBUCH

Lesen Sie auch von Molly O'Keefe:

Deutsche Erstveröffentlichung

Molly O'Keefe
Liebe, Yoga und andere Katastrophen

Eli hat sein ganzes Leben auf der Ranch verbracht. Da sieht er nicht tatenlos zu, wie Städterin Victoria ein albernes Beautyspa daraus macht. Wenn er nur nicht immer dieses Herzklopfen verspüren würde, wenn sie in seiner Nähe ist …

Band-Nr. 25799
8,99 € (D)
ISBN: 978-3-95649-086-6
eBook: 978-3-95576-415-9
384 Seiten

Molly O'Keefe
Geschickt eingefädelt

Eishockey-Profi Luc Baker ist fuchsteufelswild: Sein sterbenskranker Vater will ein blondes Flittchen heiraten! Wütend reist Luc nach Texas, um sich die vermeintliche Erbschleicherin Tara vorzuknöpfen …

Band-Nr. 25769
8,99 € (D)
ISBN: 978-3-95649-043-9
eBook: 978-3-95576-413-5
384 Seiten

Deutsche Erstveröffentlichung

Deutsche Erstveröffentlichung

Kristan Higgins
Lieber Linksverkehr
als gar kein Sex

Honor stimmt zu, einen unbekannten Briten zu heiraten, der eine Greencard braucht. Doch je länger die Zweckbeziehung dauert, desto mehr merkt Honor: Abwarten und Tee trinken ist nicht das, was sie beim Anblick ihres sexy Verlobten will …

Band-Nr. 25798
9,99 € (D)
ISBN: 978-3-95649-085-9
eBook: 978-3-95649-407-9
448 Seiten

Susan Mallery
Kuss und Kuss
gesellt sich gern

Ein Prickeln erfasst Felicia, als sie die tiefe Stimme hört. Beim letzten Mal hat sie ihr zärtlich ins Ohr geflüstert. Am anderen Ende der Welt, nach der heißesten Nacht ihres Lebens. Nie hätte Felicia gedacht, dass es Draufgänger Gideon ausgerechnet nun nach Fool's Gold verschlagen würde …

Band-Nr. 25844
9,99 € (D)
ISBN: 978-3-95649-190-0
eBook: 978-3-95649-438-3
352 Seiten

Deutsche Erstveröffentlichung